— HMSウェイジャー号の航路 —

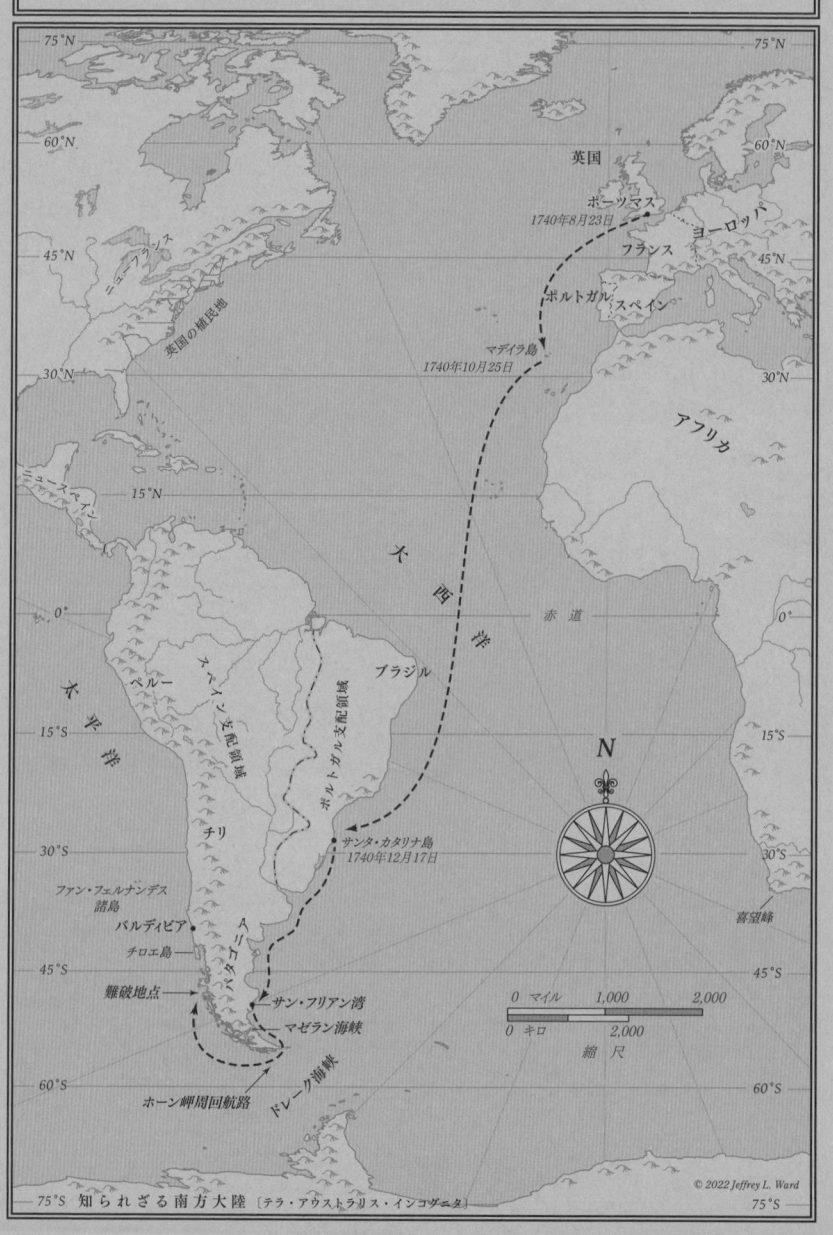

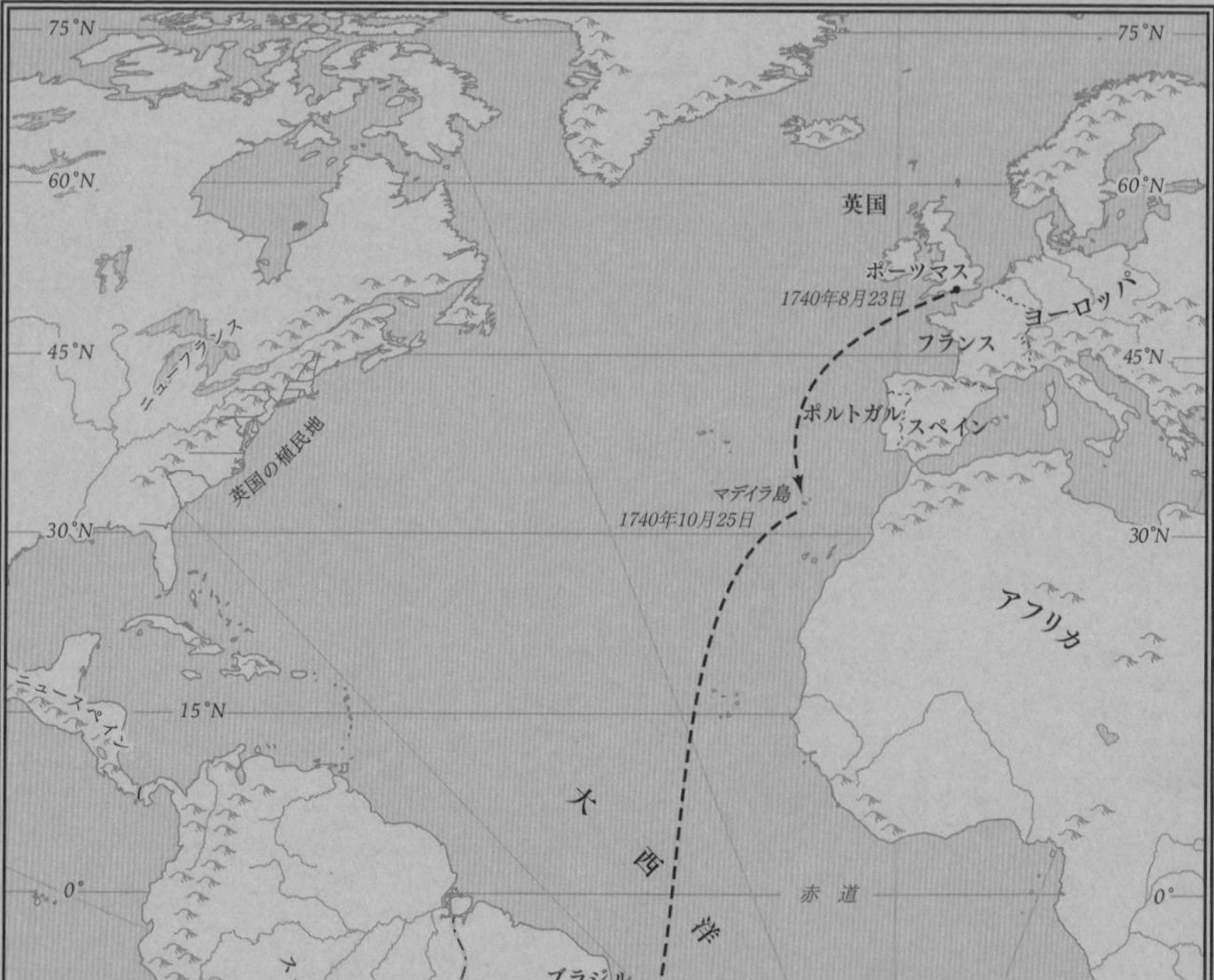

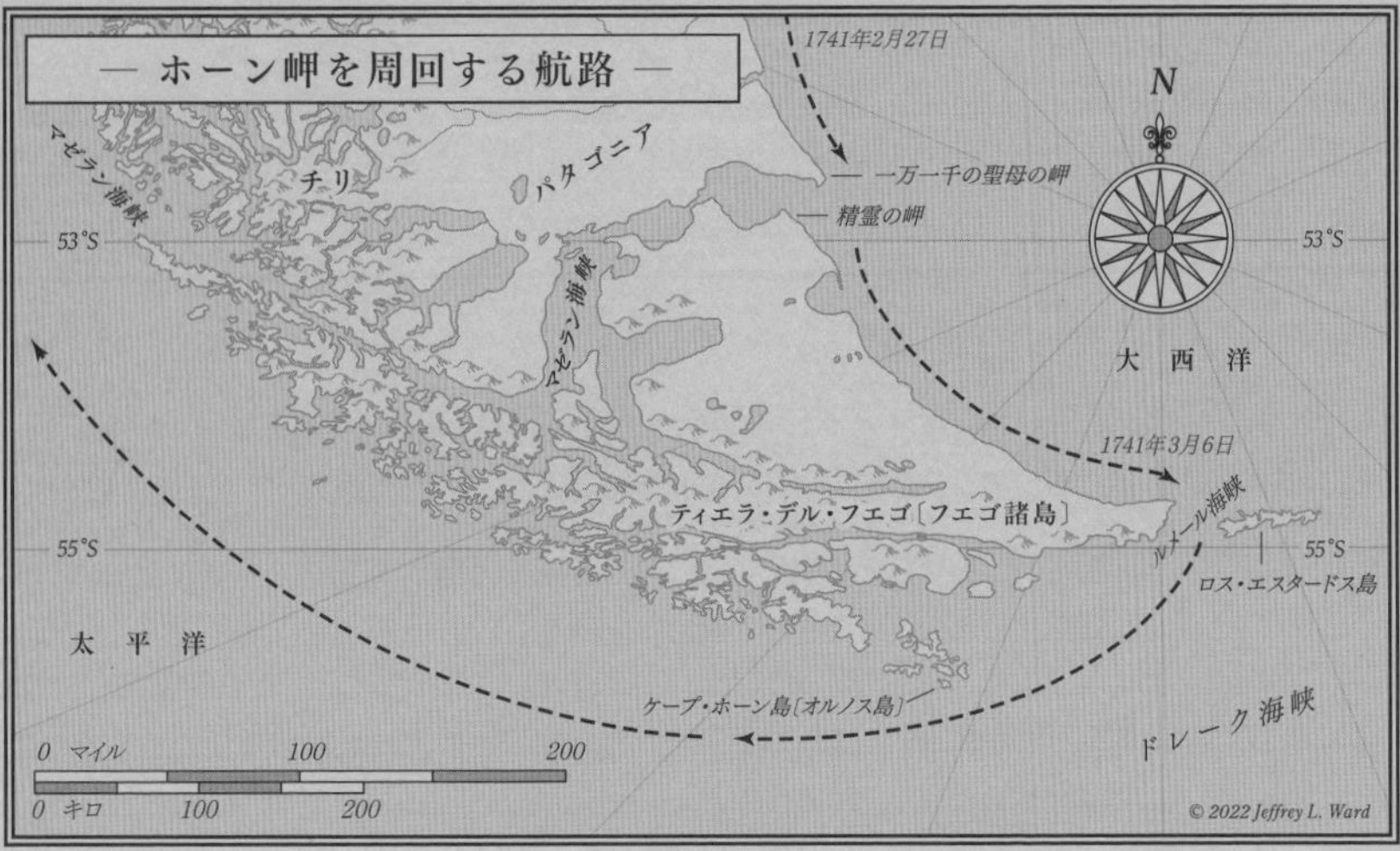
— ホーン岬を周回する航路 —
1741年2月27日
N
一万一千の聖母の岬
精霊の岬
マゼラン海峡
チリ
パタゴニア
53°S
マゼラン海峡
大西洋
1741年3月6日
ティエラ・デル・フエゴ〔フエゴ諸島〕
ル・メール海峡
55°S
ロス・エスタードス島
太平洋
ケープ・ホーン島〔オルノス島〕
ドレーク海峡
0 マイル 100 200
0 キロ 100 200
© 2022 Jeffrey L. Ward

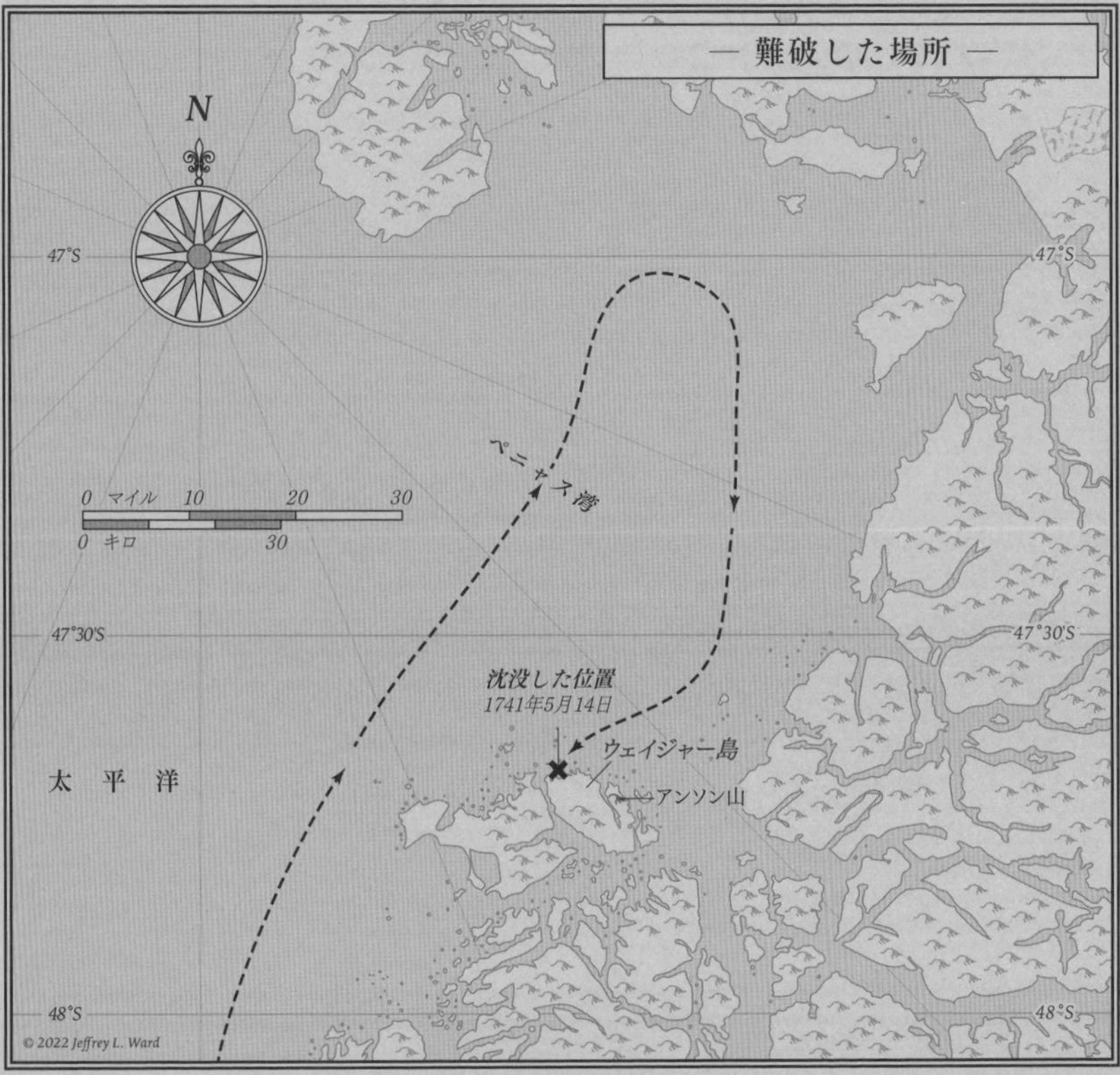
— 難破した場所 —
N
47°S
ペニャス湾
0 マイル 10 20 30
0 キロ 30
47°30'S
沈没した位置
1741年5月14日
ウェイジャー島
アンソン山
太平洋
48°S
© 2022 Jeffrey L. Ward

絶海

英国船ウェイジャー号の地獄

デイヴィッド・グラン

倉田真木 訳

DAVID GRANN

THE WAGER

A tale of SHIPWRECK, MUTINY and MURDER

早川書房

ジョン・バイロン（16歳、ウェイジャー号士官候補生）

英国の強制徴募隊
（18世紀画）

デイヴィッド・チープ
（艦長になることを夢見ていた
センチュリオン号一等海尉）

ウェイジャー号が係留していたデットフォード工廠
(18世紀画)

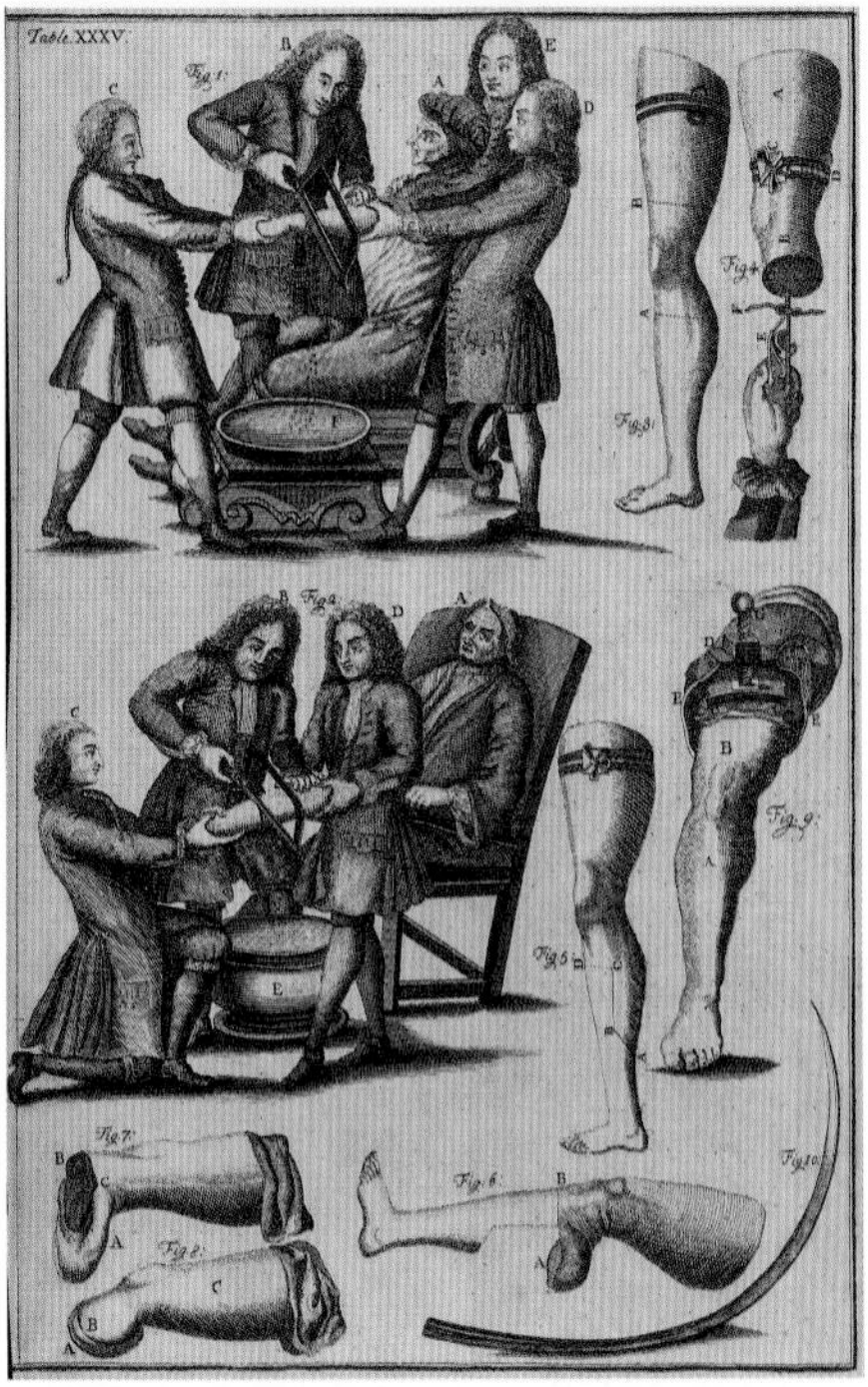

〔上〕軍艦の内部、
殺傷兵器の並ぶ砲列甲板

〔右〕1742年の医学書に掲載された
四肢切断法に関する図版

〔次ページ〕海葬の様子

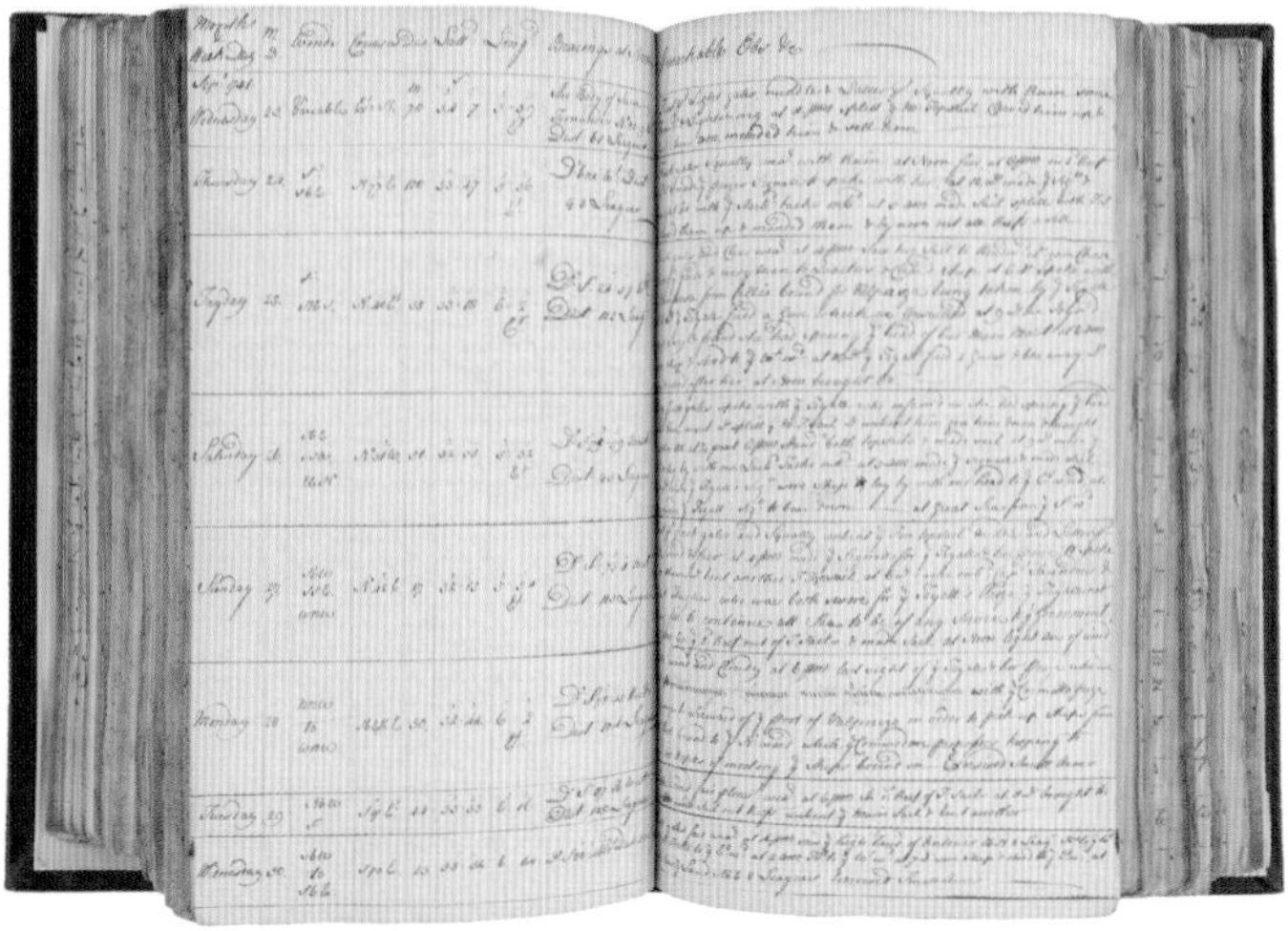

センチュリオン号の航海日誌。恐ろしい病や嵐について詳細に記録されている

〔上〕ホーン岬のアホウドリ

〔右〕1740年12月にブラジルのサンタ・カタリナ島に到着したアンソン艦隊。ウェイジャー号は左から2隻目（センチュリオン号の士官のスケッチによる彩色版画）

難破する前のウェイジャー号
（チャールズ・ブルッキング画、1744年頃）

ウェイジャー島

〔上〕ウェイジャー島で
野営基地を設営する漂着者たち
（版画、1805年）

〔右〕この版画では、
ミザリー山が漂着者の頭上に
不気味にのしかかっている
（口絵、18 世紀）

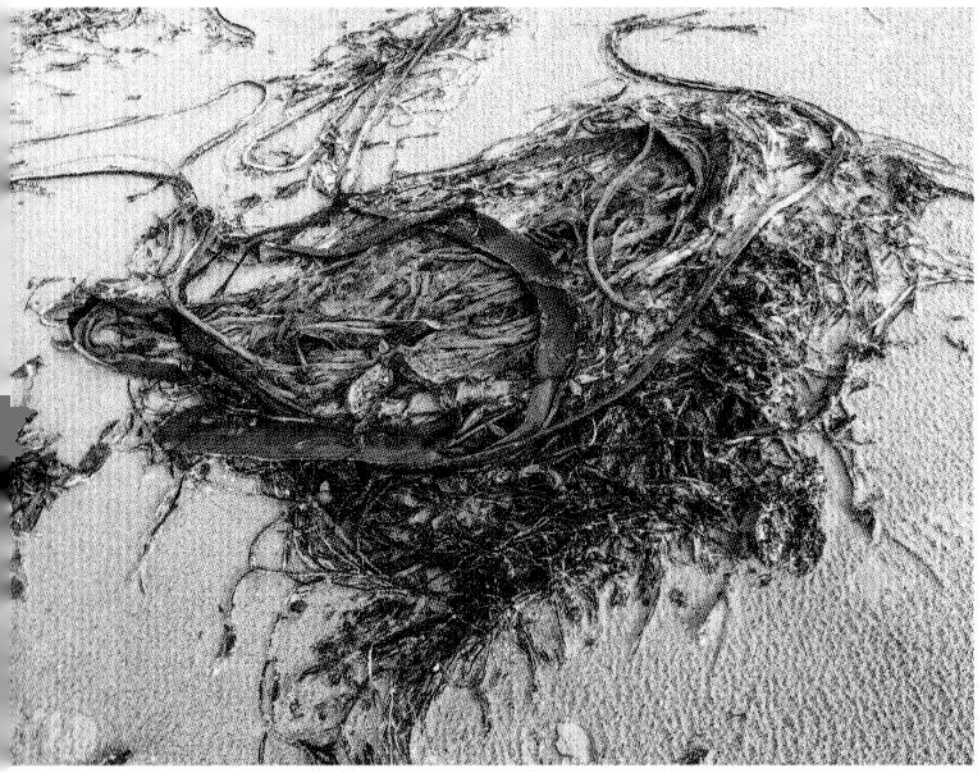

〔上〕漂着者たちが調べると、
ウェイジャー島の山は
ほぼ不毛だった

〔左〕漂着者たちは、
海藻を食べるしかなかった

〔下〕漂着者たちが食べたセロリ

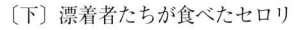

〔右〕アシカ狩りに向かうカウェスカルの男性（人類学者のマルティン・グシンデ撮影、20世紀初頭）

〔下〕この地域の先住民は、生活の大半をカヌーの上で過ごし、ほとんど海洋資源だけで暮らしていた

海岸近くのカウェスカルの野営地（人類学者のマルティン・グシンデ撮影）

ウェイジャー号の漂着者の間で起こった殺害事件（版画、1745年）

〔上〕交戦中のセンチュリオン号。帆と英国旗は砲撃で裂けている（油彩、18世紀）

〔右下〕ウェイジャー号をはじめとする英国の小艦隊を率いたジョージ・アンソン

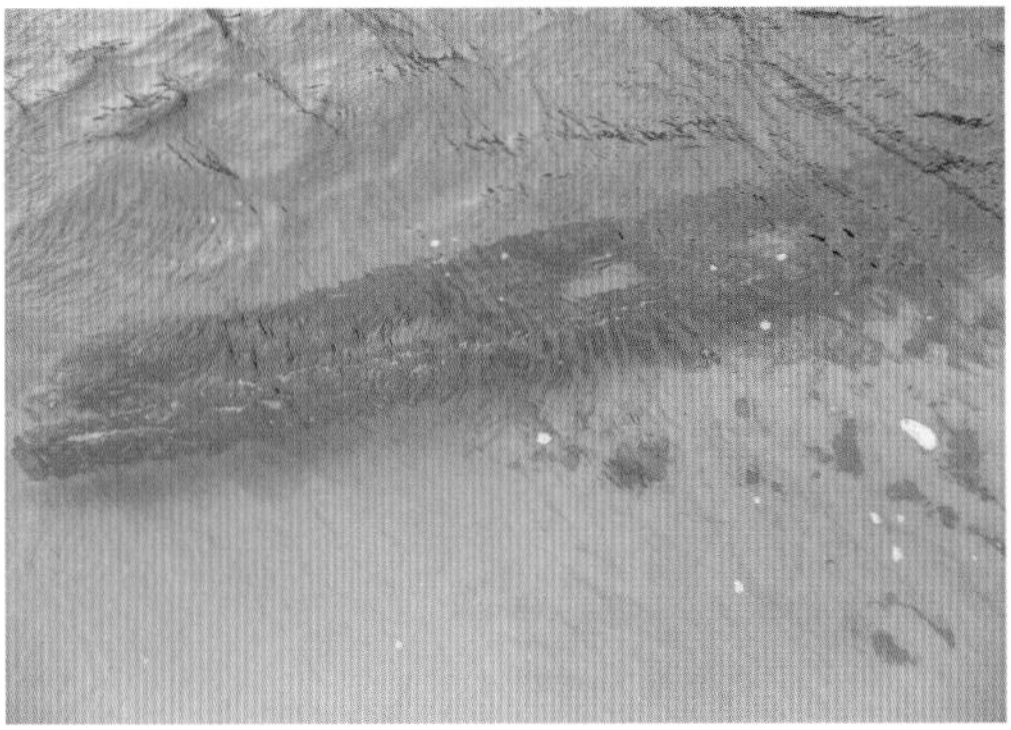

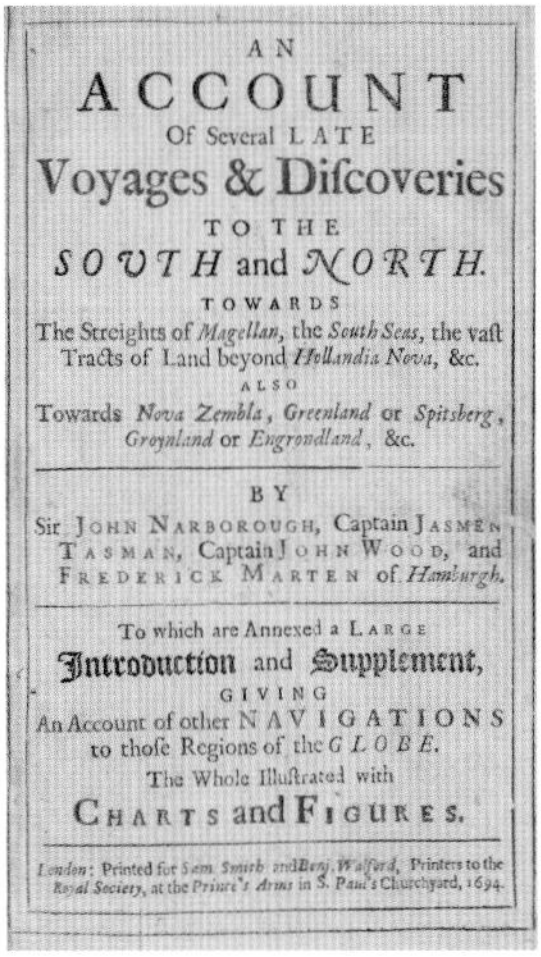

AN
ACCOUNT
Of Several LATE
Voyages & Discoveries
TO THE
SOUTH and NORTH.
TOWARDS
The Streights of *Magellan*, the *South Seas*, the vast Tracts of Land beyond *Hollandia Nova*, &c.
ALSO
Towards *Nova Zembla*, *Greenland* or *Spitsberg*, *Groynland* or *Engrondland*, &c.
BY
Sir JOHN NARBOROUGH, Captain JASMEN TASMAN, Captain JOHN WOOD, and FREDERICK MARTEN of *Hamburgh*.
To which are Annexed a LARGE
Introduction and Supplement,
GIVING
An Account of other NAVIGATIONS to those Regions of the GLOBE.
The Whole Illustrated with
CHARTS and FIGURES.
London: Printed for *Sam. Smith* and *Benj. Walford*, Printers to the *Royal Society*, at the *Prince's Arms* in S. *Paul's* Churchyard, 1694.

〔上〕2006年に発見された難破したウェイジャー号の残骸

〔右および下〕ウェイジャー号の漂着者が持参した版のジョン・ナーボローの航海記。ナーボローは英国の遠征隊を率いてパタゴニアに向かい、慎重に測量した上でマゼラン海峡の地図を作成した

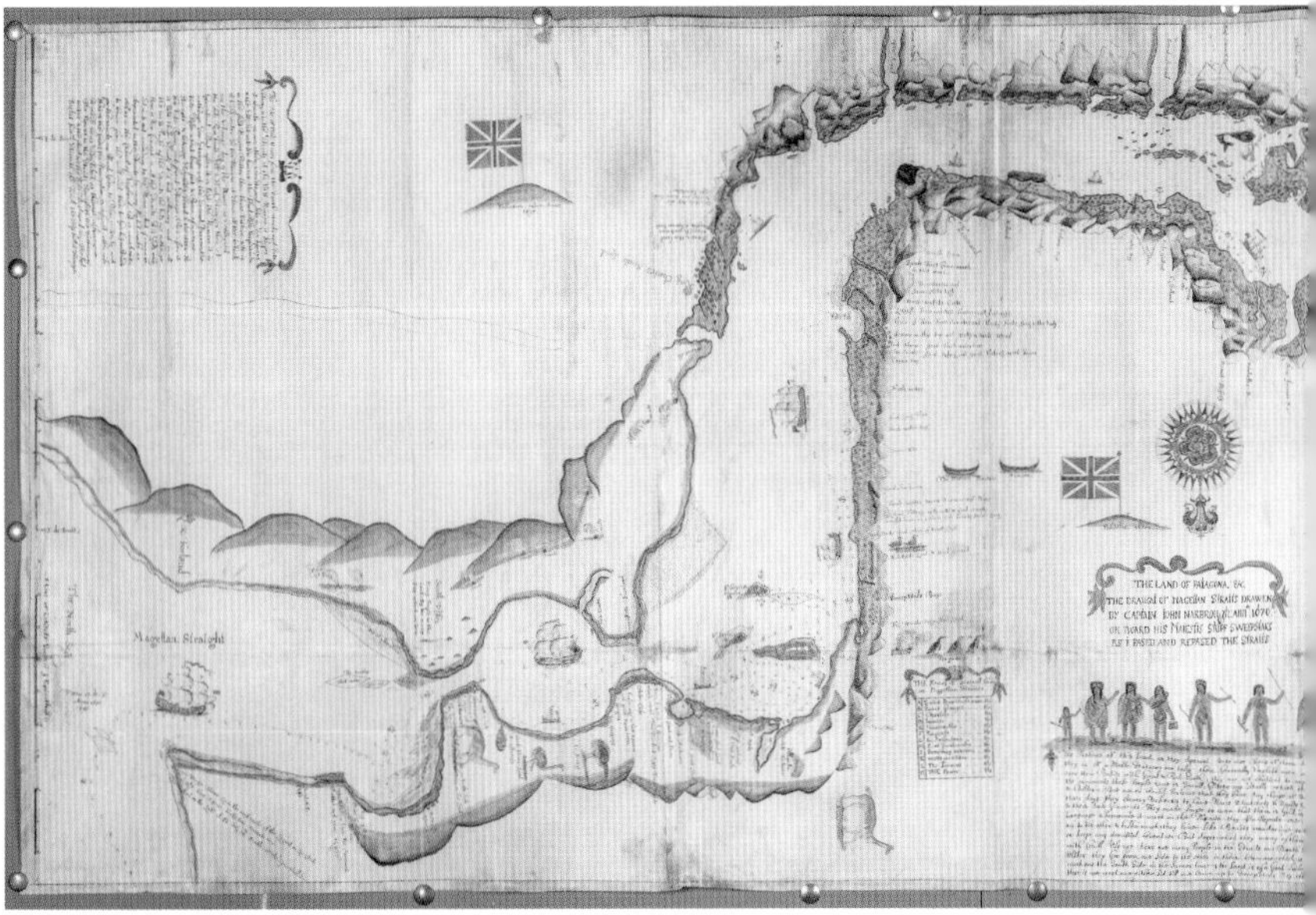

ウェイジャー島の生存者が乗ったスピードウェル号に近い、
小型の輸送艇にひしめく男たち（油彩、18世紀）

ウェイジャー号から漂着した男たちは、島から脱出するのに
チリ側のパタゴニア沖の荒れる海を越えなければならなかった

絶海

——英国船ウェイジャー号の地獄

THE WAGER
A Tale of Shipwreck, Mutiny, and Murder
by
David Grann

Translated by
Maki Kurata
First published 2024 in Japan by
Hayakawa Publishing, Inc.
This book is published in Japan by
arrangement with
The Robbins Office, Inc. International Rights Management:
Susanna Lea Associates
through Japan Uni Agency, Inc., Tokyo.

Maps designed by Jeffrey L. Ward

装幀／坂野公一（welle design）
装画／*Ships in Distress in a Storm*, circa 1720-30, by Peter Monamy

キーラとザッカリー、そしてエラに

私たちは、自分自身の物語の主人公である。

——メアリー・マッカーシー

もしかしたら獣がいるかもしれない。……もしかしたらぼくたちしかいないかもしれない。

——ウィリアム・ゴールディング『蝿の王』より

目次

訳者による注は小さめの〔　〕で示した。

ロバート・ペンバートン　海兵隊長。陸軍大尉。陸軍所属だが、船上では艦長の指揮下に入る。

トマス・ハミルトン　海兵隊員。陸軍中尉。ナイフを出して喧嘩した過去をもつ。

ジョン・バルクリー　掌砲長。准士官。天性のリーダー気質の持ち主。帰還後、カミンズとの連名で航海日誌を出版。

ジョン・カミンズ　船匠長。准士官。バルクリーの良き友。

ジェームズ・ミッチェル　船匠助手。上官に反抗的。

ジョン・キング　掌帆長。准士官。血の気の多い乱暴者。

トマス・ハーヴィー　主計長。准士官待遇。25 歳。

トマス・クラーク　航海長。幼い息子とともに乗艦。

トマス・マクリーン　司厨長。80 歳代。

ピーター・プラストウ　艦長付き従卒。

ジョン・ダック　自由黒人の乗組員。

アイザック・モリス　士官候補生。帰還後、航海日誌を出版。

ウォルター・エリオット　軍医。

主な登場人物

[旗艦センチュリオン号]

ジョージ・アンソン　(1697 ～ 1762 年)　センチュリオン号艦長。小艦隊を率いる代将。無口だが冷静沈着で、部下に慕われる人格者。

ローレンス・ミリチャンプ　トライアル号主計長からセンチュリオン号主計長に。航海日誌を残す。

フィリップ・ソーマレズ　(1710 ～ 1747 年)　海尉。多くの海軍士官を輩出した名家の出。

リチャード・ウォルター　(1718? ～ ???? 年)　22 歳の従軍牧師。准士官待遇。帰還後、航海日誌を出版。

パスコー・トマス　従軍教師。帰還後、航海日誌を出版。

[ウェイジャー号]

デイヴィッド・チープ　(1697 ～ 1752 年)　遠征中に一等海尉から艦長に昇進。スコットランド出身。借金苦から 17 歳で海軍に入隊した苦労人。

ロバート・ベインズ　(1714? ～ 1758? 年)　一等海尉。ウェイジャー号の副長。

ジョン・バイロン　(1723 ～ 1786 年)　士官候補生。貴族の次男。16 歳で遠征に参加。帰還後、航海日誌を出版。後の詩人バイロン卿の祖父。

アレクサンダー・キャンベル　(17?? ～ 1771 年)　士官候補生。態度が横柄。帰還後、航海日誌を出版。

ヘンリー・カズンズ　(???? ～ 1741 年)　士官候補生。バイロンの食事仲間。酒を飲むと人格が変わる。

著者覚書

正直申し上げて、私は船が岩にぶつかるところや乗組員が艦長を縛り上げるところを目撃したわけではない。裏切りや殺害の現場を直接自分の目で見たわけでもない。しかし、色あせた航海日誌やぼろぼろになった書簡、まことしやかな日誌や世間を騒がせた軍法会議で生存者たちが行なった供述の記録など、古文書の残骸を調べ上げるのに何年も費やしてきた。とりわけじっくり読み込んだのは、複数の生存者が刊行した体験記だった。彼らは出来事を目撃していただけでなく、その出来事の当事者でもあるのだ。実際に何が起こったのか見極めるために、私はありとあらゆる証言の収集に努めた。それでも、当事者同士の見解の齟齬（そご）や、時には対立から逃れることはできなかった。そこで、齟齬をいちいち取り繕ったり、もはや不確かな証言をさらに分かりにくくしたりするのではなく、あらゆる側面をつまびらかにした上で最終評決、すなわち歴史の審判は読者のみなさんに委ねることにした。

プロローグ

唯一の公正な証人は太陽だった。奇妙な物体が海原を上下し、容赦なく風や波にもてあそばれるのをもう何日も見ていた。[1] 何度か岩礁に激突しかけたので、本書の物語はそこで終わっていてもおかしくなかった。それでも、ブラジル南東部沖の浅海にかろうじて流れついたところを住民に発見される。後にある者が主張するように神の定めであったのか、はたまた運命のいたずらであったのかはともかくとして。

長さ五〇フィート〔一五メートル余り〕、幅一〇フィート〔約三メートル〕のそれは、かろうじて船と呼べる代物だった。元は木切れと布切れを接ぎ合わせた姿だったが、それが時間とともに見る影もなくなったように見えた。帆布はずたずたに裂け、横桁(ブーム)は粉々に砕けている。船体から海水が染み出し、中から悪臭が漂っていた。集まった住民たちが少しずつ近づいていくと、気味の悪い物音が聞こえてくる。見ると、船には三〇人の男がひしめき合っていた。みな、骨と皮になるほど痩せこけている。着ているものはぼろ切れ同然。海藻のように塩の吹いた髪と髭が顔を覆い、絡みついている。

中には、衰弱のあまり立っていられない者もいた。やがて、一人の男が最期の息を吐き事切れた。

しかし、リーダーとおぼしき人物は並々ならぬ意志の力で立ち上がり、自分たちは英国〔当時はグレートブリテン王国。以下、英国〕海軍の国王陛下の船（HMS）ウェイジャー号の乗組員で、難破して流れついたのだと告げた。

この知らせが英国に届くと、信じがたい話だという声が上がった。なにしろ、ウェイジャー号が英国を離れたのは対スペイン戦の最中の一七四〇年九月のことである。士官たち乗組員約二五〇人を乗せ、極秘任務を帯びた小艦隊の一隻としてポーツマスから出帆している。その任務は、貴重品を満載した「世界の海を股にかける最高の財宝船」と呼ばれるスペインのガレオン船を拿捕（だほ）することだった。ところが、南米大陸最南端のホーン岬付近で小艦隊はハリケーンにのみ込まれ、ウェイジャー号は乗組員もろとも沈没したと見られていた。それなのに、ウェイジャー号の姿が最後に目撃されてから二八三日後、その乗組員たちが奇跡的にブラジルに現れたというのである。

船はパタゴニア沖で座礁し、荒涼たる島に漂着したという。乗組員の大半は命を落としたが、八一人が生き残り、ウェイジャー号の残骸の一部を継ぎ足して急場しのぎの船を作り島を出た。船内は人がひしめき身動きが取れないほどで、すさまじい強風や高波に痛めつけられ、アイスストームや地震に苦しめられながら航海を続けた。その過酷な旅の間に、五〇人以上が命を落とした。わずかな生存者が三カ月半後にブラジルに漂着する頃には、距離にして約三千マイル〔約四八〇〇キロメートル。以下、キロと表記〕の海を渡ったことになる。これは記録に残るかぎり最長級の漂流航海である。一行は、知恵と勇気を称賛された。一行のリーダーは「人間性に支えられていたおかげで、我らは苦難に耐えられたのだろう[2]」と記しているが、とてもそうは思えなかった。

半年後、また別の船が漂着する。今度の船は、チリ南西部沖で吹き荒れる暴風雪の中を流れついた。前回よりもさらに小型の、丸太をくりぬいた小舟で、ぼろ毛布を縫い合わせた帆が推進力だった。船には、前回と同じウェイジャー号の生存者三人が乗っていた。状態は、前回に輪をかけて悲惨だった。三人とも半裸でやせ衰え、体に群がった虫になけなしの肉をかじられていた。うち一人はひどく錯乱し、同乗者の一人に言わせると、「自分をすっかり見失って」[3]いて、「私たちの名前も、……彼自身の名前さえ思い出せない」状態だった。

体力が回復して英国に戻ると、三人はブラジルに現れた一行に対して衝撃的な申し立てをする。ブラジル組は英雄ではない、反乱分子だ、というのだ。そこから互いに相手側を非難し、非難される泥仕合へと発展し、ウェイジャー号が座礁して島に足止めされていた間、乗組員たちがきわめて過酷な環境で懸命に生き延びようとしていたことが明らかになる。飢えと凍えるような寒さに苛まれながら前哨基地を築き、海軍らしい秩序ある状態を再構築しようとした。ところが、状況が悪化するにつれ、啓蒙思想の伝道者であるはずの乗組員は、ホッブズの言う堕落した状態へと落ちていく。派閥に分かれていがみ合ったり、略奪行為を働く者が現れたり、仲間を置き去りにしたり、仲間を殺す者まで現れたりした。一部には、飢えに屈して人肉を喰らう者もいた。

話を英国に戻すと、双方のグループのリーダーは、それぞれの仲間とともに海軍本部〔後の海軍省の前身。以下、海軍本部〕から召喚され、軍法会議にかけられることになった。ただし、この裁判が開かれると、被疑者が隠していた秘密が明るみに出るだけでなく、文明の伝播が使命だと自任する帝国の隠れたエゴまで露呈する恐れがあった。

告発された者の中には、この時の驚くべき、しかも真っ向から対立する言い分も含めて航海記を出版している者が数人おり、うち一人は、この時の裁判を「不明確で複雑[4]」であると記している。なお、この遠征についての報道に影響を受けた者は少なくない。ルソー、ヴォルテール、モンテスキューをはじめとするこの時代の哲学者から、後の時代の生物学者チャールズ・ダーウィンや、海洋冒険小説の大家であるハーマン・メルヴィルやパトリック・オブライアンまでがそうである。被疑者たちは何よりもまず、海軍本部と一般大衆を自分の味方につけようとした。一方のグループのある生存者は、自分の著述は事実に「忠実な記録[5]」であり、「一言たりとも虚偽が入りこまないように細心の注意を払った。というのも、書き手の名誉挽回を意図すると、どう取り繕って書いてもひどく辻褄が合わなくなるからだ[6]」と主張している。もう一方のグループのリーダーのほうは、自身の日誌で、相手グループの主張は「不完全な物語[7]」であり、「この上なく悪意に満ちた中傷で我々に汚名を着せた[8]」と反論している。さらに、「我々の生き死には真実にかかっている。真実を後ろ盾にできないのであれば、もはや我々に頼れるものはない[9]」と断じている。

私たちは誰しも、自分という無秩序な事象に何らかの一貫性、つまり何らかの意味をもたせようとする。記憶の中の未処理の表象を引っ搔き回して選び出し、磨き上げ、消し去る。自分を物語の主人公に仕立てることで、自分がしたこと、あるいはしなかったことを受け入れて生きていこうとする。

しかし、本書の男たちは、自分の命そのものが自分の語る物語にかかっていると考えていた。説得力のある話ができなければ、船の帆桁(ヤーダム)の端に縛られて吊されるかもしれなかったのだ。

パート1

木造の世界

第1章　一等海尉

その小艦隊の乗組員は、私物収納箱（シーチェスト）だけでなく、それぞれが厄介な事情を抱えていた。それは、手ひどい失恋かもしれないし、服役した過去をひた隠しにしていることかもしれないし、涙に暮れる身重の妻を陸に残してきたことかもしれない。名声と富への渇望かもしれないし、死への恐怖かもしれない。小艦隊の旗艦であるセンチュリオン号の一等海尉（ファースト・レフテナント）〔副長に相当する最古参の士官。lieutenant は、英海軍では伝統的にレフテナントと発音。以下、一等海尉〕デイヴィッド・チープ〔一六九七～一七五二〕も、そうだった。[1] 四〇歳代前半のスコットランド出身で恰幅がよく、鼻が長く、ひたむきな眼差しをもつチープは、逃げている身の上だった。[2] 遺産相続を巡る兄との確執から、追ってくる債権者から、借金から。その借金のせいで、ふさわしい花嫁を見つけられずにいた。陸上でのチープは、運命に翻弄され、暗礁に乗り上げないように人生を舵取りすることができなかったと見える。ところが、いざ英国軍艦の後甲板に陣取り、三角帽をかぶって単眼望遠鏡を手に大海原を航海していると、自信に満ちあふれ、尊大に見えると評されることもあった。船という木造の世界、つまり海軍の厳格な規則と海の掟（おきて）で束ねられているだけでなく、何よりもまず仲間同士が固い絆で結びついている世界は、チープにとって安心できる逃げ場だった。この世界に入ってすぐ、チープは歴然たる秩序を、明確な目的を意識するようになる。そしてようやく今度の任務で、切望していたものを与えられた。チャンスである。疫病から溺死、敵の砲撃まで無数の危険を伴いはするが、いよいよ賞金〔俸給とは別に、階級に応じて配分される拿捕賞金〕をたっぷり手に入れ、自ら船を率いる艦長に昇格することができるかもしれない。海の覇者になることが。

問題は、呪わしい陸からなかなか離れられないことだった。イギリス海峡に面したポーツマス工廠〔造船所〕で、チープはセンチュリオン号の整備と出航準備にいたずらに振り回され、まさに呪いをかけられたかのように足止めされていた。長さ一四四フィート〔約四四メートル〕、幅四〇フィート〔約一二メートル〕の巨大な木造船体は船渠に係留され、甲板のそこかしこで、船匠〔船大工〕や塡隙工、艤装工や建具工が、ネズミのように（本物のネズミもたくさんいたが）忙しく立ち働いている。金槌と鋸の不協和音が耳につく。造船所界隈の石畳の通りは、がたがた音を立てる手押し車や荷馬車、さらには人足や行商人、掏摸や水夫、娼婦でごった返していた。時折、掌帆長が吹く背筋が凍りそうな甲高い号笛の音が聞こえ、酒場から千鳥足で乗組員が出てきて古女房や新妻と別れをすませ、士官に鞭をくらってはたまらないとばかりに出航しようとしているそれぞれの船へと急ぐ姿があった。

一七四〇年一月のこの頃、大英帝国〔植民地大国となった一七〇七～一七八三年のグレートブリテン王国は、最初の大英帝国と見なされている〕は覇権争いをしているスペイン相手の戦争のために乗組員をかき集めていた。おかげでにわかに、チープに明るい展望が開ける。上官であるセンチュリオン号艦長のジョージ・アンソン〔一六九七～一七六二〕が、海軍本部から代将〔一時的な小艦隊指揮官の職位。以下、代将〕に抜擢され、対スペイン戦に向けて五隻からなる小艦隊を率いることになったのだ。[3] 予想外の昇任だった。片田舎の名士の息子であるアンソンは、ごますりや袖の下、もう少し上品に言うなら「利権」を利用することをよしとしない人物だったため[4]、配下の多くの士官がその部下ともども不遇を託（かこ）っていた[5]。一四歳で海軍に入ったアンソンは、この時四二歳で従軍経験は三〇年近くに及んでいたが、それまで大規模な軍事作戦を指揮したこともなければ、賞金の恩恵に浴したこともなかった。

面長で額が秀でた長身のアンソンは、どこか超然とした雰囲気をまとっていた。青い瞳は謎めいており、気の置けないごくわずかな友人と過ごす時以外、口を開くことはめったになかった。アンソンと会談をしたある政治家は、「アンソンは例のごとく、ほとんど何も言わなかった[6]」と述べている。書簡のやり取りをすることは、口を開く以上に少なかった。自分が見たり感じたりしたことは、言葉では伝えきれないと思っているかのようだった。「彼は、物を読むことも書くこともあまり好まず、手紙を口述筆記させることはそれ以上に少なかったため、無精者だと思われ……多くの人のひんしゅくを買った[7]」とある親族は記している。後にとある外交官は、アンソンはあまりに世間を顧みないので、「世界を周ったことはあっても、交わったことはなかった[8]」のだと皮肉った。

とはいえ、海軍本部はアンソンを評価していたし、センチュリオン号に乗り組んでからの二年間でチープも同じ印象を抱くようになっていた。侮りがたい船乗りだと。アンソンは木造の世界のことを熟知していただけではなく、同じく重要なことだが、自己制御に長けていた。切羽詰まった状況でも、いつもと変わらず冷静沈着だった。アンソンの親族は、「彼は誠実さと名誉を重んじており、揺らぐことなくそれを実践していた[9]」と述べている。チープのみならず、優秀な下級士官や直属の見習いたちも心服しており、みながアンソンの歓心を買おうと競い合った。後にある者はアンソン本人にこう打ち明けている。自分の父親以上に恩義があるので、「お眼鏡にかなうためなら[10]」何でもしましたと。

小艦隊の代将という新たな役回りで手柄を立てれば、アンソンは所属艦の艦長を思いどおりに任命できるようになるはずだ。そして、当初は二等海尉としてアンソンの配下にあったチープは、今や右腕の一等海尉になっていた。

アンソン同様、チープも人生の大半を海で過ごしてきた。心身ともに過酷な海の生活に、当初は逃げ出したくてたまらなかった。サミュエル・ジョンソン〔一八世紀の英国の文学者で辞書編纂者〕はある時、こう言ったという。「監獄送りになるだけの知恵がある者は、船乗りにはならない。なぜなら、船に乗るということは、監獄に入るということであり、溺死する可能性が付き物だからだ[11]」チープの父親は、スコットランドのファイフ〔スコットランド中部の北海に面した半島〕に広大な土地を所有しており、その呼称の一つが「第二代ロッシー領主」だった。正式に綬与された称号ではないにしても、貴族を思わせる呼称である。父は、家紋にも刻まれたディータト・ヴィルトゥース（Ditat Virtus）、すなわち「美徳は富をもたらす」を信条としていた。最初の妻との間に七人の子をもうけ、その妻と死別すると、二人目の妻との間に六人の子をもうけた。その一人がデイヴィッドである。

一七〇五年、デイヴィッドが八歳の誕生日を迎えたその年、父は山羊の乳を手に入れようと出かけ、そのまま帰らぬ人となった。慣習どおりに、広大な土地を相続したのはデイヴィッドの異母兄で嫡男のジェームズだった。そのため、デイヴィッドは、自分の力ではいかんともしがたい力に翻弄され、長男と次男以下との持てる者と持たざる者とに二分される世界に放り込まれる。そこに追い打ちをかけたのが、「第三代ロッシー領主」に収まった長兄ジェームズで、父が遺した手当を腹違いの弟や妹に支払うことをしばしば怠った。血は同腹のほうが濃いというわけだ。職探しをする必要に迫られたデイヴィッドは、商店の店員になったものの、借金はふくれあがる一方だった。そこで、一七一四年、一七歳になったデイヴィッドは海へと逃げ出す。この決断は、家族に歓迎されたようだ。デイヴィッドの身元引受人は、長兄に宛てた手紙に、「彼が海に出るのが早いほど、貴兄にも私にも好都合だ」[12]と記している。

こうした八方塞がりな状態に追い込まれると、チープは以前にも増して胸に秘めた夢をふくらませ、「不幸な宿命」[13]と呼ぶものに屈しまいという思いを強くしたようだ。既知の世界から遠く離れ、自分だけを頼みに自然と闘う海の上でなら、力を発揮できるかもしれない。嵐に立ち向かい、敵艦を打ち負かし、災難から仲間を救出できるかもしれないと。

だが、初期の航海では特段これといったこともなく、海賊を何人か追いかけた程度だった。[14]ちなみに、追いかけた海賊の中には、アイルランド出身の隻腕（せきわん）で、断端に銃身を載せて撃つヘンリー・ジョンソンがいた。やがて、チープは西インド諸島〔一五世紀半ば以降、英国やスペインが植民地化していたカリブ海の島々〕の巡視に派遣される。海軍では概して最悪と見なされている任務である。疫病に罹（かか）る恐れがあったからだ。黄色い災い（サフラン・スカージ）〔黄熱病〕に。血まみれの下痢（ブラッディ・フラックス）〔赤痢〕に。骨を砕く熱（ブレイクボーン・フィーバー）〔デング熱〕に。青い死（ブルー・デス）〔コレラ〕に。

しかし、チープは堪え抜いた。何か得るものがあったからだと言えるのではないか。チープは生き延びただけでなくアンソンの信頼を勝ち取り、一等海尉に取り立てられている。この昇格には、相手をむやみに見下す態度、すなわちチープが「空威張り」[15]と見なす態度を両者がともに嫌っていたのも手伝っていたに違いない。後にチープと親しくなるスコットランド出身の牧師は、アンソンがチープを引き立てたのは、「分別と知識を備えた男」[16]だったからだと述べている。借金を抱え、かつては失意のどん底にあったチープだが、夢見ていた艦長の座まであと一歩のところまで来たのだ。と同時に、英国が対スペイン戦に突入したことで、初めて本格的な戦闘へと向かうことになる。

この戦争は、欧州の列強同士が帝国の版図を拡大しようと際限なく繰り広げていた覇権争いの所産だった。[17]より広い領域を征服し支配しようと覇を競い、他民族の貴重な天然資源を利用し、貿易を独占しようとした。その過程で数え切れないほどの先住民を支配し、殺害したが、拡大を続ける大西洋奴隷貿易への依存をはじめとする自国の利益のあくなき追求を正当化し、自分たちは未開の地に「文明」を広めようとしているのだと主張した。スペインが中南米を長らく支配してきた帝国であるのに対し、北米の東海岸に数カ所の植民地をすでに領有していた英国は今や優位に立ちつつあり、敵国スペインの牙城を崩そうと狙っていた。

そして一七三八年、英国商船の船長ロバート・ジェンキンズが下院〔庶民院〕に呼び出され、伝えられるところによると、次のような報告をした。ジェンキンズのブリッグ船〔二本マストと横帆を備えた帆船〕はカリブ海でスペインの官憲の急襲を受け、スペイン領から砂糖を密かに持ち出したとして、左耳を切り落とされたのだと。そう言って、ジェンキンズは壺に浸けてあった切り落とされた部位を見せ、[18]「わが大義をわが祖国に[19]」奉じたのだと言明した。すると、議員やパンフレッティア〔政治や思想に関する主張を小冊子にして発行する者〕はそれまで以上にいきり立ち、あおられた大衆が耳には耳をと血を求め、大量の戦利品まで要求した。そうしたことから、この戦争は「ジェンキンズの耳戦争」と呼ばれるようになる。

英国当局はすぐさま作戦を立て、スペイン植民地の富が集中するカルタヘナへの攻撃を決める。カルタヘナは、カリブ海に面した南米の港町で、ペルー各地の銀山から採掘した銀の大半を積み込み、武装船団を組んでスペインに送り出す拠点だった。作戦は史上最大規模の水陸両方から攻撃するもので、エドワード・ヴァーノン提督〔原文ママ。この時は副提督か〕率いる一八六隻の大艦隊を投入した。だがそれとは別に、もっとずっと小規模な作戦もあった。その作戦の指揮官に任命されたのが、アンソン代将（コモドア）だった。

アンソンはじめ約二千人の乗組員は、五隻の軍艦と一隻の偵察用スループ船〔一本マストの小型帆船〕からなる小艦隊で大西洋を横断した後に、南米大陸最南端のホーン岬を周る航路を進むことになっていた。[20]目的は、敵艦を「拿捕、沈没、つけ火、さもなくば破壊[21]」して、南米大陸の太平洋岸からフィリピンにまで及ぶスペイン領を弱体化させることである。この作戦を練るに当たり、英国政府は自分たちが海賊行為を助長しているという印象を与えまいとした。とはいえ、この作戦の本質はあくまで略奪行為であり、何十万枚という銀貨や純銀を積んだスペインのガレオン船の拿捕を命じるものである。スペインは年に二回、ガレオン船を、必ずしも同じ船ではなかったがメキシコからフィリピンへと向かわせ、絹や香辛料などのアジアの産物を買い付けると、今度はそれらの品をヨーロッパや南北アメリカで売っていた。こうした交易により、スペインは世界規模の交易帝国を築くのに不可欠な交易網を張り巡らしていたのである。

任務の遂行を命じられたチープたち乗組員は、政府の思惑をほとんど聞かされていなかったものの、財宝の分け前を手に入れられる可能性には強く惹かれた。センチュリオン号付きの二二歳の牧師リチャード・ウォルターは、後に航海記をまとめ、[22]スペインのガレオン船を「世界の海を股にかける最高の財宝船[23]」であると記している。

アンソン率いる艦隊が敵艦に勝ったら、すなわち海軍本部の言うように「わが方の軍に神のご加護があれば」[24]、その後のアンソン隊は航海を続け、地球を一周して帰国することになる。アンソンは文書でやり取りするための暗号とその解読法を海軍本部から授けられた上で、とある役人から、この任務は「極秘裏に迅速に」[25]遂行するよう警告された。さもないと、ドン・ホセ・ピサロ〔一六八九～一七六二〕率いるスペインの艦隊に迎撃され、壊滅させられる恐れがあった。

チープがこれから臨むのは、これまでになく長期間の、これまでになく危険な遠征になる。おそらく三年は帰れないだろう。だが、チープは自らを「世界の海を股にかける最高の財宝船」を追い求めて海をさすらう騎士と見なしていた。そしてその途上で、いよいよ艦長になれるかもしれない。

とはいえ、早く出航しないと、スペイン艦隊以上に危険な力、ホーン岬周辺の荒海によって艦隊が全滅しかねないとチープは危惧していた。その辺りは日常的に強風が吹き、三〇メートル級の波が立ち、峡江に氷山が潜む難所なので、通り抜けに成功した英国の船乗りは数えるほどしかいなかった。船乗りが考える、無事に通り抜けるのに最適な時期は、南半球の夏に当たる一二月から二月にかけてだった。ウォルター牧師は夏場の航行が「必要不可欠な鉄則」[26]であり、冬場は夏場より海は大荒れし、気温は氷点下になると述べている。しかも冬は日照時間が短くなるため、海図に載っていない海岸線を識別しにくくなる。そうした理由から、未知の海岸線を冬場に航行することは「愚の骨頂でお粗末」とウォルター牧師は異を唱えていた。

ところが、英国が一七三九年一〇月に宣戦布告をした後も、センチュリオン号のみならず、艦隊のその他の軍艦グロスター号、パール号、セヴァーン号は英国に係留されたままで、出航に備えて修理や艤装がすむのを待っていた。一日また一日と時が過ぎ去るのを、チープは見ているしかなかった。

一七四〇年の一月が来て去っていった。さらに二月と三月が。スペインに宣戦布告してから半年が過ぎようとしていたが、それでもまだ艦隊の出航準備はできていなかった。

威容を誇る艦隊になる見込みだった。軍艦は、技術の粋を結集した精密機械であり、風と帆で海を渡る木造の浮城であった。創造者の二面性を反映し、殺戮の道具であると同時に、数百人の乗組員が家族のように肩寄せ合って暮らす家として建造されている。そうした軍艦は、海上での命がけのチェスの勝負に勝つべく全世界に駒として配備されていた。「海を制する者は交易を制す。交易を制す者は世界の富を制す[27]」という、サー・ウォルター・ローリー〔一六世紀の英国の軍人で冒険家〕の構想の実現を目指したのである。

センチュリオン号がいかに優れた船であるか、チープはよくわかっていた。船足が速い上頑丈で、船体重量は一〇〇〇トンほど。アンソン艦隊の他の船と同じように三本のマストがそびえ、マストからは木製の帆桁が何本も張り出している。一度に一八枚も帆を張り、飛ぶように航行できた。船体はニスで輝き、船尾の辺りは金色の塗装が施され、ポセイドンなどのギリシャ神話の神々の像が浮き彫りになっている。船首には、五メートル近い大きさの木彫りの獅子像が据え付けられ、真っ赤に塗装されていた。少しでも敵の砲撃に耐えられるように船体の外板は二重張りで、場所によっては三〇センチ以上の厚みがある。甲板は各層の上に次の層が重なる複数層からなる構造で、うち二層は左右の舷側に大砲が並び、四角い砲門から威嚇するように砲身が突き出している。アンソンが目をかけている一五歳の士官候補生〔midshipman。英海軍では伝統的にミジップマンと発音。midshipsは、戦闘中に船の中央部に配置され伝令を務めたことによる。以下、士官候補生〕オーガスタス・ケッペルは、強大なセンチュリオン号が相手では「世界中のどの軍艦も勝ち目がない[28]」と豪語している。

けれども、こうした船舶の建造や修理や艤装には平時の豊かな時代であっても非常に手間がかかるし、戦争中ともなると混乱を極めるものだ。世界最大級の建造修理所である王立の造船所には、浸水している船や建造途中の船、装備品の積み降ろしをする必要のある船があふれかえっていた[29]。アンソン艦隊の数隻が係留されているのは、ロットン・ロウ〔一説には、フランス語のRoute du Roi（王の道の意）がなまってRotten Rowになったと言われる〕と呼ばれる船渠だった。推進力の帆と破壊力の高い大砲を搭載した高性能な軍艦も、その船体は主として麻や帆布、そして大部分が木材という劣化しやすい素朴な素材でできていた[30]。大型の軍艦一隻を建造するには四〇〇〇本の木が必要で、一〇〇エーカーの森の木々を伐採することもあった[31]。

大半の木材は耐久性の高い硬材のオークだったが、それでも海水や嵐といった自然の力による浸食作用を受けやすかった。赤みがかった二枚貝で、時に体長三〇センチにもなるフナクイムシ、学名テレド・ナヴァリスにも船体は食い荒らされた[32]（コロンブスは、西インド諸島を目指す第四回航海で、このフナクイムシのせいで船を二隻失っている）。さらに、甲板やマスト、船室の扉は、シロアリにも、そしてシバンムシにも食われて穴だらけにされた。加えて、菌類によって木材の内部が腐ることもあった。一六八四年、海軍本部書記官であったサミュエル・ピープス〔一六三三〜一七〇三〕は、建造中の新造軍艦の多くですでに腐朽が進んでおり、港も出ないうちに「その係留場所で沈没する危険に瀕している」[33]ことを知り、愕然としたという。

一流の腕をもつある船匠によると、軍艦の平均寿命はわずか一四年だった。しかもその寿命をまっとうするには、遠洋への航海から戻る度にマストや船底の包板、艤装を交換する必要があり、建造し直すも同然だった。そうしなければ、大惨事を招きかねないからだ。その一例として、一七八二年、当時は世界最大の軍艦だった長さ一八〇フィート〔約五五メートル〕のロイヤル・ジョージ号は、乗組員を全員乗せてポーツマス港の沖合に停泊していた。だが、船体に浸水し始める。そして沈没してしまった。原因については諸説あるものの、調べたところ、「木材が全般的に腐食していた[34]」。溺死者は九〇〇人に上るとされている。

センチュリオン号を点検したところ、見つかった損傷は航海後としては通常程度だったとチープは知らされた。船匠の報告によると、船体の包板は「虫食いだらけ[35]」だったので取り外して新しくする必要があった。船首側の前檣（フォアマスト）には、深さが三〇センチもある腐食による空洞が見つかり、帆は、アンソンが日誌に記しているように「だいぶネズミに食われて[36]」いた。艦隊の他の四隻も、同様の問題に直面していた。その上で、艦ごとに何トンもの装備や食料も積み込まなければならない。約四〇マイル〔約六五キロ〕分にもなるロープや一万五〇〇〇平方フィート〔約一四〇〇平方メートル〕以上の帆布、鶏や豚、山羊や牛といった農場一つ分にもなる家畜も積み込むのである。こうした家畜を船に乗せるのは、とてつもなく手間がかかったことだろう。英国艦のある艦長は、去勢した畜牛は「海嫌いなんだ[37]」とこぼしている。

チープは、センチュリオン号の出港準備を完了させてほしいと海軍本部に訴えた。だが、こうした訴えは戦争中には珍しくなかった。この国の大半の者が戦争をしろとあおり立てたにもかかわらず、戦費は出し渋っていたのだ。おまけに、海軍は疲弊し、限界に達しようとしていた。チープは気が気ではなく、気持ちは風のようにめまぐるしく変化したことだろう。風は移ろうのに、チープ自身は陸に縛られ、事務作業に追われているのだ。造船所の役人たちに、センチュリオン号の損傷したマストの交換を訴えたが、空洞に継ぎを当てればよいとはねつけられた。この「きわめて奇妙な言い草[38]」を非難する書簡をチープが海軍本部に送ると、担当の役人たちはようやく譲歩した。けれども、さらに時が失われた。

ところで、アンソン艦隊のはみ出し者であるウェイジャー号はどこにいたのだろう。この艦隊の他の船とは違い、ウェイジャー号は軍艦ではなく商船として建造された船だった。東インド諸島との交易船だったため、俗に東インド貿易船（イースト・インディアマン）と呼ばれる船である。重量のある貨物を運ぶため、長さ一二三フィート〔約三七メートル〕の船体は横幅が広くて小回りが利かず、不格好だった。開戦後、艦を増やす必要に迫られた海軍が、約四〇〇〇ポンドで東インド会社からこの船を買い上げた。その後、ポーツマスの北東約一三〇キロのテムズ川沿いにある王立造船所、デットフォード工廠に運ばれ、そこで大改造が施されていたのだ。船室は取り外され、船体の外板には穴が開けられ、階段の開口部は跡形もなくなっていた。

改造がきちんとなされるか目を光らせていたのは、ウェイジャー号の艦長ダンディ・キッドだった。悪名高い海賊ウィリアム・キッドの子孫と言われる五六歳のキッド艦長は、経験豊富であると同時に迷信深い船乗りでもあった。風や波を見て、そこに潜む予兆を読み取ることもできた。そんなキッドが、チープにとって憧れの艦長の座を手に入れたのはつい最近のことだった。少なくともチープの目から見て、グロスター号艦長のリチャード・ノリスが名の知れた提督サー・ジョン・ノリスの息子で、父親の口添えで小艦隊の一艦長の地位を手に入れたのとは違い、キッドは自力でのし上がった艦長だった。なお、サー・ジョンは、この艦隊での息子の地位が揺らぐことのないように、グロスター号で

「生き残った者たちには行動力と幸運の両方がもたらされるだろう」[39]と述べている。おかげでグロスター号は艦隊の中で唯一迅速に修理がなされることになり、そのせいで他の船の艦長から「自分は三週間船渠にいて釘一本打たれていないが、それはサー・ジョン・ノリスの息子を優先して対処する必要があるからに違いない」[40]と苦情が申し立てられた。

キッドも事情を抱える身だった。自分と同じダンディという名の五歳の息子を寄宿学校に預けて航海に出る予定だが、息子には頼れる母がいなかった。自分がこの航海から生きて戻らなかったら、息子の身はどうなるのだろう。その不吉な予感に早くも心を痛めていた。キッドの航海日誌には、改造したばかりのウェイジャー号があやうく「転覆」[41]しかけたこと、そしてこの船は「頭重船」、つまり重心に異常がある船だと海軍本部に警告したことが記されている。それを受け、船体を安定させて転覆を避けるために、じめつく暗い船倉に艙口(ハッチ)から四〇〇トン以上の銑鉄と砂利が流し入れられた。

英国が記録的な寒さに見舞われたこの年の冬中、職人たちが身を粉にして働き、ようやくウェイジャー号の出港準備が整った。ところが、ある異常事態が起こっていることを知らされ、チープは愕然とする。テムズ川が凍結していたのだ。川はこちらの岸からあちらの岸まで、砕氷しながら進むことができないほど分厚い氷に覆われて光を反射してちらちら輝いていた。デットフォード工廠のある役人は、ウェイジャー号は氷が溶けるまで出航できないと海軍本部に進言する。氷から抜け出すまでに、さらに二カ月が過ぎた。

かつての東インド貿易船がデットフォード工廠から抜け出し、ようやく軍艦としての姿を見せたのは五月のことだった。海軍は軍艦を大砲の数で分類する。船は、等級がいちばん下の二八門を搭載する六等艦となった。艦名は、七四歳の海軍卿(ファースト・ロード)サー・チャールズ・ウェイジャー〔一六六六〜一七四三〕に敬意を表して付けられた。この艦にふさわしい名だと言えるだろう。なにしろ、後に乗組員はみな命を賭ける（ウェイジャー）ことになるのだから。

ウェイジャー号は、物資輸送の大動脈テムズ川を下りながら、カリブ海地域の砂糖やラム酒を積んだ西インド貿易船や、アジアの絹や香辛料を積んだ東インド貿易船、さらには灯油や石けんに使う鯨油を積んで北極圏から戻ってきた捕鯨船と行き違った。[42] この交通量の多い川を航行するうちに、ウェイジャー号は浅瀬に竜骨を引っかけ座礁してしまう。この川で座礁したらどうなるか想像していただきたい。それでも、ほどなく浅瀬から脱し、七月、ようやくポーツマス港に到着し、チープはウェイジャー号と対面した。船乗りというのは、目の前を行き交う船を容赦なく品定めし、あの船は曲線が優雅だとか、この船は不細工だなどと言い合うものだ。[43] ウェイジャー号は軍艦らしい威容を誇ってはいたものの、かつての商船の面影を完全にはぬぐい去れていなかった。そこで、キッド艦長は、ニスや塗料を塗り直して他の艦と遜色のない立派な見た目にしてほしいと、今さらながらに海軍本部に訴えた。

七月半ばには、開戦から無血のまま九カ月が経過していた。今すぐ出航すれば、南半球の夏が終わる前にホーン岬に到達できるとチープは確信していた。ところが、軍艦にとって何よりも重要な要素がまだ欠けていた。乗組員である。

長期に及ぶ航海と水陸両用作戦に臨むため、アンソン艦隊のどの船も通常よりも多い乗組員と海兵隊員を乗せることになっていた。センチュリオン号には通常四〇〇人のところ五〇〇人以上が、ウェイジャー号には通常の倍近い二五〇人が詰め込まれる予定だった。

チープは、乗組員がやって来るのをひたすら待ち続けた。だが、海軍にはもう配置できる志願兵はいなかったし、当時の英国に徴兵制はなかった[44]。初代首相ロバート・ウォルポール〔一六七六～一七四五〕は、乗組員不足のせいで海軍艦艇の三分の一が航行不能だと訴えている[45]。ある集会でウォルポールが「ああ！　船乗りよ、船乗りよ、船乗りよ！」[46]と嘆いたほどだった。

チープは他の士官たちとともに苦労して艦隊の乗組員をかき集めていたが、そこに追い打ちをかけるように穏やかならぬ知らせが飛び込んでくる。やっと補充した乗組員たちがばたばたと病に倒れ始めたのだ。頭痛がし、手脚が痛み、まるで殴られているみたいだという。重傷化すると、下痢や嘔吐、血管破裂が起こり、四〇度の高熱が出た（さらには、ある医学論文の表現を借りると、「虚空に想像上の物体が見える」[47]せん妄状態に陥った）。

海に出もしないうちに命を落とす者もいた。チープが数えると、センチュリオン号だけで二〇〇人が病に倒れ、二五人以上の死者が出ていた。チープは、まだ幼い甥のヘンリーを見習いとしてこの遠征に連れて行くことになっていたが、もし甥を死なせることになったら……。不屈の精神の持ち主であるチープもさすがに、「きわめて思わしくない健康状態」[48]と自分が呼ぶ病が蔓延していることに頭を抱えた。

今では発疹チフスとして知られている「船熱」〔ship's fever。監獄で多発したことから、jail's feverとも呼ばれた〕が爆発的に流行したのだ[49]。当時は、それが虱（しらみ）などの害虫を介して感染する細菌感染症であることは知られていなかった。不潔な補充乗組員たちは汚物とともに船に押し込まれて連れてこられるため、砲弾の雨よりも人体のほうが致死性の高い感染源だった[50]。

アンソンは出航までに回復することを願い、病人をポーツマスに近いゴスポートの臨時病院に搬送するようチープに指示した。艦隊は依然として、深刻な乗組員不足だった。だが、臨時病院もあふれかえり、病人の大半は周辺の、薬ではなく酒を提供する酒場に収容されることになる。酒場の狭い簡易ベッド一台に、患者三人を押し込まなければならないこともあった。「こんなお粗末なやり方では、彼らはすぐさま死んでしまう[51]」とある提督は記している。

穏当な方法で乗組員を補充できないとなると、海軍は、海軍本部のある書記官が「より暴力的[52]」と呼ぶ手法に打って出た。武装した徴募隊を送り出し、力尽くで徴用したのだ。要するに、拉致である。徴募隊は都市や町を歩き回り、船乗りの適性のありそうな者を片っ端から引っ立てていった。船乗りは、おなじみの格子柄のシャツに幅広の膝丈ズボンに丸帽子という出で立ちで、指先はタールで汚れていた。耐水性と耐久性をもたせるために、船上のほとんどすべての物にタールが塗られていたのだ（そのため、船乗りはタールと呼ばれた）。「はぐれ者の船員、渡し守、はしけの船頭、漁師、荷船の船頭を全員引っ捕らえよ[53]」と地元当局は命じられた。

ある船乗りが後に語ったところによると、ロンドンの街を歩いていると見知らぬ人物に肩をたたかれ、「どこの船だ？[54]」と訊かれた。自分は船乗りではないと答えたが、タールで汚れた指先のせいで隠しきれなかった。その見知らぬ男が笛を吹くと、すぐさま仲間が現れた。「六人から八人の手荒な男たちに押さえ込まれたが、それが徴募隊であることはすぐにわかった」とその船乗りは記している。「幾つもの街区をせき立てられ、引きずられていった。その間、通行人は彼らに辛辣な罵声を浴びせ、私に同情の言葉をかけてくれた」

徴募隊は船でも出向いた[55]。水平線からやって来る商船を探した。商船は、他のどこよりも有望な狩り場だったのだ。商船で捕まった船員たちはたいてい、遠洋航海から戻ってきたばかりで何年も家族と会っていなかった。戦時下の長期航海にそのまま出るリスクを考えると、もう二度と家族に会えなくなるかもしれなかった。

後にチープがセンチュリオン号で親しくなる相手に、ジョン・キャンベルという若い士官候補生がいる。キャンベルは、商船に乗っていた時に徴募された若者だった。彼の乗っていた商船に乗り込んできた徴募隊は、涙に暮れる年かさの男を連れて行こうとした。それを目にしたキャンベルは、自分が代わると申し出た。すると、徴募隊の隊長に、「べそをかく男より根性のある若いやつのほうがいい」[56]と言われたという。

アンソンは、キャンベルの俠気(きょうき)に打たれて彼を士官候補生に登用したと言われている。対して大半の船乗りは、狭い船倉に隠れたり、船員名簿の自分の欄に「死亡」と記載したり、大きな港に着く前に船から脱走したりして、「強制徴募隊」から逃れようと並々ならぬ奮闘をした[57]。ある新聞記事によると、一七五五年、ロンドンのある教会を徴募隊が包囲した。中にいる一人の船乗りを追ってきたのだ。だが、船乗りは「貴婦人用の長いマントにずきん、ボンネット[58]〔あごひも付きの婦人帽〕」で変装して逃げおおせたという。

船乗りたちは拘束されると、テンダーと呼ばれる小型艇の船倉に入れられ移送された。そこは水に浮かぶ牢獄のような場所で、ハッチの格子戸はボルトで固定され、マスケット銃と銃剣を手にした海兵隊員に監視されていた。「その場所で我々は身を寄せ合ってその日と翌晩を過ごしました。なにしろ、各自が座ったり立ったりする余地がなかったんです[59]」とある船乗りは振り返っている。「実際、我々はひどい有様でした。大勢が船酔いしていて、中には嘔吐する者もいれば、喫煙する者もいたので、その臭いで気分が悪くなり、息苦しさから気を失う者もかなりいました」

息子や兄弟、夫や父といった身内が捕まったと知ると、家族はテンダーが出る船着場に駆けつけ、愛する者の姿を一目見ようとした。サミュエル・ピープスの日誌には、拘束された者の妻たちがロンドン塔近くの波止場に集まった光景が記されている。「これまでの人生で、あれほど自然に熱情を表現する様を見たことがない。私が見たのは、嘆き悲しむ数人の女たちだった。その女たちは、次から次へと男たちの一団が連れてこられる度に駆け寄っては夫の姿を探し、船が離れていく度に夫が乗っていたのではないかと泣き濡れ、船の後ろ姿を月明かりで見えるかぎり見送っていた。女たちの泣き声を聞き、私も心底悲しくなった[60]」

アンソンの小艦隊は、強制徴募された乗組員を多数受け入れた。センチュリオン号にチープが迎え入れたのは、少なくとも六五人だった。チープは強制徴募を嫌悪していたかもしれないが、配置された乗組員は一人残らず必要だった。もっとも、反抗的な者は隙あらば脱走したし、志願した乗組員たちも不安に駆られて脱走した[61]。セヴァーン号からは、わずか一日で三〇人が姿を消した。ゴスポートに移送された病人も、警備の甘さをついて数え切れないほど脱走した。ある提督の言葉を借りれば、「這って動けるようになると、すぐさまいなくなる[62]」のだった。アンソンの艦隊からは、グロスター号付き牧師も含め、計二四〇人以上が姿を消したことになる[63]。しかも、ウェイジャー号では、乗組員を補充するためにキッド艦長が送り出した強制徴募隊の隊員六人が脱走する有様だった。

アンソンは、ポーツマスの沖合の、泳いで脱出する者が出ない程度の位置に各艦を停泊させるよう命じた。脱走を防止するためのよくある対策だ。そのため、ある乗組員は妻に手紙を書くしかなかった。「陸に上がれるものなら、たとえ一〇〇ギニーでも、もっている財産をすべてなげうちます。毎晩、甲板に寝転がっているだけです。……今のところ、僕が君の許に戻れる見込みはまったくありません。……子どもたちのために最善を尽くしてください。そうすれば、僕が戻るまで、神が君と子どもたちに繁栄をもたらしてくださいます[64]」

よい船乗りには「道義心、勇気、……堅実さ[65]」が必要だと考えていたチープは、残った補充乗組員の質の低さに唖然とさせられたに違いない。質の低さは地元当局にとっては、強制徴募の評判が悪いことを考えれば当然のことで、徴募した者の中から望ましくない者を切り捨てるのが通例だった。そうした被徴募者はお粗末だったが、志願者のほうも大して変わらなかった。ある提督は、新人乗組員たちについて次のように評している。「痘瘡(とうそう)、疥癬(かいせん)、身体の障害、瘰癧(るいれき)その他の病気や、ロンドンの病院から来た病もちばかりなので、船に感染症を広げることにしかならない。残りは大半が、盗人や押し込み強盗、ニューゲート〔監獄〕に出入りを繰り返している常習犯など、ロンドンのならず者ばかりである[66]」そして、こう締めくくっている。「これまでのどの戦争でも、これほどひどい半人前たちを連れてこられた例(ため)しはない。要するに、あまりにお粗末で、何と言ってよいかわからないほどなのだ」

乗組員の不足を多少なりとも解消しようと、政府はアンソンの艦隊に一四三人の海兵隊員を配置した[67]。当時、海兵隊は独自の将校を擁する陸軍の分隊だった。任務は、上陸作戦の支援だけでなく、洋上でも手助けすることである。だが、海兵隊の新兵たちはずぶの素人で、船に乗ったこともなければ銃の撃ち方も知らなかった。海軍本部も認める「役立たず[68]」だった。切羽詰まった海軍は、アンソンの艦隊のためにチェルシーにある王立病院から傷病兵五〇〇人をかき集めるという極端な手に打って出る。病院は、「王国に仕えた老齢者や障害、病気[69]」を抱えて年金暮らしをする退役軍人のために一七世紀に設立された施設だった。入居者の多くは六〇歳代から七〇歳代で、リウマチや難聴、視覚障害、痙攣に悩まされていたり、手脚を欠損したりしていた。その年齢と体の衰えからするに、その古参兵たちの現場復帰は難しそうだった。ウォルター牧師に言わせると、「集められるかぎりのひどく衰弱した貧相な者たちばかり[70]」だったのだ。

だが、そうした傷病者も半数近くが、ポーツマスに向かう途中で姿を消す。逃亡者の中には、木製の義足を引きずっている者もいた。ウォルター牧師によると、「手足がそろい、歩ける体力のある者はみな、ポーツマスから脱走した[71]」。アンソンは、ウォルター牧師の言う「このような高齢者や病人の分隊員」を入れ替えてほしいと海軍本部に懇願した。しかし、新兵は一人も補充されなかった。アンソンが特に衰弱している海兵隊員たちを解任した後、アンソンの上官は逃亡者たちに船に戻るよう命じた。

チューブが見ていると、補充された傷病者の中には、船に担架で担ぎ込まなければならないほど衰弱している者も多かった。彼らの顔には動揺が浮かび、誰もが内心ではわかっていた思いを露呈していた。自分たちは死出の航海に向かうのだという思いだ。ウォルター牧師も認めている。「彼らはほぼ確実に、長患いしているつらい病気でなすすべもなく死ぬことになるだろう。それも、若き日の活力と体力を祖国に捧げた後にである[72]」

一年近くの遅延を経た一七四〇年八月二三日、戦闘前の攻防を終え、センチュリオン号のある士官が日誌に記しているように、「出航する準備がすべて整った」[73]。アンソンはチープに命じ、号砲を一発撃たせた。艦隊の全船に抜錨を指示するその轟音とともに、すべての船が息を吹き返した。軍艦五隻に、トライアル号という長さ八四フィート〔約二五メートル〕の偵察用スループが一隻[74]、そして途中まで同行するアナ号とインダストリー号という小型貨物輸送艇が二隻である。士官たちが船室から出てきた。掌帆長たちは号笛を吹き、「総員かかれ！　総員かかれ！」とがなっている。乗組員たちは慌てて蠟燭の火を消して回ったり、ハンモックを縛ったり、帆を緩めたりしている。アンソンの目であり耳であるチープの周りで、何もかもがにわかに動き出したようだった。やがて、船も動き始めた。借金の取り立て屋とも、いけ好かない官僚どもとも、際限のない鬱憤の種ともおさらばだ。何もかもさらばだ。

艦隊は大西洋に向けてイギリス海峡を進むうちに、出航してきた他の船に取り囲まれ、有利な風と位置を巡って小競り合いになった。何隻か衝突する船もあり、乗っていた新米は震え上がった。ところが、風は神々のように気まぐれで、ふいに向きを変えて向かい風になった。アンソンの艦隊は上手回し〔船首をできるだけ風上に向けて帆走すること〕ができず、やむなく出発点に戻ることになった。その後も二度出航したが、引き返さざるをえなかった。九月五日付けのロンドン・デイリー・ポスト紙は、艦隊はいまだに「よい風を待っている」[75]と報じている。数多の試練と苦難、つまりチープが課された数々の試練と苦難の末に、その場に留まることを申し渡されたかのようだった。

しかし、九月一八日の日も暮れかかった頃、おあつらえ向きの風が吹いてくる。反抗的な補充乗組員の中にも、ようやく出航できると胸をなで下ろす者もいた。せめて仕事があったほうが気が紛れるし、これであの垂涎の的のガレオン船を追いかけることができるというわけだ。「男たちは一攫千金の夢をふくらませていた」[76]とウェイジャー号のある乗組員は日誌に記している。「そして数年後には、敵の財宝を積んで懐かしの祖国に戻るという夢を」

チープは後甲板で指揮を執ったことであろう。船尾の一段高いところに設けた船橋（ブリッジ）は士官の指揮所で、操舵輪と羅針盤を備えた部屋になっていた。チープは潮風を吸い込み、周囲の生き生きとした音の交響曲に耳を澄ませた。船体が揺れる音、揚げ索（ハリヤード）が立てる鋭い音、船の舳先に当たって砕ける波しぶきの音に。八隻は優雅な隊列を組み、センチュリオン号は先頭に立ち、翼のように帆を広げて滑るように航行していく。

しばらくすると、艦隊指揮官の自分の地位を示す赤い三角旗をセンチュリオン号の大檣（メインマスト）に掲げるようアンソンは命じた。すると、他の船の艦長たちはそれぞれ一三発ずつ礼砲を発射した。雷鳴のような轟音が響き、空に長く砲煙がたなびいた。イギリス海峡を抜けると、八隻はそれまでとはまるで違う世界に躍り出た。チープが油断することなく見ていると、岸が遠ざかっていき、とうとう周りには紺碧の海しかなくなった。

第2章　ジェントルマンの志願兵

ウェイジャー号の掌帆長と掌帆員たちが、朝の当直員を怒鳴りつけるけたたましい声で、ジョン・バイロン〔一七二三～一七八六〕は目を覚ました。[1]「起きろ、ねぼすけども！　起きるんだ！」時刻は午前四時でまだ暗かったが、下層の船室にいたバイロンには今が昼なのか夜なのかよくわからなかった。弱冠一六歳のバイロンは、ウェイジャー号の士官候補生で、与えられた寝場所はブリッジのある後甲板の下方、上甲板の下の下甲板のそのまた下の層の一角だった。一般水兵が梁の間に張ったハンモックを揺らしながら寝ているのが下甲板だ。バイロンが押し込まれていたのは、じめじめして空気の淀んだ穴倉のような自然光の届かない船尾の最下甲板だった。その下は船倉があるだけで汚水が溜まっているため、寝ていると上の層まで悪臭が漂ってくるのが悩みだった。

艦隊の他の船とともにウェイジャー号が海に出てから二週間しか経っていなかったので、バイロンはまだ環境になじめずにいた。最下甲板の天井は一五〇センチもなく、立つと腰をかがめなければ頭をぶつけてしまう。オーク材でできた狭いその穴倉を、バイロンはもう一人の若い士官候補生と共有していた。ハンモックを吊るスペースは一人五三センチもなかったため、時折隣で寝ている相手の肘はキングには近寄らないほうがよいとわかっていた。掌帆長というのは、乗組員を束ねたり処罰を与体格のよい男だったが、士官候補生に手を上げることはまず考えられなかった。それでも、バイロンを切られ、甲板にたたき落とされることになる。ウェイジャー号の掌帆長は、ジョン・キングというぞ！　起きろ、落とすぞ！」と怒鳴っている。起き上がらない者は、ハンモックを吊っているロープタンを手に甲板から甲板を移動しながら、眠っている乗組員の上に身を乗り出し、「起きろ、落とす

船の触れ役である掌帆長と掌帆員たちは、相変わらず大声でがなり、号笛を吹き続けていた。ラン

になる。

ウェイジャー号がいざ戦闘に加わる段になれば、バイロンのこの船室は骨切り鋸が散らばり血だらけ部屋は軍医の使う手術室と兼用で、この台を見ると、危険が待ち受けていることを思い知らされた。士官候補生の船室を象徴するのは、人一人が横たわれる長さの木製の台だろう。手脚の切断用である。下や歯ブラシ、白ネズミの子ひと腹に、オウムの入った籠[2]」が山積みになり雑然としている。だが、八世紀の士官候補生の船室をこう描写している。汚れた衣類や「皿やコップ、本や三角帽、汚れた靴トランクだ。航海中、その箱は椅子になり、カードテーブルになり、机になった。ある小説家は、一かりの私物もあった。シーチェストとは、航海中に必要な私物をひとまとめにして入れておく木製の

オーク材に囲まれた穴倉には、バイロンたちが私物収納箱(シーチェスト)に詰めて持ち込むことができたわずかば

陸上と同じように、スペースには付加価値があり、寝ている場所は上下関係を表していた。寝室と食事室、そして海を見渡せるバルコニーを備えた豪華な部屋とは比べものにならなかったが。うまでもなく、士官が与えられている個室よりは狭かったし、特に、艦長に割り当てられる後甲板のや膝がぶつかった。それでも一般水兵に与えられているスペースより一八センチ近くも広かった。言

えたりする役割を担っており、竹製の杖で手に負えない者を打ちつけることもある悪評高い乱暴者であるのが常だ。ところが、キングは輪をかけて厄介な人物だった。ある乗組員は、「ひどく頑固で怒りっぽく[3]」、「言葉ががさつで、我々はとても我慢できない」とキングを評している。

バイロンも、さっさと起きなければならなかった。風呂を使う時間はない。もっとも、水の量が限られているため、入浴はめったにできなかった。他人に見られることやそうした不潔な状態への不快感を抑え込み、ともかくバイロンは身支度を始めた。彼は英国でも屈指の旧家の出だった。先祖をたどるとノルマン・コンクエスト〔一〇六六年〕までさかのぼり、どちらも貴族の両親の下に誕生している。今は亡き父は第四代バイロン男爵だったし、母は男爵の娘だった。兄が第五代バイロン卿の爵位を継ぎ、貴族院議員も務めていた。つまり、ジョンは貴族を親にもつ下の息子〔次男〕であり、当時の言葉で言うなら、「高貴な（オノラブル）」ジェントルマンだった。

ウェイジャー号の位置から、バイロン家の領地ニューステッド・アビー〔イングランド中東部ノッティンガム北部の土地〕はなんと遠いことだろう[4]。領地には息をのむ美しさの城があり、その一部に一二世紀に建てられた修道院（アビー）がある。総面積は三〇〇〇エーカーに及び、周囲を囲むシャーウッドの森は、ロビン・フッドが隠れ住んだ森として知られている。ジョンが生まれると、母は息子の名と生年月日の一七二三年一一月八日を修道院の窓枠に刻んだ。ウェイジャー号のこの若き士官候補生は、詩人で後の第六代バイロン男爵の祖父となる定めにあった。ロマン主義を代表するバイロン卿の詩には、ニューステッド・アビーを想起させるくだりが頻繁に描かれている。「館そのものは、広大で神さびている[5]」とし、さらに「強い印象を心に残す／少なくとも、心に目をもつ者の心に」としている。

アンソンが航海に出る二年前、当時一四歳だったジョン・バイロンは、エリート校のウェストミンスター校〔一五六〇年にエリザベス一世が創設したパブリックスクール〕を退学し、海軍に志願した。これは一つに、兄ウィリアムが家督を継ぐと同時にバイロン家の多くの者をむしばんだ躁《そう》病のせいで一族の資産を浪費し、ニューステッド・アビーを廃墟にしてしまったことによる（「父祖の館よ、朽ち果てよ」[6]とバイロン卿は記している）。兄ウィリアムは、湖で海戦ごっこをしたり、決闘で従兄弟を剣で刺し殺したりしたので、「邪悪な領主」とあだ名されていた。
ジョン・バイロンには、まともに生計を立てる道がほとんど残されていなかった。弟の一人が後に選んだように教会に入る道はあったが、ジョンにとっては退屈すぎて耐えられなかった。陸軍に入ることもできたが、名門子弟の多くが陸軍を好むのは、たいていの場合、ただ馬に乗っているだけで立派に見えたからだ。だが、海軍に入れば、実際に自分の体を動かして働き、手を汚さなければならない。

海軍本部書記官のサミュエル・ピープスは、若い貴族やジェントリたちに、海に出ることを「名誉ある奉仕」[7]と考えることを奨励しようとした。一六七六年、名門子弟にとって海軍がより魅力的に思えるよう新たな政策を打ち出した。軍艦で六年以上見習いを務め、口頭試問に合格すれば、英国海軍士官に任官されるのだ。そうした志願者は多くの場合、まず艦長の雑用係、すなわちキングズ・レター・ボーイ〔King's letter boy。別名、volunteer-per-order〕と呼ばれる立場から始め、最終的に士官候補生に昇格するのだが、士官候補生という身分は艦内での立場が曖昧だった。「要領を身に付ける」〔learn the ropes。船上でロープの使い方を学ぶことから、広く仕事に慣れることを意味するようになった〕ために一般水兵と同じように肉体労働をさせられるとはいえ、訓練中の士官であり、将来は海尉や艦長になり、さらには提督になるかもしれないからだ。後甲板を歩くことが許される立場になるのだ。ただし、そうした魅力が用意されてはいたものの、バイロンのような名門の子弟が海軍で出世するのは世間体が悪いとされていた。バイロン一族を知るサミュエル・ジョンソン〔先述の辞書編纂者〕は、それを「曲解[8]」〔perversion〕と呼んでいる。それでも、バイロンは海の神秘に魅了される。フランシス・ドレーク提督〔一六世紀の船乗り。海賊となって世界一周を成し遂げ、後に海軍提督になった〕のような船乗りについて書かれている本に夢中になった。何冊かウェイジャー号に持ち込んだほどである。そうした航海記は私物収納箱にしまってあった。

もっとも、いくら海の生活に憧れていたとはいえ、名家の出の若者にとって突然の環境の変化は衝撃的だった。「ああ神さま、なんという違いだろう[9]」と海に憧れていたある士官候補生は振り返っている。「思い描いていたのは、砲門から砲身がのぞく優雅な船体に、整然と並んだ兵士だった。要するに、グロブナープレイス〔一八世紀に開発されたバッキンガム宮殿西側の高級高層住宅街〕みたいなものが、ノアの方舟のように浮いているのを想像していたのだ」ところが、甲板は「汚いし、濡れて滑りやすかったし、ひどい臭いがして、そういう光景に嫌悪感を覚えた。よく見ると着ているラウンド・ジャケット〔燕尾のない短い上着〕はみすぼらしく、帽子はてかり〔ビーバーの毛のフェルト製が多かった〕、手袋もせず、中には靴をはいていない者もいて、私の誇らしさは消え失せた。……それから、ほとんど生まれて初めてのことで、これが最後だと言えたらよいのだが、ポケットからハンカチを取り出して顔を覆い、子どもの頃のように声を上げて泣いた」。

強制徴募された貧しい水兵には、「スロップス」〔膝丈の幅広ズボン。汚物の意味もある〕と呼ばれる最低限の衣類が支給された。「不快な悪臭[10]」や「鼻を刺す獣臭」を避けるためだった。海軍はまだ正式な制服を制定していなかった。バイロンのような立場の大半の者はレースや絹を使った高級品を入手する経済力があったが、たいていの場合に必要なのは船上生活に適した服装だった。日差しを遮るための縁付き帽子に防寒用の上着（通常、紺色）、額の汗を拭うためのネッカチーフに船乗りがルーツの奇抜なズボンである。このズボンは上着と同じように、ロープ類に引っかからないように丈が短く切ってあり、悪天候の時にはその上に防水用のべたつくタールを塗った。こうした質素な服を着ていても、バイロンは人目を引く容貌をしていた。血色のよい色白の肌に好奇心の強そうなつぶらな茶色の瞳、そして長い巻き毛の持ち主だった。ある者は後に、見とれずにはいられないほどの「誰もが認める容姿[11]」だったと評している。

バイロンはハンモックを下ろし、日中の作業の邪魔にならないよう寝具と一緒に丸めた。続いて、暗く雑然とした船内で迷わないように注意しながら、甲板と甲板の間にある幾つものはしごを急いで登った。そしてようやく、暗闇にいた炭鉱夫さながらに後甲板のハッチから抜け出し、新鮮な空気を吸った。

バイロンを含む乗組員の大半は、二班に分かれて交替で当直任務に就いた。班はそれぞれ一〇〇人ほどからなる。バイロンの班が上甲板で作業をしている間、それまで当直に就いていた者たちはくたびれ果てて下の甲板で休んでいた。まだ夜の明け切らぬ闇の中、バイロンの耳には足音とさまざまな訛りが聞こえてきた。上流階級の出から貧民街の出まで、ありとあらゆる階級の者がいたのだ[12]。中には、スロップスと食器の代金として、主計長のトマス・ハーヴィーに給料を差し押さえられている者もいた。船匠や樽職人、縫帆工など海軍の専門職人に加え、驚くほど多種多様な境遇の者たちが乗っていた。

　ともあれ、その一人がジョン・ダックという名のロンドン出身の自由黒人だった。英国海軍は奴隷貿易の護衛もしたが、熟練した船乗りを欲する艦長が自由黒人を乗船させることも多かった。[13]船上の社会には必ずしも陸上の世界ほど厳しい人種差別はなかったが、どこにでも差別は付き物だ。そのため、ダックは文書記録こそ残していないが、白人乗組員にはない脅威にさらされた。国外で身柄を拘束された場合、奴隷として売られる恐れがあったのだ。

　ウェイジャー号には、少年も数十人乗っていて、一般水兵や士官を目指していた。六歳の少年もいたようだ。一方、皺の寄った老人もいた。司厨長のトマス・マクリーンは八〇歳代だった。既婚者の中には子連れの者もいた。航海長のトマス・クラークは、この航海に幼い息子を同伴している。ある乗組員によると、「軍艦はまさに世の中の縮図で、あらゆる種類の人がいて、善人もいれば悪人も」[14]いた。そして、後者の中には、「追いはぎもいれば、押し込み強盗、掏摸（すり）や放蕩者、間男、賭博師、風刺作家、人買い、詐欺師、客引き、たかり屋、与太者、偽善者、没落貴族」がいたという。

　英国海軍は、こうした厄介者たちを、後にホレーショ・ネルソン副提督が「絆で結ばれた兄弟（バンド・オブ・ブラザーズ）」と呼ぶ状態にまとめ上げる手腕に長けていることで知られていた。とはいえ、ウェイジャー号には、船匠助手のジェームズ・ミッチェルをはじめ、反抗的で扱いにくい乗組員がやたらに多かった。バイロンにとって、ミッチェルは掌帆長のキング以上に恐ろしかった。殺気立った荒くれ者に思えたのだ。この時のバイロンはまだ、仲間の乗組員の内に潜む本性どころか自分自身の内に潜む本性さえ見抜くことができていなかった。だが、長く危険な航海を続けるうちに、人は隠れた内面を否応なくさらけ出すことになる。

バイロンの持ち場はおそらく、後甲板だったであろう。後甲板の当直の役割は、辺りを警戒するだけではない。眠ることを知らずに絶えず動き続けるリヴァイアサン〔ホッブズが国家をたとえた巨大な海獣〕さながらの複雑な船を航行させる役割も担っていた。士官候補生のバイロンは、帆の調整から士官たちの伝言を届けることまで、あらゆる場面で助手を務めることを求められた。バイロンが乗組員それぞれに独自の持ち場があることに気づくのに時間はかからなかった。しかも、持ち場だけではなく、序列によって実際に立つ位置も決められていた。その序列の頂点に立つのは、船尾甲板から指揮を執るキッド艦長だった。政府の手が及ばない洋上では、艦長が絶大な権力を握っていた。「艦長は、部下にとっての父親であり、聴罪師であり、裁判官兼陪審員であらねばならなかった[15]」とある歴史家は記している。「国王も及ばないほどの権力を握っていた。なにしろ、国王であっても部下を鞭打ちに処すよう命ずることはできない。ところが、艦長は部下に戦闘を命じることができただけでなく、実際に命じた。しかるに、艦上のすべての者の生殺与奪権を握っていたのである」

ウェイジャー号の副長〔副艦長〕は、海尉のロバート・ベインズだった[16]。海軍に一〇年近く勤続する四〇歳そこそこ〔原文ママ。一七一四年生まれの二五、六歳とする説もある〕の男で、これまでに乗り組んだ二艦の艦長からの推薦状にはベインズの能力を保証するとあった。だが、乗組員の多くは、ベインズが我慢ならないほど優柔不断であることを知っていた。下院議員のアダム・ベインズを祖父にもつ名門の出だったが、乗組員たちにはたびたびビーンズ〔迷惑者の意〕と呼ばれていた。その呼び名が意図的だったかどうかは別として、言い得て妙だと言えるだろう。このベインズをはじめとする上級士官たちの役割は、当直員たちを監督し、艦長命令を守らせることだった。針路を決めるのはクラーク航海長とその助手たちの役割で、適切な方向を操舵長に指示する。すると今度は、操舵長が二重舵輪を握る操舵手二人にその方向を指示するのだ。

一般の乗組員以外の専門職をもつ者たちは、職人たちで独自の社会を形成していた。縫帆工は帆の補修をし、武器職人は剣を研ぎ、船匠はマストを補修したり危険を招く船体の水漏れを塞いだりし、軍医は傷病者を診る（なお、軍医の助手は、傷病者に粥を食べさせたことから、ロブロリー・ボーイ〔どろっとした粥を出す少年の意〕と呼ばれた）。

一般の乗組員たちは、能力に応じて配属が決められた。若く敏捷で恐れ知らずの者は、花形の檣楼員（トップマン）に選ばれ、マストに上って帆を広げたり巻いたりし、猛禽類さながらに宙を舞いながら見張りに当たった。さらに、フォクスルと呼ばれる船首の甲板を担当する者がいた。彼らは前帆（ヘッドスル）を操作したり、錨の上げ下ろしをしたりする。最大級の錨は重量が二トンもあった。船首甲板に配置されるのは誰よりも経験豊富な者が多く、その体には長年の航海の傷痕が刻まれ、指が曲がっていたり、皮膚がなめし革のようだったり、鞭で打たれた傷痕が残ったりしていた。最下層の甲板に、鳴き声を上げ糞をする家畜と一緒にいるのが「新米」だった。[17] 航海経験のまったくない半人前の新米乗組員には、熟練を要しない単純労働が割り当てられた。

最後に、専門職としては独自の海兵隊の隊員がいた。陸軍から切り離されて船上にいる海兵隊員は、新米乗組員同様に半人前だった。洋上にいる時の海兵隊員は、海軍の指揮下に組み込まれるため、乗っている船の艦長の命令に従わなければならない。ウェイジャー号で隊員たちを率いるのは、陸軍士官二人だった。スフィンクスのように謎めいている陸軍大尉のロバート・ペンバートンと、すぐにかっとなる陸軍中尉のトマス・ハミルトンである。ハミルトンは、当初はセンチュリオン号に配属されていたが、別の海兵隊員と喧嘩になり、ナイフを持ち出し、命をかけて決闘しろと迫ったため配置転換させられていた。ウェイジャー号での海兵隊員の主な役割は、荷揚げや荷運びの手伝いだった。さらに、艦内で暴動が起こると、艦長に鎮圧を命じられた。

船を動かすためには、そうした灰汁の強い乗組員たちをまとめ、効率よく稼働する組織にする必要があった。手間取ったり、けつまずいたり、不注意だったり、酔っ払ったりしていると、そのどれか一つであっても大惨事を招きかねない。ある水兵は、こう描写している。軍艦というのは「人間でできた機械であり、その部品である一人一人は車輪であり、紐帯であり、回転軸であり、すべてがその機械を操る全能の艦長の意のままに、驚くほど規則的かつ正確に動く[18]」。

そうした部品が忙しく立ち働く様を観察するのが、午前中のバイロンの常だった。まだ航海術を学んでいる最中のバイロンは、神秘的な世界に異様なほどのめり込んでいたので[19]、ある少年の目にはバイロンが「いつも寝ているか夢を見ている[20]」ように見えたという。将来ジェントルマンとなり士官となるバイロンは他にも、絵を描くこと、剣術やダンスを身に付けること、そして、ラテン語もせめて多少はわかる風を装うことが求められていた。

ある英国の艦長は若い士官候補生に、ウェルギリウスやオウィディウス〔両者とも、紀元前一世紀のローマの詩人〕、スウィフト〔一七世紀後半から一八世紀初頭のアイルランド出身の文人〕やミルトン〔一七世紀のイギリスの詩人〕といった古典的名著の他、蔵書を何冊か船に持ち込むよう勧めた。「どんな愚鈍な者でも船乗りになれるというのは誤った認識である[21]」と言うのである。「海軍士官ほど高い教養を必要とする立場を私は知らない。……海軍士官は、文学者にして言語学者、数学者にして洗練されたジェントルマンであらねばならない」

バイロンには、さらに学ばなければならないことがあった。舵の取り方から、スプライス〔ロープの組み継ぎ〕、ブレース〔桁端のロープで帆の向きを変える〕、タック〔船首を風上側に向ける上手回し〕、星や海流の読み方、四分儀を使って船の位置を特定する方法、ロープを水中に投げ入れて一定時間内に自分の手から伸びていくロープの結び目の数を数えて船の速度を測る方法（なお、一ノット〔結び目一つの意〕は、時速一ランドマイル強〔陸上の距離で一・六〇九キロメートル〕に相当する）まで。

わけのわからない新たな言葉、隠語も解読しなければならず、わからないと新米とからかわれた。たとえば、シーツを引けと命じられたら、寝具ではなくロープを引かなければならない。便所ではなく、ヘッドと言わなければならない。要するに、排泄物を海に落とす船首甲板の穴のことだ。また、船の上に〔on〕と口にすることは固く禁じられ、船の中に〔in〕と言わなければならなかった。バイロン自身は、新しい名前を付けられるという洗礼を受ける。乗組員たちから、ジャックと呼ばれるようになった。ジョン・バイロンは、ジャック・ター〔船乗りのこと。ター（Tar）は、衣服をタールで防水したことが由来だとする説もある〕になったのだ。

広大な海を渡る唯一の手段が風を推進力にする船だった帆船の時代には、海事用語が浸透し、陸にいる者も採り入れていた。「トウ・ザ・ライン〔toe the line。現代英語で、規則や命令に従うの意〕」は、甲板の継ぎ目に爪先をそろえて動かずに立ち、点呼を受けたことに由来している。「パイプ・ダウン〔pipe down。現代英語で、おとなしくするの意〕」は、夜間、全員静かにするようにという掌帆長の吹く号笛を意味し、「パイピング・ホット〔piping hot。現代英語で、できたて熱々の料理の意〕」は、食事の合図だった。「スカトゥルバット〔scuttlebutt。現代英語で、水飲み場やゴシップの意〕」は、艦員たちがその周りで割り当ての水の配給を待つ水樽のことだった。「スリー・シーツ・トゥ・ザ・ウィンド

〔three sheets to the wind。現代英語で、酩酊しているの意〕」は、帆を調整するロープが切れると、船が酔っ払ったように制御不能になることからきている。「ターン・ア・ブラインド・アイ〔turn a blind eye。現代英語で、見て見ぬふりをするの意〕」は今や広く使われる表現だが、ネルソン副提督が失明した片目にわざと単眼鏡を当て、上官からの退却の合図の信号旗を無視したことに由来する。

バイロンは船乗りらしい話し方を、そして船乗りらしい罵り言葉を身に付けるだけでなく、日々の厳しい行動予定も守らねばならなかった。[22] 一日の行動は、船鐘の音で管理された。四時間の当直の間に鐘は三〇分ごとに鳴らされた（三〇分は、砂時計が空になるまでの時間で計った）。くる日もくる日も、くる夜もくる夜も、バイロンはその鐘の音を聞くと、後甲板の持ち場に駆けつけた。体は震え、手はかじかみ、目はしょぼついた。だが、もし規則を破ると、索具に縛り付けられるか、もっと悪くすると、「キャット・オ・ナイン・テイルズ〔九尾の猫〕」と呼ばれる鞭で打たれる恐れがあった。九本のロープの先に結び目のあるその鞭で打たれると、皮膚が裂けた。

バイロンは、海の暮らしに楽しみも見いだしていた。食事の時間には、塩漬けの牛肉や豚肉、乾燥エンドウ豆、オートミール、ビスケットなど、驚くほど多彩な食材が供され、士官候補生仲間のアイザック・モリスやヘンリー・カズンズとともに自分の寝場所で食事を味わった。[23] 一方、水兵たちは砲列甲板に集まり、天井から吊してある板を外して食卓を作り、八人程度のグループに別れて座についた。双方、食事をする仲間は自分たちで選んだため、食卓を囲む者は家族同然だった。毎日のようにビールや蒸留酒を飲みながら、互いに思い出話や打ち明け話をした。そうした狭い空間で生活するうちに、バイロンも固い友情を育み始める。とりわけ、食事仲間（メスメイト）のカズンズとは親しくなった。「これほど性格のよい男には会ったことがない」[24]、ただし「素面の時」はだが、とバイロンは記している。

他にも息抜きの時間はあった。特に日曜には、「総員、楽しめ！」と士官から号令がかかった。すると、船が遊戯場に様変わりし、大人はバックギャモンに興じ、少年は索具によじ登って遊ぶ。アンソンはギャンブル好きで、名うてのカードプレイヤーだった。その黒い瞳に心の内が表れることはなかった。さらに、アンソンは音楽も大好きで、この号令がかかって集まった者の中に少なくとも一人か二人はバイオリン弾きがいたので、乗組員たちはジグやリール〔テンポの速い軽快な踊り〕を甲板のそこここで踊った。[25] 人気の曲には、ジェンキンズの耳戦争についての歌詞がついていた。

やつらは耳を切り落とし、鼻をそぎ落とし……
それから、やじを飛ばしながら、切り落とした耳を差し出し、
こう言った。「おまえたちの主君のところにもっていけ」
だが、言うまでもなく、我らが王の臣民への愛は深いので、
スペインの高慢な鼻をへし折ってくださる。[26]

バイロンが何より好きだったのは、ひょっとしたら、ウェイジャー号の甲板に座って、熟練船乗りたちの海の物語、失恋話や難破しかけた話、輝かしい戦いの話を聞くことだったかもしれない。こうした物語には、生き生きした生命が脈打っていた。語り手の生命が、すんでのところで死をまぬかれたが次はどうなるかわからない生命が脈打っていた。

バイロンは、そうしたロマンある物語に魅了され、自分が見聞きしたことを興奮気味に日誌に書き

留めることを習慣にするようになる。何もかもが「この上ない驚き[27]」に思えたり「肝をつぶした」りしたようだ。見たことのない生物、たとえば異国の鳥についてこう書き留めている。「これまでに見た中でいちばん驚いた」その鳥は、鷲のような頭と「ジェット〔黒玉（こくぎょく）〕のように真っ黒で最高級の絹のようにつやのある」羽毛をもっていた。

ある日のこと、バイロンは士官候補生の誰もがいつかは言われる恒例の身のすくむ命令を耳にする。「帆桁（アロフト）の上に行け！」少し低めの後檣（ミズンマスト）で練習を積んではいたが、今回は三本のマストの中でいちばん高く、天空に向かって三〇メートルもの高さにそびえ立つ大檣（メインマスト）に登らなければならない。万が一その高さから落下したら、ウェイジャー号のとある乗組員のように間違いなく命を落とすことになる。ある英国人艦長によると、きわめて優秀な少年二人がメインマストを登っていたが、一人が握力を失ってもう一人にぶつかり、二人とも落下したことがあるという。「二人は砲口に頭をぶつけました。……私は後甲板を歩いていて、その忌まわしい光景を目の当たりにしました。その時の私の気持ちを言い表すことはできませんし、同じ船の仲間たちに広がった悲嘆を表現することもできません[28]」

バイロンには芸術家の感性があった（ある友人に言わせると、バイロンは美術品の鑑定家に魅力を感じていた）が、気取った軟弱者と見られることを気にしていた。ある時、乗組員の一人にこう語っている。「僕だって、君たちの誰にも負けずに困難を乗り越えられる。そして、それをみんなのために発揮しないといけないんだ[29]」と。ともあれ、バイロンは登り始めた。マストは風上側を登ることが鉄則だ。そうすれば、船が風下に傾いても、少なくともロープに体を押し付けることができる。まず船体の手すりによじ登り、段索（ラットライン）に足をかけた。ラットラインは、マストを支えるためにほぼ垂直に張られた横静索（シュラウド）に固定された水平方向の短いロープだ。この網目状のぐらぐら揺れるシュラウドを、バイロンは上へとよじ登っていく。三メートル、五メートル、八メートルとどんどん登る。海がうねる度にマストも前後に揺れ、手の中のロープも揺れる。マストの三分の一ほど登った辺りで、十字架の腕木のように横に伸びる木製の横桁、大檣桁（メインヤード）にたどり着いた。大檣帆（メインスル）を張る帆桁である。ちなみに、前檣（フォアマスト）のメインヤードは、反乱を起こした者がロープで吊し首にされる帆桁で、「ア・ウォーク・アップ・ラダー・レイン、アンド・ダウン・ヘンプ・ストリート〔a walk up Ladder Lane, and down Hemp Street. 直訳すると、縄ばしご小路を上り麻縄通りを下る散歩。絞首刑の意〕」という言い回しにも使われている。

メインヤードの少し上には、見張り用の小さな台、大檣楼（メイントップ）があり、そこまで登れば一息つける。檣楼に登るいちばん簡単で安全な方法は、檣楼の中央に空いた穴を抜けることだ。だが、この檣楼昇降口（ラバーズホール）は、臆病者専用と考えられていた。今後の航海で笑いものにされたくなければ（それくらいなら、転落して死んだほうがましというものだろう）、バイロンは檣楼の縁にかかる檣楼下静索（ファトック・シュラウド）を伝って外側から登る必要がある。ただし、このシュラウドは傾斜しており、そこをよじ登っていくとどんどん体が仰向けになっていき、背中が甲板とほぼ平行になる。慌てずに、足でラットラインの感触を確かめながら、檣楼に体を引き揚げなければならない。

バイロンは檣楼に立ったが、そこで喜んでいる暇はなかった。マストは、一本の長い木材でできているわけではない。三本の太い「柱」を継ぎ足してできている。バイロンが登ったのは、まだマストのいちばん下の部分にすぎなかった。登るにつれ、シュラウドの幅が狭くなり、網目の大きさもますます詰まってくる。未熟な登り手は、足をかける場所探しに苦労することになる。しかも、この高さではもはや水平方向のラットラインに腕を回して休んでいられるような場所はない。風にあおられながらも、バイロンは、中檣帆の横桁を通り過ぎた。二番目に大きな帆を張る横桁だ。さらにその上にある、檣楼よりもさらに鮮明な視界を得るために見張りが腰掛ける横木、クロスツリーも通り過ぎた。登れば登るほど、マストも自分の体も左右に揺れ、巨大な振り子の先端にしがみついているような感覚になった。握り締めているシュラウドも激しく揺れた。シュラウドに用いるロープは、風雨に耐えられるようにタールでコーティングされている。ロープをよい状態に保つのは、掌帆長の役目だ。バイロンは、この木造の世界が避けられない事実を思い知る。乗組員個々の命が、互いの仕事にかかっているということである。一人一人は、人体の細胞のようなものなのだ。一つでも悪性のものが交じっていると、すべてが破壊されかねない。

ようやく、海面から三〇メートル近い高さの上檣帆の横桁に到達した。ウェイジャー号では、マストのいちばん高い位置に帆を張るための帆桁である。その帆桁の下に張られているフットロープに足を乗せると帆桁に胸を近づけ、ロープの上で慎重にバランスを取りながらすり足で移動する。そして、命令を待つのである。帆を畳めと命じられることもあれば、縮めろと命じられることもある。風が強い時は、一部を巻き上げることで風を受ける面積を縮めるのだ。一八四〇年代に米国の軍艦に乗っていた作家のハーマン・メルヴィルは、自伝的小説『レッドバーン』の中でこう書いている。「初めて中檣帆を縮めたのは暗い夜のことで、気づくと、他の一一人とともに帆桁にしがみついていて、艦は上下に揺れたり、血迷った馬が後ろ足で立ち上がるように船首を持ち上げたりしていた。……けれども、何度か続くうちに、そのうちに慣れてきた」[30] さらに、こう続けている。「驚くべきことだが、若者は帆桁の上に登る恐怖心をじつにあっさりと克服してしまう。私自身の場合も、地球の直径に劣らぬくらい腹が太く据わってきた。……強風の中で上檣帆（トゲンスル）や最上檣帆（ローヤルスル）を巻き上げることに大いなる喜びを見いだしていた。この作業は、帆桁の上に二人登っていなければならず、強烈な恍惚感があった。心臓を血液が勢いよく駆け巡っている感覚だ。それに、体中の組織がうれしさにぞくぞくしたり、うずうずしたりし、気づくと、船が一揺れするごとに暴風の吹き荒れる空の雲へと放り上げられ、天と地の間にいる最後の審判の天使のように浮かんでいる」

今やバイロンは船の天辺に立っていたので、下方の甲板上の小競り合いがすべて見渡せ、艦隊の他の艦も視界に収めることができた[31]。そして、艦隊の前方の海には、その茫漠たる広がりには、バイロンがこれから紡ぐことになる物語が待ち受けていた。

英国を後にしてから三七日目の一七四〇年一〇月二五日午前五時、夜明けの薄明かりの中にセヴァーン号の見張りが何かを見つけた。乗組員がランタンを点滅させ、大砲を数発発射し、艦隊の他の船に注意を促した頃、ようやくバイロンにも見えてきた。海の縁にぎざぎざの輪郭が浮かんでいる。「おおい、陸（ランド・アホイ）だ！」マデイラ島だった。アフリカ大陸の北西沖に浮かぶ島だ。常春の島であると同時にすばらしいワインの産地として知られている。ウォルター牧師が言うように「熱帯の住民が元気を取り戻すために神の計らいにより考案された[32]」ものに思えるほどのワインである。

艦隊は、島の東側の入り江に停泊した。ここを最後の寄港地として、これから大西洋を横断し、ブラジル南部の海岸に向けて五〇〇〇マイル〔約八〇〇〇キロ〕に及ぶ遠征に出ることになる。水と薪を手早く補給し、極上品のワインも大量に積み込むようアンソンは乗組員に命じた。アンソンは先を急ぐことに躍起になっていた。出航から二週間以内にマデイラ島に到達していたかったのだが、逆風のせいで予定の三倍の日数がかかってしまった。そのせいで、南半球が夏のうちに南米大陸を周りたいという希望が潰えかけていたのだ。「冬場にホーン岬を通過する難しさと危険性について、私たちはあれこれ考えてしまった[33]」とウォルター牧師は心の内を明かしている。

錨を揚げる前の一一月三日、二つの出来事が起こり、艦隊にさらなる激震が走る。まず、ジョン・ノリス提督の息子でグロスター号艦長のリチャード・ノリスが、突然、辞職を願い出た。「国を出てからずっと、ひどく具合が悪かったのです[34]」とアンソン宛ての書簡にリチャード・ノリスは記している。「私の体調では、今後の長い航海を続けることはかなわないのではないかと危惧しております」アンソン代将は、ノリスの辞職を受け入れた。だが、勇気に欠ける行為を軽蔑していた。後に海軍を説き伏せ、戦闘中に「臆病、怠慢、反抗[35]」の罪を問われた者は誰であれ「死をまぬかれない」という規則を加えさせたほどである。牧師仲間から「どちらかというと体は貧弱で弱々しく病気がちな男[36]」と評されているウォルター牧師でさえ、恐怖というのは「困ったものだ！　恥ずべき情念であり、人としての品位に欠ける！[37]」と、ノリスが艦長職を「辞した[38]」ことを痛烈に批判している。少し後のこの戦争の間に、リチャード・ノリスは別の船の艦長を務めていたのだが、戦闘中の退却という「恐怖心の最大の表れ[39]」を見せた反逆行為で告発され、軍法会議に出頭するよう命じられる。だが、海軍本部宛ての書簡で、ノリスは「悪意と嘘のせいで私が被った汚名を雪ぐ[40]」機会を歓迎すると強がった。にもかかわらず、審問が始まる前に逃亡し、それきり消息を絶ってしまった。

このノリスの辞任で、艦長たちは順繰りに昇進することになった。パール号の艦長は、より強力な軍艦であるグロスター号の艦長に任命された。ある士官から「立派で人間味のある指揮官で、彼の船の誰からも尊敬されている[41]」と評されるウェイジャー号艦長のダンディ・キッドは、パール号艦長になった。ウェイジャー号の艦長の座に収まったのは、偵察用スループのトライアル号艦長で貴族の出のジョージ・マレーだった。

トライアル号だけは、指揮官の座が空いていた。他に艦長経験者がいなかったため、アンソンは選びかねていたのだ。下位の士官の間で、熾烈な争いが繰り広げられることになった。海軍のある軍医は、船上での嫉妬に満ちた駆け引きを宮廷の権謀術数にたとえ、誰もが「専制君主の寵愛を受けてライバルを蹴落とそうとしている」[42]と評している。最終的に、アンソンが選んだのは、不屈の精神の持ち主である一等海尉デイヴィッド・チープだった。

ようやく、チープに運が向いてきた。大砲が八門しかないトライアル号は軍艦でこそないが、それでも自分が率いる船である。今や、トライアル号の点呼簿には、艦長デイヴィッド・チープと自分の名が記されていた。

艦長が替わると規則も替わる。バイロンは、ウェイジャー号の新任艦長に慣れる必要があっただろう。さらに、この配置転換のせいで、バイロンの窮屈な寝場所に面識のない少年が闖入してきた。アレクサンダー・キャンベルだと少年は名乗った。年の頃はまだ一五歳といったところで、話し方に強いスコットランド訛りがある。マレー新艦長がトライアル号から連れてきた士官候補生だった。バイロンがこれまでに親しくなった士官候補生とは違い、キャンベルは横柄で移り気な人物のようだった。バイ一般乗組員に対し自分は未来の士官であると自らの地位を誇示し、時に拳を使って艦長命令に従わせる小暴君という印象だった。

艦長の交代でバイロンたち乗組員に動揺が広がったが、二つ目の事態のほうがより憂慮すべき問題だった。アンソンがマデイラ島の総督から知らされたところによると、島の西海岸沖に少なくとも五隻の巨大軍艦からなるスペイン艦隊が身を潜めているという。中には、戦闘員七〇〇人以上を乗せた六六門艦や、戦闘員五〇〇人を乗せた五四門艦、さらには戦闘員七〇〇人を乗せ、特大の七四門を備えた艦もあった。アンソンの任務についての情報が漏れていたのだ。この情報漏洩は後に裏付けられるのだが、ある英国艦の艦長がカリブ海である船を拿捕したところ、アンソン隊の遠征について集めた「情報[43]」が細大漏らさず記されたスペイン語の書類が見つかった。敵はすべてを知っていて、ピサロ率いる艦隊を派遣したのである。ウォルター牧師は、この軍勢は「我々の遠征を阻止することを目的としていた[44]」と記し、「戦力ははるかに優っていた[45]」とも書いている。

アンソン艦隊は暗くなるまで待ち、マデイラ島から密かに出航した。バイロンたち士官候補生は、敵に発見されないよう船上のランタンを消すよう命じられた。もはや密命を帯びて航海しているわけではなかった。自分たちが追われる身になっていたのだ。

第3章　掌砲長

ウェイジャー号の海兵隊員の一人が太鼓をたたいた。前途に不安を感じさせる「総員戦闘配置につけ」という意味の合図だ。寝ぼけていようと着替えの途中であろうと、乗組員は大人の男も少年も戦闘配置につこうと暗闇を走った。甲板の上に置かれていた固定されていないものも片付けた。交戦中、砕け散った破片で致命傷を追う危険があるからだ。ある英国軍艦に乗っていた一四歳の少年は、「それまで人が死ぬのを見たことはなかった」[1]が、戦闘の最中、破片が仲間の「頭の天辺〔に突き刺さり〕、彼が倒れると、血と脳みそが出てきて甲板に広がった」という。木造の世界が炎に包まれることは、破片以上に深刻な脅威だった。乗組員たちはバケツに水を汲み、ウェイジャー号の大砲を準備した。[2]大砲は鼻面が八フィート〔約二・五メートル〕以上ある重量二トンの鉄の野獣だった。その破壊力を発揮するには、大砲一門につき最低でも六人が必要だった。

各砲を担当する者は、各自の隠れた役割に従って動く。少年たちの中から選抜された「パウダー・モンキー」は、船倉の弾薬庫で手渡しされる薬囊（カートリッジ）を取りに砲甲板を急いだ。弾薬庫には、すべての火薬類が施錠されて保管されている。海兵隊員が見張りに立っていた。庫内への火の点（つ）いた蠟燭の持ち込みは厳禁だ。

少年は、数キログラムの火薬が詰まった薬嚢を受け取ると、今度は、乗組員や機械に足を取られてつまずいたり火の粉をかぶって火薬を爆発させたりしないよう注意しながら、担当の大砲へと駆け戻った。薬嚢を受け取った班員は、それを砲口に押し込む。ついで、装塡手が一八ポンド〔約八キログラム〕の鋳鉄（ちゅうてつ）製の砲弾を砲口に入れ、さらに砲弾を固定するための束ねたロープを突っ込む。各砲の架台には木製の車輪が四カ所に取りつけられている。滑車装置や巻かれたロープを使って動かし、砲門から砲口を突き出させる。艦の左右両方の砲門から、次々に砲身がのぞいた。

その頃、帆の調整手（トリマー）と檣楼員（トップマン）は、帆の準備をしていた。陸上とは違い、海の戦場には定位置がない。風や波、潮の流れによって、船はつねに揺れ動いている。艦長は、こうした予測不能な自然の要素だけでなく、狡猾な敵の動きにも対処しなければならない。そのためには優れた戦術スキル、つまり掌砲員と船乗りのスキルが不可欠だった。砲弾やブドウ弾〔多くの鉄球を葡萄状につないだ大砲の弾丸〕、マスケット銃の銃弾や五〇センチ以上もある木片が四方八方に飛び交う激しい戦闘の最中も、艦長は、補助帆を揚げ下ろしし、船首を風上に旋回させたり船尾を風上に向けて旋回させたりし、敵艦を追いかけたり逃げたりしなければならない。さらに、敵艦に船首から突っ込み、接舷（ボーディング）・斧（アックス）や船刀（カットラス）や剣を手にした乗組員たちが乗り移れるようにしなければならない。そうなると、戦闘は銃や大砲の撃ち合いから接近戦へと変わる。

「砲弾を撃ち込め……砲口を向けろ……点火しろ……撃て！」という指示がよく聞こえるように、ウエイジャー号の乗組員たちは無言で作業をしていた。

点火役でもある班長がじわじわと燃える導火線を砲身の端にある火門に刺した。導火線の種火が薬嚢に点くと弾丸が勢いよく発射し、大砲が後方に大きく揺れて砲尾のロープが伸びきった。班長はじめ班員はみな、素早く飛びすさる。もし間に合わないと、砲身に押しつぶされることになる。艦内のあちこちで大砲が発射され、一八ポンド〔約八キログラム〕の砲弾が秒速一二〇〇フィート〔約三六五メートル〕で宙を飛び、煙で辺りは見えず、轟音は耳をつんざかんばかり。[3]甲板は海が沸騰しているかのように振動していた。

そうした熱と光の中に、ウェイジャー号の掌砲長ジョン・バルクリーは立っていた。バルクリーは、この艦の寄せ集めの乗組員の中で、数少ない有能な熟練戦闘員だと言えるだろう。だが、今回の戦闘命令はただの訓練だった。スペイン艦隊が潜んでいるという情報を耳にしてからというもの、アンソン代将はこれまで以上に躍起になって、乗組員全員に戦闘準備をさせようとしていたのだ。

バルクリーは、冷たく光る黒い拳銃さながらの非情なまでの手際のよさで仕事をこなしていた。海軍に一〇年以上勤続している真の船乗りだった。汚れ仕事からキャリアをスタートさせ、タールのバケツに手を突っ込んだり、船底の汚水（ビルジ）をくみ上げたりし、「ねちっこいいびりを笑い飛ばす」[4]こと、すなわち、ある船乗りの言葉を借りると「抑圧を憎み、逆境に耐える」ことを身をもって知っていた。バルクリーは下甲板からのし上がり、アンソンの航海の数年前に専門家委員会の前で口頭試問を受け、掌砲長になるための試験に合格していた。

艦長と海尉は国王の勅命により任ぜられる官職で、一航海ごとに船を乗り換えることも少なくなかった。それに対し、掌砲長や船匠長など専門技術をもつ者は海軍委員会（ネイビー・ボード）〔海軍本部の下の管理事務部門〕から任命書を交付され、一隻の船に専任配属されるため、事実上、船が自分の家となった。職人たちの階級は海軍士官の下に位置づけられていたが、さまざまな面で船の心臓部は彼らだった。船を円滑に航行させるための職人集団である。掌砲長のバルクリーは、ウェイジャー号の全乗組員の生死を握る立場にあった。特に交戦中は重要な役割を担うため、海軍の規則にもそれが反映されていた。艦長や海尉に関する条項よりも、掌砲長の任務に関する条項のほうが多かった。それについてある指揮官は、「洋上での掌砲長は、熟練し注意深く勇敢であらねばならない。というのは、船の強さは掌砲長の手に委ねられているからである[5]」と述べている。ウェイジャー号は全艦隊の弾薬を運んでおり、バルクリーは小さな町一つを吹き飛ばせるほどの火薬を収めた広い弾薬庫を管理していた。

敬虔なキリスト教徒であるバルクリーには、いつの日か「主の園[6]」と呼ばれる場所を見つけたいという願いがあった。ウェイジャー号では日曜日に礼拝を執り行なうことになっていたが、バルクリーは「船内では祈りがすっかりおろそかにされている[7]」し、海軍では「厳粛な雰囲気で祈りが捧げられることはきわめて稀で、所属していた長い歳月の間に、そのような例は私が知るかぎり一度しかない」と不満を漏らしている。『キリスト者の規範――すなわち、イエス・キリストに倣うための一考察』〔原題、*The Christian's Pattern: or, A Treatise of the Imitation of Jesus Christ*、未邦訳〕という本を携行していたバルクリーは、少なくともある意味では自分自身を神に近づける手段として危険な航海に臨んでいたと考えられる。苦難によって「人は神の内面に触れ[8]」られるが、誘惑に満ちたこの世では「人の一生は地上での闘いである[9]」とこの本は説いている。

こうした信仰心とは裏腹に、もしくはその信仰心ゆえかもしれないが、バルクリーは砲術の要諦を身に付けると、彼が好んで使う言葉によれば、ウェイジャー号を「すべての敵にとっての恐怖の的[10]」にしようと思い定める。バルクリーは、波頭の頂点で大砲を発射させる正確なタイミングを心得ていた。手際よく薬嚢の火薬を調合し、トウモロコシの粉とともに詰め、必要とあらば歯で着火具を引っ張った。何よりも神経を使ったのは、自分に託された弾薬を厳重に保管することだった。というのも、それがうっかり反乱者の手に渡ると、船の内部から破壊されかねないことを知っていたからだ。一七四七年の海軍の便覧は、掌砲長は「冷静かつ注意深くて誠実な者[11]」でなければならないと強調しており、まさにバルクリーのことを言っているかのようだった。マニュアルには、きわめて優秀な掌砲長の中には、「船内で最も低い地位にいたが、勤勉さと弛まぬ努力によって出世の階段を上った[12]」者もいる、とも書かれていた。バルクリーは確かな腕をもち、信頼も厚かったので、他の多くの船の掌砲長とは異なり、ウェイジャー号の当直班の班長も任されていた。バルクリーは日誌に、「私はこの船の掌砲長ではあるが、航海中ずっと当直班の班長も務めていた[13]」と誇らしげに記している。

ある海軍士官が指摘しているように、バルクリーは天性のリーダーだったようだ。だが、身分が足かせとなっていた。新任の艦長ジョージ・マレーや士官候補生のジョン・バイロンとは異なり、バルクリーは絹の靴下をはいた上流階級の出ではなかった。男爵の父親がいるわけでもなければ、有力な後援者が後甲板への出世階段を用意してくれるわけでもなかった。階級上はバイロンよりも上かもしれないし、砲撃戦を指揮する立場だったかもしれないが、社会的にはバイロンよりも身分が下だと見なされていた。掌砲長が海尉や艦長になる例もあることはあったが、めったになかったし、バルクリーは物言いに遠慮がなさすぎ、自尊心の強さから上官を持ち上げることができなかった。それを「堕落した[14]」習慣と見なしていたのだ。歴史家のN・A・M・ロジャー〔一九四九〜〕は、こう指摘している。「昔ながらの英国の流儀で、熟練した専門職者は持ち場を異動しなかった。対して、指揮を執るのは、船乗りとしての教育しか受けていない異動辞令を受けた士官たちだった[15]」

バルクリーが体格に恵まれていたのは間違いない。バルクリーは一度、ウェイジャー号の乱暴者、掌帆長ジョン・キングの助手と喧嘩をしたことがある。「やつは私にせいぜい自分の身を守れと強がったが、すぐこちらがのしてやった」[16]とバルクリーは日誌に記している。ただし、バルクリーが長身だったのか短身だったのか、はげ頭だったのかふさふさ頭だったのか、瞳が青いのか黒いのか、容姿に関する記録は一切残っていない。バルクリーには有名な肖像画家ジョシュア・レノルズを雇って堂々たる海軍の軍服を着て髪粉をつけたかつらをかぶりポーズをとる自分を描かせるだけの経済的余裕がなかったのだ。アンソンやバイロン、センチュリオン号士官候補生のオーガスタス・ケッペルのようには（ちなみに、ケッペルの肖像画は、古典的傑作ベルヴェデーレのアポロン像に倣ったポーズをとり、泡立つ波打ち際を散策する姿で描かれている）。バルクリーのそれまでの人生についてもやはり、タコのできたその手がタールにまみれているかのごとくに、あまりよくわからない。一七二九年に、メアリー・ロウという名の女と結婚したこと。五人の子をもうけ、長子は一〇歳のサラ、末子がまだ一歳にもなっていないジョージ・トマスであること。一家はポーツマスで暮らしていたこと。バルクリーの前半生についてわかっているのは、それだけである。前歴不問でアメリカの開拓地にやって来た入植者であるかのように、バルクリーはいきなりこの物語に登場するため、どういう人物かはその時々の行動で判断するしかない。

ただし、彼の心の内は垣間見ることができる。書き留めていたからだ。しかも、優れた書き手だった。自分より上級の士官とは違い、日誌をつける義務こそなかったが、それでも自分のために日誌をつづっていた。航海日誌というのは、分厚い紙に羽根ペンとインクを使って書かれる。[17]船が揺れたり海水をかぶったりすると、インクがにじむこともあった。頁には縦罫があり、各欄に毎日、風向き、船の位置や方位、「主立った天測結果と出来事」を記していく。そうした記述は、まるで書き留めることで荒ぶる自然を手なずけることができると言わんばかりに、人間味に欠けるものである。ダニエル・デフォー〔一六六〇～一七三一。『ロビンソン・クルーソー』の作家〕が、船乗りの日誌はたいてい、「くる日もくる日も何リーグ航海したかとか、どこで風をとらえたかとか、いつ強く吹いたかとか、いつ弱くなったかとか……退屈な羅列[18]」にすぎないと不満を漏らすほどだ。それでも、そうした日誌は航海を映し出し、航海特有のうねりのある物語となっており、序破急もあれば、予期せぬひねりや展開もある。日誌をつける者の中には、個人的な覚え書きを加える者もいた。バルクリーも自分の日誌に、詩の一節〔一六〇六年生まれの英国の詩人エドモンド・ウォーラーの詩 A Voyage to the South-Seas より〕を書き写している。

大海原に最初に漕ぎ出した男たちは剛胆だった。
難破がこの上ない悪夢だった時代に、新たな帆を掲げたのだ。
出くわす人間だけでなく、
岩礁も、大波も、風も、今より危険だった時代に。[19]

航海を終えると、艦長は義務づけられている航海日誌を海軍本部に提出する。英国が帝国を築くための大量の情報、すなわち海と未知の土地についての百科事典を提供するのだ。アンソンと部下の士官たちも、ホーン岬を周る航路に挑んだことのある数えるほどの船乗りの航海日誌をたびたび参照したことだろう。

それだけでなく、ある歴史家の名づけた表現を使うなら、こうした「出来事の日誌[20]」は、航海中に生じた問題行動や災難を記した記録でもあった。必要であれば、軍法会議の証拠として提出されることもあり、乗組員のキャリアと生命が航海日誌にかかっていたとも言えるだろう。そのため、実践的な船舶操縦術についての一九世紀の指南書は、航海日誌は「注意深く保管し、いかなる行間への書き込みや消去も避けるべきである。決まって疑惑を招くからだ[21]」と助言している。さらに、この指南書は「日誌への記入は、各出来事が起こった後にできるだけ速やかに行なうべきである。また、航海士が法廷で詳述したくないことは一切記入すべきではない」としている。

やがてこうした航海日誌は、大衆に人気のある冒険物語のベースにもなる。[22]印刷機の普及や識字率の向上が追い風となり、ヨーロッパの人々はそれまで知らなかった世界に憧れたため、船乗りたちが長い間前甲板の下の船員部屋で紡いできたような物語にはあくなき需要があった。一七一〇年、シャフツベリー伯爵は、そうした海の物語は「我々の祖先の時代における騎士物語のような、今の時代における[23]」物語であると述べている。バイロンのような若者たちの想像力に火をつけたそうした物語は、たいていの場合、日誌のように時系列で書かれたが、個人的な考えが多く記されているのが特徴だった。物語にも個人主義〔社会は人間個々の目的から生じるとするホッブズの考え方〕が浸透しつつあったのだ。

バルクリーに日誌を出版する意図はなかった。この時代はまだ、このように増えつつある出版物の書き手は、主に艦長や一定の地位や階級の者に限られていたのだ。とはいえ、バルクリーは自分が見たことを記録する作業を楽しんでいた。トライアル号の主計長ローレンス・ミリチャンプが自分の日誌の中で、「以下の紙幅に書き記す」作業にいかに自分が「不向き[24]」か認めているのとは対照的に、バルクリーは見たことを書き留めることに喜びを感じていた。たとえ自分以外に誰の耳にも届かないとしても、バルクリーにとっては書くことが自分の声の表現手段だったのだ。

マデイラ島を出てから間もない一一月のある早朝、檣頭(マストヘッド)に腰掛けた見張りが、水平線上に船がやって来るのを見つけた。見張りは急いで知らせた。「船が見えるぞ(セイル・ホー)！」

アンソンは、艦隊の軍艦五隻を互いに接近させると、均等の距離で細長い鎖状〔単縦陣〕に並ばせた。[25] 戦力を結集し、鎖のどこが弱くなっても補いやすくするためである。これは通常、二つの艦隊が対峙する時の陣形だが、時代とともに変化し、一八〇五年のトラファルガーの海戦でピークを迎える。[26] ホレーショ・ネルソン中将が、「敵を驚かせて混乱させ[27]」れば「こちらが何をしようとしているのかわからなくなる」と言い、敵の強固な戦列に挑んだのだ。アンソンの時代にもやはり、抜け目のない艦長は往々にして自分の意図を隠し、敵を騙すような策略を用いた。時には、霧の中を敵に忍び寄り、敵船が帆を使えないように風上を取ることもあっただろう。遭難したように見せかけて、奇襲をしかけることもあっただろう。他にも、友軍を装って外国語を使って手招きし、至近距離まで近づくこともあっただろう。

アンソン艦隊の見張りが船を発見した後は、それが味方か敵かを見極めることが急務だった。ある船乗りは、見慣れない船を発見した後のお決まりのやり取りをこう描写している。艦長が急いで進み出て、見張りに怒鳴る。「おい、見張り[28]！」

「はい、艦長」

「どんな船だ？」

「横帆式の船です、艦長」

すると、艦長は船首から船尾まで静かにするように命じ、しばらくすると、また怒鳴る。「おい、見張り！」

「はい、艦長」

「どんな船だ？」

「大型です、艦長。こちらに向かってきます」

ウェイジャー号の士官と乗組員は、その船に目を凝らし、船籍と目的を見極めようとした。だが、あまりにも遠く、こちらを威圧するような船影しか見えない。アンソンは、船足の速いトライアル号の後甲板に陣取る新艦長チープに、接近してもっと情報を集めるよう合図した。チープと乗組員は、帆を広げて出発した。ウェイジャー号のバルクリーたち掌砲員は、あらためて大砲の準備をし、緊張した面持ちで待機する。監視と通信の手段が限定される広大な海での戦闘は、絶えず緊張を強いられるのだ。

二時間後、チープはトライアル号で近づくと、威嚇で大砲を一発発射した。チープの船が近づいても、相手船は針路を変えなかった。東インド諸島に向かうオランダ船だったのだ。アンソン艦隊の乗組員たちは、また当直業務に戻った。海には物を隠す力があるかのように、敵の船は水平線上にいつふいに姿を現すかわからないのだ。

それからほどなくして、小艦隊は目に見えないものに包囲されてしまう[29]。銃撃されたわけでもないのに、バルクリーの仲間の多くが、凶悪な何かに襲われたかのようにばたばたと倒れ始める。少年たちには、もはやマストに登る気力もなかった。急病人たちの苦しみようはただ事ではなく、ハンモックの中で身をよじり、熱にうなされ、汗にまみれ、手桶や自分の体に嘔吐した。錯乱状態になり、よろめきながら海へ向かおうとするので、目を離せない者もいた。出航前に船に潜んでいた発疹チフスの爆弾が、今になって艦隊中で爆発していたのだ。ある士官は、「乗組員たちはどんどん罹患して弱って」[30]いき、さらに熱病が「我々の間に蔓延し始めている」と記している。

せめて英国にいる時なら、感染者を陸に揚げて治療することもできた。だが今は、過密状態の船に閉じ込められている。たとえ彼らがその概念を理解していたとしても、ソーシャル・ディスタンスをとることはできなかった。そのため、虱だらけの体が、何も知らない新たな犠牲者に押し付けられ、虱は乗組員から乗組員へと這い移っていった。虱に咬まれても危険はないのだが、咬まれた傷痕に付着した糞は細菌だらけだ。虱の唾液はかゆみを引き起こすため、咬まれた所を何の気なしに引っ掻くと、知らないうちに自分で自分の体に病原菌を侵入させてしまう。病原菌はステルス移乗部隊さながらに血液に入りこみ、ついで吸血して感染した虱から艦隊中の乗組員へと伝染病が広がっていくのである。

バルクリーには、どうすれば身を守れるのかわからなかった。できることは、これまで以上に神に身を捧げることくらいだ。ウェイジャー号の軍医ヘンリー・エトリックは、下甲板に病室を設けた。病人用のハンモックを吊すスペースは、手術室に充てている士官候補生の寝場所よりも広かった（なお、「外的な悪要因のせいで具合が悪くなった乗組員が甲板下に連れて行かれると、その乗組員は『under the weather』と呼ばれた」〔現代英語でも、体調不良の意で用いられる〕）。エトリックは患者に献身的であると同時に、手術の腕も確かで、手脚をものの数分で切断できたという。さらに、エトリック自身が「大腿部の骨折を整復する機械[31]」と呼ぶものも設計している。車輪と歯車の付いた軸からなる七キログラムほどの装置で、この装置のおかげで患者は足を引きずることなく確実に回復した。

そうした革新的な技術を開発したとはいえ、エトリックをはじめとするこの時代の医師には、疾病についての科学的な理解がほとんどなく、発疹チフスの大流行を食い止める手立てを持ち合わせていなかった。センチュリオン号の従軍教師であったパスコー・トマスは、エトリックの感染論は「ほとんど意味をなさない言葉の羅列[32]」であると不満を述べている。細菌という概念がまだ生まれていなかったため、手術器具の消毒もなされなかった。病気そのものと同じように、この病気の原因を巡る疑心暗鬼が、船乗りたちをむしばんでいった。発疹チフスは水を介して広がるのだろうか。それとも、士だろうか。触れることによって広がるのだろうか。それとも、見ることだろうかと。医学的に有力なのは、こうした船のようなある種の淀んだ環境が有害な臭気を発生させ、そのせいで人間が病気になるという説だった。実際に「空気中に」何かが存在すると考えたのだ。

アンソン艦隊では、隊員が病気になると、士官と軍医が甲板を歩き回り、原因を突き止めようと臭いを嗅いだ。濁ったビルジ水、黴の生えた帆、傷んだ肉、人の汗、腐った木材、死んだネズミ、大小便、不潔な家畜、臭い息を。悪臭を放つ物は害虫を大量発生させた。あまりにも聖書的な危険な徴候である。そのため「ある者は喉に飛び込んでくるのを恐れ、口を開けることもできない[33]」と主計長ミリチャンプは記している。中には、木の板を削って間に合わせの扇風機を作る乗組員もいた。「汚れた空気をかき回すために、数人が駆り出されて前後に揺らした[34]」とある士官は振り返っている。

マレー艦長をはじめとする上級士官たちは、アンソンと緊急会合を開いた。その中に掌砲長バルクリーはいなかった。バルクリーの立場では、入ることが許されない部屋があったのだ。ほどなくバルクリーも知るところとなるが、この会合で士官たちが議論していたのは、甲板下の船内にもっと空気を取り込む方法だった。アンソンは船匠たちに命じ、各船の喫水線のすぐ上に砲門の他にさらに六つの開口部を作らせた。それでも、疫病は勢いを増すばかりで、感染者の数は増え続けた。

エトリックはじめ各船の病室に詰めている軍医たちは、無力感を募らせていった。対スペイン戦で海軍の軍医助手を務めた体験を基にピカレスク〔悪漢〕小説『ロデリック・ランダムの冒険』を書いたトバイアス・スモレット〔一七二一～一七七一〕は、ある流行病についてこう記している。「船上で病人が死ぬことより回復することのほうが、私にはよほど驚きだった。ここで私が見たのは、五〇人ほどの悲惨な状態の疫病患者たちが、何列も〔ハンモックに〕吊されているため密着し合い……日中の陽光も新鮮な空気も奪われていることだった。吸えるのは……自分たちの排泄物と病に冒された体の臭いぐらいのものだった[35]」そうした病人が故郷から遠く離れた孤独な海の上で死の病と闘っていると、仲間たちが見舞いに訪れ、ランタンを掲げてその虚（うつ）ろな目をのぞき込み励まそうとしたことだろう。あるいは、ある軍艦付きの牧師が言っているように「無言のまま病人の上に涙を落としたり、胸が張り裂けんばかりの口ぶりで病人に呼びかけたり[36]」したこともあったかもしれない。

ウェイジャー号ではある日、病室から出てきた数人の男が布に包まれた長いものを抱えていた。仲間の遺体だった。伝統に則って海に葬る遺体は、少なくとも砲丸一つとともにハンモックに包む[37]（ハンモックを縫い合わせる際、最後の一針を死者の鼻に通し、死んだことを確認することも少なくなかった）。硬直した遺体を板の上に乗せ、ミイラに見えないようにユニオンジャックを被せた。衣類、装身具、私物箱など、死者の私物はすべてまとめて競りにかけ、未亡人たち遺族に渡すために資金集めをした。仲間の死には動じない古参の船乗りも、遺品となると法外な値で競り落とすことも多かった。「死というのはいつだって厳粛なものだが、海での死ほど厳粛なものはない[38]」とある船乗りは振り返っている。「自分の傍、すぐ隣にいて、その声を聞いていた男が一瞬のうちに逝ってしまうと、後には喪失感しか残らない。……船首甲板（フォクスル）下の寝場所はいつも空っぽで、夜の当直班が召集されても一人欠けている。舵を取る時も一人欠け、帆桁の上に並ぶ時も一人欠けている。彼の姿が、彼の声が恋しくなる。というのも、習慣で自分にとってほぼ不可欠な存在になっていたので、五感の一つ一つが喪失感を覚えているのだ」

ウェイジャー号の船鐘が鳴ると、バルクリーやバイロンたち乗組員が、甲板や通路、帆桁（ブーム）の上に集まった。ウェイジャー号の近くにやって来た他の船の士官や乗組員も、葬列のような並びになった。掌帆長が「脱帽」と号令をかけると、会葬者は無帽になった。死者のために、そしておそらくは自分のためにも祈りを捧げた。

「それゆえ我らは彼の遺体を深淵に委ねます」とマレー艦長がお決まりの文言を朗唱した。ついで、遺体を覆っていたユニオンジャックが外され板が持ち上げられると、遺体は手すりを越えて滑り落ちていった。静寂の中にしぶきの音が響いた。バルクリーや仲間たちに見送られ、世に知られていないこの航海を最後に、遺体は砲丸の重みに引きずられて海の底へと消えていった。

一一月一六日、艦隊に同行していた二隻の貨物船アナ号とインダストリー号の艦長が、アンソン代将に、自分たちは海軍との契約を満了しているので帰国したいと申し入れてきた。疫病が広がり、危険なホーン岬が迫っているがゆえの申し入れであるのは間違いなかった。だが、この二隻が積んでいる数トンのブランデーをはじめ、食料を保管するスペースはどの船にもない。そこで、アンソンは耐航性があまり高くないインダストリー号だけ解放することにした。

軍艦五隻はいずれも、少なくとも四隻の小型輸送艇を装載していた。船と岸や船と船の間で、物資や人を輸送するためだ。うち最大のものは長さが約三六フィート〔一〇メートル強〕ある長艇（ロングボート）で、他の小型艇と同じく、漕ぎ進むことも帆走することもできる。こうした小型艇は甲板に吊って固定されていたが、インダストリー号に積んである物資の残りを運ぶ危険な作業に当たるため、乗組員たちは荒れる海面に小型艇を下ろし始めた。その頃、士官たち乗組員の多くは、インダストリー号に託して母国に送るための手紙を急いで認め（したた）ていた。愛する者の許へ戻り言葉を交わせるまでには、一年はかからないとしても、まだ数カ月はかかるかもしれない。

バルクリーは、たとえ死神が海を越えて艦隊に付きまとっているとしても、自分は奇跡的に健康であると妻子に知らせたであろう。ただ、もし軍医たちの言うように、悪臭が原因で高熱が出るのだとしたら、なぜ同じ船に疫病に罹る者とぴんぴんしている者がいるのだろう。信心深い者の多くは、命に関わる病に罹るのは人間性の堕落に原因があると考えていた。怠惰であったり、刹那的であったり、享楽的であったりすることが原因だと考えていたのだ。一六一七年に出版された軍医のための初の医学書は、疫病とは「地上から罪人（つみびと）を」[39]切り離す神の御技であると戒めている。古代エジプト人のように〔旧約聖書には、出エジプト記をはじめ疫病が神と結びつけて描かれている〕、アンソンの乗組員たちは次々に病に倒れていったのに、自分がまぬかれていることには何らかのしかるべき理由があるとバルクリーは考えたかもしれない。

一一月一九日夜、インダストリー号の積み荷の積み替え作業が完了した。[40]バルクリーは日誌に、「輸送船インダストリー号は去っていった」と短く記している。バルクリーたち乗組員はあずかり知らぬことだが、その後間もなくインダストリー号はスペイン軍に拿捕されることになる。手紙が届けられることはなかった。

一二月になる頃には、艦隊中で海に葬られた者は六五人以上に及んでいた[41]。ウォルター牧師の記録によると、この疫病は「まず症状がひどいだけでなく、自分は回復したと思っている者にとっては、この病気の予後さえもが致命的であった[42]」。病後は「決まってひどく衰弱し無力な状態になった」からだ。艦隊の中では最も経験豊富なセンチュリオン号の軍医長に施せる手立ては限られていたが、それでも命を救おうと奮闘した。そして一二月一〇日、この軍医長も命を落とした。

艦隊の航行は続いた。バルクリーは南米があるはずの水平線に目をやり、乾いた大地（テラ・フィルマ）を探した。だが、海原の他には何一つ見えない。バルクリーは、海のさまざまな色合いや形状に通じていた。ガラスのような海もあれば、白波が立つ荒れた海や汽水域も、青く透き通った海もあればうねることも、そして太陽に照らされ星のように輝く海もあった。ある時には、海があまりにも真っ赤だったので、「血のように見えた[43]」と記している。艦隊が広大な海原を一つ渡ると、その度に次の海原が現れ、まるで地球全体が海に沈んでいるかのようだった。

マデイラ島を後にしてから六週間後、英国を出てから三カ月後の一二月一七日、バルクリーは水平線上に見間違いようのない影を見つけた。陸地だ。「正午、サンタ・カタリナ島の姿が我々の目に入ってきた[44]」とバルクリーは興奮気味に日誌に記している。ブラジルの南海岸沖に浮かぶサンタ・カタリナは、ポルトガルの支配下に置かれた島だった（コロンブスの画期的な航海を受け、一四九四年、ローマ教皇アレクサンデル六世は傲然と手を振り、ヨーロッパ以遠の世界を二つに分割し、西側をスペインに、ブラジルを含む東側をポルトガルに与えることを定めた）。サンタ・カタリナ島からホーン岬までは南へ二〇〇〇マイル〔約三二〇〇キロ〕の距離を残していたため、やがて厳しい冬〔六〜八月頃〕がやって来ることを考えると、アンソンは先を急ぎたかった。その一方で、乗組員たちに静養が必要であることも、敵国スペインの支配下にある海域に進む前に木造船を補修すべきであることもわかっていた。

島に近づくにつれ、生い茂る木立や、海に滑り落ちるかのごとき急峻な山々が見えてきた。かつてこの島には、先住民族グアラニの一部族が狩猟や漁労で暮らしていたが、一六世紀にヨーロッパからやって来た探検家と遭遇し、やがて一七世紀にポルトガルから入植者がやって来ると、病気や迫害によってその大半が滅びた。だが、帝国主義による果てしない数の犠牲者が航海日誌に記されることはまずない。教師のトマスによると、今や「この島は、法の裁きから身を守ろうとブラジル各地から逃げてきた[45]」無法者ばかりだった。

小艦隊を港に停泊させると、直ちにアンソンは数百人に及ぶ病人を上陸させた。一方、元気な者は空き地で野営することになった。テント代わりに古い帆を張ると、白い帆布が風で波打った。軍医と軍医助手（ロブロリー・ボーイ）たちが病人の世話をしている間に、掌砲長バルクリーや士官候補生バイロンたち数名は狩りに出かけ、数匹の猿や猪、さらには海尉のフィリップ・ソーマレズ〔一七一〇〜一七四七〕の描写によると「赤と黄色の羽毛をもち、亀の甲羅に似た長いくちばしをもつ、トゥーカン〔オオハシ〕と呼ばれるこの上なく珍妙な鳥[46]」を一羽仕留めた。さらに、薬用植物がふんだんにあることも発見した。ソーマレズは、「薬屋にいる気になるかもしれない[47]」と驚きを記している。

それでも、疫病の手から逃れることはできず、乗組員の大人の男も少年も少なくとも八〇人がこの島で命を落とし、遺体は砂地を浅く掘った墓に埋められた[48]。海軍本部への報告書に、英国を出てから、およそ二〇〇〇人いた乗組員のうち一六〇人がすでに死んでいる、とアンソンは記している。にもかかわらず、この航海の最大の難所にはまだ差しかかってもいなかった。

バルクリーは、この島でクリスマスを過ごしている。この日三人が死亡し、お祝い気分はそがれた。どのような祝い方をしたにせよ、通り一遍であったのだろう。日誌に書き留めている者は、乗組員の中に一人もいない。翌朝はそれぞれが自分の仕事に勤しみ、物資を補充したり、マストや帆を補修したり、殺菌力のある酢で甲板を洗ったりしている。さらに、各船の中で炭を燃やし、急激に数が増えたゴキブリやネズミをいぶり出そうとした。この処置は「これらの生き物は非常に厄介なので、不可欠[49]」なのだと教師のトマスは説明している。一七四一年一月一八日、夜明けとともに、艦隊はホーン岬を目指して出帆した。

ほどなくして、艦隊は視界が利かないほどのスコールにのみ込まれる。これから嫌な天候がやって来ることを予感させる最初の徴候だった。スループ船トライアル号では、八人の若い檣楼員（トップマン）がマストに登り縮帆作業をしていたが、強風でマストが折れ海に投げ出された。七人は救助されたが、全員が「かなりひどい切り傷と打撲傷[50]」を負っていたと主計長ミリチャンプは記している。八人目は、マストや帆を支えていたロープに絡まり溺死した。

嵐が去ると、ダンディ・キッドが指揮するパール号がどこにも見当たらないことにバルクリーは気づいた。「我々は彼女〔パール号〕を見失った[51]」とバルクリーは日誌に記している。数日かけて、バルクリーはじめ仲間たちはパール号を捜したが、船は乗組員もろとも消えてしまった。嵐から一月近く経つと、最悪の事態が起こったのはまず間違いないと考えるようになっていた。だが、二月一七日、パール号のマストが空を引っ掻いているのに見張りが気づく。アンソンは、グロスター号にパール号を追うよう命じた。ところが、追われたパール号は、まるでグロスター号に怯えるかのように一目散に逃げ出した。やっとのことでグロスター号が追いつくと、パール号の士官はなぜそれほど怯えていたのか理由を語った。数日前、パール号が艦隊本隊を捜していた時、五隻の軍艦と出会ったのだという。しかも、その五隻のうち一隻は、アンソン艦隊の旗艦であることを示す幅広の赤い三角旗を掲げていた。パール号の乗組員たちは喜び、急いでその船に近づき、アンソン代将に挨拶しにいこうと装載していた長艇を下ろす作業にかかった。だが、誰かがその三角旗は偽物だと叫んだ。それはアンソンの旗艦ではなかった。ピサロ率いるスペイン艦隊で、アンソンの三角旗を模した旗を掲げていたのだ。「そのいかさまに我々が気づくと、やつらは砲撃してきた[52]」とパール号のある士官は報告している。

パール号の乗組員たちはすぐさま帆を張り、逃げ出そうとした。五隻対一隻で追われる身となったパール号は、大量の物資を船外に投げ捨て始めた。水の入った樽、オール、長艇まで。戦闘に備えて甲板を片づけると同時に積み荷を減らしてスピードを上げるためだ。大砲の照準を定めた敵艦がすぐ背後に迫ってくる。パール号前方の刻々と変化する海面にさざ波が立ち、黒っぽくなってきた。船乗りが恐れる、水中に岩礁が潜んでいる徴候である。もし引き返せば、スペイン艦隊に木っ端みじんにされるだろうし、そのまま進めば座礁して沈没する恐れがある。

ピサロは率いる艦隊に停船の合図を送った。パール号のほうはさらに前進する。さざ波の中を進みながら激突を、破壊を覚悟したが衝撃はない。揺れ一つ起こらなかった。魚の群れが海面をかき回していたにすぎなかったのだ。パール号は群れの上を滑るように進んでいった。ピサロ率いる艦隊は追跡を再開したが、すでに距離が開きすぎていたため、パール号はその晩の闇の中に逃げ込んだ。

バルクリーたち乗組員が今回の遭遇の意味合い（遺棄した分の食料をどう補うのか。ピサロの艦隊との距離はどのくらいか）を見極めようとしている頃、パール号の士官の一人が、はぐれている間に起こったもう一つの出来事をアンソンに報告していた。「遺憾ながら閣下に報告いたします[53]」士官は口を開いた。「わが艦のダンディ・キッド艦長が〔熱病により〕逝去されました」バルクリーは、ウェイジャー号の艦長だったキッドを知っていた。立派な艦長であり善良な心根の持ち主だった。ある士官の日誌によると、キッドは息を引き取る少し前に、部下たちを「勇敢なる諸君[54]」と称え、次の指揮官に忠誠を尽くすよう懇願した。「私はもう長くない」キッドはか細い声で言った。「神と和解できるといいのだが」そして、誰にも面倒を見てもらえなくなるであろう五歳の息子の行く末を案じて遺言書を認め、息子の教育と「この世の中での立身出世[55]」にかかる費用を取り分けておくように言い残した。

キッド艦長の死により、またもや艦長の交代劇が起こる。ウェイジャー号の艦長に任命されたばかりだったマレーがふたたび出世し、より大型のパール号の艦長になることをバルクリーは知らされた。ウェイジャー号には、新たな指揮官が誕生することになった。これまで軍艦を率いた経験が一度もないデイヴィッド・チープである。乗組員たちは訝った。果たしてチープは、指揮官を務めるコツは部下に君臨することではなく、キッド艦長やアンソン代将のように部下を納得させ、部下に共感し、部下を鼓舞することだとわかっているのだろうか。それとも、部下を鞭で支配する暴君になるのだろうか[56]。

バルクリーが感情を表に出すことはほとんどない。この艦長の交代についても、かの永遠の「地上での戦い」におけるもう一つの試練にすぎないかのように、日誌に淡々と記している（キリスト教信仰に関するバルクリーの愛読書は、こう問いかけていた。「もし汝が災難に見舞われないのであれば、汝の忍耐力はいかにして栄冠を得るのだろうか[57]」。ただし、バルクリーの日誌には、不穏なことも書かれていた。この遠征について、キッド艦長が死の床で予言したというのだ。遠征は「栄養失調、害虫、飢餓、死、そして破壊で終わるだろう[58]」と。

パート2　嵐の中へ

第４章　推測航法

デイヴィッド・チープがウェイジャー号に乗艦すると、士官はじめ乗組員は甲板に勢ぞろいし、艦長就任を祝して盛大に出迎えた。号笛が吹き鳴らされ、帽子が取られた。けれども、やはりそこにはぎこちなさが漂っていた。チープが、生真面目な掌砲長バルクリーや熱意あふれる士官候補生バイロンたち新たな部下を吟味しているのと同じように、部下たちのほうも新艦長を観察していたのだ。チープはもはや仲間ではない。自分たちの指揮官であり、船上の全乗組員に対して責任を負っている身だ。艦長という地位に必須なのは、「自制心、揺るぎない信念、気迫、私心のなさである。……艦長は、そして艦長のみが、御しがたくてけんかっ早い連中を完璧に統制のとれた従順な状態にしておくことを求められ督励されている。そうすることで……船の安全が保証されるのである」[1]と別のある士官は記している。この時を長いこと夢見ていたチープは、この木造の世界のさまざまな面がきちんと機能していることがわかり胸をなで下ろしていた。帆は帆として、舵は舵として機能している。しかし、予測できない要素もあった。そうした不測の事態にどう対処すべきだろうか。ジョウゼフ・コンラッドの小説『シャドウ・ライン　秘密の共有者』に登場する新任船長が悩んだように、「乗組員一人一人が心密かに抱いている理想の船長像に忠実である」[2]かをどこまで証明できるだろうか。

けれども、チープにあれこれ考えている暇はなかった。とにかく船を進めなければならない。献身的に身の回りの世話をしてくれる艦長付き従卒のピーター・プラストウの助けを借り、艦長の特権として手に入れたばかりの広々とした艦長室を手早く整えた。私物収納箱も運び入れた。中には、ウェイジャー号艦長を任命するアンソン代将からの大切な書状が入っている。それから、乗組員を呼び集め、後甲板に立った。「海軍条例」を読み上げるのが艦長の務めなのだ。[3]船上の大人の男も少年も含むすべての乗組員の行動規範をまとめた三六項目からなる軍律である。罵ってはならない、酩酊してはならない、神の恩恵に楯突くような恥ずべき行動をしてはならない、とお決まりの条項を一九条まで読み上げた。はっきりした口調で読み上げながら、チープはその文言にこれまでと違う意味合いを感じていた。「艦隊の乗組員および所属員は、煽動や反乱について一言でも口にしてはならない。……違反した場合は、死刑に処すものとする」

ホーン岬を周るために、チープはウェイジャー号の準備に取りかかった。[4]ホーン岬は、南北米大陸最南端に位置する岩だらけの不毛な島にある。このはるか南方の海は地球上で唯一途切れることなくつながっているため、一万三〇〇〇マイル〔約二万キロ〕もの距離を移動し、こちらの海からあちらの海へと押し流されながらエネルギーを蓄えるうちに強大なエネルギーをもつ海流になる。そして、ついにホーン岬に到達すると、米大陸最南端の岬と南極半島最北端との間の隙間に押し込まれる。ドレーク海峡と呼ばれるこの隙間は、流れが速いどころかとんでもなく荒れる。この海流は地球上で最も長い距離に及ぶだけでなく流量も最大で、毎秒一・一億トン以上になる。これは、アマゾン川の流量の六〇〇倍以上である。さらに風も強い。風は太平洋から東向きに絶えず吹いており、遮るものがないためにハリケーン並みの風力になることも多く、時には時速二〇〇マイル〔約三二〇キロ〕にも達する。船乗りたちは、その風のすさまじさを緯度ごとに、吠える四〇度、凶暴な五〇度、号叫する六〇度と呼ぶ。

その上、この海峡はふいに水深が浅くなる。四〇〇〇メートルあった水深が一〇〇メートルほどになるのだ。水深が浅くなることと海流の速さとが相まって、この海峡には恐ろしいほど高い波が立つ。その「ホーン岬の大波（ケープ・ホーン・ローラー）」は、高さ三〇メートルのマストを上回ることもある。しかも、そうした波の上には、海氷から切り離されたすさまじい破壊力をもつ氷山が浮いていることも珍しくない。さらに、南極から北上してきた寒冷前線と赤道付近から南下してきた温暖前線とがぶつかるため、雨と霧、みぞれと雪、雷と稲妻のサイクルが果てしなく発生しているのだ。

一六世紀には、ある英国の探検隊がこの海域を発見したものの[5]、同行していた牧師が「きわめて凶暴な海[6]」と表現するこの海と闘った末に引き返している。ホーン岬を周りきった船であっても、その途上で数え切れないほどの人命を失った。数多くの探検隊が、難破や沈没、行方知れずになり命を落としたため、ヨーロッパの大半の国はこの航路をすっかり断念していた。代わりにスペインが選んだのは、海路で運んだ貨物をパナマ地峡の一方の海岸で降ろし、そこから陸路で疫病の蔓延する蒸し暑いジャングルの中を五〇マイル〔約八〇キロ〕以上も運び、地峡の反対側の海岸で待機する船に積み込むルートだった。ホーン岬で命を落とす危険を避けるためなら、どんなルートもいとわなかった。

ハーマン・メルヴィルは『ホワイト・ジャケット』の中で、ホーン岬を周る航路をダンテの『神曲 地獄篇』の地獄へと降りていく様になぞらえた。帆柱や帆桁の残骸が暗い末期を予感させていることを除くと「この地の果てに物語はない[7]」とメルヴィルは書いている。「それぞれの港から出港した船の中には、その後、消息一つ聞かない船もある」さらに、こう続く。「航行不可能な岬よ！　こちらの方向からでもあちらからでも、好きなように向かってもらってかまわない。東からでも西からでも。船尾への〔追い〕風でも、舷側への〔横〕風でも、後甲板への〔斜め後方からの〕風でも。それでも、ホーン岬はやはりホーン岬だ。……船乗りに、その妻と幼い子らに天の助けあれ」

長年にわたり、船乗りたちは、この地の果ての海の墓場にふさわしい名を見つけようと苦心してきた。この岬を「テリブル」〔恐るべきの意〕と呼ぶ者もいれば、「死者の路」と呼ぶ者もいた。ラドヤード・キップリングは、詩の中で「盲いしホーンの憎悪」[8]と呼んでいる。

チープは、不完全な海図を丹念に調べた。この辺りだけでなく、他の海域でも同じように不安を覚えさせる呼称が目に付く。荒涼たる島〔現在のデソラシオン島〕。飢餓の港〔現在のファミン港〕。欺瞞の岩島〔現在のデセイト島〕。友を引き裂く入り江〔現在のデソラシオン島ミセリコルディア港〕。

艦隊の他の艦長と同様に、チープもこの見通しの悪い渦巻く海域に近づきつつあった。自分の位置を特定するには、地図製作者が地球儀上に引いた架空の線を頼りに、緯度と経度を計算する必要があった。[9]緯線は、互いに平行に引かれた線で、赤道から北もしくは南にどのくらい離れているかを示している。船の緯度は、星との位置関係から比較的簡単に割り出すことができた。けれども、デーヴァ・ソベルが『経度への挑戦』で指摘するように、東西方向の経度の割り出しは、科学者や船乗りを長年悩ませてきた難題だった。フェルディナンド・マゼランの遠征中、操舵手が「経度について語ろうとしない」[10]と同行した書記官が記しているほどだ。なお、この遠征隊は一五二二年に、史上初の世界周航を成し遂げている。[11]

経線は、緯線と直角に交わる縦に平行に引いた線だが、緯線とは違い、赤道のような基準がない。そのため、航海者は自分の位置を特定するのに、母港や任意の線を起点に、東側もしくは西側にどのくらい離れているかを計算する必要があった（今日は英国のグリニッジを本初子午線とし、経度ゼロ度と定めている）。経度は、地球の毎日の自転方向に進んだ距離を表すため、時間を加味してより複雑な計算をすることになる。一時間は経度の一五度に相当する。船乗りは自分の船の正確な位置と、自分で選んだ基準点の時刻とを比較することで、自分のいる経度を計算することができる。だが、一八世紀の時計、特に海上での時計は、信頼性に欠けるものだった。アイザック・ニュートンは、「船の運動、暑さ寒さや湿度の高低という変数、さらに緯度による重力の差があるため、そのような〔精度の高い〕時計はまだ作られていない」[12]と記している。チープは金の懐中時計を持ち歩き、借金があっても手放さず大事にしていた。だが、ひどく不正確で役には立たなかった。

船乗りが自分の位置を正確に割り出せなかったせいで、貴重な人命と積み荷とともにどれだけの船が座礁したことか。暗闇や濃霧の中を航行中、船が風で押し流され、風下側の岸がふいに目の前に現れるかもしれないからだ。一七〇七年、英国の軍艦四隻が、本土から目と鼻の先の南西沖にある岩だらけの小島に激突した。この事故で命を落とした者は、一三〇〇人以上に上る。航路を正確に計算できないことによる死亡事故が長年後を絶たなかったため、偉大な科学者たちが経度の謎を解き明かそうとした。ガリレオとニュートンが時計回りに動く星々がこの謎を解く鍵になると考えたのに対し、「怪我をした犬の悲鳴のような鳴き声」[13]から「信号を発する船の大砲の発射音」まであらゆるものを利用した奇想天外な算出法を考案する者もいた。一七一四年、英国議会は経度法を制定し、「実用的かつ有効な」方法を確立した者に二万ポンド（現在の約三五〇〇万ドルに相当）の賞金を与えることにした。

チープがそれまで乗っていたセンチュリオン号は以前、画期的な新たな計算方法となる可能性のある実験に一役買っていた。この航海の四年前に、ジョン・ハリソンという四三歳の発明家を乗せていたのだ。チャールズ・ウェイジャー海軍卿から「非常に独創的で生真面目な男[14]」というお墨付きを得ていたハリソンは、艦内で最新の装置を自由に試すことを認められていた。装置は、高さ六〇センチほどで、重りの玉と振動する針が付いた時計だった。この時計はまだ開発途中だったが、センチュリオン号の経度を測定するのに使ったところ、船が航路を外れており、しかも六〇マイル〔約九六キロ〕も外れていることを割り出して見せた。ハリソンは、その後もこの機械式時計に改良を加え続け、八〇歳となった一七七三年に賞金を手にしている。

だが、チープも他の艦長も、そんな奇跡のような装置はもっていなかった。代わりに「推測航法」に頼るしかなかった。砂時計を使って時間を計り、結び目を作ったロープを海中に垂らして船の速度を推定する方法である。風や海流の影響も感覚で加味するため、情報に基づきはするが推測であり勘頼みの航法だった。ソベルが言うように、指揮官にとってこの「推測航法〔dead reckoning〕の技術は自らを死者にする[15]」ことがあまりにも多かった。

少なくとも暦に関しては、チープも安心していた。この時、暦は二月。それはつまり南半球に冬がやって来る前の三月に、艦隊はホーン岬周辺近海に到達するということだ。あらゆる困難に見舞われたが、ついに乗り越えたのだ。しかし、チープも乗組員も誰一人知らなかったことだが、夏は東から西へとホーン岬を周るのにいちばん安全な季節ではなかった。五月と冬に当たる六月と七月のほうが、気温は低く日差しは少ないものの風が穏やかで東から追い風が吹くこともあるので、太平洋に向かって航行しやすい。一年のうちそれ以外の月は、より過酷な条件になる。実際、太陽が赤道の真上を通り昼夜の長さが等しくなる三月は、西風と波が強い傾向にある。つまりチープは、推測航法のせいばかりでなく季節的に最も危険な時期に「盲いしホーンの憎悪」に向かっていたのである。

チープの指揮でウェイジャー号は、現在のアルゼンチンの海岸線に沿って南下していった。他の六隻と組んだ船団の一角を進みながら、スペイン艦隊の出現に備え、チープは甲板を片付けさせた。さらに、帆を縮め、甲板の艙口を閉めさせた。「我々はここで天候の大荒れに見舞われ……風と波がきわめて強く、我々は乗っているのも困難を極めた」[16]と教師のトマスは記している。

トライアル号の折れたマストがまだそのままだったので、修理するため、艦隊は海岸沿いのサン・フリアン湾に数日停泊することにした。その昔の遠征隊は、この地域に住民の姿があったと伝えているが、今は人影がなかった。「ここで目に付いた唯一の生き物は、船乗りが鎧を着た豚と呼ぶアルマジロだけだ」[17]とトライアル号の主計長ミリチャンプは記している。「大きめの猫程度の大きさで、鼻は豚に似ており、厚い甲羅に覆われ……ハンマーで強烈な一撃をお見舞いされてもびくともしないくらい硬い」

サン・フリアン湾は、チープと部下たちにとって荒涼とした人気のない場所というだけではなかった。長く窮屈な航海の末に船乗り仲間が払った犠牲を記す不気味な記念碑にも見えた。マゼランがこの湾に投錨していた一五二〇年の復活祭の日、不満を募らせた数人の部下がマゼランを倒そうと反乱を起こしたため、マゼランは鎮圧せざるをえなくなる。サン・フリアン湾に浮かぶ小島で反乱者の一人の首をはね、その体を四つ裂きにして、見せしめにさらし台から吊すようマゼランは命じている。

それから五八年後、世界周航の途上にあったフランシス・ドレークがこのサン・フリアン湾に停泊した際、ドレークもまた、反乱を起こそうと計画していた疑いがあるとして、部下のトマス・ドーティに反逆罪の容疑をかける（だが、どうやら濡れ衣だった）。ドーティは、帰国して正式な裁判を受けたいと訴えたが、ドレークは「狡猾な弁護士[18]」など不要だと応じ、「法律など知ったことか」と断じた。ドーティは、マゼランが選んだのと同じ処刑場所で斧で首をはねられてしまう。しかもドレークは、まだ血を流しているその首を掲げて乗組員たちに見せるように命じ、こう叫んだ。「見ろ！これが裏切り者の末路だ[19]！」

チープをはじめアンソン隊の艦長たちがトライアル号のマストの修理が終わるのを待っている間に、ある士官がかつての処刑場所を捜し出した。「地獄の悪霊たちの座所[20]」に見えたと海尉のソーマレズは不安を記している。ドレークが「真の正義と裁きの島」と名づけ、ドレークの部下たちが「血の島」と呼んだこの島の浮かぶ湾をチープたち一行が後にしたのは二月二七日のことで、みなほっと胸をなで下ろした。

巡礼者とも言うべき一行は、海流に運ばれて世界の果てへと向かった。風はどんどん冷たくなり、肌を刺すようになった。甲板に粉雪が舞うこともあった。チープは、自分流の艦長服に身を包み、吹きさらしの後甲板に立った。警戒を怠らず、時折単眼鏡をのぞく。ミリチャンプが「半分魚で半分鳥[21]」と描写したペンギンを見かけることもあれば、ミナミセミクジラやザトウクジラが潮を吹くのを見かけることもあった。感受性の強いバイロンは後に、この南の海での体験を「ここにいるのは信じられないほどの数の鯨で、船にとって危険なほどだ。ある鯨はぶつかりそうなほど接近してきたし、またある鯨は吹いた潮で後甲板をずぶ濡れにした。その鯨たちは、これまでに見たことがないほど大型の種だった」[22]と記している。さらに、アシカもいて、「かなり危険な生き物[23]」だと感じたという。「思ってもみなかった時に一頭に襲われ、追い払うのにひどく苦労した。アシカたちは巨体で、怒ると恐ろしいうなり声を上げる」と記している。

一行は航海を続けた。南米大陸の海岸線をたどって南下しながら、チープはアンデス山脈の稜線に目をやった。この山脈は南米大陸いっぱいに延び、雪にけぶる頂は所によって六千メートルを超えてそびえている。やがて、海に霧が立ち込め、この世ならぬ雰囲気になってきた。主計長のミリチャンプは、すべてに「面白くも不気味な効果[24]」が生じたと記している。物体が変容したかのようだった。「時として、陸地は巨大な山々が折れ曲がって途方もない高さになったように見え[25]」、やがて魔法のように伸びたり曲がったり平べったくなったりした。「船も同じように姿を変え、時に廃墟となった巨大な城に、時に本来の姿に、時に海に浮かぶ大きな丸太のように見えた」そして、こう締めくくっている。「まさに魔法の世界のまっただ中にいるかのようだった」

チープたち一行はさらに南下し、太平洋へと抜ける代替航路であるマゼラン海峡の入口を横目に通り過ぎた。非常に狭くて曲がりくねっている箇所が随所にあるため、アンソンはこの海峡を避けることにしたのだ。「一万一千の聖母の岬」〔ビルヘネス岬〕も「精霊の岬」〔エスピリトゥ・サント岬〕も通り過ぎた。大陸本土から解き放たれ、滑るように航行していく。唯一の目印は、西の方向に見えている島だ。四万八〇〇〇平方キロほどの広さがあり、アンデスの山並みが連なっているのが特徴である。教師のトマスは、雪や氷に覆われた山腹は「どこも物寂しげな景色で、生命力あふれる緑は一カ所[26]」もないと嘆いている。

フエゴ諸島(ティエラ・デル・フエゴ)の中で最大のこの島〔フエゴ島〕は、マゼラン一行が先住民の野営地から上がる炎を見たと報告した「火の国」である。コンキスタドール〔マゼランを含む一六世紀に南北米大陸を征服したスペイン人〕は、この辺りの低地で暮らしているのは巨人族だと断言している。マゼランに同行した記録係によると、一人は「とても背が高かったので、我々のうちいちばん長身の者でもその男の腰までしか届かなかった」[27]。マゼランは、この地域をパタゴニアと呼んだ。その命名はもしかしたら、「パタ」はスペイン語で「前足」を意味することから、伝説に伝えられるように住人の足がとてつもなく大きかったことに由来するのかもしれない。あるいは、中世の英雄冒険譚に登場する「ザ・グレート・パタゴン」と呼ばれた巨人から拝借したのかもしれない。そうした物語には、陰湿な意図があった。ヨーロッパ人たちは、先住民を巨大であると同時に人間以下の存在として描くことで、先住民の征服という自分たちの残忍な使命を、さも英雄的な正義であるかのように見せようとしたのだ。

三月六日の夜を迎える頃、艦隊はフエゴ島東端の沖合にいた。チープたち一行にとって、船乗りの腕が試される難所にやって来たのだ。アンソンは、夜が明けて明るくなるまで待つよう命じた。何はともあれ、腕を見せてやろうじゃないか。ウェイジャー号は、船首を風に向け、メトロノームに合わせるように規則正しく前後に揺れながら他の船と並んで待機した。上空は、海と同じく広大で黒く見える。ロープや横静索(シュラウド)〔マストの頂から両船側に張った支索〕は風で揺れ動いていた。

チープは部下に最後の準備をするよう命じた。くたびれた帆を新しい帆に張り替え、大砲その他、荒波の中で命を奪う飛び道具になりかねない物はすべて固定した。船鐘が三〇分ごとに鳴らされた。寝ている者はほとんどいない。書類仕事が嫌いなアンソンだったが、チープをはじめとする各艦長たちのために詳細な指示書を作成していた。万が一船が敵の手に落ちそうになったら、他の機密文書と一緒にその指示書も破棄するように艦長たちに指示している。この航海中、艦隊からはぐれないようにできるかぎりの手立てを講じるようにアンソンは念を押し、さもないと「危険この上ない危機に見舞われることになる[28]」と警告していた。それでもはぐれてしまった場合は、ホーン岬を周ってパタゴニアのチリ側で合流することになっていた。そこで五六日間、アンソンを待つのだ。「私と落ち合えなかった場合は、私の身に何らかの災難が降りかかったと考えてほしい」とアンソンは書いている。特に強調しているのは、もし自分が死んでも、残りの船は任務を続行し、指揮系統を遵守し、新しい上級指揮官の指示に従うようにということだった。

夜明けとともに、アンソンはセンチュリオン号の艦砲を発射し、それを合図に七隻は夜明けの海へと乗り出した。トライアル号とパール号が先導し、両船の檣楼員が横桁に腰掛け目を光らせている。ある士官が言うように、「氷の島[29]」に警戒し、「適時に危険信号を出す」ためだ。アナ号とウェイジャー号は、小艦隊の中で最も船足が遅く、造りも頑丈ではなかったため、最後列についた。午前一〇時になる頃、艦隊はルメール海峡に差しかかった。フエゴ諸島とロス・エスタドス島、別名スタテン島の間の幅二四キロほどのこの海峡は、ホーン岬への玄関口である。艦隊は海峡に入り、スタテン島に近づいていった。その光景に乗組員たちは慄然とした。「フエゴ諸島もすこぶる殺風景な荒涼たる姿をしていたが[30]」とウォルター牧師は記している。この島は、「見た目の荒々しさと恐ろしさにおいて、かの島〔フエゴ諸島〕をはるかに凌駕している」と。雷や地震で割れた岩しかなく、岩の上にまた別の岩が危なっかしく積み重なって九〇〇メートルもの高さにそびえ、凍りついた孤島に幾つもの塔ができていた。メルヴィルは、こうした岩の塔が幾つも「どこか別世界との境界のようにそびえていた。輝く壁にクリスタルの胸墻（きょうしょう）は、天の最果てに沿ってそびえるダイヤモンドの監視塔のようだ[31]」と記している。ミリチャンプはこの島について、これまでに見たことがないほど恐ろしく、「自暴自棄になるのに最適の温床[32]」と日誌に記している。

時折、白い腹を見せてワタリアホウドリが空を舞い、幅が三・五メートルにもなる鳥類最大級の翼を誇示していた。かつて、英国の探検隊のある士官がスタテン島でアホウドリを見つけ、不吉な予兆だと怯えて撃ち落としてしまった。すると、その船はその後ある島で座礁してしまう。この出来事に感化され、詩人のサミュエル・テイラー・コールリッジは「老水夫行」という詩をつづっている。この詩では、仲間たちが喉の渇きで死んだのは水夫がアホウドリを殺したせいで呪われたのだとし、水夫がさらし者にされる。

十字架の代わりに、アホウドリが
私の首周りに吊された[33]

それでも、アンソン隊の乗組員たちはアホウドリを狩った。「塩漬けの豚の切れ端を餌に……釣り針と釣り糸で一羽捕まえたのを覚えている[34]」とミリチャンプは書いている。そのアホウドリは一三キロ半ほども重さがあり、「艦長、海尉、軍医、そして私でそれを晩餐に平らげた」という。

チープたち一行は呪いを逃れたようだ。何度かあやうい場面もあったが、ピサロ艦隊に追いつかれずにすんでいた。今や空は真っ青で、海は驚くほど穏やかだった。「輝きと穏やかさの点で、この日の朝は[35]」、「英国を出てから迎えた」どの朝よりも心地よかったとウォルター牧師は書き留めている。

艦隊は太平洋に向けて順調に穏やかに進んでいた。感激したある艦長は、「驚くほどすばらしい航路だ[36]」と日誌に記している。キッド艦長のいまわの際の予言は間違いだったのだと確信した乗組員たちは、武勇伝を自慢したり最終的に手に入るはずの財宝の使い道を考えたりし始めた。我々は「航海の最大の難所はもう終わり、この上なく楽観的な夢がもうすぐ実現するのだと自分に言い聞かせずにはいられなかった[37]」とウォルター牧師は記している。

だが、やがて雲は黒くなり、太陽は覆い隠されてしまう。風が悲しげな音を立て始め、どこからともなく荒波が押し寄せてきて、船体を激しく打ちつけるようになる。センチュリオン号の赤く塗られた獅子像をはじめ、各船の舳先は、深い波の谷間に真っ逆さまに突っ込んだかと思うと、天に向かって懇願するかのようにそそり立つ。帆は震え、ロープは空を鞭打し、船体は今にも裂けそうにきしんだ。それでも、他の船は少しずつ前進しているが、貨物を満載したウェイジャー号は激しい潮流にのまれ、まるで磁力に引き寄せられるように、東のスタテン島の方向へと押し戻されていく。船は砕け散る寸前だった。

艦隊の他の船がなすすべもなく見守る中、チープはウェイジャー号の熟練乗組員たちを自分の持ち場の後甲板に呼び、大声で命じた。檣楼員たちは、縮帆のために揺れるマストに苦労して登った。ある檣楼員はこの時の強風について、「強烈な風のせいで、ほとんど息ができなかった。帆桁の端まで上ると足場綱に足をかけ、つかめるものは何でもつかんだ。顔を背けなければ息もできなかった。でないと、風が押し込む空気で喉が塞がれてしまった。雨は硬いつぶてのように顔や素足を打ちつけた。目を開けていることもままならなかった[38]」と振り返っている。

チープは檣楼員に、最上部の帆を巻き上げ大檣帆を縮めるよう指示した。絶妙なバランスが必要だった。必要なのは、船を岩場から押し出せるが転覆させない程度の帆だ。そして、帆の調整以上に厄介なのが、乗組員一人一人を完璧に機能させることだった。海尉のベインズにはいつもと違って奮闘させ、頼りになる掌砲長のバルクリーには船乗りとしての優秀さを証明させる。まだ少年らしさの残る士官候補生バイロンには勇気を奮い起こさせ、仲間のヘンリー・カズンズを手伝わせる。直情径行な掌帆長のジョン・キングには、真面目に乗組員たちが持ち場を守るよう監督させ、操舵手たちには逆巻く海流の中で舵を取らせ、船首上甲板(フォクスル)の乗組員たちには帆を操作させ、船匠のジョン・カミンズとその助手のジェームズ・ミッチェルには船体の損傷を防がせる。船の中央部にいる新米たちにも、作業を手伝わせなければならない。

チープは後甲板に陣取り、氷のように冷たいしぶきで顔を濡らしながら、乗組員たちのそうした力を結集させようと奮闘した。船を、自分の船を救おうと。ウェイジャー号は島から離れようとするのだが、その度に島へと海流に押し戻された。波はそびえ立つ岩の塔に打ちつけては、渦状に、あるいは扇状に砕け散った。波音は耳を聾(ろう)せんばかりだった。島は一つの目的のために、ある船乗りの言葉を借りると「ひ弱な人間の命を握りつぶす[39]」ためだけに作られたかのようだった。だが、チープは冷静さを失うことなく、船のあらゆる要素を活用し、そして驚くことに、ウェイジャー号を少しずつ安全な場所へと導いた。

戦闘での勝利とは違い、自然を相手にしたこうした偉業は、より危険なことが多いにもかかわらず何の栄誉も得られない。ある船長に言わせるなら、得られるのは、命がけで職責をまっとうした船の仲間たちに対する誇りぐらいのものだった。「岩に乗り上げて座礁する寸前だった[40]」にもかかわらず、「さまよっていた航路から復帰して船団に合流し直すために、私たちは力のかぎりを尽くしたのだ」

と士官候補生のバイロンは感に堪えない様子で書き留めている。百戦錬磨のバルクリーは、艦長のチープを「優れた船乗り」[41]だと評価し、「一個人としての勇敢さの点では誰にも引けを取らない」と付け加えている。この瞬間、艦長となった者の大半が味わってきたであろう究極の喜びが、チープにこみ上げてきた。ずっと思い描いてきた存在に、海の覇者になったという喜びが。

第5章　嵐の中の嵐

　嵐は、昼も夜も艦隊を襲い続けた。ジョン・バイロンは圧倒される思いで、ウェイジャー号に押し寄せる波を見つめていた。全長一二三フィート〔約三七メートル〕の船などちっぽけな手こぎボートにすぎないと言わんばかりに、波は船をもてあそんだ。船体のあらゆる継ぎ目から浸水して下層の甲板はどこも水浸しになり、士官たち乗組員はハンモックも寝場所も放棄することになった。もはや「悪天候」から逃れられる場所はどこにもなかった。濡れたロープや濡れた帆桁、濡れたシュラウドや濡れた操舵輪、濡れたはしごや濡れた帆をつかんでいてこすれたせいで、乗組員たちの手には熱傷ができていた。バイロンは、波しぶきだけでなく降りしきる雨でずぶ濡れになり、着ている物の糸の一本として乾いている箇所はなかった。そこかしこから滴が落ち、だらしなく垂れ下がり、崩れ落ちるかに思えた。

　一七四一年三月、なかなか見つからないホーン岬（そもそも艦隊は、正確には地図上のどこにいたのだろうか）を目指して荒れ狂う嵐の闇の中を進む間、バイロンは持ち場に留まろうと奮闘していた。がに股のガウチョ〔南米のカウボーイ〕のように足を踏ん張り、固定されている物には何であれしがみついた。そうしないと、泡立つ海に放り出されかねなかった。空を稲妻が切り裂き、バイロンの目の前が光ったかと思うと、世界はそれまで以上に黒く染まった。

気温は下がり続け、雨は固体になり、みぞれや雪に変わっていった。ロープは凍結し、凍傷になる者もいた。船乗りの言い習わしに、「四〇度以南に法はない[1]」というものがある。「五〇度以南に神不在」と続く。そして、バイロンたち乗組員は、この時、「凶暴な五〇度」にいた。この海域では、風が「何ものにも耐えがたいほど暴力的に吹き、海は船が翻弄されてばらばらに引き裂かれるほど高くうねる[2]」とバイロンは記している。そして、これは「世界で最も忌まわしい航海である」と断じている。

大人の男も少年も各自が耐え抜くしかないことは、バイロンもわかっていた。だが、ウェイジャー号がルメール海峡を抜けたばかりの三月七日、何人もの仲間がもはやハンモックから起き上がることもできなくなっていることに気づく。皮膚が青く変色し始め、やがて炭のように黒くなった。その状態は、ウォルター牧師の言葉を借りれば、「体中にびっしりと黴が生えているよう[3]」だった。足首はとんでもなく腫れ上がり、体をむしばむそれが何であるにせよ、腐食性の毒のごとくに、太腿から尻、そして肩へと体を上に向かって進んでいった。教師のトマスは、この病に罹った際、初めは左足の親指に軽い痛みを感じただけだったが、間もなく関節のこわばりと皮膚のただれが全身に広がっていることに気づいたと振り返っている。この病は「膝、足首、足指の関節にとんでもない痛みを伴うので、罹る前は、そんな痛みは人間の生理では耐えられないと思っていた[4]」とも。やがて、バイロンもこの恐ろしい病に罹り、この病が「想像を絶する激痛[5]」をもたらすことを身をもって知ることとなった。

この災厄の魔の手が顔に及ぶと、想像上の怪物さながらになる者もいた。目は充血して腫れ上がった。歯は抜け、髪の毛も抜け落ちた。その吐く息は、バイロンの仲間の一人が言う、すでに死神が迎えに来たかのように不快な臭いを放った。体をつないでいる軟骨が緩んできたようにも見えた。場合によっては、古傷がふたたび出現することもあった。五〇年以上前のアイルランドでのボインの戦い〔一六九〇年のイングランド軍とアイルランド軍の戦い〕で負傷したある男の場合、その時の傷口が突如として開いた。「それればかりか、さらに驚くべきことが起こった」[6]とウォルター牧師は記している。今度は、ボインで骨折して治っていたはずの骨が、「まるで癒合などしていなかったかのよう」に、ふたたび折れてしまったのだ。

さらに、感覚にも影響が出た。ある瞬間は牧歌的な小川や牧場の幻影に陶然としているのに、次の瞬間には自分がどこにいるかに気づき絶望に打ちひしがれるのだ。ウォルター牧師は、この「奇妙な気力の落ち込み」[7]の特徴は「歯の根が合わなかったり、体が震えたり、さらには……身も世もなく怯えたりすること」だと指摘している。ある医師はこの症状を「魂そのものの崩壊」[8]と呼んだ。バイロンは、乗組員何人かが精神錯乱に陥るのを目の当たりにした。[9]この病は「脳に入りこみ、彼らは完全にいかれてしまった」[10]と仲間の一人が記している症状を目にしたのである。

乗組員たちが苦しめられていたのは、ある英国の船長が「海の疫病」[11]と名づけた壊血病だった。[12]他の誰もがそうであったように、バイロンもどうしてこの病気に罹るのかは知らなかった。海に出て少なくとも一カ月以上経ってから乗組員を襲うこの病は、帆船時代には大きな謎だった。砲撃戦、海難事故、難破、その他の疾病といった他の原因による死者の総数より、この病による船乗りの死者のほうが多かった。アンソンの艦隊の場合、この壊血病の症状はまずすでに弱っていた者に現れ、続いて元気だった乗組員の間に広がり、きわめて深刻な事態を引き起こした。日頃冷静沈着なアンソンも、

「あの病の恐ろしさについてことさらに言及する気はない」[13]とした上で、「だが、私たちがこれまでに罹ったどんな病も比べものにならない」ほど深刻であると報告している。

いつ止むとも知れぬ嵐が続くある晩、バイロンはびしょ濡れでがたがたと音を立てる寝場所で眠ろうとあがいていたが、八点鐘が鳴ったので次の当直のためにとにかく甲板に出ようとした。よく見えない迷路のような船内をよろめきながら進んだ。倒れて火事になる可能性があるため、ランプが消されていたのだ。司厨長でさえ竈に火を付けることを許されず、乗組員たちは肉を生で食べるしかなかった。

バイロンが甲板に出ると、吹き付ける風が冷たかった。驚いたのは、交替要員が数十人しかいないことだった。「乗組員の大半[14]」が「疲労と病によって動けない」状態だったとバイロンは記している。どの船も手が足りず操船不能になる恐れがあった。旗艦センチュリオン号の軍医長が命を落とした後、ウェイジャー号からセンチュリオン号に異動してきた軍医のヘンリー・エトリックは、蔓延を食い止めようと試みる。センチュリオン号の最下甲板に降りていくと術衣に身を包み、鋸を手に死者の体を切り開き、病気の原因を明らかにしようとした。ひょっとしたら、死者が生者を救えるかもしれない。エトリックは調べた結果を報告した。犠牲者の「骨や肉をそぎ落としてみると真っ黒[15]」で、血は独特の色合いで「黒と黄の分泌液[16]」といった様相だった。何体か解剖した後で、この病は極寒の気候が引き起こしたのだとエトリックは断ずる。だが、この病は熱帯気候でも同じように蔓延すると指摘されると、原因は依然として「まったくの謎[17]」であるとしぶしぶ認めた[18]。

この病は急激に広がり、嵐の中の嵐と化した。エトリックがセンチュリオン号に異動した後にウェイジャー号にやって来た軍医はトライアル号のウォルター・エリオットだった。バイロンはエリオットのことを、度量が大きく行動力があり、非常にたくましい青年と評した。人一倍長生きしそうな人物に見えたのだ。エリオットは、やはりこの病に罹り闘っていたチープ艦長を献身的に世話した。艦長が「このような時に病気になるとは」、「きわめて不幸なことだ[19]」とエリオットは述べている。

チープやバイロンたち病人を救おうと、エリオットはありとあらゆる手を尽くした。だが、既存の治療法はどれも、その裏付けとされる理論と同様に役に立たなかった。たとえば、少なからぬ者が人間にとって不可欠なものが土の中にあると考え、病人を顎まで土に埋めることが唯一の治療法だと主張していた。ある士官は別の航海で、「二〇人の男の頭が地面から突き出している[20]」のは異様な光景だったと振り返っている[21]。

アンソンの遠征隊が海に封じ込められている間、主に処方された薬はジョシュア・ウォード医師〔一六八五～一七六二〕の「ピル・アンド・ドロップ〔丸薬と液薬〕」と呼ばれるもので、「さまざまな驚くべき突然の治癒[22]」をもたらす効能があると宣伝されている瀉下薬だった。アンソンは、自分が耐えられないようなことは部下にさせたくないと考え、この丸薬をまず自分が飲んだ。教師のトマスは、この薬を飲むと大半の者が「吐き気と便意の両方で非常に激しい[23]」症状に襲われ消耗したと記している。ある乗組員は一粒飲んだだけで鼻孔から血を流し始め、瀕死の状態になった。ウォードは藪医者だったのだ。その薬には、人体に害となる量のアンチモンと、一部の者が疑念を抱くヒ素が含まれていた。この薬を服用すると病人は必要な栄養素が奪われ、そのせいで数多くの死者が出たと見られる。軍医のエトリックは、後にこの航海中に病死することになるが、自分ができるどんな治療を施しても効果がなかったと悲観している。

ところが、その治療法はとても簡単だった。壊血病はビタミンCの不足、つまり食事に生野菜や果物が不足すると起こる。ビタミンCが欠乏すると、コラーゲンという繊維性タンパク質が生成されなくなるのだ。コラーゲンは、骨と組織を繋ぎ合わせ、気分に影響を及ぼすドーパミンその他のホルモンを合成するのに使われる（アンソンの乗組員たちは、精神疾患の原因になるナイアシン不足や夜盲症を引き起こすビタミンA不足など、他のビタミンの不足にも悩まされていたと見られる）。後に、海尉のソーマレズは、ある栄養素の効用を実感している。「はっきりわかった」とソーマレズは記している。「人間の体の仕組みには、地球上のある種の微細な要素の助けがないと再生できなかったり維持できなかったりする何とも言いがたい何か（ジュ・ヌ・セ・クワ）がある。わかりやすく言うと、大地は人間本来の要素であるのだから、野菜と果物が唯一の薬なのだ」[24] バイロンたち乗組員はみな、壊血病と闘うのに柑橘類が必要だった。物資を補給するためにサンタ・カタリナ島〔ブラジル南海岸沖〕に寄港した際、島にはライムがふんだんに実っていた。すぐ手の届く所に治療薬があったのだ。この禁断ではない果実は、数十年後、英国船の乗組員全員に与えられるようになり、英国の船乗りはライミーとあだ名される仕儀となる。

艦隊の航行が続くにつれ、バイロンが目の当たりにする、空気を求めて苦しそうにあえぐ仲間の数は増えていった。水もないのに、まるで溺れているかのようだった。仲間たちは、家族からも先祖の墓からも遠く離れた場所で次から次に死んでいった。中には、立ち上がろうとする者もいたとウォルター牧師は報告している。だが、「甲板まで行き着けないうちに死んだ。あるいは、甲板を歩いていて、あるいは何かの務めを果たしていて、ふいにばったり倒れて死んでしまうことも珍しくなかった[25]」。さらには、ハンモックに横たわったまま船内のある場所から別の場所に運ばれた者がふいに死ぬこともあった。「毎朝、各船で八人から一〇人の乗組員を葬るなど、そうあることではなかった[26]」とミリチャンプは日誌に記している。

全体で見ると、センチュリオン号の点呼簿に並ぶ乗組員約五〇〇人のうち三〇〇人近くが、最終的に「ＤＤ」、つまり「死亡除隊〔Discharged Dead〕」と記入された。グロスター号は、英国を出航した時に乗り組んでいたおよそ四〇〇人のうち四分の三が海に葬られたと報告しており、その中には強制徴募されて死んだ者も含まれていた。グロスター号の艦長は自身も重症で、航海日誌に「あまりに悲惨な光景で、中には言葉では言い表せないほどの苦悶のうちに死ぬ者もいた[27]」と記している。セヴァーン号は、大人の男も少年も含め二九〇人を葬り、トライアル号は乗組員の半数近くを葬った。ウェイジャー号では、バイロンによると、当初二五〇人ほどいた士官たち乗組員は二二〇人を下回り、その後二〇〇人にも満たなくなった。しかも、生きている者も死者とほとんど見分けがつかない有様だった。ある士官の言葉を借りれば、「ひどく弱っており、ずいぶん衰えてもいた[28]」ので、「我々は甲板を歩くこともままならなかった」。

この病は、乗組員の体の結合組織だけでなく船団としてのまとまりもむしばんでいた。以前は勇壮だった艦隊は今や幽霊船の集まりさながらで、元気なのは害獣ばかりだった。ある記述によると、「船内にはすさまじい数のネズミがいて、目にした者でなければ信じられないほどだった[29]」。ネズミは寝場所にはびこり、食卓を横切り、海葬を待って甲板に横たえられている死者の顔を食い荒らした。ある遺体は目を、またある遺体は頬を食いちぎられた。

来る日も来る日も、バイロンたち士官は「この世を去った」仲間の名を点呼簿に書き入れていった。セヴァーン号の艦長は、海軍本部への報告書に、航海長の死後、キャンベルという名の乗組員を昇格させて穴を埋めたと記している。そのキャンベルは「どんな困難や危険にさらされても、すばらしい勤勉さと毅然とした振る舞い[30]」を示したという。だが、それから幾ばくもなく、同じ報告書に「ミスター・キャンベルが本日死亡したと知らせを受けたところだ」と加えている。センチュリオン号の士官候補生で、この病に罹って歯の抜けた口が暗い洞窟のようになっていたケッペルは、死者の名簿をまとめることが嫌になり、「死者の何人かについては、名簿に書き込むのを怠った[31]」と申し訳なさそうに記している。

その後死んだある者は、名簿への記入を省かれずにすんだ。そこには「Able Seaman〔上等水兵〕」を意味する「ＡＢ」と「死亡除隊」を意味する「ＤＤ」という一般的な略語が記されている。今やインクは色あせてはいるが、消えかかった墓碑銘のようにまだ読み取ることができる。「ヘンリー・チープ、ＡＢ、ＤＤ、……海葬[32]」と。見習いとして乗り込んでいたチープ艦長のまだ年若い甥である。甥っ子の死は、ウェイジャー号の新任艦長チープにとって、どんな嵐よりも痛手だったに違いない。

バイロンは、死んだ仲間を海洋葬できちんと弔ってやろうとしたが、死者があまりにも多く、割ける人手がほとんどなかったため、たいていは弔いの儀式もせずに遺体を海に投棄するしかなかった。詩人のバイロン卿は、「祖父の『物語[33]』」に触れ、「墓もなく、墓参する者もなく、棺もなく、無名のまま[34]」葬られたと詩に詠（うた）っている。

三月下旬を迎える頃、艦隊はドレーク海峡を通り抜けようと試みたものの三週間近く失敗し続け、ウォルター牧師の言う「全滅[35]」の危機に瀕していた。一縷の望みをかけたのは、ホーン岬を素早く周り、最初に目に入るはずの島に向かうことだった。チリの西海岸から約六七〇キロほどの太平洋の無人の島々、ファン・フェルナンデス諸島である。「我々が海の藻くずにならずにすむには、そこに到達するしかない[36]」とウォルター牧師は記している。

海の物語をこよなく愛するジョン・バイロンにとって、これらの島はただの寄航地にとどまらず、伝説に彩られた場所だった。一七〇九年、英国人船長のウッズ・ロジャーズが、乗組員が壊血病に冒されていた時に立ち寄った場所である。ロジャーズは日誌に詳細を書き留めている。その日誌は、後に『世界巡航記』として出版され、バイロンの愛読書となる。日誌によると、ある島でロジャーズは、アレクサンダー・セルカークというスコットランド出身の船乗りに出会い驚いている。セルカークは、船に置き去りにされ、四年以上もそこで耐乏生活を送っていた。並外れた創意工夫によって何とか生き延びてきた。枝をこすり合わせて火を起こすことを学び、動物を狩り、野生の蕪を採った。「服が擦り切れると、彼は自分で山羊の皮を使い帽子兼コートを作ったが、縫い合わせるのに……針ではなく釘を使うしかなかった[37]」とロジャーズは説明している。さらに、セルカークは所持していた聖書を拾い読みしていたので、「この孤島にいるうちに、以前よりもましなキリスト教徒になったと語った[38]」という。ロジャーズはセルカークを「この島の絶対君主[39]」と呼んだ。物語というのは人から人へと伝えられ、やがて海のように広い地域に浸透して神話になるものだ。[40]やはりセルカークの物語も、作家のダニエル・デフォーの手によりロビンソン・クルーソーの物語としてまとめられ、一七一九年に世に出ている。この物語は、英国人の創意工夫の才ばかりでなく、英国が遠い異国を植民地支配することへの賛歌でもあった。

バイロンと仲間たちは自然の力に打ちのめされながらも、まだ見ぬファン・フェルナンデス諸島の島影に焦がれたことだろう。壊血病が見せる幻覚のせいで、期待はいっそう募ったに違いない。ミリチャンプの言うその「待望の島」[41]に、みなが思い描いたのはエメラルド色の草原が広がり、清らかなせせらぎが流れている様だった。教師のトマスは日誌で、その島をジョン・ミルトンの『失楽園』の楽園になぞらえている。

四月のある晩、バイロンたち艦隊の一行は、ドレーク海峡をかなり進みホーン岬のある島〔オルノス島〕の西側まで到達したので、いよいよ北上できると判断する。このまま北上すれば、無事にファン・フェルナンデス諸島に到達するはずだ。ところが、風上に上手回し（タッキング）させてから間もなく、アナ号の見張りが月明かりに照らされた奇妙な構造物に気づく。岩だ。アナ号の乗組員は警告のために大砲を二発発射した。おかげで、すぐさま他の船の見張りも風下側の岸（リーショア）にそびえ立ち、月明かりに輝いている岩を視認した。ある艦長は、「とてつもない高さにそびえる黒い二基の塔のよう[42]」だったと日誌に記している。

またしても、航海長たちの推測航法の計算が間違っていたのだ。今回は、航路が数百マイル〔数百キロ〕もずれていた。艦隊が今進んでいるのは大陸南端の西側ではなく、風と海流によって東に流され、大陸に押し付けられていたのだ。ぎりぎりのところで方向転換し、難破はまぬかれた。だが、ドレーク海峡に入ってから一カ月経つというのに、いまだに「盲いしホーンの憎悪」から逃れることができずにいた。ミリチャンプは日誌に、「乗組員たちは今やほぼ全員が、陸に上がることを絶望視し、自ら進んで命にかかわる病に身を委ねている[43]」。彼らは「先に死ぬことのできた幸運な者たち」をうらやんだ、と記している。

バイロンも気力を奪われていた。大陸から離れようと艦隊が向かったのは、ロビンソン・クルーソーの島とは反対方向の南だった。しかも、ようやく逃れた嵐の渦へとふたたび突っ込もうとしていた。

第6章　孤立

艦隊が南米大陸の縁から離れようとあがいている頃、嵐は勢いを増し、バイロンが言う「紛れもないハリケーン」[1]になっていた。もっとも実際には一つではなく幾つも嵐が発生し、発生する度に前の嵐の勢いをしのぐ威力になっていたので、遠征隊は今度こそ全滅するかに思えた。人手が足りないため、ウェイジャー号の掌砲長ジョン・バルクリーは、今や連続当直が常態化していた。八時間ぶっ通しで風と波にさらされるのだ。「我々は、……これまで見たことがないほど巨大なうねりに見舞われた」[2]とバイロンはまるで新米船乗りのように記している。セヴァーン号のベテラン艦長も同様で、海軍本部への報告書に、「かつて見たことがないほどすさまじい海」[3]と記している。これは、パール号の艦長ジョージ・マレーが使ったのとまったく同じ表現である。こうした海の男たちが、突如として海に対処する能力だけでなく海を表現する力まで奪われてしまったのだ。[4]

波を一つ越える度に、バルクリーは船が大波の斜面を、光の届かない奈落へとなだれ落ちていくのを感じた。振り返ると、目に入るのは迫り来る波の斜面。前を見ても、また別の恐ろしい波の斜面しか見えない。船体は舷縁（ガンネル）から船縁へと大きく横揺れし、時折帆桁（ヤード）が水に浸かるほどだったので、帆桁の上の檣楼員（トップマン）は蜘蛛の巣状のロープに蜘蛛さながらにしがみついた。

ある夜の午後一一時、艦隊は大波に襲われた。「荒れ狂う波が、右舷船首（スターボード・バウ）にいる我々に襲いかかり、船首から船尾まで丸ごとのみ込んだ」[5]とセンチュリオン号の教師トマスは日誌に記している。さらに、その波はすさまじい威力で船体が完全に横倒しになるほどだったが、やがて船体はゆっくりと元に戻った。だが、波は「甲板にいた全員をなぎ倒し、半数が溺れ死んだ」という。

バルクリーも、絶えず何かにしがみついていなければ、宙に放り出されていただろう。ある乗組員は、船倉に放り込まれて大腿骨を折った。ある掌帆員はひっくり返って鎖骨を粉々に折り、続く落下で重ねて鎖骨を粉砕骨折した。また別の乗組員は首を折った。トマスは、センチュリオン号の後甲板で船の位置を確認しようとおぼろに光る星を観測していた時、波に足をすくわれて転倒した。「そのすさまじい威力で倒され、頭と右肩をしたたかに打ち、目を回してしまった」[6]と記している。かろうじて意識はあったが、トマスはハンモックへと運ばれ、そこで二週間以上寝たままだった。[7]寝ている間も、安静とはほど遠く、ハンモックは恐ろしく揺れた。

ある朝、バルクリーがウェイジャー号の舵を取っていた時、ふたたび巨大な波に襲われて流されそうになる。波に「さらわれ、操舵輪を乗り越えそうになった」[8]とバルクリーは記している。この大波で、吊り下げてあった四艘の小型輸送艇の一艘、カッター船〔一本マストの小型帆船〕が甲板を滑っていった。掌帆長のジョン・キングは、この小型艇を船外に放り出そうとした。だが、バルクリーは、自分がチープ艦長に相談するまでは、「そいつには何もするな」[9]とキングに命じた。

チープは艦長室にいた。その艦長室は、まるで竜巻が通り過ぎた後のように何もかもが散乱していた。バルクリーは自分の日誌に、ウェイジャー号の士官たちについて、掌帆長〔准士官として扱われる」は横暴だし、艦長は役立たず、海尉はさらに役立たずだとしばしば不満を並べている。それだけでなく、新艦長に対しては、ある種の懸念も抱き始めていた。チープは艦長室で、握りが銀の杖をついて海賊の義足のようにかつかつと音を立てて行ったり来たりしていた。その様子は、この嵐を克服して輝かしい職務をまっとうしようとあくなき執念を燃やしているように見えた。だが、バルクリーはチープのこうした一面を信用しなかった。艦長は士官たちに相談しないことが多く、不安を口にした者には誰であれ暴言を吐く、と日誌に愚痴をこぼしている。

バルクリーがカッター船の状況を報告すると、チープは定位置への吊り上げを試みることと、危険なほど揺れている船首三角帆用の帆桁を下げることを命じた。バルクリーは後に、カッター船を元に戻し、船首の第二斜檣を固定したのは自分たちだと満足げに日誌に記している。

風がすさまじいせいで、ウェイジャー号も他の船も時として帆を畳まざるをえず、何日も裸マストのまま波に翻弄された。艦隊のどの船も、そんな状態では制御が利かなかった。一度などは、センチュリオン号を旋回させるのに、アンソン代将は数人の檣楼員を帆桁の上に立たせ、ロープに摑まらせた状態で体に風を受けさせた。強風は彼らの顔にも胸にも腕にも脚にも吹き付け、そのいずれもが心許ない帆となった。しかし、檣楼員たちが並外れた気骨を見せ、かじかんだ体をしならせて風に抵抗したおかげで、アンソンは船を方向転換することができた。だが、一人が握力を失い、逆巻く海に投げ出されてしまう。[10]急いで救助に向かうことは不可能だった。みな、彼が波と孤軍奮闘しながら船を必死に追いかけようとしているのを見守っていたが、次第に引き離されていく。ただし、彼がまだそこにいて自分たちを追って泳いでいるのはわかっていた。「自分がどうしようもない状況に置かれた恐怖を、彼はかなり長いこと感じていたかもしれない」[11]とウォルター牧師は記している。

一八世紀の有名な詩人ウィリアム・クーパー〔一七三一～一八〇〇〕は、後にウォルター牧師の記述を読み、この船乗りの運命に思いを巡らし、「見棄てられた水夫〔原題、The Castaway〕」という詩を書いている。

海へと、甲板から真っ逆さま
仲間も、希望も、すべてから引き離され、
浮かぶわが家はもはやない。

（中略）

それまでは突風が吹く度に、聞こえていた
仲間たちの声は
もはや聞こえてこない。
その時、耐えきれなくなり、彼は飲んだ
息を塞ぐ波を。それから、沈んでいった。

詩人は彼に一粒の涙もこぼさなかった。けれど、
彼の名を、彼の存在意義を、彼の年齢を
真実の物語を記したこの紙葉は、

アンソンの涙で濡れている。[12]

バルクリーたち生存者は、航海を続けた。生存者たちは、依然として壊血病に苦しめられていただけでなく、今や新鮮な食料も底を突きかけていた。ビスケットはどれも「ひどく虫に食われ[13]」ているので「粉くずも同然で、ちょっと触るとすぐにぼろぼろに崩れてしまう」とトマスは記している。家畜も一頭として残っていなかったし、塩漬けの「牛肉や豚肉も黴だらけで腐っていたため、我々がそれらを食べるのを阻止しようとして、軍医はゆっくりだが確実に効く毒だと警告した」。艦隊の船の中には、水樽数個しか残っていない船もあった。パール号では、「神の思し召し[14]」により乗組員がこれほどの数病死していなければ、生存者はみな喉の渇きで死んでいただろうとマレー艦長が認めている。センチュリオン号では、ある乗組員の理性のたががが外れたため、鎖で縛り付けるしかなくなった。そのうちに、自然の力から身を守る最後の砦である船まで崩壊し始めた。

センチュリオン号では、最初に中檣帆（トプスル）が破け、あらかた吹き飛んでしまった。ついで、マストを支える縦方向の太いロープ横静索（シュラウド）が数本ちぎれ、その直後、船首甲板の箱形の便器、ヘッドが波で破壊された。おかげで乗組員たちは、バケツに用を足すか、手すりから危なっかしく身を乗り出して用を足すしかなくなった。続いて、船に稲妻が走った。「炎らしきものが素早く甲板を走った[15]」と士官候補生のケッペルは記している。「それは銃声のような音を立てて炸裂し、数人の乗組員と士官を襲い、その一撃で体に青黒い痣ができた」という。ウォルター牧師が「狂った船[16]」と呼ぶセンチュリオン号は、尋常でなく傾き始めた。誇り高き獅子像まで振動し、台座から外れかけていた。

その他の船では、士官たちがそれぞれの船の「損傷箇所目録」をまとめていた。それは何ページにも及び、後支索（バックステー）から、クリューライン〔帆の下隅を帆桁の中央部に引き揚げるためのロープ〕、絞帆索（バントライン）〔帆の裾を引き揚げるロープ〕、リーチライン〔帆の横縁の中央を引き揚げるロープ〕、揚げ索（ハリヤード）〔帆や帆桁や旗を上げ下げするロープ〕、操桁索（ブレース）〔帆桁を回すロープ〕、テークル〔滑車〕、はしご、調理用竈、手動ポンプ、格子〔昇降口や窓、すのこに用いる〕、露天甲板（ギャングウェー）などの破損箇所が並んでいる。セヴァーン号の艦長は、自艦は遭難の危機に瀕していると報告している。帆がすべて破れてしまったのだが、補修に不可欠な縫帆長が死んでしまったのだ。

ある日、バルクリーは緊急事態を告げるグロスター号からの大砲の発射音を耳にする。グロスター号の大檣（メインマスト）の一本の帆桁が二つに割れてしまったのだ。アンソンはチープに命じ、ウェイジャー号の有能な船匠長ジョン・カミンズをグロスター号に差し向け、補修を手伝わせることにした。カミンズは親友だったので、掌砲長バルクリーは友人が小型輸送艇に乗り、荒波をかぶりもみくちゃにされ、溺れかけながらグロスター号に引き揚げられるまで見守った。

ウェイジャー号は見た目は不格好だが、バルクリーにとっては神聖な船だった。だが、日に日に他の船以上に損傷がひどくなっていた。波に打たれ穿たれた。激しく前後に、そして上下に揺られ、うめき声を上げてきしみ、砕けた。そしてある日、大波に襲われると、生命線である後檣（ミズンマスト）が斧で切り倒されたかのように折れ、索具や帆とともに海に落ちていった。後に残ったのは、マストの根元だけだった。こんな状態の船ではこの辺りの海での難破は避けられないだろう、とトマスは予言している。ウェイジャー号は波にもまれるうちに、艦隊の他の船からどんどん引き離されていった。だが、旗艦のセンチュリオン号が引き返してきた。アンソンは拡声器を使い、逆巻く波と唸りを上げる風越しにチープ艦長に呼びかけた。どうして他のマストに中檣帆（トプスル）を張って推進力の助けにしないのか、と大声で訊ねた。

「わが艦の索具はすべて失われ、船首から船尾まで損傷し、乗組員は九割方が病に罹って倒れております」[17]チープは叫び返した。「ですが、できるだけ早くカミンズに補修させます」

ウェイジャー号の船匠長カミンズは悪天候でまだグロスター号に足止めされていたが、必ず送り返すとアンソンは応じた。カミンズは戻ってくると、すぐさま助手とともに作業に取りかかった。折れたマストの基礎部分に一二メートルほどの横桁を取りつけ、間に合わせの帆を張った。おかげでウェイジャー号はいくらか安定し、航行を再開した。

こうした数々の苦難の渦中にあっても、バルクリーが決して批判しなかった上官がアンソンだった。代将に任じられた時から、アンソンに与えられた手札はお粗末で、組織としてまとまっているとは言いがたい遠征隊だったが、艦隊を統制し乗組員の士気を高めるためにできるかぎりのことをした。海軍の堅苦しい上下関係を尻目に、アンソン自ら乗組員とともに額に汗し、ひどく骨の折れる作業に手を貸した。自分用のブランデーを一般の乗組員にも分け与え、苦労をねぎらい激励した。ある船のビルジポンプ〔船底の汚水排水ポンプ〕が壊れると、自分の船のポンプを譲った。そして、それ以上与えるものがなくなると、言葉で乗組員たちを勇気づけた。本来、寡黙な人物であることを思うと、アンソンの言葉はひときわ心に染みたことだろう。

しかし、船を機能させるには、大人の男であれ少年であれ健康体の乗組員がとにかく少なすぎた。センチュリオン号は、以前は一回の当直に二〇〇人以上が配置されていたが、それが六人にまで減っていた。ウェイジャー号については、チープ艦長がこう報告している。「その不幸な局面でわが艦の乗組員は大半が病に倒れ、……しかも、航海が長引き、嫌というほど悪天候が続き、真水が不足しているためかなり消耗していたので、満足に作業もこなせなかった[18]」中には、帆を揚げることさえできない船もあった。マレー艦長は、乗組員たちは「英国人以外の船乗りには見られない意志の力[19]」で波風に耐えてきたが、今や「絶え間ない作業と当直で疲労困憊し、寒さと水不足のせいで窮地に立たされ……絶望に打ちひしがれて自暴自棄になり、自分たちの不運を嘆き、この苦境からの唯一の救いだとして死を願った」と記している。

英国を後にしてから七カ月後、ドレーク海峡に入ってから四週間以上が経った一七四一年四月一〇日、セヴァーン号とパール号が他の船から遅れを取り始める。やがて、二隻の姿が見えなくなった。「セヴァーン号とパール号を見失った[20]」とバルクリーは日誌に記している。乗組員の中には、二隻の士官たちは諦めてホーン岬へと引き返し、安全な場所に避難したのではないかと不信感を抱く者もいた。トマスも、二隻が「意図的に遅れて[21]」いるように見えたと断じている。

艦隊は五隻に減り、うち軍艦は三隻のみになったが、何とか離ればなれになるまいとした。居場所を知らせるためにランタンの明かりを灯し、ほぼ三〇分おきに号砲を鳴らした。アンソン代将のセンチュリオン号からはもちろんのこと、艦隊の他の船からはぐれてしまうと、ウェイジャー号がどうなるかバルクリーはわかっていた。沈没したり難破したりしても、救助してくれる者はいないということだ。ウォルター牧師の表現を借りれば、「荒涼としたどこかの海岸で、再出航の希望も虚しく[22]」日々を過ごすしかなくなるかもしれないということだった。

だが、霧闇の中で最初に姿が見えなくなったのは、旗艦センチュリオン号たちのほうだった。四月一九日の晩、センチュリオン号の明滅する明かりを見た後、「それを最後に、代将〔の船〕は見えなくなった[23]」とバルクリーは日誌に記している。遠くに他の船が数隻いるのが見えたが、それらもすぐに「消えて」しまい、号砲の轟きも風にかき消されてしまった。ウェイジャー号は洋上にただ一隻、運命に身を委ねていた。

第7章　苦しみの入り江

国王陛下の船（HMS）であるウェイジャー号の指揮官デイヴィッド・チープは、決して引き返そうとしなかった。乗組員たちは依然として衰弱したままだったし、チープ自身も壊血病のせいで憔悴していた。ただ、壊血病〔壊血病を意味する英語のscurvyには、下劣の意もある〕の名を口にしたがらず、「リウマチ」とか「喘息」[1]と呼んでいた。チープが初めて率いたその船は、すでに元の姿をとどめていなかった。マストはなくなり、帆は破れ、浸水もひどかった。おまけに、荒れる洋上にぽつんと孤立していた。それでもチープは進み続け、アンソンとの合流場所を目指す決意は揺るがなかった。この難局を乗り切れなければ、所詮艦長の器ではなかったと言われると思ったのかもしれない。

目的の場所に着いたら、チープは生き残っている乗組員をいったん静養させ、その後、アンソン代将から打ち明けられていた計画を実行する予定だった。チリの南西海岸の街バルディビア〔マゼラン海峡を行き交う多くの船が停泊する港町。当時はスペイン領〕への奇襲である。ウェイジャー号は艦隊のための兵装の多くを積載していたため、スペイン領への先制攻撃の成否、さらにはおそらくこの遠征自体の成否も、ウェイジャー号が奇跡的に合流場所にたどり着けるかどうかにかかっていた。こうした絶望的な状況は、またとない実力の見せ所である。首尾よく成し遂げればチープは英雄となり、その偉業は船乗りの物語や物語詩（バラッド）となって称えられる。故郷の陸者（おかもの）たちがチープの行動に疑問をもつことは、二度となくなるだろう。

　何度も当直が交替し、何度も時鐘が鳴らされたが、チープは相変わらず、船体をぎしぎしいわせ、波風と闘いながら航行し続けた。艦隊とはぐれてから、かれこれ三週間が過ぎていた。高い技能と思い切りのよさ、そして幾ばくかの冷酷さを発揮し、チープはウェイジャー号を指揮してホーン岬越えを成し遂げ、そのエリートクラブの仲間入りを果たしたのだった。そして今は、太平洋を急ぎ航行しようとしている。パタゴニアのチリ側沖を北東に向かうのだ。数日後には、合流場所にたどり着く。はぐれたウェイジャー号を目にし、かつての直属の海尉が窮地を救ったことに気づいたら、アンソンはどんな顔をするだろうか。

　ところが、太平洋はその名の穏やかさとは似ても似つかなかった。チリ沖を北上するにつれ、それまでの幾つもの嵐が一つの猛烈な嵐にまとまっていくかに思えた。いつだって神は運命の糸を紡いでいる。だが、ウェイジャー号の乗組員の中には、その糸を「断ち切って逃げ[2]」たがっている者もいるようだった。折しも、パール号とセヴァーン号の士官はじめ乗組員たちは逃げ帰ったのではないかとの憶測が飛び交っているところだった。それでもチープは、目が充血し歯がぐらついていようと不退転の構えだった。チープは次々に要求を出し、帆の向きを変えさせたり、猛烈な風が吹き荒れる中をマストに登らせたり、手動ポンプを稼動させたりしようとした。ポンプは、長い鎖の先に取りつけた受け皿を浸水した船倉に降ろしては引き揚げる仕組みになっており、それを何度も何度も繰り返すのは重労働だった。士官候補生のアレクサンダー・キャンベルはチープの信頼が厚く、力尽くで乗組員をチープの命令に従わせた。キャンベルは、「艦長を深く慕っていた」[3]と認めている。そんなキャンベルに対し、やがてある乗組員が罵声を浴びせ、報復を誓うほどになった。

チープも乗組員を容赦なく叱咤し、増えていく一方の遺体を海へと投棄させた。「個々の運命は成り行きに任せる」[4]とチープは言い切った。「だが、わが祖国の名誉は不滅であらねばならない」

前進を続けながら、ジョン・バイロンは後甲板の一角を注視していた。そして、チープの「あらゆる困難にも敢然と立ち向かう様」[5]や、「誰もが慌てて当然の状況だとわかっていても」いかにチープが動じなかったかを書き留めている。絶えず波風に注意を払っていたバイロンは、流れの速い潮間に筋状の小さな緑色のものが浮いているのを見つけた。海藻だ。バイロンは期待を込めて、掌砲長のバルクリーに告げた。「我々は陸からそう離れていないはずです」[6]

ジョン・バルクリーは、この航路は正気の沙汰ではないと考えていた。一方、航海長のクラークによると、ウェイジャー号は問題なくパタゴニアの西のチリ側の海岸沿いを進んでいた。だが、クラークの推測航法はこれまで間違っていた。それに、このまま北東に進み続けると、風下側の未知の岩礁に突っ込み、方向転換が間に合わず難破するかもしれない。船匠長カミンズは、「この船の現状からすると、陸に接岸するのは無理」[7]だし、何よりも「仲間たちはみな体調が悪かった」と述べている。バルクリーは、当直中の上官であるベインズ海尉の許に行き、なぜ針路を西に変えて海の方向に戻らないのかと訊ねた。

ベインズの返事は歯切れが悪かった。バルクリーがふたたび詰め寄ると、ベインズは、チープ艦長とはもう話したのだが、艦長は約束の日までに合流場所に着くつもりなのだという。「君が艦長に話しに行けば、艦長も考えを変えるかもしれない」[8]とベインズは責任感の欠如した物言いをした。

バルクリーは、わざわざチープに会いに行くまでもなかった。バルクリーの不満が耳に入っていたのだろう。チープはすぐさまバルクリーを呼びつけ、「陸との距離はどのくらいだと思うか」と訊ねた。

「六〇リーグほどです」とバルクリーは答えた。これは約二〇〇マイル〔約三二〇キロ〕に相当する。だが、海流と大波のせいで、ウェイジャー号は海岸線に向かってどんどん流されているとバルクリーは指摘した。そして、「艦長、この船は紛れもない難破船です。後檣（ミズンマスト）はなくなりましたし、……乗組員はみな動けません」と付け加えた。すると、チープは初めてアンソンから密命を受けていることを打ち明け、計画から逸脱して作戦を脅かすわけにはいかないと主張した。チープは、艦長たる者は任務をまっとうしなければいけないと思い込んでいた。「私は義務を負っているので、それをまっとうする決意だ」と。

バルクリーは、その決意を「非常に大きな災難」[9]だと思った。それでも、上官の指示には恭順の意を表して頭を下げ、手にした杖をかつかつ鳴らしている艦長を一人残してその場を後にした。

五月一三日の朝八時、バイロンが当直に立っていると、前檣帆（フォアスル）の滑車が幾つか壊れた。船匠長のカミンズが急いで点検しに向かう途中、水平線を覆っていた雷雲にわずかな隙間ができ、遠くに薄ぼんやりとしたいびつなものがあるのが目に入った。陸だろうか。ベインズ海尉がやって来て目を細めたが、何も見えない。もしかしたら、ビタミンA不足のせいで目がかすんでいたのかもしれない。あるいは、カミンズの目の錯覚だったのかもしれない。なにしろ、まだ陸から一五〇マイル〔約二四〇キロ〕以上離れているはずなのだ。ベインズは、陸が見えることなど「あり得ない」[10]とカミンズに断言し、この目撃情報を艦長に報告しなかった。

自分は見たと思っているもののことをバイロンがカミンズから聞いた頃には、空はふたたび闇に包まれ、バイロンには陸などまったく見えなかった。バイロンは艦長に報告したほうがよいのではないかと思ったが、ベインズはこの船の副長であるのに対し、バイロンは士官候補生にすぎない。自分の出る幕じゃないとバイロンは思った。

同じ日の午後、二時の時点で当直の乗組員は三人しかいなかった。前檣の帆桁の一つを降ろすために、バルクリー自らマストの上まで登るしかなかった。船が巨大な野生の生き物さながらに揺れ動く中をバルクリーは索具を這い上っていった。体が強風の鞭に打たれ、目に雨の針が刺さる。上へ上へと登り続け、ようやく帆桁にたどり着いた。だが、船が揺れると帆桁も揺れるため、あやうく海に落ちそうになり、何とか空中で体勢を立て直した。必死に帆桁にしがみつきながら、バルクリーは目の前の世界を眺めた。と、その時、「きわめてはっきりと陸が見えた」[11]と振り返っている。巨大な岩だらけの小山があり、ウェイジャー号は西風にあおられ、その小山に向かって突進していた。バルクリーは急いでマストを降り、滑りやすい甲板を突っ切って後甲板にいる艦長に警告した。

チープはすぐさま行動に移した。「前檣最下の帆桁(フォアヤード)を引き揚げろ。前檣下帆(フォアスル)を張れ！」[12]足元のおぼつかない半人前の乗組員たちに大声で指示する。続いて、ジャイブするよう、つまり船首を風上方向へと旋回させ向きを変えるよう命じた[13]。操舵長（操舵手たちの中で、動ける者は操舵長一人しかいなかった）は、二重構造の大舵輪を回した。船首が風下に向かって弧を描き始めた。がその時、船尾からの猛烈な風が全力で帆をとらえ、船体は大波に乗り上げた。チープが警戒しながら見ていると、船はどんどん速度を上げて岩山に向かっていく。操舵長に舵を切り続けるように指示し、他の者には索具がもつれないよう見張りを命じた。そして船はあわや衝突というところで、船首からぐるりと大きく一八〇度旋回し、帆は反対側からの風を受けて激しくはためき、ジャイブが完了した。

ウェイジャー号は今や海岸線と平行に南下していた。ところが、西方向から吹き付ける風のせいで沖に出ることができず、ウェイジャー号は波と潮に引きずられ、どんどん岸へと近づいていく。パタゴニアの複雑に入り組んだ変化に富む地形がはっきりと見えてきた。岩だらけの小島に光を受けてきらめく氷河が、急峻な山肌を覆う原生林が、海岸線に垂直にそそり立つ断崖が。チープたち一行は、ゴルフォ・デ・ペニャス、すなわち悲しみの入り海、時には苦しみの入り江と呼ばれることもあるペニャス湾に封じ込められていた。

何とか脱出できるだろうとチープは思っていたが、ふいに中檣帆（トプスル）から帆桁が吹き飛んでしまう。乗組員たちが顔に絶望の色を浮かべて船首上甲板（フォクスル）の艤装を補修しようとしている姿を見て、チープはまだ問題の解決方法があることを身をもって示すために自分も手を貸すことにした。そして、決死の覚悟でしゃにむに船首に向かって突き進んだ。強烈な風と波しぶきの中に、雄牛さながらに突進した。その時だった。波で船体が揺れ、チープはつまずいて（ほんの少し）足を踏み外し、奈落の底へと落ちていった。蓋が裂けて開いたままになっていた艙口（ハッチ）から転がり落ち、二メートル近く下の樫の木でできた中甲板に叩きつけられた。あまりの勢いに、左肩の骨が折れて脇の下から突き出した。乗組員たちは艦長を軍医の船室に担ぎ込んだ。「落下の激しさに茫然自失し、怪我を負った」[14]とチープは記している。チープは船を救い乗組員に手を貸すために立ち上がろうとした。だが、痛みに耐えきれなかった。横になって休むのは久々のことだった。軍医のウォルター・エリオットは、チープに阿片を与えた。久々にチープに安らぎが訪れ、切れ切れに見る夢の波間を漂った。

五月一四日午前四時三〇分、上甲板に出ていたバイロンは、暗闇の中でウェイジャー号が激しく揺れるのを感じた。士官候補生のキャンベルはふいに、あれは何かなと子どものような問いを発した。バイロンは暴風雨の中に目を凝らした。だが今や、バイロンの言葉を借りると「筆舌に尽くしがたいほどの激しさ」[15]の暴風雨で見通しが利かず、もはや船首も見えなかった。バイロンは、ウェイジャー号が大波に不意打ちを食らったのかと思ったが、衝撃は船底から来ている。はたと気づいた。暗礁に乗り上げたのだ。

船匠長カミンズは船室で飛び起き、同じ結論に達した。助手のジェームズ・ミッチェルとともに損傷箇所の確認に急いだ（この時ばかりは、ミッチェルも反抗的ではなかった）。カミンズが艙口の脇に待機している間に、ミッチェルは急いではしごを降りると船倉に向かい、船底をランタンで照らした。浸水なしとミッチェルは叫んだ。底板は無傷だった。

ところが、何度も波に強打されるうちに船は陸の方に押しやられ、さらに何度も岩にぶつかった。水中の舵は砕け、重さが二トン以上ある錨は船体を突き破り、船腹にぽっかりと穴が開いた。船はぐらつき始め、揺れがどんどんひどくなり、みなが浮き足だった。肌は黒ずみ目は充血し、二カ月の間当直にも出てこなかった病人の中には、起き上がり、ふらつく足で上甲板に出てくる者もいた。死の床から起き上がっても、待っているのはまた別の死の床だった。「この恐ろしい状況の中で[16]」、ウェイジャー号は「しばし静かなままで、船上の誰もがこれで最期なんだと思っていた」とバイロンは記している。

またもや山のような波に押しやられて前方に傾き、地雷原のような暗礁をもがき進んだ。もはや舵も利かず、船腹の穴からは海水が流れ込んできた。船匠助手ミッチェルは、「船倉に六フィート〔約一八〇センチ〕の浸水[17]！」と叫んだ。ある士官の報告によると、船はこの時、「艙口まで満水になって[18]」いた。

上甲板のバイロンには、船をのみ込もうとする砕け波がちらっと見えた。だが、雷のような轟音とともに波がその顎で何もかもかみ砕く音は、見た目以上に生きた心地がしなかったであろう。船の周りは砕け波しかなかった。これでは、海のロマンどころではないではないか。

多くの者が死を覚悟した。ある者はひざまずき、波しぶきの中で祈りの文句を唱えた。ベインズ海尉は、酒瓶を手に上甲板から退散した。バイロンの日誌によると、他には「無生物の丸太のように感覚をすべて失って船の衝撃や揺れであちらへこちらへと転がり、もはや自分の身を守ろうともしない[19]」者もいた。さらには、「周囲で波が砕けては泡しぶきを立てる光景があまりに恐ろしかったので、人一倍勇敢な乗組員まで震え上がり、受けた衝撃の強さに耐えきれなくなった」。その男は、手すりから身を投げようとしたものの制止された。他には、船刀（カットラス）を振り回しながら甲板を闊歩し、我は英国王なりとわめく者もいた。

古強者（ふるつわもの）の船乗りジョン・ジョーンズは、仲間たちを鼓舞しようとした。「諸君[20]」ジョーンズは声を張り上げた。「へこたれなさんな。船が砕け波にのみ込まれるのを一度も見たことがないとでも言う気かね。この波から船を押し出そうじゃないか。ほら、手を貸してくれ。ここに帆がある。こっちには操桁索(ブレース)だ。しっかりつかんでくれ。きっと……我々は助かるぞ」ジョーンズの剛胆さに、バイロンをはじめとする士官数人と乗組員たちは勇気づけられた。ある者は帆を張ろうとロープをつかみ、またある者はしゃにむにポンプを動かし水を汲み出した。バルクリーは何とか船を制御しようと帆を操り、巧みに操り、こちらに向けたりあちらに向けたりした。操舵長も、すでに操舵輪は使えなかったものの、ウェイジャー号が浮いているかぎり見棄てるなどあるまじきことだと言い、持ち場に留まった。そして驚くべきことに、このはみ出し者の船は進み続けた。海水を大量出血しながら、船は苦しみの入り江を進み続けた。マストを一本失い、舵を失い、後甲板には艦長もいなかった。乗組員たちは、声には出さずに船を励ました。船の命運は自分の命運だったし、それに船も素直ではないが誇らかに堂々と江を進み続けた。

だが、ついに岩礁に激突して船体が引き裂かれ始めた。残っていた二本のマストが傾き始めると、船が完全に転覆する前に乗組員たちはそれを切り倒した。船首斜檣(バウスプリット)は折れ、船窓ははじけ、木釘は飛び出し、厚板は粉砕し、船室は崩れ、甲板は陥没した。船底からあふれた海水は、船室から船室へとするすると流れ込み、隅から隅まで水浸しにした。ネズミが慌てて上方へと逃げ出した。ハンモックから降りられない重病人は、仲間が助けに向かう間もなく溺れ死んだ。詩人のバイロン卿は『ドン・ジュアン』で、この沈みゆく船についてこう描写している。「すぐには忘れようのない光景を呈して[21]」いた。というのも、「希望を砕くもの、心を砕くもの、頭を砕くもの、首を砕くもの」のことはずっと忘れないからだと。

ここまで図らずも生き延びてきたウェイジャー号は、ここで住人たちに最後の贈り物をする。士官候補生のジョン・バイロンによると、「天の計らいで運よく、二つの大岩にぴったり挟まって身動きが取れなくなった[22]」のだ。岩に挟まれたおかげで、ウェイジャー号は完全には水没しなかった――少なくとも今はまだ。そして、バイロンが船の残骸のいちばん高い所に登ると、目の前の空が晴れ、砕け波の向こうが見えた。そこには、靄（もや）に包まれた島があった。

パート3

見棄てられた者たち

第8章　難破

海水が泡となって軍医の船室に押し寄せてきた。そこには、艦長のデイヴィッド・チープがじっと動かず横になっていた。負傷して以来そこから出ていないチープは、衝突を目の当たりにしてはいなかった。だが、大きな擦過音には気づいた。指揮官なら誰もが震え上がる、岩に船体がこすれる音だ。その音で、自らのあくなき夢の器であるウェイジャー号を失ったことを知ったのだ。もし生き延びたとしても軍法会議にかけられ、国王陛下の船（HMS）を「故意または過失、または職務の不履行」[1]により座礁させたのかどうか審判を下されることになる。有罪と判定されるのだろうか。判士〔裁判官〕の目から見たら有罪だろうし、アンソンの目から見ても有罪だろうし、自分の目から見ても有罪だ。なにしろ、初めて率いる軍艦を難破させてしまったのだ。だとしたら、海軍での出世もここまでか。ベインズ海尉は、なぜもっと早く危険を報告しなかったのだろう。軍医のエリオットはなぜ阿片で自分を気絶させたのだろう。「私の理解には反している」[2]が、エリオットは「発熱を防ぐためのものとしか言わなかった」と後にチープは主張している。

疲れることを知らない波がよってたかって襲いかかってくる間、岩と岩に挟まれた瀕死のウェイジャー号が断末魔の叫びを上げるのをチープは肌で感じていた。バルクリーはこう振り返っている。「今にも船が崩壊するだろうと我々は思っていた」[3]ので、激しく揺れると「船上の全員が浮き足だった」。チープの肩の骨は三時間近くの手術で元の位置に戻されたが、チープはまだ激痛に苛まれていた。

少しすると、チープのいる軍医の船室にバイロンとキャンベルがやって来た。戸口に立つ二人はずぶ濡れで、まるであの世から来た亡霊のようだった。二人はチープに事の次第を知らせ、島があることを報告した。マスケット銃を撃てば届くくらいの距離で、見たところ湿地で荒涼としており、嵐が吹き荒れているが、どんよりした靄の向こうに低木の茂みとそびえる山々があると。バイロンによると、その島に「文化の痕跡」[4]はなかった。それでも、避難場所にはなる。「今や私たちの頭にあるのは、命を守ることだけだった」[5]

チープは、甲板に括り付けてあった四艘の小型艇を直ちに海に降ろすように命じた[6]。全長三六フィート〔一〇メートル強〕の長艇（ロングボート）、二五フィート〔八メートル弱〕のカッター船、二四フィート〔七メートル強〕のバージ艇〔将校用〕、一八フィート〔五メートル強〕のヨール船である。「病人全員を救出しに行け」[7]とチープは命じた。

バイロンとキャンベルは、病人と一緒に小型輸送艇に乗って島に渡るようチープに懇願した。だが、海の掟を守ろうとするチープの決意は固かった。たとえ船とともに沈むことになっても、沈みゆく船から船長が離れるのは最後でなければならないのだ。「私に構うな」[8]とチープは頑なだった。古参乗組員のジョン・ジョーンズも艦長に避難するよう説得を試みた。だが、ジョーンズによると、チープは「乗組員の命が助かるのなら、私の命などどうでもよい」[9]と応じたという。

バイロンは、チープの肝の据わり方に感銘を受けた。「その時も、それまでと同じようにしごく冷静に命令を下した[10]」とはいえ、チープのその頑なさにはどこか引っかかるものがあった。まるで、名誉を挽回するには死ぬしかないと思い定めているかのようだったのだ。

海水は相変わらずばしゃばしゃごぼごぼと音を立てながら上へ上へと這い上がってきていた。上甲板で入り乱れる大人の男と少年の足音が聞こえてきた。さらに、岩に木材がこすれる、あの胸の悪くなる恐ろしい音も。

ジョン・バルクリーは、輸送艇を下ろすのを手伝おうとした。すると、輸送艇からもすでにマストは一本残らずなくなっており、帆が張れなかった。それに気づくと、いったんは秩序を取り戻した乗組員たちは取り乱した。大半の者は泳げなかったので、究極の決断を迫られた。砕け波に飛び込んで岸までたどり着くべく奮闘するか、それとも崩壊しつつあるウェイジャー号に残るかを。

四艘の中でいちばん船体が長く重量もあり、輸送艇の要である長艇は、船体がひび割れ、瓦礫の山に埋もれていた。だが、長艇よりも軽いバージ艇なら、甲板の反対側まで引きずっていけることに気づいた。急げ、急ぐんだ！　しっかりつかんで持ち上げろ！　今しかないぞ。数人の屈強な乗組員とともに、バルクリーはバージ艇を持ち上げ、舷縁（ガンネル）から押し出し、ロープを使って海上へと降ろした[11]。男たちは自分を乗せろと要求して押し合いへし合いし、何人かは飛び降りたため、船がひっくり返りそうになった。バルクリーが見守っていると、男たちは靄の立ち込める中、船を漕いで危険な波を突っ切り、岩を迂回して島の一角の浜辺にたどり着いた。二カ月と半月ぶりに触れる固い地面だった。みな地面に倒れ込んだ。

さて、ウェイジャー号ではバルクリーが、数人がバージ艇で戻ってくるものと待っていた。だが、誰一人戻ってこない。雨が激しく降りしきり、今や北風がひゅうひゅうと音を立てて吹き付けており、そのせいで波が巻き上がった。甲板が揺れ、バルクリーたち居残り組の者たちは死を思わずにはいられなかった。だが、やっとのことでヨール船とカッター船を海に浮かべることに成功した。最初に重病人を乗せた。居残り組の中には、二五歳の主計長トマス・ハーヴィーがいた。ウェイジャー号の物品の管理責任者で、物が何であれできるだけ乗組員に配給していた。船にはまだ、清潔とは言いがたいたばこの袋にしまってあった小麦粉数ポンド、銃と弾薬、調理器具とナイフやフォーク、羅針盤、地図、初期の探検家たちの年代記、薬箱、聖書一冊などが残っていた。

数時間後、大半が脱出したが、常日頃から殺意の籠もった目でハーヴィーをにらむ船匠助手のミッチェルは避難を拒否した。ミッチェルの仲間十数人もやはり脱出を拒否した。そこに、本来は規則を守らせる立場の掌帆長キングも加わった。この脱出拒否組は、酒樽を割り、浴びるほど飲んだ。どうやら、派手にどんちゃん騒ぎをしながら死のうと思っているようだった。「船には何人か、思慮に欠けて危険を顧みず、自分たちの悲惨さに気づかない愚か者がいて[12]」、「彼らはやたらに暴力的で無秩序な状態に陥った」とバルクリーは回想している。

バルクリーは、船を離れる前にウェイジャー号の航海日誌の一部を回収しようとした。航海日誌は、難破船から回収することになっていた。後日、海軍本部が、艦長のみならず、海尉や航海長などの士官に責任があるかどうかを判断するためだ。ところが、ウェイジャー号の航海日誌の多くがなくなっているか、切りとられていることを知り、バルクリーは衝撃を受ける。ただのうっかりミスとは思えなかった。「何者かが日誌を破棄するように指示されたと見なすしかるべき理由がある[13]」とバルクリーは振り返っている。航海士かもしれないし、ひょっとしたらもっと上級の士官かもしれないが、誰にせよ、自分の行動が検証されるのをよしとしない人物がいたのだ。

ジョン・バイロンは、船を見棄てる前に衣類を引き揚げようとした。下の甲板に降り、水かさが増す中を瓦礫をかき分けながらそろそろと進んだ。かつてわが家だったこの場所の残骸を、椅子やテーブル、蠟燭や手紙、思い出の品々をかき分けて進む。遺体も何体か浮かんでいた。奥に進むにつれ、船体がゆがみ、海水が勢いよく押し寄せてきた。「持ち出したかった服はおろか、背中に布切れ一枚も背負わずに、もう一度後甲板に上がるしかなかった」[14]とバイロンは記している。

危険ではあったが、バイロンはチープ艦長の許にもう一度向かわなければいけないと考えた。何人かの士官とともに、押し寄せる水をかき分けながら軍医の船室にたどり着いた。そしてバイロンも他の者も、自分たちと一緒に来てほしいとチープに懇願した。

他の者たちはみな島に渡ったのか、とチープは訊ねた。はい、残ると言い張っている手に負えない者たち数人以外は、とバイロンたちは答えた。するとチープは、私は待つ、と応じた。ですが、その酔狂な者たちを脱出させるために、やれることはすでにやりました、もうやれることは何一つありません、と言い切ると、チープはしぶしぶだがようやくベッドから立ち上がった。チープが杖をついて何とか自力で歩こうとするので、バイロンたち数人でチープを支え、残りの者はチープの私物収納箱を運び出した。数少ない所持品の中には、アンソンがチープをウェイジャー号の艦長に任命した書簡が入っていた。「艦長に手を貸して小型艇に乗せた」[15]とキャンベルは振り返っている。「そして、浜へと抱えていった」

冷たい雨が降りしきる浜辺で、漂着者たちは身を寄せた。[16] チープの計算によると、ウェイジャー号に当初乗船した少年を含む乗組員約二五〇人のうち、生き残ったのは一四五人だった。みなやせ細り弱々しく、満足に服も着ておらず、長期間漂流していたように見えた。その中に、今や一七歳になったバイロンがいて、バルクリーもいた。優柔不断なベインズ海尉がいた。横柄な海軍士官候補生キャンベルがいた。バイロンの食事仲間のアイザック・モリスや、酒を飲まずにはいられないカズンズがいた。腕のいい船匠長のカミンズ、主計長のハーヴィー、若く屈強な軍医のエリオットがいた。チープは、エリオットが自分に阿片を飲ませたことに猛烈に腹を立てていたものの、友人だと見なしていた。さらに、古参乗組員のジョーンズがいた。航海長のクラークとその息子がいた。八〇歳代の司厨長と一二歳の少年がいた。自由黒人の乗組員ジョン・ダックがいた。チープの忠実な従卒ピーター・プラストウがいた。海兵隊員の多くは死んでしまったが、海兵隊長ロバート・ペンバートンは生き延びた。同じく海兵隊員で、ナイフを出して喧嘩をした中尉のトマス・ハミルトンも生き延びた。ハミルトンは、チープのごく親しい友人の一人だった。さらに、数人の病人が島に運ばれ横になっていた。

チープには、自分と乗組員たちがどこにいるかも、自分たちの周りに何が潜んでいるかもさっぱりわからなかった。だが、自分たちを見つけてくれるほどヨーロッパの船が島の近くを通るとはとうてい思えない。自分たちははぐれ、孤立したのだ。「難破して死を目前にした者にとって、陸に上がることがこの上ない願望の実現だと考えるのは自然である」[17] とバイロンは記している。そして、「それは、差し迫った危機からのすばらしく慈悲深い解放だった。しかしその一方で、雨や寒さや飢えと闘わなければならなかったが、こうした苦厄に対してすぐにできる対策は何一つなかった」と書き加えている。チープは、英国をふたたび目にするには、乗組員たちの結束力を保つしかないと考えていた。だが、酔っ払い連中が難破した船のまだ沈んでいない場所に残っているという問題をすでに抱えている。……果たして、この浜にいる者たちは、あの酔っ払い連中とは違う目で自分を見ているのだろうか。こんな島に孤立したことで自分を責めているのだろうか。

またたく間に夜が訪れ、寒さは増す一方だった。細長い浜に、刺すような風と雨から身を守れるものは何もない。バイロンと仲間たちは「気を失っていたり、衰弱していたり、そしてほとんど体が動かない状態だったりした[18]」が、風雨を避けられる場所を探し回った。体を引きずるようにして島の奥へと向かい、草が絡んでぬめぬめした湿地を抜け、強風で折れ曲がった木々の生い茂る急斜面をはい上った[19]。木々は、まるで自分たち漂着者のように背を丸め打ちひしがれていた。

しばらく歩くと、バイロンは、森の中にドーム状の建造物があるのに気づいた。横三メートル、高さ一・八メートルほどで、枝や草に覆われ前面に開口部がある。住居の一種で、バイロンはそれをウィグワム〔北米先住民のテント小屋〕と表現している。バイロンは辺りを見回した。住人がいる気配はなかったが、きっと出かけているのだろう。この島の中かもしれないし、本土かもしれない。その小屋の中には、槍やその他の武器があったので、暗くなった途端、不意打ちされるのではないかと恐怖に駆られた。「相手の強さや気質がわからない不安から臆病風に吹かれ、絶えずびくびくしていた[20]」とバイロンは記している。

嵐を避けようと、小屋には入れるだけ人が入ったが、チープ艦長のための場所は空けた。チープは手を借りなければ中に入ることもできなかった。その体の状態を考えると、チープは「この避難小屋がなければ、確実に命を落としていただろう」[21]とキャンベルは記している。

バイロンが入る余地はなかったため、残りの大半の仲間とともにぬかるみに横になった。洋上を航海する際には道しるべとなってくれた星々も雲に隠れてしまい、バイロンは真っ暗闇に放り出され、砕ける波の音に、揺れる枝の音に、うめく病人の声に耳を澄ました。

嵐は一晩中吹き荒れた。朝になってもまだ続いており、バイロンは一睡もできずにいた。小屋に入れなかったバイロンと残りの者は、ずぶ濡れになり、半ば凍りついていた。それでも何とか立ち上がった。病人の一人と、バイロンの横で寝ていた衰弱した者二人を除いてだが。何をしても三人は目覚めなかったので、バイロンは死んでいることに気づいた。

チープは、海岸近くで杖に体を預けていた。海には靄が垂れ込め、チープと乗組員たちを灰色の冥界に封じ込めている。靄越しに薄ぼんやりした光が射し、まだ岩の間に挟まっているウェイジャー号の残骸が目に入った。自分たちの身に起こったことを思い知らせるグロテスクな残骸が。キングやミッチェルたち、船を見棄てることを拒否した反逆者たちが早晩溺れ死ぬのは明らかだった。彼らを救出しようと決めたチープは、キャンベルたち若者を何人かヨール船で向かわせた。

島から漕ぎ出しウェイジャー号に乗り込んだキャンベルは、その狂乱ぶりに唖然とした。ミッチェルとその仲間たちは、掌帆長のキングにそそのかされて、船に残っていた物を勝手に持ち出し、世界の終末を生き延びたのだと言わんばかりに略奪行為を働いていた。「ある者は賛美歌を歌っていた」[22]とキャンベルは記している。「ある者は喧嘩をし、またある者は悪態をつき、ある者は甲板で酔いつぶれていた」酩酊した者が数人、溜まってきた水に落ちて溺死していた。その遺体が、空になった酒樽や瓦礫とともに、どんちゃん騒ぎをしている者たちの間に浮かんでいる。

キャンベルは火薬の入った樽を見つけ、それを引き揚げようとした。だが、航海中にキャンベルに酷使されたことを恨んでいた乗組員二人が、「この野郎！」[23]とわめきながら襲いかかってきた。さらに三人目は、刃がきらめく銃剣を手にキャンベルに向かってきた。キャンベルは仲間とともに逃げ出したので、反逆分子たちは自分たちが占拠した絶体絶命の船に取り残された。

その晩、小屋にいたチープは、爆音で目を覚ました。すさまじい轟音だったので、吹きすさぶ風よりも大きく響いた。ふいに甲高い音とともに金属の玉がチープのいる小屋の屋根の上を飛び越え、辺りの木々を粉砕し地面に穴を作った。続いて、もう一発が飛んできた。暗闇を引き裂き一条の光となって飛んでくる。船がすっかり沈没してしまうのが怖くなり、残っていた者たちが後甲板の大砲から発砲したのだ。やっと上陸する気になったという合図であることにチープは気づいた。

船に居残っていた者たちは、無事に救出された。島に上陸し列になってやって来る彼らを見て、チープはその出で立ちにくぎ付けになった。タールを塗ったズボンとチェック柄のシャツの上に、最高級のシルク製のレースをあしらった服を着込んでいたのだ。士官たちが残してきた私物収納箱からくすねたのだった。

掌帆長という立場にあったので、いちばん責任が重いのはキングだとチープは見ていた。みなが見守る中でチープはキングに歩み寄った。豪華な服に身を包んだキングは、最高権力者さながらの身振りをした。チープのほうは、左腕を力なくぶら下げていたものの、手にした杖を振り上げ、キングをしたたかに打ちつけた。その勢いで、体格のよいキング掌帆長も地面に崩れ落ちた。チープはキングをならず者と罵った。続いて、キングだけでなくミッチェルも含む居残った者たちに、士官たちの服を脱ぐように命じた。脱ぐと、彼らは「移送されてきた重罪人の一団に[24]」見えた、とバルクリーは記している。チープは、自分がまだ艦長であることをはっきりさせたのだった。

第9章　獣（けだもの）

　バイロンは空（す）きっ腹を抱えていた。バイロンと仲間たちがこの島に漂着してから数日が過ぎたが、食べられるものにはほとんど何も出くわさなかった。四八時間、「私たちの大半の者が絶食状態だった」[1]とバイロンは記している。中には、もっと長いこと絶食状態の者もいた。上陸してから、狩りができるような動物は一匹も目にしていなかった。ネズミ一匹もだ。さらに驚くことに、すさまじい砕け波のせいか、海岸付近の海には魚一匹いないようだった。「この海も」[2]とバイロンは記している。「陸と同じくほぼ不毛であることがわかった」誰かがようやくカモメを一羽撃ち落とし、チープ艦長の命令で全員で分けることになった。枝を集め、火口箱から出した火打ち石と金属を打ち合わせ、湿った枝に火を点けようと奮闘した。ようやく炎が上がり、煙が風にたなびいた。老齢の司厨長トマス・マクリーンは、カモメの羽をむしり、大鍋で茹で、小麦粉を加えて濃厚なスープを作った。湯気を上げるスープは、幾つかの木製の鉢に注がれ、神聖な捧げ物であるかのように分配された。

　バイロンは、自分の分け前を味わった。ところが、しばらくするとみな、バイロンが記しているように「胃に強烈な痛みを覚え」[3]、「激しい吐き気」に見舞われる。小麦粉が傷んでいたのだ。おかげで、それまで以上に体力を奪われてしまった。おまけに、島にはほぼ絶え間なく暴風雨が吹き荒れていることがわかってきた。この時からおよそ一世紀近く後にこの島を通りかかったある英国人船長は、島の中心を取り囲むようにそびえる荒涼たる山々に絶えず雲が垂れ込め、そこから猛烈なスコールが打ちつけるので、「人の魂が体内で死んでしまう」[4]場所だと後に評している。

バイロンも仲間たちもみなが腹を空かせていたが、遠くまで探索に行くことを恐れていた。根深い思い込みのせいで、不安がピークに達していたのだ。「私たちから少し離れた所に野蛮人が潜んでいて、私たちが幾つかに分かれるのを待っているのだという強い先入観があったので、私たちは少人数では……決して遠出をしなかった」[5]とバイロンは記している。

遭難者の大半が、海岸近くに留まっていた。そこは、湿地草原と、折れ曲がった木々がうっそうと茂る急峻な山々に囲まれた閉鎖空間だった。南西には小高い山がそびえ、北と東にはそれ以上に険しい山々がそびえていた。うち一つは六〇〇メートルほどの山で、頂上が平らで、火山から煙がたなびくように蒸気を立ち上らせていた。

遭難者たちは、浜で二枚貝や巻き貝をあさった。海岸には、ウェイジャー号からさまざまな物が流れつくようになった。甲板の厚板、メインマストの基部、鎖ポンプ、砲架、船鐘などだ。バイロンはそうした物を拾い集め、使える物がないか調べた。船からは数体の遺体も流れ出してきたため、その「ぞっとする光景」[6]にバイロンはひるんだ。だが、そうした漂着物の中にある物を発見し、突如として、スペインのガレオン船よりも価値があるものに思えてきた。塩漬け牛肉の詰まった樽だ。

難破から三日後の五月一七日、掌砲長ジョン・バルクリーは、塩漬け牛肉を数切れ味わった。そして日誌に、もうすぐペンテコステであると記している。キリストの復活した日から七日目の日曜日だ。キリスト教では、収穫祭でもあるその日に聖霊が降臨したことを祝う。聖書に記されているように、その日に「主の名を呼び求める者は誰であれ救われる」のだ。

遭難者の大半と同様、バルクリーにも避難できる小屋はなかった。食べるのも、眠るのも、用を足すのも、屋外だった。「雨がすさまじかったので、何をするのも命がけだった」[7]とバルクリーは記している。一方、バイロンは、避難できる小屋がないままでは「生き延びるのは不可能だ」[8]と不安に駆られていた。気温はずっと零度前後だった。おまけに海から強風が吹き付け、絶えずじとじとしているため、着ているものの下にまで寒気は忍び込み、唇から血の気を奪い、歯の根が合わなくなるほどだった。寒さのせいで命を落としかねなかった。

バルクリーは、あることを思いつく。カミンズたち頑強な者数人の手を借り、カッター船を浜に引き揚げてひっくり返し、キール〔竜骨。船底の縦通材〕を上に向けて支柱を立てた。バルクリーは日誌に、「どうにかして家らしきものを作る」[9]のが目的だったと記している。

バルクリーと仲間たちは、その雨に打たれることのない避難小屋で身を寄せ合った。当てもなくさまよっているバイロンを見つけると、バルクリーはバイロンも呼び入れた。バルクリーが仲間をまとめ、手を差し伸べてくれたことに、みなは感謝した。バルクリーは文明の輝きである火を起こし、みなはその炎を囲んで身を寄せ、体を温めようとした。濡れた服を脱いで絞り、たたいて虱を落としてからもう一度すべてを着たとバイロンは日誌に記している。

みな自分たちの置かれた状況について思いを巡らしていた。すでにチープは命令に背いた者を罰していたものの、火種はまだくすぶっていた。特に船匠助手のミッチェルだ。艦長に対する「不平不満[10]」が広がっているのは、バルクリーの耳にも入っていた。みな、自分たちの窮状はチープのせいだと考え、チープはどうやってここから自分たちを脱出させるつもりなんだろうと訝っていた。

アンソン代将の指示を仰げなくなると、「事態は新たな様相を見せ始めた[11]」とバルクリーは記している。「一同に種々雑多な無秩序と混乱が広がり、もはや無条件の服従などしなくなっていた」当時の英国海軍では、志願した者も強制徴募された者も、乗った船が役務から外れると給料を支払ってもらえなくなる。この時漂着した者の中の二人が主張するように、ウェイジャー号を失うことは、乗組員の大半の者にとって収入が途絶える可能性が高いことを意味していた。自分たちは無駄に苦しんでいるというわけだ。だったら、「自分が自分の主人になり、もう命令に従わない[12]」のは当然の権利ではないか。

バルクリーは、日誌にチープについて不満を幾つか記している。もし海上で艦長が士官たちと話し合いをしていれば、「我々はひょっとしたら今の不幸な状況に陥らずにすんだかもしれない[13]」。だが、私はあからさまに不満分子たちの側にはつかないように注意を払い、「いつだって、命令に従って行動してきた[14]」と。だが不満分子の多くはバルクリーに惹きつけられた。航海中、バルクリーは能力の高さを証明していた（引き返すようにと艦長に進言したのは、彼ではないか）。それに、今も一同の中でいちばん頼りがいがありそうに見える。自分たちに避難小屋まで提供してくれたのだ。バルクリーは日誌に、詩人ジョン・ドライデンの劇作の一節を書き留めている。

苦難の時の理性と勇気の存在は、
軍隊以上に成功をもたらす[15]

食料を補給しないかぎり、誰一人そう長くは生き延びられないことはわかっていた。バルクリーは、天体観測と推測航法によって自分たちの居場所を割り出そうとした。それにより、座礁したのはパタゴニアのチリ沖で、南緯四七度、西経八一度四〇分の辺りであることがわかった。けれども、その島のことは何もわからなかった。島の他の場所も人間が暮らすには不向きなのかどうかも。東側には山々がそびえていて何があるかわからなかったので、遭難者の中には、じつは自分たちは本土にいるんじゃないかと考える者もいた。とうていありそうになかったが。とはいえ、そうした疑問を抱くということは、みなが食料だけでなく情報にも飢えていたことを示している。バルクリーが妻と五人の子どもの許に帰るには、その両方が不可欠だった。

暴風雨が一時的に弱まると、長らく見ていなかった太陽が顔を出した。バルクリーはマスケット銃に弾を込め、探検隊を率いて出発した。バイロンは、また別の武装した集団に加わった。海岸線の向こう側に食料があるか確かめるには、他に選択肢がないと説得されたのだ。

足元はぬかるんでいた。足首まで泥に埋まりながら湿原を抜け、木々の生い茂る斜面を登っていった。風に根こそぎ引っこ抜かれ朽ちた倒木を這い上って越えていく。まだ生きている木や死んだ木もやたらに絡み合っているため、まるで生け垣の中を歩いているようなものだった。根っこや蔓が手脚に絡まり、棘に皮膚が引っ掻かれた。

バイロンも素手でかき分けながら登っていたが、ほどなく疲労困憊してしまう。それでもまだ、見たことのない植物に目を見張る余力はあった。「ここの森には[16]」とバイロンは記している。「主に香木の類いがある。アイアンウッドだ。幹がとても濃い赤い色をしているものもあれば、とても鮮やかな明るい黄色をしているものもある」内陸部で鳥はあまり見かけなかった。目にしたのは、ヤマシギ数羽にハチドリ数羽、ハリオカマドドリ数羽に、バイロンが「赤い腹をもつ大型のコマドリ[17]」と表現するオナガマキバドリ一羽だった。他には海鳥数羽とハゲワシ数羽で、それしか「羽毛のある生き物はいない[18]」ようだとバイロンは嘆いている（この時から一世紀近く後にこの島を調査したある英国人船長は、こう記している。「その風景のわびしさとこの上ない寒々しさにとどめを刺すかのように、鳥さえもその近辺を避けているように思えた[19]」）。

バイロンは、仲間から離れていた時、一羽のハゲワシが山の頂に止まっているのを見つけた。ハゲワシの頭ははげ上がり卑猥に見えた。バイロンは、音を立てないように、足元の葉をかさつかせたり枝を折ったりしないよう気をつけてそっと忍び寄った。マスケット銃で狙いを定めたその時ふいに、近くで大きなうなり声が聞こえた。さらにもう一度。まったく聞いたことのないうなり声だった。バイロンは駆けだした。「森は暗くて何も見えなかった[20]」とバイロンは記している。「けれど、そのうなり声は私が逃げると、すぐ後ろまで迫ってきた」バイロンは、マスケット銃を握り締め、枝に引っかかれながらよろめく脚で逃げ戻り、ようやく仲間たちの所にたどり着いた。仲間の中には、自分もうなり声を聞いただけでなく、「ものすごく巨大な獣[21]」を見たという者もいた。だがおそらく、それは想像の産物にすぎない。飢餓状態のせいで、肉体だけでなく精神もむしばまれていたのだろう。あるいはひょっとしたら、バイロンだけでなく多くの船乗りが今や思い込んでいたように、獣はそこにいてバイロンたちを狙っていたのかもしれないが。

しばらくすると、遭難者の一行は島の反対側に行くのを諦めた。とうてい踏破できそうになかったのだ。手に入れた食料は、ヤマシギ二羽と野生のセロリ少々だけだった。「食料に関して、この島は何一つ実りがない」[22]とバルクリーは結論を下す。バイロンは、この環境は「人の糧となる果物や穀物、根菜類さえも与えてくれない点で、地球上のいかなる地域にも似ていない」[23]と判断した。

バイロンは仲間数人と、野営地を見下ろす小高い山に登ることにした。せめて自分たちの置かれた状況だけでも把握したかったのだ。山は非常に険しかったので、山腹に足場を刻まなければならなかった。頂上にたどり着き、薄い空気を吸い込むと、バイロンはそこからの眺望に息をのんだ。自分たちがいるのが島であるのは間違いなかった。南西から北東に三キロ余り、南東から北西に六・五キロほどの広がりがある。それが、自分たちが野営地を構えた場所だった。

バイロンがどちらの方向を向いても、広がっているのは手つかずの荒れ野につぐ荒れ野だった。外界から孤立し、人が踏破することのかなわない寒々しくも美しい荒れ野である。南の方向に、また別の無人とおぼしき島が見えた。東の方向のはるか彼方には、氷で覆われた峰の連なりが見て取れる。本土のアンデス山脈だ。ウェイジャー号が座礁したこの島の周りをよく見ると、どちらの方向からも泡立つ荒波が打ちつけていることにバイロンは気づいた。バイロンに言わせると、「小舟で挑もうとする途方もない度胸さえくじかれるような、不吉な砕け波が打ちつける光景」[24]だ。脱出路はどこにもなさそうだった。

第10章　自分たちの新たな町

デイヴィッド・チープ艦長が先住民の住居から出てきた。拳銃を携えている。みなは、まるでチープの秘密を知ってしまったかのようにうろんげにチープを見つめ続けた。島に上陸してから一週間も経たないうちに、チープは、自分たちの苦境の全容を知った者たちからの信頼を失いかねない危機に直面していた。小型艇三艘では長旅を乗り切れないばかりでなく、小さすぎてほとんどの者が乗れなかった。さらに、もっと大型の船を建造する道具や材料が手に入ったとしても、出来上がるまでには何カ月もかかる。冬が近づいているので、当分の間この島に足止めされることになるが、すでに体にも心にも衰弱の兆しが出ていた。

生き延びるためには、団結することが最も重要だとチープは思っていた。チープは直感でそう思ったのだが、これは後に科学的に証明されることになる生理現象だ。一九四五年、「ミネソタ飢餓実験[1]」として知られる人間の食餌制限に関して現代における最も包括的な研究が行なわれ、科学者たちは飢餓が個体群に及ぼす影響を評価した。六カ月間、三六人の男性志願者が摂取カロリーを半分に制限された。なお、被験者は全員が独身の健康な平和主義者で、仲間とうまく付き合う能力を示していた。半年後、被験者それぞれが体重の約四分の一が落ち、体力と気力を失っていた。そして、いらいらしたり落ち込んだり集中力を欠いたりするようになった。被験者の多くは、自己犠牲を払うことで修道士のような深い精神性を得られると期待していたのだが、むしろ悪巧みをしたり食べ物を盗んだり、殴り合いの喧嘩をしたりするようになった。「無関心や不機嫌や食べ物に対する高飛車な偏見で、私はどれだけ多くの人を傷つけてきたのだろう」[2]とある被験者は記している。また別の被験者は「自殺するんだ」[3]とわめき、ついで科学者の一人に向き直り、「おまえを殺してやる」と言った。この被験者は食人を妄想するようになったので、実験から外さざるをえなかった。この研究結果をまとめた報告書は、志願者たちが「自分たちの倫理観や表面的な社会正義がいかに薄っぺらだったか」[4]に衝撃を受けていたと指摘している。

ウェイジャー号からの遭難者たちは、すでに航海で体力を消耗していた上、前述の被験者よりも摂取カロリーははるかに少なかった。置かれている環境もはるかに過酷だった。環境に関してはまったくコントロールされていなかった。[5]チープ艦長は、体調が優れず足を引きずっていたが、自分の抱える苦悩に対処しなければならなかった。ところが支配的だった。他の士官たちに相談したがらなかったのだ。もっとも、ぐずぐずしている時間もなかった。チープはこの荒れ野に前哨基地を築き、大英帝国の種を播く計画を練り始めた。ホッブズの言う「万人の万人に対する闘争」[6]状態に陥るのを防ぐために、遭難者たちに対して拘束力のあるルールや厳格な社会構造、それにみなを統率する指揮官が必要だとチープは考えた。

全員を呼び集めたチープは、海軍条例についてあらためて説明し、陸上でも条例が適用されるのだと念を押した。特に、「反抗的な集会や……慣習、意図」[7]は禁じられており、違反すると「死刑に処す」と定められていると強調した。全員が力を合わせ、各自が割り当てられた作業を着実にかつ敢然とこなす必要がある。諸君はまだ、艦長の意のままに正確に動く人間機械の一部なのだからと。

島には潜在的な脅威があり、食料が不足していることを考慮し、ウェイジャー号の残骸の引き揚げ作業をする必要があるとチープは判断する。後甲板と船首上甲板（フォクスル）の一部はまだ海面に出ていた。「私の第一の関心事は、武器と弾薬、そして食料を十分に確保することだった」[8]とチープは報告書に記している。

チープは回収作業班の編成に取りかかった。この危険な任務に抜擢したのは、掌砲長ジョン・バルクリーだった。もっとも、チープはバルクリーのことを理屈屋と見なしていた。言うならば、海の掟は上官よりも自分のほうが熟知していると誇示したがるうるさ型の船乗りだ。難破してからというもの、バルクリーはここぞとばかりに自主性を発揮している様子で、自分たち用の大型の小屋を作り、他の者に提供していた。だが、ベインズ海尉とは違い、バルクリーは人一倍よく働くし疫病にも罹らなかったタフな男なので、ベインズよりバルクリーに指揮を任せたほうが回収作業班の他のメンバーも働くことだろう。チープは、士官候補生のジョン・バイロンも同行させることにした。航海中、バイロンは自分に忠実に仕えてくれていたし、沈没しかけた船から脱出する手助けをしてくれた。

チープが見守る中で、バルクリーとバイロンに加えて少数の要員が小型艇に乗って出発した。全班員の身の安全は今や彼ら自身の掌中にあった。ウェイジャー号の残骸に沿って漕いでいると、波にしたたかに打ちつけられた。小型艇を軍艦に括り付けると、難破した船によじ登り、陥没した甲板やひび割れた船梁の上を這い進んだ。班員たちが船の上にいる間も、ウェイジャー号は崩壊し続けていた。

班員たちが沈没した残骸の上をそろそろと進みながら、足元の水に目をやると、甲板の狭間に仲間の遺体が浮かんでいるのが見えた。足を踏み外せば、自分たちもその仲間入りだ。「このように何度か難破船に乗り込んだ際に遭遇することになった困難の数々は、簡単には言い表せない[9]」とバイロンは記している。

瓦礫の中から樽を幾つか発見すると、投げ縄を使って引き寄せ小型艇に移した。「ワインとブランデーの樽を幾つか見つけた[10]」とバルクリーはうれしそうに記している。ある時には、艦長の収納部屋にたどり着き扉をこじ開けた。「ラムとワインの樽を幾つか取り出し、陸へと運んだ[11]」とバルクリーは記している。

すると、チープはすぐさま要員を増やして回収を手伝わせた。「艦長の命令で毎日、難破船で作業をした。例外は、悪天候に阻まれた時だけだった[12]」と士官候補生のキャンベルは書いている。三艘の小型艇はすべて駆り出された。難破船が完全に水没する前に、できるだけ多くの物を引き揚げなければならないことをチープは承知していた。

バルクリーたちは船体の奥へと、浸水した船室を目指してじりじりと進んだ。辺りは海水に浸かっており、フナクイムシが船体を食い進むように、重なり合った瓦礫をかき分け少しずつ進んでいった。何時間かけても、価値のある物はほとんど見つからなかった。だがついに船倉の一角に入りこみ、エンドウ豆一樽、牛肉と豚肉数樽、オートミール一箱、ブランデーとワイン数樽を引き揚げることができた。さらに、帆布、大工道具、釘も回収した。キャンベルは「我々の置かれた状況においては、はかりしれないほど有用だ[13]」と記している。他にも、蠟燭数箱、大量の布、靴下、靴、時計数個も手に入った。

そうこうするうちに船体はさらに崩壊し、バルクリーいわく「木っ端みじん[14]」になってしまった。

おかげで、船の残骸は海上に切れ端と化した板が幾つか突き出ている状態になり、乗り込むのがさらに危険になったため、回収班は新たな作戦を考えた。長い木の棒に釣り針を付け、それを舷縁（ガンネル）越しに伸ばし、何でもいいから残った必需品を釣り上げることにした。

陸上では、チープが自分の小屋の傍にテントを張り、食料すべてを保管していた。ウェイジャー号でもそうだったように、チープは陸の上でも士官や士官候補生の厳格な上下関係を頼みにし、自分の命令に従わせようとした。もっとも、絶えず反乱の恐れがある状況でチープが主に信頼していたのは内輪の者たち、いわば組織内の組織だった。そこには、海兵隊中尉のハミルトン、軍医のエリオット、主計長のハーヴィーが含まれた。

他にもチープはその貯蔵テントにすべての銃と弾薬も保管した。チープの許可なしには、誰一人立ち入りを許されなかった。チープ本人がつねに銃を携行していただけでなく、ハミルトン、エリオット、ハーヴィーにも銃の携行を許可していた。四人は銃を光らせながら、浜に戻ってきた小型艇を出迎え、すべての回収品を必ず貯蔵テントに運ばせ、主計長に記録させた。これで窃盗は起こらないはずだ。窃盗は、やはり海軍条例にある「汝、すべからず」の一つなのだから。

チープの見るところ、時折、バルクリーは規則や既定全般に腹を立てているようだった。月が出ている夜には、バルクリーは仲間とともに沈没船からの回収作業を続けたがったが、チープは横領されるのを恐れてそれを認めなかった。バルクリーは、チープとその側近について日誌にこう不満を漏らしている。「連中はくすね取られるのを恐れて、夜間に小型艇を出して作業させるのを渋った。……そのせいで、食料品その他の、遠からずどうしても必要になる有用な物を引き揚げる機会を何度も逃してしまった[15]」

こうした対立はあったものの、島に上陸してから一週間後には、みなに新たな目的意識が生まれていた。食料を節約するため、チープは配給量を減らした。これについて、バイロンは「極めつきの節約」[16]と評している。チープが肉を配給できる幸運な日には、通常なら一人一切れのところ、一切れを三人で分け合った。それでもみなにとっては、島で孤立して以来味わったことのない何よりの栄養源だった。「我々の胃袋は、味にうるさく繊細になった」[17]とバルクリーは記している。チープは時折、ワインやブランデーを振る舞い、みなを元気づけることもあった。

船匠助手のミッチェルとその一派は相変わらず反抗的ではあったが、表立って楯突くことはなかった。このミッチェルの一派とは、掌帆長のキングでさえ距離を置くようになっていた。不安からふいに怒りを爆発させることがあったチープも、以前より落ち着いた様子だった。さらに、チープたち一行は、ほどなく、予想外の恩恵を受ける。島で手に入れたセロリのおかげで、いつしか壊血病が治り始めたのだ。

キャンベルはこう記している。それまでずっと、チープは「みなの安全に最大の気配りを見せていた」[18]。そして「もし艦長がいなかったら、多くの者が命を落としていただろう」[19]と付け加えている。

バイロンによると、遭難者たちはみな、ロビンソン・クルーソーさながらに何とか知恵を絞って生き延びようとしていた。ある日、新しい栄養源を発見する。細長い海藻だ。その海藻を岩からこそぎ取った。それを二時間ほど茹でたところで、バルクリーが「おいしいし健康によい食べ物」[20]であると判断した。また別の時には、バイロンと仲間たちが、その海藻に小麦粉をまぶして蠟燭の脂で揚げ、そのさくさくした食べ物を「殺戮（スロー）ケーキ」と呼んだ。キャンベルによると、ある晩、チープと「食事をする栄誉に与り（あずか）[21]」、そして「チープが作ったスローケーキを食べたが、島で食べた中で最高のケーキだった」という（ただし、艦長がそんな物を口にする姿にやはり驚きを覚え、こうも記している。「艦長でさえ、そんな粗末なもので満足せざるをえなかったのだ！」[22]）。

遭難者たちは、喉の黒いウミウや顎の白いウミツバメなどの水鳥を捕まえようと奮闘した。だが、海の岩場に食べてくださいと言わんばかりに止まっているのに、そこに近づく手立てがなかった。小型艇は沈没船からの物資の回収作業にかかりきりだったのだ。泳げる者も、その海域の波とその季節には摂氏四度程度に下がる水温に思いとどまった。むやみに飛び込めばすぐに低体温症になり、やせ衰えた体では一時間ももたずに命を落としかねない。中には、鳥の捕獲を諦めきれず、手に入るだけの材料で即席の小さな板船を造る者もいた。そうした板船の中には、「パント舟〔平底小舟〕、樽舟、革舟など[23]」があった、とバルクリーは記している。

リチャード・フィップスという名の三〇歳の船乗りは、大樽を割り、その木製の胴体の一部を使って即席の樽舟にし、そこに二本の丸太を縄で縛り付けた。フィップスは泳ぎは苦手だったものの、バイロンによると「その風変わりで独創的な舟に乗って冒険を求め[24]」果敢に漕ぎ出した。フィップスは、チープの許可を得てショットガンを携え、鳥を見つける度に波間でできるかぎり動かないようにして息を殺し撃つのだった。何羽か仕留めた後、海岸沿いにさらに遠くへと進み、地図に新たな土地を描き加えた。

ある晩、フィップスは戻ってこなかった。翌日も戻ってこなかったので、バイロンをはじめとする遭難者たちは、また一人仲間を失ったと嘆いた。

だが翌日は別の船乗りがひるむことなく、自作の小舟に乗って狩りに向かった。岩だらけの小島に近づくと、大型の生き物が目に入った。じりじり近づいていき銃を構える。フィップスだった！　波にさらわれて樽舟が転覆したため、何とか岩によじ登り、そこで飢えと寒さに震えながら動かずにいたのだ。遭難者たちの中の遭難者だった。

野営地に連れ戻されると、フィップスはすぐさま前回よりも頑丈な新しい舟を作り始めた。今回は、ウェイジャー号で火薬をふるいにかけるのに使っていた牛皮を利用した。牛皮を数本の曲がった木製の棹に巻きつけ、手ごろなカヌーを作った。そして、またもや漕ぎ出した。

バイロンも友人二人とともに、自分たちで危なっかしい小舟を設計した。平底で、一本の棹で漕いで進む。難破船からの引き揚げ作業がない時に、三人は遠出した。バイロンは、目にした海鳥の研究をした。その中には、短い翼と大きな足ヒレをもち、夜間、羽毛を繕う時にいびきのような音を立てるフナガモもいた[25]。バイロンはこのフナガモを鳥類の競走馬と見なしている。理由は、「半ば飛び、半ば走っているような動きをし、水面を猛スピードで進む[26]」からだ。

ある時、バイロンと友人二人は、小舟で遠出をしている時にスコールに見舞われる。三人は海面に突き出た岩の上に避難した。小舟を海面から引き揚げようとしたところ、手が滑ってしまう。バイロンはあまり泳ぎが得意ではなかったので、自分たちの命綱である小舟が流されていくのをただ見つめていた。ところが、三人の一人が海に飛び込み、小舟を取り戻す。騎士道的な行為はまだ健在だった。

こうした遠出で遭難者たちが捕まえた鳥の数はたかが知れているが、それでも捕まえた数羽は喜んで食べた。また、バイロンが驚嘆したことに、誇り高き彼ら海軍は、沿岸域のパトロールを怠らなかった。

ジョン・バルクリーには使命感があった。船匠長カミンズや体格のよい数人の仲間とともに、木の枝を集め始めた。野営地の平らな場所でそれを組み合わせて骨組みを作った。ついで、森から草や木の葉や葦を拾ってくると草葺きの手法で外壁を覆い、さらに難破船から回収してきた毛織物の端布で覆って断熱した。裂けた帆布をカーテン代わりにし、内部を一四の区画に、バルクリーの言う「船室」に分けた。するとなんと艦長のチープが暮らす小屋もかすむほどの住居が完成した。「これは豪華な家だ。世界の一部の地域で、かなりの高額で取り引きされる物件だ[27]」とバルクリーは記している。「私たちが今いる場所を考えると、これ以上の住居は望めない」

小屋の中では、木の板がテーブルとして、樽が椅子として使われた。バルクリーには専用の寝室があり、船から引き揚げた愛読書『キリスト者の規範――すなわち、イエス・キリストに倣うための一考察』を炉明かりで読むための場所もあった。「神の摂理は、私が慰めを得る手段になった[28]」とバルクリーは記している。さらに、定期的に日誌を書ける乾いた場所も確保した。この習慣があったことで、バルクリーは注意を怠らなかったし、荒れ果てた世界でもかつての自分の一部を保つことができた。なお、バルクリーは航海長のクラークの航海日誌を発見したのだが、その日誌もばらばらに引きちぎられていた。それもまた、難破の要因となった人為的ミスの証拠を消し去ろうとする何者かの意図の痕跡だった。バルクリーは「事実の正確な経緯」をはっきりさせるために、ことのほか「慎重に日々のやり取りを記録した[29]」と断言している。

その頃、他の遭難者たちも、バイロンに言わせると各自が自分用の「一風変わった住居[30]」を建設中だった。幕屋もあれば、差し掛け小屋もあり、草葺き小屋もあったが、バルクリーたちのほど大きなものは一つもなかった。長年にわたる階級や社会階層へのこだわりからなのか、あるいは単に慣れ親しんだ秩序を守ろうとしたからなのか、船の上でもそうだったように、遭難者たちはこの島でも格差に甘んじた。今やチープは先住民の小屋を自分だけで独占するようになり、そこでごく親しい仲間と食事をし、従卒プラストウに世話を焼かれていた。片やバルクリーは、船匠長カミンズをはじめとする主に他の准尉〔准士官ともいう。航海長、船医、掌帆長、掌砲長、主計長など、専門技能をもつ職種の長〕と共同生活を送っていた。

バイロンはというと、カズンズ、キャンベル、アイザック・モリスら士官候補生仲間とともに、狭い小屋でひしめき合いながら暮らしていた。まるで、ウェイジャー号の最下層にあるオーク材でできた船倉に戻ったかのようだった。海兵隊長のロバート・ペンバートンは、他の陸軍所属の海兵隊員たちのテント数張りの隣に建てた小屋を独り占めしていた。そして、ジョン・ジョーンズやジョン・ダックら一般の乗組員たちは、それぞれ数人ずつに分かれ、共同の小屋で暮らしていた。船匠助手のミッチェルたち血の気の多い連中も、やはりまとまって暮らしていた。

辺りはもはや野営地ではなかった。バイロンに言わせると「ある種の集落[31]」になっていて、一本の道が通っていた。バルクリーは誇らしげに「我々の新しい町をよく見ると、一八戸も家がある」と記している。

変化の表れは他にもあった。あるテントは簡易病院になり、軍医とその助手が病人の面倒を見た。飲み水は、空の樽に雨水を溜めた。生存者の中には、ウェイジャー号から引き揚げた布の切れ端をぼろぼろになった服に縫い付ける者もいた。焚き火の火は絶やさなかった。暖をとったり調理したりするためだけでなく、煙が立ち上っていれば通りすがりの船に気づいてもらえるかもしれないというわずかな可能性への期待からでもあった。そして、浜に流れついたウェイジャー号の船鐘は、船上でと同じように食事や集会の合図として鳴らされた。

夜になると、一部の者は焚き火を囲み、老練の船乗りたちの紡ぐ海の逸話に耳を傾けた。そして、古参のジョン・ジョーンズは、こう心の内を話して聞かせた。ウェイジャー号が座礁する直前に船を救おうとみなを鼓舞したが、本当に生き残れる者がいるとはじつは思っていなかったんだ。もしかしたら、我らは奇跡の証なのかもしれない、と。

引き揚げたわずかばかりの本を読む者もいた。チープ艦長の手許には、サー・ジョン・ナーボローが一六六九年から一六七一年にかけてパタゴニアに遠征した時の記録を記したぼろぼろになった本があった。バイロンはその本を借り、希望と興奮が目白押しの冒険の世界に逃避した。

遭難者たちは、周囲の土地に自分たちの名をつけ、自分たちの物にした。目の前の浜はチープス湾〔チープの湾〕と命名した。バイロンが登ったことのある、一行の集落を見下ろす山は通称ミザリー〔悲惨の意〕山となり、後にこの最高峰の山はアンソン山と呼ばれるようになった。さらに、自分たちの新たな家となった島には、以前の家であった船にちなんでウェイジャー島〔現在は、スペイン語読みでウアヘル島〕と名づけた。

わずか数週間で、浜の貝はほぼ採り尽くしてしまい、難破船から引き揚げた食料もどんどん減っていった。みなはふたたび飢えに苦しめられるようになり、各自の日誌には飢えに関する記述が延々とつづられている。「食料を求めて一日中狩りをする……食べ物を求めて夜ごとに歩き回る……食べていないので力が出ない……ずいぶん長いことパンの一欠片も、まともな食事も一切口にしていない……ひもじさが……」[32]

バイロンは実感していた。『ロビンソン・クルーソー』の着想の元となった孤独な遭難者アレクサンダー・セルカークとは違い、今自分が対処しなければならないのは、自然界で最も予測不可能な生き物、すなわち絶望した人間であると。「食料調達が困難で、自分たちの置かれた状況の改善がほとんど見込めないせいで、不機嫌と不満が今や吹き出していた[33]」とバイロンは記している。

船匠助手のミッチェルと仲間たちは、顎髭が長く伸びた姿で虚ろな目をして島のあちこちをうろつき回るようになり、もっと酒を寄こせと要求し、自分たちに楯突く者を恫喝した。バイロンの友人であるカズンズは、どうやらワインを配給分以上に飲んだらしく、ひどく酔っ払っていた。

ある晩遅く、チープ艦長の小屋の隣にある貯蔵テントに誰かが忍び込んだ。「貯蔵テントに押し入られ、大量の小麦が奪われた[34]」とバルクリーは記している。おかげで、全員の生存そのものが脅かされる。バイロンの表現を借りると、「この上なく凶悪な犯罪[35]」だった。

また別の日には、ミッチェルとその一派がウェイジャー号の探索に出た後、ミッチェルたちと合流しようとバイロンと仲間たちも向かった。着いてみると、ミッチェルと一緒に出かけた一人が半分水没した甲板に横たわっていた。男の体はぴくりともせず、その顔は無表情だった。男は死んでいて、首の回りに奇妙な痣があった。証明することはできないものの、沈没した船から引き揚げた戦利品を男が独り占めしようとしたので、ミッチェルが絞め殺したのではないかとバイロンは思った。

第11章　海の遊動民

雪が降り始め、その雪が風で巻き上がり、ミザリー山や海岸線に大雪が積もった。あたり一面が白一色になり、何もかも消え失せたかのようだった。「雪は恐ろしく固く凍りつき、猛烈に寒い[1]」とジョン・バルクリーは日誌に記している。

あっという間に冬がやって来たが、生存者たちの最大の関心事はそのことではなかった。バルクリーがバイロンやキャンベルとともに、ブリザードが吹き荒れる前にと、難破した船で物資の探索をしていると、靄の中から細長いカヌーが三艘現れた。漂着者たちのぐらつく小舟とは違い、カヌーは安定感があり頑丈そうだった。網の目状の鯨の腱の骨組みに樹皮を幾重にも張り合わせた船体は、船首と船尾が上向きに優美な曲線を描いている。乗っているのは、長い黒髪を垂らし胸をはだけた数人の男で、槍と投石器(スリングショット)を携えていた。その日は雨が降り、北風が強く吹いていたので、寒さに凍えていたバイロンは男たちが肌をさらしていることに目を見張った。「彼らが身に付けているのは、腰に巻いたわずかばかりの獣の皮と肩を覆う羽毛で編んだ羽織り物ぐらいだった[2]」とバイロンは記している。

どのカヌーもどんな仕組みなのか船内に絶えず火が点っているらしく、漕ぎ手たちは寒さをものともせずに巧みにカヌーを操りながら砕け波の中を進んでくる。彼らは数匹の犬、バイロンに言わせると「野良犬のような見た目」[3]の犬を伴っていた。犬たちは、熱心な見張り番といった様子で海を見渡している。

バイロンをはじめとする一行は、自分たちが「野蛮人」と見なす男たちをじっと見つめた。相手の男たちのほうも、色が白くてやせ細り、毛むくじゃらの侵入者たちを見つめ返した。「見るからに、彼らはひどく驚いていた」[4]とバイロンは記している。「それに、彼らの振る舞いの端々からも、また白人由来の物を一つも持っていないことからしても、彼らは白人の類いを一度も見たことがないのだ」

男たちは、カウェスカルと呼ばれる先住民の一員だった。[5]カウェスカルとは、「皮を被った人々」という意味である。[6]カウェスカルの人々は、すでに数千年前には、他の幾つかの先住民族とともにパタゴニアやフエゴ島で暮らしていた（考古学上の証拠によると、この地域に最初の人類が到達したのは、氷河期が末期に差しかかった一万二〇〇〇年前のことである）。カウェスカルの人口は数千人で、その活動領域は、チリ南部の海岸線沿いのペニャス湾からマゼラン海峡まで数百キロに及んだ。たいてい移動は、家族単位の少人数だった。陸は通行が不可能な地形だったため、カウェスカルの人々は大半の時間をカヌーの上で過ごし、ほぼ海洋資源だけで暮らしていた。そのため、海の遊動民と呼ばれてきた。

何世紀にもわたり、カウェスカルの人々は過酷な環境に適応してきた。彼らは海岸線の窪み一つに至るまでほぼ知り尽くしており、迷路のような水路や入り江やフィヨルドの地図が頭の中にあった。嵐から身を守れる避難場所や、飲用に適した山の清流、食用のウニや巻き貝やムール貝〔イガイ〕が多く生息している岩礁、魚が群れをなして集まる入り江、さらには季節や天候に応じてアザラシやウミカワウソ、アシカやウミウや飛べないフナガモを狩るのに最適な場所を知っていた。ハゲワシが旋回していたり、腐敗臭が漂ってきたりすると、打ち上げられたり傷ついたりした鯨がいる場所を割り出せた。鯨は尽きることのない恵みを与えてくれた。肉は食べ、脂身からは油を搾り、肋骨や腱はカヌーの材料になった。

カウェスカルの人々が一カ所に何日も滞在することはめったになかった。その場所の食糧資源を採り尽くさないよう注意していたのだ。また、彼らは操船術に長けていたが、とりわけ長けていたのは女たちで、カヌーの舵を取り櫂で漕ぐのはたいてい女たちだった。細長い形状のカヌーの横幅は一メートルほどしかなかったが、どのカヌーにも一家族と、夜は番犬になり、狩りに同行する猟犬でもあり、温もりのある愛玩動物でもある貴重な犬たちを乗せるスペースがあった。カヌーは喫水が浅いため、岩礁をすり抜けたり岩だらけの水路を通り抜けたりすることができた。安定器（バラスト）にするため、カヌーの床板は石のような粘土で覆うことが多かった。海岸線に沿って進み、突然のスコールに備えて空を読みながら、カウェスカルの人々は、ウェイジャー号のような大型船を座礁させる「凶暴な五〇度」一帯の海を旅した（それよりさらに南を活動領域とする海の民のヤーガンの人々は、ホーン岬で吹き荒れる暴風にもカヌーで立ち向かった）。

カウェスカルをはじめとするカヌーの民には金属がなかったが、自然の素材からさまざまな道具を作り出した。鯨の骨は削って鑿（のみ）や銛（もり）や槍の穂先にした。イルカの顎の骨は細かい目の櫛にした。アザラシや鯨の皮や筋張った腱は、弓や投石器の弦や漁網にした。アザラシの膀胱は、小物袋にした。植物は、編んで籠にした。樹皮は切り分けて器にしたり、松明として使ったりした。貝殻は、ひしゃくから骨を断ち切る鋭利なナイフまであらゆるものになった。また、アザラシやアシカの皮は、腰巻きや肩に羽織るマントにした。

ヨーロッパからの探検家たちは、この地域でどうやって生き延びているのか当惑すると同時に、先住民に対する残忍な暴行を正当化しようとし、カウェスカルをはじめとするカヌーの民にしばしば「人食い人種」のレッテルを貼った。だが、人食いを裏付ける確たる証拠は何一つなかった。[7] 先住民たちは、海から食料を得る方法をあれこれ工夫していたのだ。漁の大半を担うのは女たちで、輪っかにした腱にカサガイを括り付けて海中に放り込み、食いついた獲物がぐいと引っ張り浮上してくるのを待ち片手でつかみ上げた。男たちが担うのは狩猟で、優しく歌いかけたり海面をたたいたりしてアシカをおびき寄せ、浮上してきたアシカを銛で突いた。猟に出れば、夕暮れ時に草原を歩き回るガンをおびき寄せる罠をしかけ、投石器でウミウを撃ち落とした。カウェスカルの人々は、夜間に松明を振りかざして巣にいる鳥の目をくらませ、棍棒で撲殺することもあった。

さらに、分厚い衣服を着込まなくても気候に対応できた。体温を保つために、断熱効果のあるアザラシの脂を皮膚に塗ったのだ。また、火の国と呼ばれるこの土地で、先住民たちは火を絶やさず、暖を取るためだけでなく、肉を焼いたり、道具を作ったり、煙で合図を送ったりするのに使った。薪にしたのは、湿っていても燃えやすいマートルの木〔ギンバイカ〕だった。そして、着火剤にしたのは、非常に燃えやすいひな鳥の羽毛や昆虫の巣だった。万が一火が消えた時は、火打ち石と硫黄ガスを含む鉱物、黄鉄鉱を打ち合わせて着火し直した。カヌーの上では、砂や粘土でできた炉で火を焚いた。火をかき立てるのは、たいてい子どもの役割だった。

カウェスカルの人々は寒さに非常にうまく適応していたため、数世紀後、ＮＡＳＡは凍てつく宇宙空間で宇宙飛行士が生き延びる術を見つけようと科学者をこの地に派遣し、カウェスカルの人々の知恵を学ばせている。ある人類学者は、この地の先住民が生き延びた理由は居留地から居留地へと移動したことにあるとして次のように説明している。「住居は、小石の浜のことも、砂地が広がる気持ちのよい浜のことも、おなじみの岩場や小島のこともあり、そこで冬の数カ月間を過ごすこともあれば、長い夏の日々を過ごすこともあった。カヌーもやはり住居であり……中には炉もあれば、飲料水もあれば、犬も一、二匹いれば、家事道具や狩猟道具もあり、ありとあらゆる必需品がほぼそろっていた。……必要な食料や物資は何でも、海中もしくは浜辺にあった[8]」

バイロン、バルクリー、キャンベルの三人は、漕ぎ手に向かって帽子を振り、もっと近づくよう手招きした。アンソンの探検隊は、航海中に先住民部族に遭遇したら見せるよう英国王からの慇懃無礼な声明文を渡されていた。劣悪と伝えられる環境から先住民を救い出し、先住民が「幸福な民[9]」になれるように政府樹立の手助けをするという内容だった。だが、漂着者たちは、英国人が「野蛮人」と見なすその先住民こそが自分たちを救い出す鍵を握っているかもしれないと気づいていた。

カウェスカルの男たちは、近づくのをためらっていた。ヨーロッパ人との接触はほとんどなかったかもしれないが、北方の別の先住民がスペインに容赦なく征服されたことは知っていたに違いない。それに、肌の青白い船の民による殺戮の話も耳にしているに違いない。パタゴニアに到達した最初のヨーロッパ人は、コンキスタドール〔征服者〕であるマゼランとその一行だった。マゼラン一行は、贈り物をちらつかせてある先住民の集落から二人の若者――いわゆる巨人族――を誘い出し、自分たちの船に乗せると鉄製の足かせをはめた。「ハンマーでねじ釘が打ち込まれて足かせが開かなくなるのを見ると、巨人たちは怯えた」[10]とマゼラン隊の記録者は記している。スペイン人はまるで自分たちが救い主であるかのように、二人のうち一人をキリスト教に改宗させ、名前もパウロに変えさせたと胸を張った。ところが、拉致した二人はほどなく病死してしまった。後の一九世紀に入ると、カウェスカルの人々が何人かドイツ人商人に拉致され、パリの動物園で「自然のままの野蛮人」として展示され、五〇万人の観客を集めた[11]。

バイロンと仲間たちは、危害を加えるつもりはないとカウェスカルの人たちを説得しようとし、バイロンの言う「友好の仕草[12]」をした。雨が海を穿ち、犬が唸り、風も唸りを上げる中、漕ぎ手たちは近づいてきた。どちらの側も意思疎通を図ろうとしたが、どちらも相手の言うことを理解できなかった[13]。「彼らが口にするのは、私たちが聞いたこともない言葉だった[14]」とバイロンは振り返っている。三人の英国人は難破船から回収した大量の帆布を掲げて見せ、贈り物として差し出した。カウェスカルの男たちはそれを受け取り、説得されて上陸することにした。男たちはカヌーを浜に引き揚げ、バイロンやキャンベルの後に続いて、奇妙な小屋が並ぶ小さな村を観察すると同時に観察されながら通り抜けた。そして、チープ艦長の許に案内された。チープが暮らしているのは、明らかに彼らの住居だった。

チープは、その見知らぬ男たちに仰々しく挨拶をした。男たちは、チープにとって部下に食べさせる食料を見つける最良の、そしておそらくは唯一の頼みの綱だった。それに、敵国スペインの入植地の場所や、この島から脱出するための最も安全な航路についての重要な情報をもっているはずだ。チープは、男たち一人一人に水兵帽と赤い軍服の上着を贈った。だが、そうした衣類を身に付けることにはほとんど興味を示さず、誰かが着るとその都度脱がせていた。彼らがありがたがったのは、色が赤いことだった（カウェスカルの人々はよく、土を焼いて作った赤い顔料で肌にペイントしていた）。チープ艦長は鏡も与えた。「彼らは、その目新しさにやたらに感激していた[15]」とバイロンは記している。「のぞき込んだ者は映っているのが自分の顔だとは思わず、鏡の向こう側にいる者の顔だと思っていた。だから、鏡の向こう側に回って確かめようとした」キャンベルによると、カウェスカルの男たちは「きわめて礼儀正しく振る舞い[16]」、チープ艦長は「彼らを非常に丁重にもてなした[17]」という。

しばらくすると、カウェスカルの男たちはカヌーで去っていった。炉からたなびく青い煙で彼らの進んでいる方向はわかったが、やがて姿が見えなくなった。チープには、また会えるのかわからなかった。だが二日後、男たちはふたたびやって来た。今度は、驚くほど大量の食料を持参しており、その中には羊三頭も含まれた。

その羊を手に入れるために、どう見てもカウェスカルの人々は大変な労力を費やしていた。羊肉を食べないことで知られるカウェスカルの人々が羊を手に入れるには、おそらく数百マイル北方で暮らす、スペイン人と交流のある別の先住民と交易をしたのだろう。さらに、カウェスカルの人々は漂着者たちに、バルクリーの表現を借りると「私が見たことも、食べたこともないほど大きくて最高のムール貝[18]」まで持参していた。飢えに苦しんでいた英国人たちは大いに感謝した。これらの人々は「十分に教養のあるキリスト教徒たちによい見本[19]」を示した、とキャンベルは記している。

カウェスカルの男たちはまたしても去っていったが、少しすると、妻や子どもたちやその他の家族を連れてふたたびやって来た。総勢で五〇人ほどだった。カウェスカルの人たちにとって、難破船は、浜に打ち上げられた鯨さながらの見せ物だった。おかげで、いつもはばらばらに行動するカウェスカルの複数のグループがこぞってやって来たのだ。彼らは「我々の一団にすっかり馴染んだ[20]」様子だ、とバイロンは記している。「彼らが私たちの中で暮らすつもりだとわかった」バイロンが興味津々で見ていると、カウェスカルの人々は長い枝を集め、それを楕円形に地面に突き刺し、彼らが「アト」と呼ぶ住居を建て始めた。「彼らは、枝の先端を曲げた[21]」とバイロンは記している。「そして、上部中央でまとめ、つまり小屋の骨格は、サプルジャックという蔓植物の一種を歯でくわえながら裂き、それで束ねた。この骨組み、つまり小屋の骨格は、太い枝や樹皮で覆われ、風雨に対して堅固に作られている」その樹皮は、カウェスカルの人々がそれまでの住居から剝いで、カヌーで運んできたものだった[22]。それぞれの草葺きの小屋には、通常、低い出入口が二つあり、羊歯《しだ》の葉の幕で遮られていた。内部は床の中央に炉のスペースがあり、その周りの湿った地面には羊歯や小枝が敷き詰められていた。バイロンによると、この小屋はまたたく間に出来上がった。それも、カウェスカルの人々が風雨から身を守るもう一つの知恵だった。

衰弱していた英国人の一人が死ぬと、カウェスカルの人々は漂着者たちとともに遺体の周りに集まった。「インディアンたち〔原文ママ〕は死者を非常に用心深く見つめ、ずっと……遺体の傍に座り、注意深く遺体を守っていた[23]」とバルクリーは記している。「いついかなる時も死者の顔をこの上なく沈痛な面持ちで見つめていた」遺体が地中に降ろされると、英国人は祈りの言葉をつぶやき、カウェスカルの人々は厳然と立ち尽くしていた。「葬儀の間、一同が帽子を脱いでいるのを見ると、彼らは非常に注意深く観察しており、埋葬が終わるまでそうしていた」とバルクリーは記している。

英国人たちがいかに無力であるか気づくと、カウェスカルの人々は日課のように海に出ては魔法のように、英国人たちに栄養をつける物を携えて戻ってくるようになった。バイロンが目撃したのは、仲間とカヌーで漕ぎ出したある女が、沖合に出ると籠を歯でくわえて凍てつく海に飛び込む姿だった。バイロンによると、「底まで潜っていき、〔彼女は〕驚くほど長いこと海中にいた[24]」。海面に浮上すると、籠の中はウニで一杯だった。「四方八方に棘が突き出している[25]」奇妙な貝だった。一個のウニには、四つから五つの卵が入っていて、「オレンジの中身に似ている。栄養価がきわめて高く、味もすばらしい」とバイロンは記している。女はウニをカヌーに載せると息を吸い、もう一度潜っていった。

バルクリーが観察していると、カウェスカルの女の中には、九メートル以上の深さまで潜る者もいた。「彼女たちは敏捷な身のこなしで海に潜り、毎回のように海中に長いこといるので、見たことのない人には人間にそんなことができるとは思えないだろう[26]」とバルクリーは記している。バイロンのほうは、「まるで神の摂理で、この民族はいわば水陸両用の性質を授けられたかのようだ[27]」と思ったという。

他にも、カウェスカルの人々は礁湖にいる魚の居場所を突き止め、犬の助けを借りて魚を網に追い込んだ。その様子をバイロンは、犬たちは「非常に賢くてすぐにうまくなった[28]」と評している。バルクリーは、「こうした漁の方法は他では知られていないと思うが、非常に驚いた[29]」と記している。

カウェスカルの人々のおかげで、チープは命綱を得られた。ところが、それからわずか数日後、船匠助手のミッチェルをはじめとする乗組員数人がまたもや手に負えなくなる。チープの命令に背き、酒を盗んだり、酒盛りをしたり、難破船から引き揚げた武器を貯蔵テントに預けずに持ったまま姿をくらましたりした。バイロンは、そうした連中は「今やほとんど、いやまったく手に負えず[30]」、カウェスカルの女たちを「誘惑」しようとし、そのせいで「インディアンたちに不快感を与えた」と記している。

ミッチェルたち不届きな連中が、カウェスカルの人々のカヌーを盗んで島から脱出しようと目論んでいるという噂が、野営地中に広まった。チープは、バイロンをはじめとする支持者を差し向け、カヌーを警護させることでその企みを阻止しようとする。しかし、漂着者たちの間に不穏な緊張感が高まっているのをカウェスカルの人たちは見ていた。顔中髭だらけで狩猟や漁の方法を何一つ知らず、火で肌を温めにくい窮屈な服を着ている漂着者たちは、一触即発に見えた。

ある朝、チープが目を覚ますと、カウェスカルの人々は全員いなくなっていた。小屋から樹皮を剝いでカヌーに乗り、彼らの文明の秘密とともに去ったのだ。「彼らをきちんともてなしていたら、私たちにとって大きな助けになったことだろうに[31]」とバイロンは嘆いている。漂着者たちの振る舞いがカウェスカルの人々をこんなふうに突然立ち去らせたことを考えると、もう二度とカウェスカルの人々に会うことはないだろう、とバイロンは付け加えている。

第12章　ミザリー山の主（ぬし）

バイロンは、森の中で一匹の犬を見つけた。おそらく急いで立ち去ったので、カウェスカルの人々が置き去りにしたのだろう。犬はバイロンのほうにやって来ると、野営地に戻るまでずっと後をついてきた。そして、夜になると傍らに横になり、バイロンの体を温めてくれた。翌日の日中は、バイロンが行く所にどこにでもついてきた。「この犬は、私にとてもなつき忠実で、私の傍には誰も近寄らせまいとした。……さすがに咬みつきはしなかったが」[1]とバイロンは記している。

真の友を得ると、バイロンの緊張が少し和らいだ。カウェスカルの人々が出て行って以来、この前哨基地はふたたび混乱状態に陥っていたのだ。食料は減る一方で、チープ艦長は苦渋の決断を迫られた。このまま毎日同じ量の食料を配給し続ければ、短期的には部下の怒りを買わずにすむだろうが、早晩食料は底をつき、みなが飢え死にしてしまう。そこで、すでに悲しいほどわずかな割り当て量を減らすことにした。乗組員たちの「最大の苦痛」にさらなる苦しみを強いたのだ。

バルクリーは日誌に「小麦粉の支給量を減らされ、一日に三人で一ポンド[2]〔約四五〇グラム〕」になった、と記している。数日後、その量はさらに減らされた。

バルクリーは、少しでも栄養を補給しようと、カウェスカルの人たちが魚を獲っていた礁湖に数人で向かった。だが、自分たちだけでは魚一匹見つけられなかった。「今の我々の暮らしは非常に厳しい。貝類はきわめて少なく、なかなか手に入らない」[3]とバルクリーは記している。

その年の六月、冬が到来すると、日照時間が短くなり、気温はつねに氷点下になった。雨は雪や霰（あられ）になることが多くなった。霰が降ると、「耐えきれないほど激しく人の顔を打ちつける」[4]とバルクリーは記している。掌砲長としてのストイックさとは裏腹に、バルクリーは「このような悪天候に遭遇したことがあるのは我々くらいのものだ」[5]と弱音を吐き、状況は「きわめて厳しいので、テントの中に留まって餓死するか食料を求めて外に出るかしばし悩む」[6]と記している。

ある日、バイロンが小屋の中で暖を取ろうとしていると、傍らで丸くなっていた犬が唸り始めた。バイロンが顔を上げると、凶悪な目つきをした乗組員たちの一団が出入口にいた。バイロンの犬が必要だと言う。

何のために、とバイロンが訊ねた。

すると、犬を食べなければ、自分たちは飢え死にしてしまう、と言う。

バイロンは、犬を連れて行かないでくれと懇願した。だが、彼らは悲鳴を上げる犬を小屋から引きずり出した。

ほどなく、犬の鳴き声は聞こえなくなった。屠（ほふ）られたのだ。犬が射殺されたのか手で絞め殺されたのかは、とても詳述できないと言わんばかりにバイロンは記録に留めていない。腹を空かせた男たちが火の回りを囲み、自分の分け前を待っている間、犬は火であぶられていた。バイロンは心をかき乱され、一人小屋にいた。だが、やがて小屋を出て、火明かりと煙の中で犬の肉や内臓をむさぼり食う男たちを見つめた。この時のことを掌砲長のバルクリーは、「我々は、英国の羊肉も及ばないほどうまいと思った」[7]と記している。

バイロンはついに手を伸ばし、自分の分を口にした。その後、捨てられていた前脚の一部や皮の切れ端を見つけ、それも食べた。「飢えという切迫した欲求に抗う術がなかったのだ」[8]とバイロンは告白している。

詩人のバイロン卿は、この祖父の記述を引き合いに出し、叙述詩『ドン・ジュアン』に次のように記している。

彼らに何ができようか？　それに、飢えた者の怒りが抑えきれなくなったのだ。
だから、ジュアンのスパニエルは、彼が懇願したにもかかわらず、
屠られ、その場で食べるために分配された。[9]

島に漂着して一カ月も経たないうちに、ジョン・バルクリーは、仲間たちが分裂して敵対するのを目の当たりにした。まず、船匠助手のミッチェルをはじめとする荒くれ者九人が本隊から離れ、数マイル先に自分たちの拠点を構え、自分たちで食料探しをするようになった。この連中は、脱走組と呼ばれた。本隊の野営地から離れたことは、残りの者たちにとって望ましいことだったとも言えるだろう。しかし、連中は武装しており、キャンベルに言わせると「好き勝手に歩き回っていた」[10]。そうした連中が森をうろつき回り、本隊野営地を襲撃したり小型艇や食料を持ち去ったりするかもしれないことが気がかりだった。

野営地の乗組員が一人、ミザリー山で食料を探している間に姿を消した。捜索すると、遺体が茂みに押し込まれているのが見つかる。犠牲者は「数カ所刺され、驚くほどずたずたになっていた[11]」とバイロンは記している。明らかに、彼のわずかばかりの持ち物が奪われていた。ミッチェルが「船を失ってから少なくとも二件の殺人[12]」を犯したのではないかとバイロンは疑っていた。遺体の発見、さらには生き延びるためなら殺しもいとわない者がいると判明したことは、捜索隊を震撼させた。船乗りは、死んだ仲間を必ず埋葬するものだ。バイロンが記しているように、「死者の魂は、遺体が埋葬されるまで平安を得られず、死者に対するその務めを怠った者の前に出没し悩ませ続ける[13]」と広く考えられていたのだ。だが、この時にかぎっては、半ば凍った遺体をその場に置き去りにし、急いで立ち去った。

野営地にいる者たちの中にも、亀裂が広がりつつあった。掌帆長のジョン・キングをはじめ多くの者が、チープ艦長をあからさまに見下した物言いをするようになっていた。彼らにとって、チープは頑固で見栄っ張りで、自分たちを地獄の業火に放り込んでおきながら救い出す能力のない男だった。そのチープに、なぜ自分たちの仕事や食料の割り当て量を決めさせなければならないのだろう。すでに船はなく、海軍本部もなければ、政府もないというのに、チープに絶対権力を行使する統治権を与える理由はどこにあるのだろう。チープに忠誠を誓っていた士官候補生のキャンベルは、多くの者が「艦長をしきりに非難し、艦長を支える下級士官たちをなじる[14]」と嘆いている。

チープはというと、仲間内に何か不穏な動きがあれば海兵隊長ロバート・ペンバートン率いる海兵隊員が鎮めてくれるものと思っていた。ところが、ペンバートンは、武装した海兵隊員を引きつれて自分たちだけで徒党を組み、チープから離れていく。ただし、前哨基地にはそのまま留まり続けた。

こうした海兵隊員の所属は厳密には陸軍であること、そして今いるのは陸であることから、ペンバートンは海兵隊員に対する指揮権は自分にしかないと主張した。そして自分の小屋の中で木製の椅子を組み立て、周りに部下の兵士を立たせて威厳たっぷりに腰を下ろした。小屋の上にはずたずたに裂けた旗を掲げ、自分の領地であることを示した。

敵対する複数の長が立ったせいで、ウェイジャー号の乗組員たちは「無政府状態[15]」という海に沈みかけているとキャンベルは記している。互いに敵意むき出しで、相手を襲いかねないほど反発し合っていたため、「何が起こるか予断を許さない[16]」状況だった。

バイロンは、自らが陰謀と呼ぶものに巻き込まれるのを避けようと、一人で村はずれに移動した。「どの集団も好きになれなかったので、一人には十分な大きさのこぢんまりした小屋を建てた[17]」と記している。

それまでの上下関係は、船の沈没によって瓦解してしまった。今や誰の手に配られているのも、同じ悲惨な手札だった。そうした状況――寒さ、飢え、混乱――によって「人は世をはかなむ[18]」ようになるとバルクリーは述べている。だが、このようにみなが等しく悲惨な状況に置かれ、このように等しく苦しい状況にあっても、バルクリーは生きる意欲を失わなかったようだ。自分で建てた立派な小屋の手入れを怠らず、周囲の草むしりをしている。そして、多くの者がただ座して死を、永遠の平穏を待っているようだったのに対し、バルクリーは必死に食料を探し続けた。鳥を狩り、岩から海藻をこそげ落とし、沈没船からできるかぎり物資を引き揚げた。手に入れた食料は共同の貯蔵テントに保管しなければならなかったが、それ以外の厚板や道具、靴や布切れなどの貴重な品々は自分のものにすることができた。島では貨幣に価値はなかったが、集落の商人がするように、そうした品々を他の必需品と物々交換したり、便宜を供与してもらったりした。それだけでなく、バルクリーは銃や弾薬を保管する秘密の隠し場所も確保していた。

毎朝、自分の小屋から出る際に、バルクリーは警戒を怠らなかった。『キリスト者の規範』に「悪魔に惑わされぬようにしなさい。悪魔は決して眠らず、貪り喰らうことができそうな人間を求めて歩き回っているからです[19]」と書かれているように、注意深くあらねばならぬと考えていたのだ。

気づくといつの間にか、バルクリーが「仲間」と呼ぶ者がバルクリーの住居の周囲に、とりわけジョン・バルクリーの周囲に群がるようになっていた。そして、次に自分たちがすべきことをバルクリーが考えつくのを待っていた。ある日、海兵隊長のペンバートンは、バルクリーとその友人のカミンズに声をかけ、自分の小屋で相談を持ちかけた。誰にも聞かれていないことを確かめると、ペンバートンは、副長のベインズ海尉を無能だと思っていることを打ち明けた。その上、チープ艦長のことも「同一視[20]」している。自分の今の忠誠心は、根っからのリーダーであるバルクリーにあると言うのである。

ちょうどその頃、チープ艦長は窃盗犯のことばかり気にしていた。狡猾なネズミさながらに夜な夜な貯蔵テントに忍び込み、貴重な食料を持ち去っていくのだ。今にも大量に餓死者が出そうだったので、漂着者たちは窃盗犯に激怒していた。バルクリーはこの窃盗を「極悪非道な所業[21]」と呼んでいる。乗組員仲間も食事仲間もみなが互いを疑いの目で見るようになった。なけなしの食料を盗んだのはどいつなのかと。

暴君タイプと並び、船乗りが軽蔑する指揮官にはもう一つのタイプがあった。秩序を保つことができない指揮官、つまり暗黙の約束を守れない指揮官だった。暗黙の約束とは、船長が身の安全を守ってくれるからこそ、乗組員は忠誠を尽くすということである。今や漂着者の多くは、自分たちの物資を守ることもできず、盗人を捕まえることもできないチープを軽蔑するようになっていた。中には、食料をバルクリーの小屋に移すべきだ、バルクリーならもっときちんと管理できると主張する者もいた。

食料の管理をバルクリー自身が望んでいるわけではなかったが、それでも窃盗について「相談[22]」しようとチープに提案した。その働きかけは、あたかもバルクリーが一同を代表しているかのようだった。

チープは、この混乱を鎮めなければこの前哨基地は崩壊するだろうと考えていた。そこで声明を発表する。士官と海兵隊員は全員が交替で貯蔵テントを見張ることとするというものだった。チープはバルクリーにもこの夜間の見張りを分担するよう命じたため、バルクリーは夜中に何時間もじめつく寒さの中に一人で立つことになった。バルクリーのほうが階級が下であることを思い知らせる命令だった。「厳しい命令がくだされ[23]」、「見張り」をすることになったとバルクリーは記している。バイロンもやはり交替で見張ることになった。「食料を求めて一日中狩りをして疲れ切った[24]」後に、「夜間の侵入に備えてこのテントを守る」のは大変だったとバイロンは記している。

ある晩、バイロンが見張りに立っていると、何かが動く音が聞こえた。バイロンは今もまだ、日が落ちるとこの島には怪物がうろついているのではないかと怯えていた。バイロンは、ある船乗りの話として次のようなエピソードを書き留めている。ある時、その船乗りが寝ていると「何かの動物に顔に息を吹きかけられて眠りを妨げられた。目を開けると、巨大な獣が見下ろすように立っているのが火明かりで見え、少なからず肝を冷やした[25]」という。その船乗りは「恐怖におののきながら」も間一髪のところを助かったと語ったという。この逸話に触発されたバイロンは、自分も砂地に奇妙な痕跡が残っていたのを見たと後に記している。その痕跡は「深く平らで、大きな丸い足に爪もしっかりついていた[26]」と。

その晩のバイロンは、暗闇に目を凝らした。何も見えなかったが、依然として荒っぽい音が聞こえてくる。音はテントの中からだった。バイロンは覆いの下から潜り込み、食料をくすねている最中だった。すると、目の前に光を反射する仲間の一人の目があった。男は覆いの下から潜り込み、食料をくすねている最中だった。バイロンは、銃を男の胸に向け、そして盗人の両手を縄で支柱に縛り付けると、艦長に知らせに向かった。

チープは男を監禁すると、それ以上事件が起こらないことを願った。それから間もなく、主計長トマス・ハーヴィーが武装して散歩に出ている時、貯蔵テントの傍の茂みを這う人影を見かける。「そこにいるのは誰だ」と問いただすと、ローランド・クラセットという海兵隊員だった。ハーヴィーは、クラセットを取り押さえ、持ち物をあらためた。すると、「九〇人の一日分以上の小麦粉と、上着の下に牛肉を一切れ[27]」持っていた他、茂みに牛肉三切れを隠していたとバルクリーは記している。

さらに、その時、貯蔵テントの見張りに立っていたもう一人の海兵隊員トマス・スミスもクラセットの共犯であることがわかり、やはり身柄を拘束された。

三人が捕まったという知らせは集落中を駆け巡り、気力を失っていた住民たちもすわ制裁をと色めき立った。チープはバルクリーとその他数名の見張り要員に、「貯蔵テントからの窃盗は、現在の状況では全員を餓死させかねないのであるから、死罪に値すると考える[28]」と告げた。反対する者は一人もいなかった。「それはチープの見解というに留まらず、その場にいた全員の心情でもあった[29]」とバルクリーは記している。

ところが、最終的にチープはこう決断を下す。容疑者たちには「海軍の規則を適用すべきであり、生死は軍規によって決する」[30]。そして、その軍規に基づき三人を軍法会議にかけることにした。たとえウェイジャー島で起こった犯罪であっても、裁判を開くのである。

そこが広大な荒れ野のまっただ中で、英国から遠く離れ、海軍本部の詮索好きな目からも遠く離れているとはいえ、チープをはじめ漂着者の多くは英国海軍の軍規に固執した。急きょ、公開裁判を開くことにし[31]、数人の士官が裁判官役の判士に任命された[32]。海軍の軍規によると、判士は中立の立場の者であるべきだったが、今回の場合、事件の影響を受けない者は一人もいなかった。ぼろぼろの服をまとった判士たちが宣誓すると、被告人たちが連れてこられた。三人の体に風が吹き付ける中、罪状が読み上げられた。証人たちが呼ばれ、「真実を、すべての真実を、そして真実のみ」を証言しますと誓った。被告たちは、飢え死にしないためならどんな残酷なことや狡猾なことでもするしかなかったのだと自己弁護するしかなかっただろう。審理は長引くことなく、三人とも有罪と見なされた。

海軍の軍規をあらためて調べると、窃盗の「罪は生死に関わるものではない[33]」、したがって死罪には値しないと定められていた。その代わり、有罪となった三人はそれぞれ六〇〇回の鞭打ち刑が宣告された。きわめて回数が多いため、三日かけて二〇〇回ずつ鞭打つことになる。そうしないと、死を招く恐れがあるからだ。海軍のある水兵は、ある時鞭打ち刑に処せられそうになり、「その拷問には耐えられない。いっそのこと銃殺か帆桁の端からの絞首刑を宣言されたほうがましだ[34]」と言い切っている。

ところが、漂着者の多くは、六〇〇回の鞭打ちでは納得しなかった。望むのは極刑、死刑だった。

すると、バルクリーが発言し、バルクリーの言う「死と隣り合わせの方法」[35]、すなわち「今後に備えて全員を震え上がらせる」刑を提案した。罪人を鞭打ちに処した後に、沖合の岩だらけの小島に置き去りにし、みなが英国へ戻る手段を確保するまで放置するというのだ。そこなら、少なくともムール貝や巻き貝、真水は手に入る。

チープ艦長はその提案に飛びついた。確かに、それほどまでに過酷な処罰が待っているとわかれば、艦長である自分の命令に背いたり仲間より自分の欲求を優先させたりする者はいなくなるはずだ。

チープは「総員、処罰に立ち会うように」と命じた。雹(ひょう)が降る中、漂着者たちが集まったところに、囚人の一人クラセットが見張りに引っ立てられてきた。有罪を宣告された海兵隊員クラセットは、世界の裏側までみなと航海を共にし、共に過ごし、ハリケーンと闘い、難破船から生き延びた仲間だった。だが今は、その仲間が両手首を木に縛り付けられるのをみなは見つめていた。反目していた集団同士も、共通の敵に対する憎悪によって一時的に結束していた。クラセットはシャツをはぎ取られ、背中がむき出しになった。まず、氷のつぶてがその背中を打ちつけた。ついで、一人の男がクラセットに力一杯鞭を振るい始めた。鞭は、クラセットの皮膚を切り裂いた。見守っていた一人は、鞭で二〇回打たれると、「裂傷だらけになった背中は、人間のものとは思えなかった。黒焦げになるほど火であぶった肉のようだった。それでもまだ鞭打ちは続いた[36]」と語っている。

鞭打ちを命じられた男は、クラセットに鞭を振るい続け、やがて疲れ果ててそれ以上鞭を振るえなくなった。すると今度は、新たな執行人が交替した。「哀れな男が罰を受けている時、その苦痛に満ちた叫び声が、その場にいる者の魂に突き刺さった[37]」と別の目撃者は振り返っている。

クラセットは、五〇回鞭打たれ、さらにまた五〇回と、鞭打たれ続けた。その日に予定されていた計二〇〇回の鞭打ちがなされると、クラセットは縄を解かれ運び出された。翌日、鞭打ちが再開された。他の罪人も同じように鞭打たれた。海兵隊員の中には苦悶する仲間の姿に恐怖を募らせる者もいて、せめて一度はと、三人目の鞭打ちの実施を妨害しようとした。だが三人は鞭打たれた後に小艇で小島に運ばれ、流血し半ば意識を失った状態で置き去りにされた。

チープは、これで命令に逆らう者は出てこないだろうと思っていた。「彼らに理性と義務の観念をもたせようと……私は奮闘した」[38]とチープは報告書で主張している。だがやがて、ブランデー四本と小麦粉四袋が貯蔵テントから消えていることが判明する。食料の不足は、チープが科すどんな罰よりも深刻な脅威だった。

漂着者たちの一団が海兵隊員の暮らす幾つかの小屋に踏み込み、消えた食料を捜した。あちこち引っ掻き回すと、一部の幕屋から盗まれた瓶と袋が出てきた。九人の海兵隊員が嫌疑をかけられたが、うち五人は脱走して先の脱走者の一団に加わった。残りの四人は裁判にかけられて有罪判決を受け、鞭打ち刑に処されて島流しにされた。

窃盗事件は続き、鞭打ちはますます苛酷になった。ある者は何度も鞭打たれた後に、チープの命でバイロンたち数人に小島に連れて行かれることになる。けれども、男は瀕死の状態だった。「私たちは気の毒になり、命令に背いて雨風をしのげる場所に男をかくまい、火を起こしてやった。そして男の生命力に賭けて放置した」[39]とバイロンは振り返っている。だが数日後、バイロンが仲間とともにわずかばかりの食料を携えて密かに男の許に向かうと、すでに男は「死んで硬直」[40]していた。

第13章　窮余の策

チープ艦長は、小麦粉をこぼしたような白っぽく長い筋が、自分の住居に向かって蛇行していることに気づいた。よく見てみた。火薬だ。偶然そこにこぼれたのだろうか、それとも、何かの陰謀の一環なのだろうか。士官候補生のバイロンは、別の誰かから聞いた噂を記している。野営地本隊から離れて暮らす船匠助手ミッチェルの一派が野営地に忍び込んで「指揮官を吹き飛ばすという邪悪な計画を実行しようとしたが、肝が据わっていてまだ良心の呵責を残していた一人の男が説得して実行を思いとどまらせた」[1]というのだ。

チープは、何を信じるべきかわからなかった。一つの集団に内部分裂が起こると、事実を指摘することで犠牲者が出ることがある。陰謀があるという噂もあれば、それを否定する噂も出回っていた。おそらくそうした噂の中には、チープをいっそう混乱させて影響力を弱めようと意図的に流されているものもあるだろう。チープはもはや、信用できるのが誰かもわからなくなっていた。士官級の者の中にも、祖国に対する違背の徴候がうかがえた。チープに言わせると、海兵隊長のペンバートンは「祖国に対する道義心も関心もすっかり」[2]失っていた。優柔不断なベインズ海尉は、風向きが変わる言い張り、命令を無視しようとした。一介の士官候補生が艦長命令に背くとは！ようにという簡単な命令を下した。カズンズは酔ってふらつく足取りでやって来て、樽が重すぎるとリー・カズンズに、難破船から引き揚げたエンドウ豆の樽を浜から転がしてきて貯蔵テントに入れる

ウェイジャー号が座礁してから一カ月近くが経過した六月七日のこと、チープは士官候補生のヘンだ」と考えている、とバイロンは記している。

としての権力に「徹頭徹尾執着し[5]」ており、その権力が「日々弱まっており、今にも蹂躙されそうープの言う「自分が直面する度重なる困難と頭痛の種[4]」を過剰なまでに気にしていた。チープは艦長ている。チープは空腹だけではなく、どうやら自分自身の考えにも苦しめられているようだった。チしたのだった。にもかかわらず、ここに来てそのすべてが、この前哨基地とともに水泡に帰そうといた座が手に入ったのだ。言い換えれば、部下を率いる指揮官として名声を轟かせるチャンスを手にに任命された時、チープにとっては昇進以上の意味があった。尊敬と名誉を得られる長年待ち望んでともに打ち寄せる波音に耳を傾けながら、チープは杖をついて行きつ戻りつした。アンソンから艦長

悲鳴のようなけたたましい風音、耳をつんざかんばかりの雷鳴、叩きつける雹の音、そして轟音と島の君主だと言わんばかりにバルクリーの帝国を築きつつあった。

いえ、掌砲長のバルクリーは、にわか作りの宿舎で絶えず会議を開き、協力関係を築き、自分がこの――またもやこの表現を使い――、「チープに対して決して反乱など起こさない」と断言した。とは・バルクリーがいた。バルクリーの忠誠心についてチープが探りを入れたところ、自分も「仲間[3]」も同居していた仲間たちに小屋から追い出された。そして、林檎の中にすくう虫のような存在のジョン度に忠誠を尽くす相手を変えている様子だったし、掌帆長のキングはしょっちゅう喧嘩を起こすので、

チープは、カズンズが酔っ払っているとわめいた。

「水以外に何で酔えっていうんだ」[6]とカズンズは口答えをした。

「このろくでなし！　他の者の手も借りて樽を転がすんだ」

カズンズは気乗りしない様子で仲間を呼ぶ仕草をしたが、誰一人来なかった。すると、チープは杖でカズンズを打ちつけた。そして、カズンズの身柄を押さえさせると、テントに収監し、見張りを立てて監視するよう命じた。「この日、士官候補生のミスター・ヘンリー・カズンズは艦長に監禁された。その理由とされたのは泥酔していることだった」[7]とバルクリーは日誌に記している。

その晩、チープはカズンズの様子を見に行った。すると、カズンズはチープに大声で食ってかかり、その罵声が野営地中に響いた。カズンズはチープにこうわめいた。二〇年前にファン・フェルナンデス諸島の島でスピードウェル号を難破させた英国の悪名高い海賊ジョージ・シェルボック〔一六七五～一七四二〕よりもあんたはひどいと。なお、シェルボックは英国に戻ると、故意に船を沈没させたとして告発されている。「シェルボックは悪党だったが馬鹿じゃなかった。だけど神に掛けて、あんたはその両方だ」[8]

激怒したチープは杖を振り上げ、カズンズを殴りつけようとした。だが、艦長たる者「自分が拘束した者を殴ってはいけません」と見張りに制止された。チープはすぐに冷静になり、驚いたことに、カズンズを釈放した。

ところが、カズンズは誰かにさらに酒を飲まされ、今度は艦長の友人の主計長トマス・ハーヴィーにからみだした。素面の時のカズンズはいつだって気のいい友人だったので、バイロンは、陰謀を企む者がカズンズに酒を飲ませて破壊工作員に仕立てたのだと確信していた。

数日後、その日は雨がやたらに激しく降っていた。雨水は木々の葉から滴り落ち、細流となってミザリー山の山腹を流れ落ちた。列に並び、主計長のハーヴィーが貯蔵テントから配給する食料を待っていると、ある噂がカズンズの耳に入った。チープがカズンズに配給するワインの量を減らすことにしたというのだ。即座にカズンズはハーヴィーに向かって突進し、自分の分け前を要求した。ハーヴィーは、前回カズンズにからまれたことをまだ根に持っていたので、銃身約三〇センチのフリントロック〔火打ち石〕式の銃を引っ張りだした。カズンズは構わず前進していく。ハーヴィーは撃鉄を起こして狙いを定め、カズンズを裏切り者呼ばわりし、反乱を起こす気かと食ってかかった。ハーヴィーの横にいた船乗りが仲裁に入り、ハーヴィーが引き金を引くと同時に銃身を上方に逸らした。弾丸は、カズンズの頭上を飛んでいった。

銃声と反乱というわめき声が耳に入ると、チープが住居から飛び出してきた。目を血走らせ、手にはすでに銃を握っていた。篠突く雨越しに目を凝らし、チープはカズンズの姿を探した。発砲したのはカズンズだと決めてかかり、「あの厄介者はどこだ」と怒鳴った。

誰からも返事はなかったが、集まってきた野次馬の中にいるカズンズの姿を捉えた。つかつかと歩み寄ると、取り調べもしなければ礼儀作法もそっちのけで、冷たい銃身の先をカズンズの左の頬に押し当てた。そして、チープが後に言う「窮余の策に打って出た」[9]。

第14章　みなからの敬愛

爆音に驚き、ジョン・バイロンが小屋から飛び出すと、カズンズが地面に「血まみれで[1]」倒れていた。チープ艦長が、カズンズの頭を撃ったのだ。

多くの者はチープの怒りを買うのを恐れて遠巻きにしていたが、バイロンは駆け寄り、雨に打たれている食事仲間(メスメイト)の傍らにひざまずいた。カズンズにはまだ息があった。何か言おうと口を開いたが、言葉にならない。すると、カズンズは「私の手を取り、まるで私たちに別れを告げるかのように、首を振った[2]」とバイロンは後に記している。

その場にいる者たちに動揺が広がった。カズンズが「艦長におおっぴらに無礼な言葉を浴びせたせいで、艦長はカズンズが反乱を企てていると疑ったのだろう[3]」とバルクリーは見て取った。だが、カズンズが丸腰であることは明らかだった。カズンズの言動がいかに不適切だったとしても、バイロンにはチープの行動は許しがたかった。

目の前に横たわり、かろうじて息のあるカズンズを見て、野次馬たちはまだ騒然としていた。「不幸な犠牲者が……みなの視線を吸い寄せているかのようだった。みなの目が彼に注がれていた。そして、野次馬たちの表情から、ひどく心配していることがはっきりと見て取れた」[4]とバイロンは振り返っている。

騒然とする中、チープはみなに集合するよう命じた。バルクリーは、仲間とともに武器を取るべきか迷った。「だが、よく考えてみて、武器を持たずに行ったほうがいいと判断した」[5]とバルクリーは回想している。

かつてはがっしりしていたチープの体は、飢えにむしばまれていた。それでも、整列した男たちの前に立ち、銃を握り締め足を踏ん張っていた。その脇を軍医のエリオットや海兵隊中尉のハミルトンたち支持者が固めている。バルクリーたちの一派が丸腰であることを示すと、チープは手にしていた銃をぬかるんだ地面に置き、バルクリーにこう告げた。「そうか、よくわかった。呼び出したのは、私がまだ君の指揮官であることを伝えるためだ。だから、みなを君のテントに戻らせなさい」[6]

一瞬、どっちつかずの間が空いた。その間も、浜で波が砕ける音が聞こえてくる。もし命令に従わなければ、自分たちの船の艦長に任命された男に反旗を翻すことになり、海軍が拠って立つ規則、軍規を破るという一線を越えることになるとバルクリー一派はわかっていた。軽率にもチープがカズンズを撃ったことで、「反乱や暴動に発展」[7]しかねない状態になったとバイロンは記している。しかし、結局バルクリーはその場から引き下がり、他の漂着者たちもそれに倣った。バイロンは小屋に一人で戻り、みなの不満は「今のところ抑え込まれている」[8]ようだと記している。

最終的に、チープ艦長はカズンズを病人用テントに運ぶよう命じた。

バルクリーは、カズンズの様子を見にそのテントに行った。治療に当たっていたのは、ロバートという名の軍医助手の若者だった。ロバートが傷口を調べると、多量に出血していた。海軍医向けの最初の医学書には、銃創は「決まって複合的で、決して単純ではなく、治療はそれだけ困難である」[9]と注意書きがある。ロバートは弾道をたどろうとした。弾はカズンズの左頬から入り上あごを砕いていたが、射出創はない。弾はまだ、カズンズの頭の中の、右目の下約七センチの所に留まっていた。ロバートは包帯で止血を試みた。だが、カズンズに助かる見込みがあるとしたら、手術で弾丸を取り除く必要がある。

手術の日取りは翌日になった。ところが、定刻になっても、執刀するはずの軍医エリオットが現れない。エリオットが来ないのは、以前カズンズと喧嘩したせいだと言う者もいた。船匠長のカミンズの聞いた噂によると、エリオットは来るつもりだったがチープ艦長に止められたのだという。士官候補生のキャンベルは、艦長がそんなことをしたという話は聞いていない、カズンズへのワインの割当てが減らされるというのがデマだったように、偽情報に踊らされているんだろうと言う。チープに対する悪意ある噂だとキャンベルは主張したが、艦長が軍医を妨害してカズンズの治療をさせなかったという噂はみなの間に広がった。「それは艦長の非人道的な行為だと見なされた。おかげで、艦長に対するみなからの敬愛は大いに損なわれた」[10]とバルクリーは日誌に記している。さらに、カズンズを治療させないのではなく、むしろカズンズに二発目を打ち込んで息の根を止めたほうが称賛されたはずだともバルクリーは付け加えている。

結局、ロバートは自分で手術に挑むことになった。医学書によると、軍医の第一の務めは、「人が見るようには見ておられず……私たちを正しく導いてくださる」[11]神に仕えることであると記されている。ロバートは、メスや鉗子、骨切り鋸、焼灼用アイロンなど、医療器具の入った収納箱を開けた。

いずれも滅菌されておらず、麻酔をせずに行なう手術は、カズンズを救う可能性と同じくらい殺す可能性もあった。それでも、どうにかカズンズは生き延びた。銀色の弾丸は砕けていたが、ロバートは主な破片を取り除くことができた。

カズンズに意識はあったが、失血死する危険もあれば、壊疽を起こす危険もあった。カズンズは、バルクリーの宿舎に移って仲間と過ごしたいと希望した。バルクリーがチープに許可を求めると、チープは却下した。カズンズには反乱を起こす意図があり、そのせいで自分たちの前哨基地は脅威にさらされていると言うのだ。「もしカズンズが生き延びたら、罪人として代将のところに引っ立てていき絞首刑にしてやる[12]」とチープは言った。

撃たれてから一週間後の六月一七日、ロバートはカズンズに二度目の手術を施し、残っていた弾丸の破片と砕けた顎の骨の一部を何とか取り除いた。手術は終わったが、カズンズは衰弱してきている様子だった。医学書には、そのような場合について、「神は慈悲深い[13]」のだから軍医は落胆しないほうがよいと助言が書かれていた。カズンズはロバートに最期の頼み事をした。摘出した弾丸と骨の欠片の入った小さな包みをバルクリーに届けてほしいという。証拠を保全しておきたかったのだ。ロバートは承諾し、バルクリーはその穏やかならぬ包みを自分の小屋に保管した。

六月二四日、バルクリーは日誌にこう記している。「士官候補生のミスター・ヘンリー・カズンズが、一四日間苦しんだ後に死去した[14]」バイロンは日誌にこう記した。カズンズはこの島で最期を迎えたかもしれないが、彼が「大いに愛すべき[15]」人物であったことには変わりがないし、漂着者の多くは「この不幸な死にひどく心を痛めている[16]」。

寒さの中、不潔でぼろぼろの身なりの男たちは外に出て、ぬかるんだ地面に穴を掘った。穴の周囲

には、バルクリーが記しているように「船が最初に座礁して以来、さまざまな形で」[17]世を去った子ど
もから大人まで何人もの無名の墓が並んでいた。カズンズの硬直した遺体は病人用テントから運び出
され、地面に横たえられた。故郷の遺族のための資金を集めるために、カズンズの持ち物を競売にか
けることはしなかった。カズンズには持ち物がほとんどなかったし、他の者も金など持っていなかっ
たのだ。だが、集まった者たちは、ハゲワシに突かれないように遺体の上に念入りに土を被せた。
「時間と場所と状況が許すかぎり、我々は適切な方法で彼を埋葬した」[18]とバルクリーは振り返ってい
る。

　一行が島に閉じ込められてから、四一日が経過していた。

第15章　方舟

にわかに、一行に救いの光が見えてきた。船匠長のカミンズが画期的な方法を思いついたのだ。難破船もろとも沈没した長艇（ロングボート）を引き揚げられれば、それを方舟に作り変えてこの島から脱出できるかもしれない。カズンズが死んだ直後の数日間、チープ艦長は自分の小屋に閉じこもり、くよくよと考え込んだり自分を正当化したり絶望に駆られたりしていた。自分が発砲したことを海軍本部は正当だと認めてくれるだろうか。それとも、殺人罪で絞首刑になるのだろうか。バルクリーの見るところ、艦長はますます落ち着きがなくなり、「みなからの敬愛」[1]だけでなく「心の余裕」[2]も失っていった。

そしてチープは、カミンズの計画をやみくもに推し進めだす。まずは、絡まっている瓦礫を取り除いて長艇を動かせるようにすることだった。そのためには、ウェイジャー号の船腹に穴を開ける必要がある。困難かつ危険な作業だったが、一行はやってのけ、ほどなくして長艇は浜に引き揚げられた。船体にはひびが入り、水浸しになっていたので重くなっていた。それに一行を乗せるには窮屈で、漂着者たちを乗せると島を一周することさえできそうになかった。それでも、一粒の夢の種がそこにはあった。

カミンズの監督下で、方舟の設計と長艇の改造が始まった。乗れる人数を増やすには、三六フィート〔一〇メートル強〕の全長をあと一二フィート〔三メートル半〕は長くしなければならない。既存の厚板はあちこちが腐食しており、取り替える必要があった。また、広大な海を進む推進力を得るには、この船を一本マストから二本マストに改造する必要がある。

カミンズの見立てでは、建造には数カ月かかりそうだった。ただし、十分な資材を集めることができたらの話だし、言うまでもなく、それまで生き延びることができた場合の話だ。それに、全員が手伝う必要がある。カミンズには、もう一人腕の立つ大工が必要だったが、助手のジェームズ・ミッチェルとウィリアム・オーラムの二人は脱走組の一員だった。何をしでかすかわからないミッチェルを説得することは念頭になかったものの、チープは密かに何人か差し向けてオーラムに脱走組から抜けるよう説得することにした。だが、万が一ミッチェルにそのことを知られたら、どんな報復を受けるかわからない。チープがこの危険な任務を任せられるのは、二人しかいなかった。一人は、バルクリーだった。

バルクリーともう一人は、重いマスケット銃をかついで山々を越え、絡み合う茂みを抜け、島を横断し、気づかれないように慎重に行動した。「この件に関しては、隠密に行動せざるを得なかった」[3]とバルクリーは記している。

数マイル先の脱走組の野営地に着くと、オーラムが一人になるのを待ち、それから近づいていった。バルクリーは、チープ艦長から提案があるとささやいた。二八歳のオーラムはこの時、死を宣告されているも同然だった。他の脱走者たちとともに餓死するか、反乱煽動罪で死刑になるかどちらかだ。だが、本隊野営地に戻り、長艇の改造を手伝えば、艦長から全面的な恩赦を受け、ふたたび祖国に戻れるかもしれない。オーラムは、二人とともに戻ることに同意した。

難破から二カ月後、カズンズの死から三週間後の七月半ばになる頃には、チープの目には、バルクリーやバイロンをはじめとする者たちが、方舟の上で忙しく、そして熱心に立ち働いている姿が映っていた。「この荒涼たる場所から脱出するためには、何をおいても不可欠な[4]」作業であろうとバイロンは記している。

まず、長艇を木製の分厚い船台の上に載せ、船体を地面から持ち上げる必要があった。ついで、カミンズは長艇を半分に切断した。そこからが職人の腕の見せ所だった。船体を引き延ばしてもう一度繋ぎ合わせるだけではなく、まったく新しい形状に作り替え、以前よりも長くて広く、さらに頑丈に作り替えるのだ。

雨や氷雨、強風や稲光にさらされながら、バルクリーが疲れ知らずと評するカミンズは、鋸やハンマー、手斧（アズ）などわずかばかりの道具を使って希望を形にしていった[5]。男たちを森に向かわせ、自然に湾曲した柔軟性の高い木を探させた。船の全体の形が決まると、船の背骨である竜骨（キール）に肋骨さながらの木製のフレームを取りつけ骨組みを作っていく。さらに船腹となる板材には長いものや分厚いもの、まっすぐなものなどさまざまな種類が必要だった。板は正確な寸法で切り出し、湾曲したフレームに沿って正確な角度で固定しなければならない。金属の釘が足りないため、沈没船から使える釘を引き抜いてくる者もいた。その釘もなくなると、船匠長と助手は木材で木釘を作った。それ以外にも、帆にする布や艤装用のロープ、水漏れを防ぐための蠟燭の蠟など、必需品もかき集めた。

多くの者が栄養失調で衰弱しており、体は骨と皮になり、目は腫れ上がり、麦わらのようになった髪が抜け落ちつつあったが、それでもみなが作業に勤しんだ。バルクリーは、漂着者たちの様子をこうつづっている。「彼らはひどく苦しんでいて、歩くこともおぼつかない」[6]それでも、希望というまか不思議な麻薬によって、否応なく前に進んでいた。

ある日、泡を食ったようなわめき声が野営地中に響き、チープの耳にも届いた。浜に荒波が押し寄せ、いつもの波打ち際を越えて、船の骨組みをさらっていこうとしていたのだ。みなが駆け寄り、海にのみ込まれる寸前で何とか浜で押しとどめた。作業は続いた。

その頃、チープは密かに新たな構想を温めていた。海図を眺めるうちに、自分たちの命を守るだけでなく本来の軍事的な使命も果たせる方法が一つあると考えるようになっていた。最も近いスペイン人居留地がチロエ島にあるのではないかとチープは見ていた。チロエ島は、今いる場所から三五〇マイル〔約五六〇キロ〕北のチリ沖にある島だ。建造中の方舟に加え、三艘の小型輸送艇——ヨール船、カッター船、バージ艇——を使えば、全員で向かえると確信していた。たどり着きさえすれば、無警戒なスペインの貿易船に大胆な攻撃をしかけることができ、チープにとって最大の見せ場となる。そしてそのスペイン船と積み荷の食料を奪って、落ち合う約束の場所に向かい、アンソン代将たち生き残った艦隊の仲間を探すのだ。スペインのガレオン船を探索するのは、その後でいい。

だが、その作戦には大きなリスクがあった。作戦をみなに説明する必要があることは自覚していたが、チープはすぐには詳細を伝えようとはしなかった。それでも、その後、こう語りかけた。「拿捕を恐れる必要はないし、代将に会える可能性もある」[7]栄光を手に入れ、そして失態の埋め合わせをする余地はまだあるとチープは思っていた。

七月三〇日、バルクリーは野営地の外れにあるバイロンが一人で暮らす小屋に立ち寄った。すると、垢まみれで痩せこけた名家の出のバイロンが海洋冒険物語に没頭している姿があった。バイロンが読み返していたのは、サー・ジョン・ナーボローの年代記だった。バルクリーはその本を貸してほしいと頼んだ。あくまでも実利的な理由からだった。ナーボローはパタゴニア地方に遠征に出たことがあったので、詳細な航海日誌も同然のその年代記には、方舟をウェイジャー島から無事に出航させるための重要な手がかりが隠れているかもしれないと考えたのだ。

本はチープ艦長のものだったので、バイロンはチープの許可を得てバルクリーに貸した。バルクリーは自室に持ち帰り、『キリスト者の規範』を読む時と同じ熱心さで調べ始めた。ナーボローは、南米大陸の本土の南端とフエゴ諸島の間を進む三五〇マイル〔約五六〇キロ〕に及ぶマゼラン海峡の航行について書いていた。マゼラン海峡とは、ホーン岬を周るドレーク海峡を通らずにすむ、太平洋と大西洋を結ぶ代替航路である。「いかなる時も、（太平洋側から）マゼラン海峡に入りたいのであれば、私の考えでは、緯度五二度で陸地に向かうのが最も安全である」[8]とナーボローは記している。海峡の入口は、ウェイジャー島から約四〇〇マイル〔約六五〇キロ〕南方にある。バルクリーにある考えが浮かんだ。長艇の改造が終わり、他の小型輸送艇三艘を使えば、マゼラン海峡を通って大西洋に出た後に、ブラジルに向けて北上することができる。ブラジル政府は戦争に中立の立場なので、きっと安全な避難所と英国への帰還を支援してくれるだろう。

ウェイジャー島からブラジルまでの総航行距離は、三〇〇〇マイル〔約五〇〇〇キロ〕近くになる。そのため、多くの者に「狂気の沙汰」[9]と見なされるであろうことはバルクリーもわかっていた。マゼラン海峡は曲がりくねっていたり場所によって狭かったりする上、枝分かれした水路が多く、迷路のように入り組んでいて行き止まりの水路もある。さらに、浅瀬や岩場が点在し、視界が利かないほどの霧が立ち込めるのだ。「間違った水路を進むと、崩れた島や岩場に入りこみ、船を危険にさらしかねない」[10]とナーボローは警告していた。マゼラン海峡はドレーク海峡よりも安全ではあったものの、予測不能なスコールと凍えるほど冷たい、今は「ウィリウォー」と呼ばれている突風で、船が座礁することで悪名高かった。だからこそアンソン代将は、大型で扱いにくい帆船軍艦の一団にホーン岬を周る荒れた外洋を推測航法で航行させるという危険を冒すほうを選んだのだった。

しかし、バルクリーは「絶望的な病には荒療治が必要」と考えていたし、ブラジルへのその航路が唯一の実現可能な選択肢だと確信していた。[11]ドレーク海峡は南に四〇〇マイル〔約六五〇キロ〕もあって遠すぎる上、小型艇で航海するのは自殺行為だった。マゼラン海峡の障害物については、ナーボローが安全な航路を記していた。それに、飢えをしのげる栄養源を見つけたことも報告されている。ナーボローは記している。「ここにはカモやハクガン、ハイイロカモメやウミガラス、フナガモやペンギンがいる」[12]とナーボローは記している。

バルクリーには、それ以外にもこの航路に強く惹かれる魅力がもう一つあったようだ。自分たちの運命を自らの手で切り開けば、本国にいる政府や軍の高官のせいでしくじった海軍の任務、出航当初に負わされていた任務から解放されるということだ。漂着者たちがこの期に及んで選ぶのは、スペイン艦隊に撃破されたり拿捕されたりする危険のある太平洋を北上することではなく、生き延びることのはずだ。「マゼラン海峡を抜けてブラジルの海岸を目指すことが、残酷で野蛮、そして高慢な敵の手に身を投じずにすむ唯一の方法である。我々の長艇は、完成しても、命を守る以外のいかなる活動にも適さない。戦闘活動はできないので、自分たちの身の安全と自由を守るべきなのだ」[13]とバルクリーは断じている。

　バルクリーは、航海長クラークをはじめとする航海士たちに、ナーボローの情報に基づいて自分がスケッチした航路について意見を求めた。航海士たちも、その計画が生き延びるための最善策であることに同意した。他の者たちもバルクリーから計画を伝えられると、大きな選択を迫られた。誰もが戦争にはうんざりしていた。死と破壊に辟易し、故郷に帰りたいと願っていた。けれども、引き返すということは任務を放棄することであり、艦隊の他の仲間を見棄てることになるかもしれない。さらに間の悪いことに、諸君には愛国者としての義務を遂行し反対方向に向かってもらいたいとチープ艦長から言い渡されたばかりだった。アンソン代将を捜し出すまで決して引き返さないとチープは言明していた。

　バイロンの見るところ、方舟の建造中は一時的に団結していた前哨基地が、今や二つの敵対勢力に分裂していた。一方は、チープと少数だが彼に忠誠を尽くす幹部たち。もう一方は、バルクリーと彼の支持者たちだ。それまで、バイロンは中立の立場を保っていたが、そうも言っていられなくなりつつあった。論点はどちらの方向に向かうかという単純なことだったが、統率力や忠誠心、裏切りや勇気、それに愛国心といった深い問題をはらんでいた。貴族階級の出のバイロンは、いつの日か海軍で出世し自分の船を率いる艦長になることを夢見ていたので、指揮官の側かカリスマ性のある掌砲長の側かどちらかを選べと言われるとジレンマに陥った。自分の決断の重大さを理解していたバイロンは、手記にやや控えめな文章を記している。しかし、バイロンがチープの側につくのが義務だと考えていたのは明らかで、バルクリーについては、新しく手に入れた地位に甘んじ、艦長の名誉をおとしめ、艦長の抱える強い不安や疑心暗鬼をあおっていると見なしていた。それにチープに計画を打ち明けられた際、バイロンはその計画が、自分がこよなく愛する物語、つまり神話的な海の冒険譚に登場するようなある種の偉大な英雄的行為や自己犠牲に思えて胸を熱くしたのだった。

一方、バルクリーのほうは、チープよりもはるかに地に足がついていて、悪夢のような状況でも仲間たちを指揮する適性を備えている人物だと思えた。妥協を知らず独創性に富み、抜け目がないバルクリーは、自らの才覚でリーダーとして頭角を現したのだった。対照的に、部下というのは何があっても自分に従うものだと思っているチープは、指揮系統が唯一の拠り所だった。そのため、艦長としての権限を保持しようと躍起になるあまり、よりいっそう意固地になっていた。バルクリーに言わせると、チープは「船を失ったことで自分を見失った。船上で指揮官を務めている間は統率の方法を心得ていたが、事態が混乱し無秩序に陥ると、彼は自らの精神力によって陸上でも指揮権を確立しようとし、自分の権限に対するささいな侮辱も抑え込もうとした[14]」。

八月三日、バルクリーが次の段取りについて話し合うために大半の者を集めていることをバイロンは知った。自分も行くべきだろうか。それとも、指揮官に忠誠を尽くすべきだろうか。

翌日、バルクリーが仲間を伴ってやって来るのがチープの目に入った。掌砲長は数フィートの距離まで近づくと立ち止まり、一枚の紙を掲げた。そして、これは嘆願書だと告げ、まるで国会の議場にいるかのようにそれを読み上げ始めた。

以下に署名した我々は熟慮の上、……マゼラン海峡を経由して英国に向かうことが一同の身体生命を守るために最善かつ確実で最も安全な方法であると考えます。某日、パタゴニア沿岸の荒涼たる島にて。[15]

慎重な言い回しではあったが、この声明には紛れもないある意図が見て取れる。前日の集会は、嘆願書に署名することを希望する者を呼び集めるためだったのだ。男たちは一人ずつ署名していた。そこには、海兵隊長のペンバートン、依然として幼い息子を守っている航海長のクラーク、いまだに生に執着している古参の司厨長マクリーン、乗組員のジョン・ダックらの署名が並んでいた。さらに、チープの熱烈な支持者である士官候補生のキャンベルも名を連ねていた。バイロンの署名もあった。

ついでバルクリーは、その染みのある紙をチープに手渡した。チープは下のほうに並ぶ長い署名の数々を眺めた。チープの部下の多くが賛同していたので、筆頭のバルクリーを含め、その中から誰か一人を選んで罰することは難しかった。

反旗を翻さなかった者は、片手で数えられるほどだった。主計長のハーヴィー、軍医のエリオット、海兵隊中尉のハミルトン、そして、従卒のピーター・プラストウである。さらにもう一人、おそらく最も階級が上の人物が署名をしていなかった。副長のベインズ海尉だ。チープにはまだ、この島で二番目に地位の高い海軍士官が味方についていた。上位の指揮系統はまだ崩れていなかったのだ。

チープは、次の手を考えなければならなかった。嘆願書を手にすると、検討してから返答すると告げ、掌砲長と付き添いを追い返した。

二日後、バルクリーとカミンズがチープに呼び出された。二人がチープの住居に入ると、そこにいたのはチープ一人ではなかった。ベインズ海尉を隣に座らせていた。

バルクリーとカミンズが腰を下ろすと、チープは二人にこう告げた。「この紙に大いに困惑させられ、考えているうちに一睡もしないまま今朝八時になっていた。だが、君たちはこれが正しく理解できていないようだな[16]」君たちは簡単に故郷に戻れるという偽りの希望で仲間をそそのかしたが、実のところ、ブラジルまでの距離はチロエ島までよりも二五〇〇マイル〔約四〇〇〇キロ〕以上も遠いのだ、とチープは言った。もし諸君がわが道を行くというなら、「航行することになる距離を考えてみろ……風は絶えず向かい風だし、真水も手に入らない場所だ」。

バルクリーとカミンズの二人は、長艇には一カ月分の真水を積み込めるし、小型の輸送艇を使って陸に向かえば、上陸して食料を集めることもできると主張した。「敵に遭遇するとしたら、せいぜいカヌーに乗ったインディアンぐらいのものです」とバルクリーは言った。

チープは頑なだった。もしチロエ島に向かうなら、食料を満載した貿易船を拿捕できると言う。すると、カミンズが、大砲一つないのにどうやって拿捕するのかと訊ねた。

「何のためにマスケット銃があるのだ。敵船に乗り込めばよいだけだ」とチープは応じた。

カミンズは、大砲を浴びたら長艇はひとたまりもないと釘を刺した。仮に沈没しなかったとしても、アンソンに会える可能性はほとんどないだろうと付け加えた。「代将は我々と同じ運命をたどったかもしれないし、もっと悪いかもしれない」

次第に険悪な空気になり、カミンズはチープに食ってかかった。「艦長、我々がここにいるのは、何もかもあなたのせいだ」その言葉には、積もり積もった恨みが籠もっていた。ウェイジャー号はあんな状態だったたし、病人だらけだったのだから、艦長は陸地に向かう必要はなかったのだとカミンズは詰め寄った。

「私が与えられた命令を君は知らんからな。あれほど厳しい状況に立たされた指揮官はこれまでいなかったのだ」とチープは言った。そして、集合地点を目指す以外に選択肢はないんだと繰り返した。

「私は命令に従ったんだ」

バルクリーは、どんな命令であれ艦長はつねに自分で決断を下す必要があるとなじった。すると意外なことに、チープはその言葉を聞き流し、目の前の問題に戻った。まるで外交辞令のような口ぶりで、マゼラン海峡を通るというバルクリーたちの提案を受け入れるかもしれないが、決断を下すにはもう少し時間が必要だと告げた。

チープが戦術として時間稼ぎをしているのか判断しかね、バルクリーはこう応じた。「仲間たちは気が気じゃないんです。……ですから、なるべく早く決断していただきたい」

この話し合いの間中、ベインズはほとんど口を開かずチープ任せだった。だが、チープは話し合いはここまでだと告げ、バルクリーとカミンズに問いかけた。「他にも言いたいことがあるかね」

「はい、艦長、もう一つあります」バルクリーが答えた。もし長艇で一緒に出航するのであれば、士官たちに相談せずに何か、つまり停泊したり、針路を変更したり、攻撃をしかけたりといったことを決めないというチープの確約が欲しかったのだ。

ところが、そう確約することは艦長権限の事実上の剝奪だと気づくと、チープはもはや自分を抑えられなかった。私はまだ指揮官だぞと大声を上げた。

「指揮官としての理性が損なわれないかぎり、我々は命を賭して艦長を支えます」とバルクリーは言い、カミンズとともにその場を後にした。

ジョン・バイロンの周囲の誰もが、武器をかき集めようとしているようだった。貯蔵テントの責任者であるため野営地最大の武器集積場所に出入りできるチープは、自分の住居を武器庫に仕立てた。数挺の銃に加え、輝きを放つ一対の剣を手許に置いた。一方、自分たちが少数派で身の危険があることに気づいたチープの側につき、しばしば見張りに立った。ナイフ使いの海兵隊中尉ハミルトンは、チープは、ミッチェルら脱走組の許に従卒を送り込み、ブランデーを振る舞って同盟を結ぶよう呼びかけた。だが、脱走組は相も変わらず勝手気ままだった。

その働きかけを知ると、バルクリーはそれを「贈賄[17]」だと非難した。その一方で、難破船からマスケット銃や拳銃をさらに引き揚げ、自分たちの宿舎に保管したので、バルクリーの宿舎も武器庫同然になっていった。夜な夜な、バルクリー陣営の者たちがこっそり出て行き、難破船から引き揚げ作業をしているのをバイロンは目撃している。さび付いた銃だけでなく、火薬の樽もまだあった。いまだにチープに心を寄せている士官候補生のキャンベルは、バルクリー陣営はもはや「全員が指揮官に楯突いているようなものだ[18]」と記している。

両陣営の関係はこじれ、二度とチープに近寄らないとバルクリーが宣言するほど悪化した。双方のリーダーであるバルクリーとチープの住居は何ヤードも離れていないにもかかわらず、しばしば互いの使者がまるで交戦国の外交官のように行き来した。ある日、チープはベインズ海尉をバルクリーの許に行かせ思いがけない提案をする。今度の安息日に、バルクリーたちの広い宿舎を礼拝所にし、全員で祈りを捧げたらどうかというのだ。それは和平の申し出のようでもあったし、バルクリーの敬虔さに対する敬意の表れのようでもあり、誰もがみな同じ塵からできているのだと思い出させるきっかけにもなりそうだった。だが、掌砲長のバルクリーは策略の臭いをかぎつけ、その申し出を断る。

「この提案は信仰とはまったく無関係だと我々は考えている。……もし我々の住居が祈りの家になると、……我々はおそらく祈りを捧げている最中に不意を突かれて武器を奪われ、我々の計画は頓挫させられるかもしれない」[19]とバルクリーは日誌に記している。

バイロンの見るところ、両陣営はどちらも陰謀とその対抗策を巡らし、秘密の会合を開き、仲間を秘密で結びつけているようだった。バルクリー陣営の多くの者が軍事演習を始めると、双方の緊張感はさらに高まった。海兵隊長のペンバートンがやせ細った海兵隊員を戦闘隊形に整列させる一方で、薄汚い身なりの船乗りたちはマスケット銃に弾を込め靄の中の的に向けて発砲する練習をした。島中に一斉射撃の音が響きわたった。「ジェンキンズの耳戦争」が始まってからも一度も戦闘経験のないバイロンだったが、間もなく同じ船の仲間同士の戦闘を目の当たりにするかもしれないと覚悟した。

八月二五日、バイロンは恐ろしい地鳴りを耳にした。すごい力で体が揺れ、辺りのあらゆる物ががたがたと音を立てて崩れていくように思えた。周囲の小屋の壁が、木々の枝が、足元の地面が揺れていた。地震である。地震が発生したのだ。

第16章　わが反乱分子たち

ジョン・バルクリーが「大地の激しい衝撃と震動」[1]と形容した地震から二日後の八月二七日、バルクリーは最も信頼する親友たちと密会した。チープに嘆願書を渡してから三週間が経過していたが、チープからはまだ最終的な返答がなかった。艦長は当初の司令に逆らうつもりは一切なく、ブラジル行きの計画に賛同するつもりはないのだとバルクリーは結論を下していた。

密会で、バルクリーは例の禁断の話題を持ち出した。反乱である。本格的な反乱は、いわゆる暴動とは違う。反乱とは、国家が秩序を課すために設立したまさしく武力をもつ集団、すなわち軍隊の内部で起こったものを指す。そのため、支配当局にとって脅威となるがゆえに容赦なく鎮圧されることが多い。それもあって、一般大衆は反乱と聞くと興味をかき立てられる。なぜ、秩序を守るべき者たちは反乱に駆り立てられたのだろうか。彼らはとんでもない無法者だったのだろうか。それとも、制度の根幹に腐敗した何かがあり、腐敗を糺(ただ)そうとして崇高な理念を掲げて反乱を起こしたのだろうかと。

バルクリーは、自分たちが反乱を起こすのには正当な理由があると仲間たちに訴えた。「海軍の規則では、〔漂着者である〕我々を律しきれない」とバルクリーは考えていた。このような自然の中に放り込まれた際に、漂着者たちをきちんと律するような文書化された行動指針もなければ手引書もなかった。生き延びるためには、バルクリーたちは自ら行動指針を作り上げる必要があった。バルクリーはあえて、英国史のある時期に臣民たちが横暴な君主を抑えようとして用いた「生命」と「自由」に対する権利という文言を持ち出した。もっとも、それまで以上に過激なバルクリーの訴えは、自分が海軍という組織の一員であり、国家の一つの駒であることを理解した上でのものだった。その上で、島を混乱に陥れた本当の元凶、海軍精神に反しているのはむしろチープのほうであり、チープこそが真の反乱者なのだと言わんばかりの物言いをしたのだ。

ただし、もし自分たちがチープ、さらには軍の指揮系統という既存体制に対する反乱罪で捕まったら、カズンズと同じようにこの島から出るまでもなく射殺される恐れがあることをバルクリーは弁えていた。[2] たとえ脱出に成功し英国に帰還したとしても、チープの同僚将校たちが居並ぶ前で軍法会議にかけられ、「ラダー・レイン、アンド・ダウン・ヘンプ・ストリート〔絞首刑〕」を宣告されるかもしれない。ある歴史家がかつて述べたように、「反乱は恐ろしい悪性疾患のようなもので、患者は苦しみながら死んでいく可能性が非常に高いが、その話題は声に出して語ることさえできない」。[3]

バルクリーは慎重に抜け目なく、仲間たちの行動を一つずつ正当化する記録を文書で書き残す必要があった。海の法律家にして語り手であるバルクリーは、艦長がリーダーとしてふさわしくないことを示すこまごまとした出来事をすでに克明に日誌に記録していた。だから今バルクリーに求められているのは、世間の厳しい目や容赦ない法廷闘争にも堪えられるような揺るぎない物語、すなわち後世に残るような海の物語を創作することだった。

手初めに、ベインズ海尉を仲間に引き入れることにした。ベインズは指揮系統で第二位にあるため、ベインズを少なくとも名目だけでも指揮官に迎えることが不可欠だった。そうすれば、バルクリーが好き勝手に海軍の秩序を壊して自分が権力を握るような真似をしたわけではないと海軍本部に対して証明することができる。ベインズは、自分もマゼラン海峡を進むのが最も賢明な航路だと個人的には思っているとバルクリーに認めたものの、艦長と対立すると不利益を被るのではないかと懸念しているようだった。内部抗争が起こった際、負け組につくとどうなるのかを誰よりもよく理解していたのだろう。というのも、祖父のアダム・ベインズは、急進的な共和主義者で国会議員だったが王党派と敵対し、王党派が政権を奪還した後の一六六六年、「反逆行為」[4]の咎で王党派によってロンドン塔に投獄された人物だった。

バルクリーは、ベインズ海尉を自分たちの側に引き入れるまで引き下がらない覚悟だった。次の話し合いで、ついにベインズはチープをその地位から追放することに同意したが、一つ条件をつけた。まず、ブラジルに向けて出航する理由を記した正式な草案を作成し、チープに署名する機会を与えること、すなわち乗組員たちの意志に従う最後のチャンスを与えることだ。チープが同意すれば、権限は大幅に縮小されるものの艦長の座に留まることはできる。「もしチープ艦長がウェイジャー号を失う前の絶対的な指揮権を取り戻したら、またもや同じ原則に基づいて行動し、どんな緊急事態でも士官たちに一切相談することなく、彼の気分と優れた知識への自信に基づいて行動するだろうと我々は考えた。……彼は限定的な指揮権をもたせることのできるジェントルマンだとは思うが、絶対的な権力を任せるにはあまりにも危険な人物だと我々は見ていた」[5]とバルクリーは記している。

チープがその条件をのまなければ、バルクリーたちはチープを力で抑え込むつもりだった。チープがカズンズを射殺したことが、艦長権限を停止させる確固たる根拠になるはずだった。その草案があれば、反乱に関与した士官もみな「英国で自らを正当化[6]」できるとベインズは請け合った。

そこで、バルクリーは一枚の紙切れにその草案を認めた。そこには一行は窃盗と内部抗争に悩まされているというくだりがあり、「そのせいで最後は全員が命を落とすに違いない[7]」。そのため、「満場一致」で当初の遠征を断念し、マゼラン海峡とブラジルを経由して英国に戻ることに同意したとあった。

翌日、バルクリーとベインズは、マスケット銃と拳銃を携え、仲間とともに艦長の許に向かった。チープの住居に詰めかけると、重武装した数人の男が艦長の周りを囲んでいた。

バルクリーは、ポケットから文書を取り出し、広げて読み上げ始めた。読み終えると、艦長に署名を求めた。すると、チープは署名を拒否し、烈火のごとく怒りだし、私の名誉を辱しめたとわめいた。

バルクリーは仲間とともにチープの住居を後にし、ペンバートンの小屋に直行した。海兵隊長のペンバートンは椅子に腰掛け、その周りを部下の海兵隊員が囲んでいた。小屋には、他の漂着者たちも集まっていて、事の顛末を知りたがっていた。後にバルクリーが記した日誌によると、バルクリーはこう伝えた。艦長は「きわめて横柄な態度で、公共の利益のために提案したすべてを拒否した[8]」。すると、ペンバートンは命を賭して諸君の側につくと宣言し、それを受けてみなは「イングランドのために[9]」と歓声を上げた。

チープは住居から出ると、何の騒ぎかと訊ねた。バルクリーはじめ士官たちは、あなたを艦長の座から引きずり下ろし、ベインズ海尉に指揮権を移譲することに同意したのだと告げた。

チープは大声を張り上げた。「私から指揮権を奪おうとしているのは誰だ」そう言ってベインズをにらみつけると、二人の間を風が音を立てて吹き抜けた。「おまえか」チープはベインズに訊ねた。

バルクリーが後に記したところによると、ベインズは萎縮しているようで、「艦長の恐ろしい形相

にひるみ、海尉はまるで亡霊にでもなったかのようだった」。

ベインズは「違います、艦長」と短く答えた。

ベインズは、チープを引きずり下ろす計画ばかりか、帰国への筋書きまで断念してしまったのだ。

バルクリーたちは早々にその場から退散した。

それから数日経ったある日のこと、自分の住居の外で敵陣営が仲間を勧誘しているのがデイヴィッ

ド・チープの耳に入った。残っていた支持者の中には、チープを見棄てる者もいた。主計長のハーヴ

ィーだ。権力の中枢が移ったことを悟り、チープを見限ったのだ。おまけに、決して裏切らないと思

っていた従卒のピーター・プラストウまで、掌砲長とともにマゼラン海峡に向かう決心をしたという

噂を耳にした。プラストウを呼ぶと、チープは信じられない思いで、本当かと問いただした。

「はい、艦長。英国に帰りたいので、このチャンスに賭けることにしました」プラストウは答えた。

チープは、プラストウを悪党呼ばわりした。どいつもこいつも悪党ばかりだと悪態をつき、出て行

けと吐き捨てた。チープはほぼ孤立無援で、部下のいない艦長になった。そして、「わが反乱分子」[11]

とチープが命名した男たちが戦闘隊形を組み、射撃練習をする音に耳を傾けた。それでも、正式な艦

長の座にあるのはまだ自分なのだから、バルクリーが副長のベインズ抜きでは反乱に打って出ること

はないし、英国に戻っても絞首刑から逃れることはできないとチープは知っていた。

ほどなくすると、チープはバルクリーに伝言を送り、今度は一人で会いに来るように伝えた。バル

クリーは武装した男たちに護衛されていたが、チープの住居には一人で、ただし拳銃は一丁携えて入っていった。チープは私物収納箱（シーチェスト）の上に腰を下ろしていた。右の太腿の上に撃鉄を起こした拳銃を載せている。チープがバルクリーをにらみつけると、バルクリーは自分の拳銃の撃鉄を起こし、一歩ずつじりじりと後ずさりした。後のバルクリーの記述によると、「身を守るためにジェントルマンに向かって発砲せざるをえない」[12]事態になるのは避けたかったという。

バルクリーが外に出ると、仲間の数が増え、みないきり立っていた。すると、チープは艦長としての権威を見せつけようと驚くべき行動に打って出る。小屋から丸腰で出てきて、殺気立つ群集に対峙したのだ。「ここで艦長は想像しうるかぎりの行動力と勇気を示した。全員が彼に対して不満を抱き、全員が武装している集団を相手に、彼は一人で対峙した」[13]とバルクリーも認めている。おかげでこの時は、バルクリーもペンバートンも荒くれ者の掌帆長キングでさえ、艦長に手をかけようとする者は一人としていなかった。

飢餓は一行をむしばみ続けた。ジョン・バイロンにも、次に誰が倒れるか見当がつかなかった。ある時、傍らにいた仲間が失神したことがある。「彼が倒れた時、私は隣に座っていた。干し貝が幾つか（五つか六つ）ポケットに入っていたので、彼の口に時々入れてやった。……それでも、わずかばかりの食料が尽きて間もなく、彼は死によって苦しみから解放された」[14]とバイロンは記している。漂着者のうちすでに五〇人以上がこの島で命を落としていた。バイロンの仲間の中には、ひもじさのあまり大それた対処法を考え始める者もいた。死んだ者を食べようというのだ。錯乱したある少年は、埋葬前の遺体の一部を切り落として食べようとしたところを制止されている。人肉食については自分の日誌にも残すべきではないと思っている者が大半だったが、バイロンは死んだ仲間の体を切り落として食べるようになった者がいることを記しており、それを「絶体絶命の窮地」[15]と呼んでいる。生き残っている漂着者たちも速やかにこの島を出なければ、さらに多くの者がこの冒瀆に屈してしまうだろう。

島に漂着してから一四四日後の一〇月五日、バイロンは、飢えが作り出した幻ではないかと思えるものを見つめた。目の前の船台には、切断された長艇に代わり輝くばかりの船が載っていた。幅一〇フィート〔約三メートル〕、長さは五〇フィート〔約一五メートル〕以上あり、船首から船尾まで船体に厚板が張られ、乗組員が見張りに立つ甲板が設けられ、甲板の下には船倉もある。操舵用の舵もあれば、船首から突き出した斜檣（バウスプリット）まであった。バイロンと仲間たちは船底に蠟と獣脂を塗って浸水を防ぐなどの仕上げ作業に取りかかった。

それにしても、いったいどうやってこの船を海まで運ぶというのだろう。重量数トンの船は浜を運んだり引きずったりするには重すぎ、弱っている者たちにとってはことのほか困難だった。自分たちを苦しめるためだけに方舟を作ったかのようだった。だが、解決策を見つける。[16]丸太を敷き詰めてその上を転がし進水させたのだ。難破船から引き揚げたロープを使い、二本の木のマストを誇らかに天に向かって突き立てた。男たちは生まれ変わった長艇をスピードウェル号と命名した（この名には、特別な意味があった。海賊として知られる英国のシェルボックとその部下は、島に置き去りにされると沈没した船の木材でスピードウェル号という小舟を作り英国に戻ったのだ）。バルクリーは、自分たちを救うために神が乗り物を与えてくださったのだと高らかに告げた。

バイロンも、他の者と同じように家に帰りたくてたまらなかった。とりわけ仲のよかった妹が恋しかった。「邪悪な領主」として知られる兄も、もはやそれほど悪人だとは思えなかった。

　もっとも、バイロンは英国に帰ろうとするバルクリーの計画を支持してはいたものの、チープの権限を剝奪しようとする策謀には加担せず、最後までやや子どもじみた幻想にしがみついていたようだ。生存者全員一緒に無事に島を出られるかもしれないという幻想に。

　一〇月九日早朝、バルクリーと共謀者たちは、ぼろぼろの身なりの漂着者たちを集め、密かに武装集団を編成した。漂着者たちはみな半裸でやせ衰え、目はかすみ髪や髭は鳥の巣さながらだった。バルクリーは、マスケット銃、銃剣、拳銃、弾薬、弾薬筒、舶刀（カットラス）、結束用ロープなど、手許にある武器をすべて分配した。男たちは銃身に弾薬を装塡し、撃鉄を起こした。

　一団は、夜明けが忍び寄る、大英帝国のみすぼらしい前哨基地の中を横切って歩き始めた。ミザリー山が頭上にそびえ、海は、男たちと同じように息を吸っては吐いていた。チープの住居までやって来ると、立ち止まり耳を澄ました。続いて、一人また一人と住居に突入していく。チープはやせ細り弱々しくなった体を丸めて地面で寝ていたが、男たちが自分に向かって突進してくるのに気づいた。だが、チープの手が拳銃に届く前に、男たちはチープを押さえ込み、ある士官が述べているように、「いささか不作法に」[17]チープを罵倒した。同時に決行されたもう一つの作戦で、すぐ傍の小屋で寝ていた海兵隊中尉ハミルトンも身柄を拘束された。

「艦長にこれ以上自由を享受させておくのは危険だ」[18]と漂着者たちは判断した、とバルクリーは記している。今回の反乱には、ベインズ海尉も加わっていた。

　チープは困惑した様子で、バルクリーや士官たちに問いかけた。「諸君、君たちは自分が何をしたのかわかっているのかね[19]」

バルクリーたちは、カズンズの殺害を根拠に艦長の身柄を拘束するために来たと伝えた。「私はまだ君たちの指揮官だ。私が受けている司令を諸君に見せよう」とチープは応じた。バルクリーたちの許しを得て、チープは持ち物をごそごそ探し、アンソン代将がチープを英国軍艦ウェイジャー号の艦長に任命すると記した文書を取り出した。チープは、その証書を振って見せた。「これを見ろ。見るんだ」チープは、そうバルクリーや士官たちに言った。「諸君が私にこんな仕打ちをするとは思ってもみなかった」

「身から出た錆です。あなたは、みなの利益をまるで顧みなかった。……それどころか、真逆のことをしてきた。つまり、あなたはみなの利益に無頓着で無関心だった。我々にとっては、指揮官がいないも同然だったんです」とバルクリーは言い返した。

チープは士官たちから目を逸らし、下っ端の船乗りたちに話しかけた。「さすがだ、諸君。私の寝込みを襲うとは。……君たちは勇敢な乗組員だが、ここにいる将校どもはろくでなしだ」すでにチープは後ろ手に縛り上げられていた。チープはふたたび語りかけた。「私は君たちを責めるつもりはない。この将校どもは悪党だぞ」さらに、この連中はいずれこの報いを受けることになるだろうと付け加えた。その意味するところは明らかだった。絞首刑になるということだ。

続いて、チープはベインズ海尉を見て訊ねた。「それで君は、私をどうするつもりかね」ベインズが小屋の一つに拘束するつもりだと伝えると、チープはこう言った。「私自身の〔小屋に〕いさせてもらえるならありがたいのだが」チープの要求は却下された。「やれやれ、ベインズ艦長ときたら」チープは小ばかにしたように言った。

半裸に帽子という出で立ちのチープが、凍える寒さの屋外に連れ出された。チープは何とか威厳を保とうとした。そして野次馬たちにこう言った。「両手がふさがっているので、帽子を取らないことは大目に見てくれたまえ」バルクリーは手記に、敵ながらある種の称賛を送らざるをえなかったと記している。敗北し、拘束されて屈辱を味わいながらも、チープは落ち着きを保ち、動揺することなく勇敢だった。事ここに及んでようやくチープは、本物の艦長らしく自分を律したのだった。

しばらくすると、掌帆長のキングがチープに歩み寄り、拳を振り上げチープの顔面を殴りつけた。「これまではあんたの時代だったが、ざまあみろ、これからは俺の時代だ」キングは言い放った。「囚われの身であるのにジェントルマンを邪険に扱うとは、このろくでなしめ」とチープは応じた。その顔には血の筋ができていた。

チープとハミルトンは間に合わせの拘置所に入れられ、六人の船乗りと一人の士官が常時見張りに立った。誰であれ身体検査を受けずに中には入れなかった。バルクリーは隙を見せなかった。チープが脱走したり誰かに侵入されたりするのを嫌ったのだろう。

事実上の指揮官となったバルクリーは、責任をまっとうする重圧を感じていた。「我々は今や（彼を）艦長と見ていた[20]」とキャンベルは認めている。バルクリーは、ブラジルへの航海の最後の準備作業を始めた。空の火薬樽に飲み水用の雨水を溜め、なけなしの肉片を細かく切り分けて下ごしらえをするように命じた。ついで、小麦粉数袋を含むわずかばかりの物資を船に積み込ませた。さらに、自分の大事な持ち物である日誌と愛読書『キリスト者の規範』もスピードウェル号の船倉にこっそり積み込んだ。船倉なら濡れることはないはずだ。バイロンは、反乱が起こったことにまだ茫然としていたものの、船に積んだ食料が数日しかもたないことを心配していた。「小麦粉は海藻を混ぜることでもう少し持つはずだった。その他の物資は、我々の銃の成否にかかっていた[21]」と記している。

バルクリーは指揮系統不在による混乱が広がるのを避けようと、出航後の一行を律するための規約を仲間とともに起草した。その内容は次のようなものだった。

・航海中に得た野鳥や魚、または生活必需品は、全員で平等に分配する。
・食料の窃盗が明らかになった者は何人であれ、身分に関係なく最寄りの海岸に置き去りにする。
・騒乱、喧嘩、反乱を防ぐため、他者の生命を脅かしたり暴力を振るったりした者は、最寄りの海岸に置き去りにする。

バルクリーは、この規約は「みなのため[22]」であると言い切り、航海に出る意志のある者全員に、血の誓いさながらにこの文書に署名することを義務づけた。

最後に一つ、差し迫った問題があった。チープをどうするかである。少年も大人の男も含め、ウェイジャー号の当初の乗組員約二五〇人のうち、脱走組も含め、まだ生き残っているのは九一人だった。全員を四艘の小型艇に乗せるには、体をぴったりと密着させて押し込まなければならない。囚人を隔離するスペースはないため、チープを拘束しておくことは難しかったし、新たな指揮系統にとっては絶えず脅威となる。

それでも、バルクリーによると、チープを殺人罪で裁判に立たせることができるように、チープを囚人として本国に移送する計画だったという。だが、土壇場になって、チープはバルクリーにこう言った。「囚人として連行されるくらいなら、撃たれたほうがましだ[23]」この島に置き去りにしてほしい。

その際、一緒にいたい者は誰でも残っていいいし、予備の食料を何でもいいから残していってほしいと頼んだのだ。バルクリーが数人の仲間に相談したところ、「置き去りにしてくたばってもらうおうじゃないか[24]」と言われた、とバルクリーは日誌に記している。

そこで、バルクリーとごく親しい士官たちは、これまでで最も重要な文書を認めた。本国の海軍本部総司令官（ロード・ハイ・アドミラル）宛ての親展の書簡だった。そこには、「船がきわめて小型で、航海は非常に長く困難で[25]」あり、チープが「全員の命にかかわるような陰謀を秘密裏に」遂行する恐れがあるため、そしてチープを囚人として連行するのは困難であるため、艦長をウェイジャー島に置き去りにすることに同意した、と認められていた。「殺人を防ぐため」に不可欠だったという主張だった。

カズンズの射殺の件は口実にすぎず、敵陣営は自分を殺害するつもりなのだとチープは思い込んでいた。チープの証言で自分たちのほうが絞首刑になる恐れがあると知っているに違いないと。

バルクリーと仲間たちは出航の準備に取りかかっていたが、長さ一八フィート〔五メートル強〕のヨール船を残していくとチープに伝えた。ヨール船は、四艘の小型艇の中で最も小さいだけでなく、最近岩にぶつかりひびが入っていた。チープによると、ヨール船の船体は「すっかり砕けて[26]」いた。「わずかばかりのこの上なくまずい小麦粉とごく少量の塩漬け肉[27]」もあてがわれたとチープは語っている。さらに、羅針盤とお粗末な拳銃二挺、単眼鏡一本と聖書一冊も与えられた。

ハミルトン中尉と軍医のエリオットは、チープと一緒に残ることを決めた。ところが、バイロンやキャンベルをはじめ前哨基地にいた者は他には誰一人として残ろうとしなかった。なお、脱走者の一団は島に居残る予定だった。小型艇に乗るスペースがないことも、別々に暮らすことに慣れてしまったことも理由の一つだった。この脱走組はメンバーの失踪に悩まされていた。つい最近も、船匠助手ミッチェルと仲間二人が行方不明になっていた。三人は、本土にたどり着くことを願って粗末な小舟で漕ぎ出したきりだった。その後二度と三人の消息が耳に入ることはなかった。悲惨な最期を遂げたことは間違いない。脱走組に残っているのはわずかに七人で、島に残るのはチープも含め全部で一〇人だった。[28]

英国を出てから一年以上、難破してから五カ月後の一七四一年一〇月一四日、バルクリーたち一行は三艘の小型艇に乗り込んだ。みな足止めされていたその未開地から逃れたくてたまらなかったし、おそらく自分たちがそうなってしまった状況からも逃れたくてたまらなかったことだろう。だが、ふたたび未知の海域に漕ぎ出すことに不安も覚えていた。

拘束を解かれたチープは、海岸の端まで歩いていき、ぼろをまとった男たちが三艘の小型艇に身を縮めて乗り込むのを眺めた。士官候補生のバイロンやキャンベル、アイザック・モリスの姿が目に入った。航海長のクラークの姿もあり、息子の身の安全に気を配っている。主計長のハーヴィー、司厨長のマクリーン、掌帆長のキング、それに黒人の船乗りのジョン・ダックに熟練の船乗りジョン・ジョーンズの姿もある。長艇に五九人、カッター船に一二人、バージ艇に一〇人が詰め込まれた。「空間がなくてあまりに過密状態だったので、我々の今の状態に比べたら英国の最悪の監獄も宮殿に思えるほどだった[29]」とバルクリーは記している。

チープの言葉を借りると、「この上なく無礼かつ人間味に欠ける[30]」態度で、何人かの男たちがチープに声をかけた。彼らはこう言った。島に残った残留組何人かの他には、あんたはもう二度と英国人に会うことはない。きっとそいつらと一緒に死ぬのさと。

バルクリーがチープに歩み寄ってきた。チープは自分の権限を奪った男を見つめた。どちらの一団もこれから新たな苦難に直面することになるとチープはわかっていた。また、おそらくチープは、バルクリーの中に自分自身の一部が多少あることに気づいていたことだろう。傲岸不遜な野望や後先を考えない残酷さ、そして善良さの面影もあることに。チープは手を差し出しバルクリーの無事な航海を祈ると伝えた。バルクリーは日誌に、「これが、気の毒なチープ艦長の姿を見た最後だった[31]」と記している。

午前一一時、バルクリーはスピードウェル号の艦長席にいた。三艘は浜からチープス湾へと漕ぎ出した。乗組員たちは帆を巻き上げ、打ち寄せる波を乗り越えようと櫂で漕いだ。チープは、バルクリーに一つ頼み事を託していた。もしバルクリーたち一行が英国に着いたら、チープ側の言い分も含めて何が起こったか経緯をすべて伝えてほしいと。だが、三艘が遠ざかっていくにつれ、自分の存在も自分の物語もこの島に永遠に置き去りにされる可能性が高いことをチープは悟った。

パート4

救出

第17章　バイロンの選択

小型艇で沖に向かいながらジョン・バイロンは、この世のものとも思えない靄の中、浜にぽつんと佇むチープを見つめていた。バイロンは、少なくとも囚人としてチープもこの航海に同行するものと思っていた。だが、バルクリーたちはチープを置き去りにした。まともな小舟一つ与えられずに置き去りにされたら、間違いなく命を落とすだろう。「この事態がどう進むのか、ずっと見当がつかなかった」[1]とバイロンは記している。

そもそも、バイロンが島を離れる選択をしたのは、生き延びるためだった。帰国するために任務を放棄すれば、海軍でのキャリアは断たれるかもしれないが、自分の命は守れる。だが、こんなふうにチープ艦長を置き去りにするのは、また別の話だ。チープにいくら欠点があって横暴であろうと、明らかに指揮官を見棄てるような仕打ちに加担するのは、航海中にいくら悲惨な目に遭っても心の支えにしてきた海洋冒険物語に憧れを抱くバイロンには受け入れがたかった。遠ざかるチープを見つめながら、バイロンたち数人は以前の艦長に向けて万歳三唱をした。やがてチープの姿が見えなくなると、バイロンの決断はもう後戻りできないものに思えた。

三艘がウェイジャー島から離れないうちに、一行はスコールに見舞われた。まるで犯した罪を罰するかのようだった。その時、不意に不安をかき立てる大きな音が聞こえてきた。生まれ変わった自慢の長艇に張った間に合わせの前檣帆（フォアスル）が裂け、制御不能なほどばたつき始めたのだ。一行はチープス湾の真西にある別の島の礁湖に避難することを余儀なくされる。そこで帆を繕い、嵐をやり過ごすのだ。まだ一マイル〔約一・六キロ〕も進んでいなかった。

翌日、バルクリーはバージ艇でウェイジャー島に戻る志願者を募った。今後さらに帆布が必要になる場合に備えて、小屋に使って放置してきた帆布を回収することにしたのだ。バイロンには天の僥倖に思えた。士官候補生のキャンベルとともに手を挙げ、その日の午後、八人の仲間とともにうねる波間を漕ぎ出した。キャンベルもバイロンと同じ懸念を抱いていた。この若き士官候補生二人は、波に揺られしぶきを浴びながら計略を練り始める。不名誉のそしりを受け臆病者の汚名を着せられることを避けたいのなら、チープを救出すべきだとバイロンは考えていた。キャンベルも同意見で、今がその時だとささやいた。

バージ艇を盗むつもりだったので、一緒に乗っている者たちに協力を求めることにした。同行者の中には、かつてのチープ支持者もいた。彼らもやはり、チープを置き去りにしたことに心を痛めていた。それに、そのまま英国に戻ったら絞首刑になるのではないかと恐れていたため、彼らもその計略に加わった。

バイロンはみなとともに漕ぐうちに、不安を募らせていった。もしバルクリーたちが、自分たちに戻る気がないのではないかと疑っていたらどうしよう。乗せる人数と食べさせる食料が減ることになるので、離反者が出ることは気にしないかもしれないが、バージ艇を失うことには激怒するだろう。

ただでさえスペースが足りないし、狩猟班を陸に送り出すことができなくなる。夜の帳が下りても、バイロンたちは暗闇の中を不安な思いで漕ぎ続けていたが、遠くに焚き火の炎が揺らめくのが目に入った。前哨基地だ。無事にウェイジャー島に戻ってきたのだ。

チープは、バイロンたちがやって来たことに驚いたが、その決意を知ると元気を取り戻したようだった。バイロンとキャンベルを自分の住居に招じ入れ、軍医のエリオットと海兵隊中尉のハミルトンとともに深夜まで話し込んだ。今や彼らは、反乱の首謀者たちから解放され、自分たちの可能性について希望を抱いていた。島にいるのは二〇人になった。野営地本隊に一三人、脱走組の拠点に七人である。チープたちには少なくとも一艘はまともなバージ艇があるし、ヨール船のほうも修理してみる価値はある。

翌朝、目を覚ましたバイロンは、厳しい現実に直面する。身に付けている物といえば、帽子に破れたズボン、そしてほつれた胴着の残骸だけ。靴はほころびてしまったので、今は裸足だった。何より悲惨なのは、食料の蓄えが一切ないことだ。殺戮ケーキさえなかった。バイロンとともに戻ってきた者たちも、何一つ持っていなかった。なけなしの食料は、自分たちが裏切ったまさにその相手の乗るスピードウェル号に保管されていた。

チープは少量の肉をあてがわれていたが、腐りかけていたし、どのみち二〇人の命をつなぐには足りなかった。これまでは上官の気まぐれに流されてきたバイロンだったが、ここに来てようやく自分なりに計画を立てることにした。反乱分子のところへ戻り、自分たちの分け前を要求しようと心を決める。危険だし、無謀とも言われそうだが、他にどんな選択肢があるというのだろう。

その計画をバイロンが提案すると、相手に逆襲されてバージ艇を奪われ、今度は全員が置き去りにされる危険があるとチープは諭した。

それについてはバイロンも考えていた。自分がキャンベルたちと少人数で行き、礁湖から少し離れた場所にバージ艇を着岸させておく。そして、みながバージ艇を守っている間に、自分とキャンベルが徒歩でバルクリーたちの許に向かえばいいと応じた。報復を受ける危険性は高いが、食料への欲求には抗しがたかった。チープの励ましを受け、その朝、バイロンたち数人は漕ぎ出した。

もう一つの島までやって来ると、人目につかない場所にバージ艇を隠した。それから仲間と別れ、バイロンとキャンベルは険しい地形を歩み始めた。泥にまみれながら湿地を抜け、植物が絡みつくうっそうとした森を抜け、日が落ちた頃にようやく黒い礁湖の端にたどり着いた。暗闇から声が聞こえてきた。リーダーのバルクリーやベインズをはじめとするほとんどの反乱分子たちが、浜で食料を、その絶えず追い求めている物を探している最中だった。

士官候補生二人がふいに現れると、バルクリーは困惑したように見えた。二人はなぜ陸路で、しかもバージ艇に乗らずにやって来たのだろうと思ったのだ。

バイロンは勇気を奮い起こし、自分たちはチープを見棄てないことにしたと告げた。

バルクリーは、バイロンの心変わりに傷ついた様子だった。バイロンはキャンベルに強要されたんだろうとバルクリーは考えた。あるいは、自分が貴族階級出身で士官候補生であることを思い出し、元の階級と序列に戻るほうがよいと思ったのか、どちらかだろう（バルクリーは日誌に、微妙な言い回しでこう記している。「バイロン閣下は、……庶民と一緒に横になる[2]」ことになじめなかったのだろう）。

バイロンとキャンベルが自分たちの食料の分け前を要求すると、バルクリーとベインズはバージ艇のありかを言うように詰め寄った。キャンベルは、バージ艇を返すつもりはないと告げた。いずれにせよバージ艇には一〇人しか乗れず、その一〇人は今やチープの側に与(くみ)しているのだ。反乱分子の一人が「くそったれめ[3]」とかみつき、バージ艇を引き渡さなければ何もやらないと恫喝した。

バイロンは他の男たちにも直接訴えたが、次の日にバージ艇を引き渡さなければ、武装したカッター船で追跡するとすごまれた。

バイロンはいったんはその場を後にしたが、泡を食った様子でもう一度戻り、再度食料を要求した。が、無駄だった。人はどうしてこれほど残酷になれるんだろうとバイロンは納得できなかった。去り際に、バイロンの帽子が突風で飛ばされた。すると、黒人船乗りのジョン・ダックがこれまでのよしみでバイロンに気前よく自分の帽子を差し出してくれた。

バイロンはこのとっさの親切に感激した。「ジョン！[4]」バイロンは声を張り上げた。「感謝する」だが、ダックに帽子なしで出航させるわけにはいかないと言い張り、帽子を返した。

それから、バイロンはキャンベルとともに急いでその場を離れてバージ艇へと戻り、仲間と漕ぎ出した。時折、背後に目をやり、黒光りする銃を向けるカッター船に追跡されていないか確かめた。

第18章　神の慈悲の港

風がなぐとすぐ、バルクリーとベインズ海尉たちの一行は二艘の小型艇で出航した。そこから前哨基地は射程圏内だったが、バルクリーは銃撃してバージ艇を取り戻すべきだという訴えを無視し、別の方向に舵を切らせた。マゼラン海峡に向かって南へ向かったのだ。もはや後戻りはできなかった。

南下を続けるうちに、二艘の小型艇での船旅が、バルクリーのような熟練の船乗り（シードッグ）にとってもこれまでに経験したことのないものになるだろうことがはっきりしてきた。二〇人で櫂を漕ぐ近距離運搬用として作られた元の長艇（ロングボート）に比べ、スピードウェル号はそれほど大きくなったわけではなかった。だが、今のスピードウェル号には、乗組員が一カ月持ち堪えられるだけの飲料水や、攻撃されても撃退できるだけの銃と弾薬が詰め込まれている。それに何より、乗組員がひしめいている。船首にもマスト周りにも舵の柄の脇にも甲板の下の船倉にも、身動きが取れないほど乗っている。人間の手脚で艤装したような有様だった。

五九人も乗ると、横になるスペースはないし、帆を揚げたり、ロープを引いたりすることもほぼ不可能だった。数時間の当直の後に、甲板にいた者が船倉にいた者と居場所を交替するのも一苦労だった。船倉は棺桶さながらにじめついて暗かったが、風雨から身を守ることはできた。小便や大便の用を足すには、舷縁（ガンネル）から海に体を突き出さなければならなかった。男たちの濡れた衣類が放つ悪臭により「私たちが吸う空気は吐き気を催すほどで、人が生きていくのは不可能に思えるほどだった」[1]とバルクリーは記している。人間という積み荷と物資で重くなった船体は沈み込み、船尾は喫水線からわずか一〇センチしか出ていなかった。小さな波でも、舷縁を乗り越えるので、みなずぶ濡れになった。波が荒い時は、甲板の上にいる者は波にもまれる度に船から放り出されそうになった。

主計長のトマス・ハーヴィーをはじめとするもう一艘の一二人は、もっと過酷だった。カッター船は長さが二五フィート〔八メートル弱〕しかないため、スピードウェル号よりも波にもまれやすかった。猛烈な嵐の時は、一本マストがひどく短く見えた。硬くて狭い板に腰掛けた男たちは、膝を寄せ合ったまま上へ下へともてあそばれた。身を隠せる場所はどこにもなく、夜間、スピードウェル号に曳航されている時は、むりやりスピードウェル号に乗り込んで睡眠を取ることもあった。そんな時のスピードウェル号には七一人がひしめくことになった。

この二艘は、地球上で最も荒れる海を航行しなければならなかっただけでなく、この偉業を成し遂げようとしている者たちの大半はすでに死にかけているような状態だった。「乗っている者の大半は生死にまるで無関心な様子で、生きようが死のうがまるでどうでもいいように見えた。だから、自分たちの命を守るために甲板に出てきてくれと説得するのに何度も頼み込まなければならなかった」[2]とバルクリーは記している。バルクリーにとって、こうした状況で一行を率いることはきわめて困難だったし、通常とは違う指揮系統のせいで、その困難さはより深刻化していた。たいていの場面では、バルクリーが船長として行動したが、正式な指揮官はベインズ海尉だった。

出航してから二週間目の一〇月三〇日、一行はふたたびスコールに見舞われる。太平洋を横切る風と波に連続砲撃のように打ちつけられながらも、バルクリーは山並みが続く東側の海岸線に細い水路を見つけた。その水路は安全な入り江に通じているかもしれないと思ったが、周りを岩に囲まれており、その様子がウェイジャー号の船体に穴を開けた岩に似ていた。バルクリーは、ベインズ海尉にも船匠長のカミンズにも頻繁に相談した。ベインズに相談するのはそう取り決めたからで、カミンズに相談するのは信頼していたからだったが。そうするのには、その座から退かせた艦長と自分との違いを強調する狙いもあったようだ。

バルクリーはこの時、最初の大きな戦略上の決断を迫られていた。このまま外洋を進むか、それとも岩の間の水路を進むかだ。「このまま海を進んでも死しかないように我々の目には映ったし、陸の間を進んでいっても同じ結末が待っているようにしか思えなかった[3]」とバルクリーは記している。いよいよ船が横倒しになりかけると、バルクリーは水路を選んだ。バルクリーによると、「入口は非常に危険なので、私たちのように絶体絶命の状況でないかぎり誰も選ぼうとはしない」水路だった。

一行がその流れの速い水路に近づくと、威嚇するような轟音が聞こえてきた。岩礁に打ちつける砕け波だ。一度でも舵を取り損ねれば沈没してしまう。見張りが水中に隠れている岩を探す間、乗組員たちは帆を畳んだ。バルクリーは気持ちを引き締め、命令を発した。そして、迷路のような岩の間の水路を先導し、やがて断崖に囲まれ、澄んだ水が滝となって流れ込むこぢんまりした入り江に出た。その入り江は広々していて、英国海軍の全軍艦が集結できるくらいだとバルクリーは鼻高々だった。

だが、勝利の喜びに浸っている暇はほとんどなかった。新鮮な水と貝、すなわちバルクリーの言う「我々を試そうと神が用意したもの[4]」を採取するためカッター船で陸に上がった。ついで陸を離れ、荒れ狂う海へとふたたび漕ぎ出した。

一一月三日、激しい暴風雨の中、バルクリーはカッター船の男たちに離れるなと合図した。その直後、カッター船は主帆（メインスル）が裂けて姿が見えなくなった。バルクリーたちは風上に向けて上手回し（タッキング）を繰り返し、波に持ち上げられる度にカッター船の姿を探した。しかし、カッター船の姿はどこにもない。一二人もろとも沈没したに違いない。スピードウェル号も船体が不吉な音を立てだしたので、バルクリーとベインズは捜索を諦め、海岸沿いの入り江に避難した。バルクリーは、事実上自分の指揮下にあった男たちを失った悲しみを味わった。スピードウェル号の船内は過密状態だったが、バルクリーは自分の日誌を取り出し、カッター船に乗っていた者たちの名前を慎重に書き留めた。その中には、主計長のハーヴィー、独創的な小舟を作る才のあるリチャード・フィップス、バルクリーが英国に戻る希望を与えて脱走組を離れるよう説得した船匠助手のウィリアム・オーラムがいた。

スピードウェル号は船体が重く竜骨（キール）が沈み込んでいるため、岩だらけの海岸に近づくことはできなかった。しかも、カッター船を失ったので、食料を調達するために岸に上陸する手段がない。泳げる者はほんのわずかしかいなかった。「我々は今、きわめて悲惨な状態にある」[5]とバルクリーは認めている。

一一月五日、海に出ようとしたが嵐に押し返されてしまった。船に閉じ込められ、飢えに苛まれ、岩の上のムール貝を恨めしそうに見つめていた。我慢の限界に達した掌帆長のキングは、数本の櫂と数個の空樽をロープで括り、奇妙な形の物を海面に降ろした。それは浮いた。

キングと他に二人の男がその上に飛び乗り、岸に向かって漕ぎ出した。だが、わずか数フィート進んだところで、空樽が波で持ち上げられ、三人は海に投げ出された。三人は必死で手脚をばたつかせた。二人はスピードウェル号にいる仲間に引き揚げられたが、キングは原形を留めていない筏を何とかつかみ、脚で水を蹴って岸までたどり着いた。そしてその晩、キングは運べるかぎりの食料を持って戻ってきて、浜で英国海軍が支給したと思われる空の食料樽を一つ見かけたと明かした。みな神妙な面持ちになり、別の船、ひょっとしたらアンソン艦隊の旗艦センチュリオン号もウェイジャー号と同じように沈没したのかもしれないと思いを巡らした。

翌朝、バルクリー一行が航海を再開した時、殺風景な大海原に白い物がかすかに見えた。波間に沈んだり持ち上がったりしている。カッター船の帆だった。船は無傷で、一二人の男たちも、みなずぶ濡れになり放心状態だったが無事だった。この奇跡的な再会によって、全員が「新たな命」[6]を吹き込まれたとバルクリーは記している。小さな入り江に向かい、カッター船を岸に向かわせて貝を採取すると、休息を取ることにした。カッター船をロープでスピードウェル号に固定すると、ジェームズ・スチュワートという乗組員を除くカッター船の乗組員は、スピードウェル号に潜り込み睡眠を取った。

午前二時、ロープが音を立てて切れ、カッター船は傾いたまま遠ざかっていった。バルクリーたち数人が雨が降りしきる暗闇に目を凝らすと、スチュワートを乗せたカッター船が岩礁に向かって突進していく。みなでスチュワートに呼びかけたが、遠すぎて風の音にかき消されてしまう。ほどなくして、カッター船は姿が見えなくなった。今度は間違いなく岩礁にぶつかって砕け散り、沈没したのだ。

また一人仲間を失っただけでなく、食料を手に入れるために上陸する手段も失ったのだ。加えて、スピードウェル号には昼夜を分かたずつねに七〇人がひしめくことになった。「仲間たちの間に大きな不安が広がり、その多くは救出を絶望視していた」[7]とバルクリーは記している。

明くる日、フィップスを含むカッター船に乗っていた一一人が、このままスピードウェル号で先の見えない航海を続けるよりも、むしろこの荒涼とした地の果てに自分たちを置き去りにしてほしいと願い出た。バルクリーとベインズは法的な問題が生じないかを懸念し、海軍本部司令官に宛てた覚書を起草し、以下の一一名は自ら進んでこの決断を下したものであり、「我々はみな、この者たちを上陸させたことで、その責任を問われることがないことを証す」[8]と認めた。バルクリーは日誌に、これらの一一人は「彼ら自身と我々を守る」[9]ために船を降りたと記している。

船をできるかぎり岸に近づけると、一一人は海に飛び込んだ。バルクリーは、一一人が生き物の姿のない岸へと泳いでいくのを見届けた。なお、この時を最後に、一一人の目撃情報は報告されていない。それから、スピードウェル号に残ったバルクリーたちは航海を続けた。

ウェイジャー島を出てからほぼ一カ月が経ち、かれこれ四〇〇マイル〔約六五〇キロ〕の航海をしてきた一一月一〇日、荒涼とした小島が連なっているのが目に入った。サー・ジョン・ナーボローがマゼラン海峡の入口の北西にあると記していた小島にそっくりだとバルクリーは思った。入口の反対の南側には、もう一つ、岩だらけで、鋸の歯のような山並みが連なる殺風景な島がある。こちらは、「見るからに荒涼とした土地」[10]であることから、ナーボローがデゾレーション・アイランド〔現在のデソラシオン島〕と名づけた島に違いない。そうした風景の一致と、スピードウェル号の現在位置の緯度を算出した結果に基づき、バルクリーは自分たちがマゼラン海峡に到達したことを確信した。

スピードウェル号を風上の南東方向へと進めると、自分の計画をいよいよ実現させる段になったことを実感したバルクリーは、認めることのめったにない感情、紛れもない恐怖を吐露している。「こんなに速い海は、……生まれてこのかた一度も見たことがない」[11]と記しているのだ。風はタイフーン並みの激しさだし、海流は互いに競っているかのように速い。自分が目にしているのは、太平洋が細い隙間に流れ込み、その隙間から大西洋へと流れ出す合流点だとバルクリーは確信した。英国の海賊フランシス・ドレークが、船付き牧師の言う「耐えがたい大嵐[12]」に巻き込まれたのとまさに同じ場所だった（その牧師は、まるで神が「我々に敵対している」かのようで、「我々の死体だけでなく船まで、荒れ狂う海の底へと葬り去るまでその裁きをやめる」気はないようだと記している）。スピードウェル号は、船尾から船首、船体からマストの天辺まで波をかぶり始めた。一度は船体が二〇度以上傾き、ついで五〇度、八〇度と急激に傾いていき、水面から持ち上がった舵が利かなくなり、船体が完全に横倒しになってマストと帆が海面に押し付けられた。船はきしみ、ゆがんで水浸しになったので、きっと二度と起き上がれないだろうとバルクリーは思った。これまでさんざん犠牲を払い過ちを犯してきたのに、今ここで無駄死にするというわけか。家族との再会も果たせずに溺れ死ぬのだ。ところが、少しずつではあったが、スピードウェル号は船体を起こし始め、甲板や船倉から海水がはけていき、帆が姿を現した。

死までしばしの猶予を与えられる度に、バルクリーの救世主への思いは強くなっていった。この時の嵐について、バルクリーはこう記している。「我々は嵐が収まるようにひたすら祈った。それ以外に死から逃れる手立てがなかったのだ[13]」バルクリーの表現を借りれば光の恩寵によって、入り江がちらりと見えたので、激しい砕け波を乗り越えて何とか入り江に向かおうとした。バルクリーによると、「周りは岩だらけで、ビスケットを投げたら届きそうなほど近かった」。ようやく入り江に滑り込んだ。すると、そこは池のように穏やかだった。「我々はその入り江を神の慈悲の港と呼んだ。その日助かったことを奇跡だと考えたのだ。我々の中で誰よりも信仰から遠ざかっていた者たちも、もはや全知全能の神の存在を疑わなくなり、生活をあらためることを約束した」[14]とバルクリーは記している。

だが、日を追うごとに男たちは気力を失い、まとまりを失っていった。絶え間なく食料の追加の分け前を要求されるので、バルクリーとベインズは、かつてチープが悩まされたのと同じ、勝ち目のない闘いに追い込まれていることに気づいた。「細心の注意を払って食料を配給しなければ、全員が餓死するのは避けられない」[15]とバルクリーは釘を刺した。以前はあれほどバルクリーを後押しし心酔していた者たちが、バルクリーに言わせると、今や「いつ反乱や破壊行為に打って出てもおかしくなかった」[16]。さらに、「彼らを指揮下に置く術を我々は知らない。我々は生あることにうんざりするほど悩まされている」とバルクリーは記している。

ベインズやカミンズとともに、バルクリーは何とか秩序を維持しようと奮闘した。一行を統治するための署名入りの規約には、騒動を起こす者は誰であろうと置き去りにすると明記されていた。だが、バルクリーはまったく別の脅しをかけた。このまま迷惑行為を続けるなら、ベインズやカミンズとともに、自分は陸に上がることを要求する。他の者は船の上で自分たちで何とかしてほしいと。乗組員たちは、バルクリーが不可欠な存在であることを知っていた。寝る間も惜しんで針路について考え、天候や海と闘える者はバルクリーしかいない。バルクリーの脅しのおかげで、みなは我に返った。「仲間たちは規約に従うことを約束し、かなり御しやすくなったように思える」[17]とバルクリーは記している。さらに、おとなしくさせるために、貯蔵していた小麦粉を少し多めに配給した。すると、「配られるとすぐさま、生のまま」[18]食べる者が多かったという。

とはいえ、彼らはみな死にかけていた。命を落とした者の中には、ジョージ・ベイトマンという一六歳の少年もいた。「この気の毒な少年は飢え、命を落とし、死んだ時には骨と皮になっていた。……同じような悲惨な状態にある者が他にも数人いるので、一刻も早く救ってやらなければ、同じ運命をたどることになるだろう」[19]とバルクリーは記している。

バルクリーはみなの苦しみを和らげようと努めたが、彼らが何よりも欲していたのは栄養だった。ある一二歳の少年は、親しい仲間に小麦粉を少し余計にくれないかと懇願し、そうしなければブラジルを見るまで命が保たないと訴えたが、仲間は応じなかった。「我々が味わった苦難を経験したことのない者は、仲間が飢えに苦しんでいるのを目の当たりにしながら、何の救いの手も差し伸べないという非人間的なことがどうしてできるのか不思議に思うだろう。だが、飢えというのは慈悲の欠片もないのだ。……天が救いの手を差し伸べて天に召された」[20]時に、その少年の苦しみはようやく終わった、とバルクリーは記している。

一一月二四日、スピードウェル号は、迷路のように入り組んだ水路と礁湖に惑わされ、身動きが取れなくなった。ベインズは、この海峡に入ったことが間違いだったとバルクリーを責めた。進むべき海峡を間違えて二週間も無駄にしたのだろうか。バルクリーは、「マゼラン海峡のような場所がこの世にあるとすれば、我々が今いるのがそこだ」[21]と反論した。

ところが、反対する意見が増えてきたため、バルクリーは船を反転させ、元来た航路を引き返し始めた。ある海兵隊員が正気を失い始め、常軌を逸した高笑いをし、ついに倒れて静かになったかと思うと息をしていなかった。間もなく、また別の男も死んだ。二人の遺体は海へと投げ捨てられた。

生き残った者たちは、二週間かけて引き返したものの、自分たちはマゼラン海峡を進んでいたのだと確かめる結果となった。海峡のその東の端から、航行し直すことになった。

もしかしたら、チープの言うとおりだったのかもしれない。北に向かうべきだったのかもしれない。

第19章　祟り

チープは、アンソン代将率いる艦隊と再会する計画を諦めていなかった。脱走組に残っていた者たちとは協力関係を築いていた。絶望から団結が生まれることもあるのだ。死者が一人出て、島に残留した者は、バイロン、キャンベル、海兵隊中尉のハミルトン、軍医のエリオットを含め合わせて一九人になった。他の仲間が島を離れてから二カ月が経ち、チープたち残留組は、前哨基地の小屋で暮らし、海藻や時折獲れる海鳥を食べてしのいでいた。

チープは、バイロンの表現を借りると「手に負えない乗組員の暴言や威嚇や妨害行為[1]」から解放されて、活力を取り戻したようで、生き生きと活動していた。「彼は今、非常に活動的だ[2]」とキャンベルは記している。「薪や水を手に入れるためにあちこちに出かけ、火を起こし、優れた料理人であることを証明していた」チープたちは長艇を修理する際に身に付けた技術を駆使して、裂け目の入ったヨール船を修理し、傷んだバージ艇も補強していた。また、沈没したウェイジャー号から牛肉の樽を三樽引き揚げることができたので、今後の航海のための保存食にすることにした。「その時、私は大きな希望を抱き始めた[3]」とチープは報告書に記している。今やチープたちは、嵐が去るのを待って出航するばかりだった。

一二月一五日、チープは、雲の切れ間から差し込む日の光のまぶしさで目を覚ました。バイロンたち数人を連れて、もっとよく海を見渡せるようにミザリー山に登った。頂上に着くと単眼鏡を取り出し、水平線に目を走らせた。遠くに、荒波が立っているのが見えた。

だが、男たちは島から逃げ出したくて気を逸(はや)らせていた。次から次に不運に見舞われることに薄気味悪さを感じ、ジェームズ・ミッチェルにミザリー山で殺害された仲間の男を埋葬してやらなかったせいで、その男の霊に祟られていると思い込んでいる者も少なからずいた。「ある夜、私たちは奇妙な叫び声に驚かされた。それは人が溺れる時の声に似ていた。私たちの多くは小屋を飛び出し、音がした場所に向かって走った。岸からさほど離れていない沖合に、それがいるのが見えた（というのは、月明かりが出ていたのだ）。その姿は、水面から半身を出して泳いでいる人のようだった。その生き物が発する声は、これまでに聞いたことのあるどの動物のものとも違っていたので、みな強い感銘を受けた。そして、苦難に出会う度によく、その突然現れた亡霊のような姿を思い返した」[4]とバイロンは記している。

残留組の者たちは、長さ二四フィート〔約七メートル半〕のバージ艇と、一八フィート〔五メートル半〕のヨール船にわずかばかりの物資を積み込み始めた。カッター船よりもかなり小型の二艘は、船底に腰掛け用の板が渡してあるだけの無甲板船(オープンボート)だった。どちらの船にも短い一本マストがあり、帆走もできるが動力の大半は櫂に頼らざるをえない。チープは、バイロンおよび残りの八人とともにバージ艇に乗り込んだ。互いの体やロープや帆、食料や水の入った樽がもつれ合い、各自のスペースはかろうじて一フィート〔約三〇センチ〕しかなかった。キャンベルとハミルトンも残りの六人も、同じようにヨール船に乗り込んだが、隣の者と肘や膝がぶつかった。

チープは、この七カ月間自分たちの家であった前哨基地にちらりと目をやった。残っているのは、風雨にさらされて点在する小屋だけだった。生死をかけた闘いの証ではあったが、やがて自然の力によって跡形もなく消えてしまうだろう。

チープは、出航が待ちきれない様子だった。募る思いで「私の胸」[5]はいっぱいだったとチープは述べている。チープの合図で、バイロンたちはウェイジャー島から漕ぎ出し、長く困難な北方への旅が始まった。ペニャス湾を一〇〇マイル〔約一六〇キロ〕近く突っ切り、ついで太平洋の海岸線沿いをチロエ島に向かってさらに二五〇マイル〔約四〇〇キロ〕漕ぎ進むことになる。

出航からわずか一時間後、雨が打ちつけ、西から冷たい強風が吹いてきた。船をのみ込むほどの波が次から次にやって来たので、海に背を向け人間の壁を作って波をしのぐようにチープはバイロンたちに指示した。波は押し寄せ続け、二艘の船体は水浸しになった。帽子や手を使ってかき出したがとても間に合わなかった。すでに過積載の船を軽くしなければ二艘は沈没し、ウェイジャー島での二の舞になるとチープはわかっていた。そのため、貴重な食料の入った樽を含め、ほぼすべての物資を海に投げ捨てるという予想外のことを余儀なくされる。飢えた男たちは、最後の食料が貪欲な海にのみ込まれていくのを眺めていた。

日暮れまでに、チープたちは海岸沿いの入り江にたどり着いた。上陸して山地を登りながら雨をしのげる寝場所を探したのだが、結局はむき出しの岩の上に倒れ込み雨を見つめることになった。ウェイジャー島の小屋が夢に出てきた。「ここには、この広い世界以外に家はない。……凍りつくほど厳しい寒さだったので、朝までに数人が死にかけた」[6]とキャンベルは記している。

チープは、体を動かし続けなければならないことを知っていたので、急いでみなを船に戻らせた。何時間も何時間も、来る日も来る日も漕ぎ続け、時折手を止めては、海中の岩から海藻を引きはがし、「海のもつれ（シー・タングル）」と呼んでいるコンブを食べた。風が南風に変わると、縫い合わせた帆を広げ、船体で波を切りながら風下に向かって帆走した。

ウェイジャー島を出てから九日後、一行は北に一〇〇マイル〔約一六〇キロ〕近く進んでいた。北西方向に、海に突き出た三つの巨大な断崖の先が見えてきた。あと少しでペニャス湾の北端に到達する。この航海の最悪の部分を乗り切ったのだ。

睡眠を取るために陸に上がり翌朝目覚めると、その日が一二月二五日であることに気づいた。コンブと「アダムのワイン」、すなわち清水のご馳走でクリスマスを祝った。「アダムのワイン」とは、神がアダムに水を飲ませたことに由来する呼称である。チープの音頭で国王ジョージ二世の健康を祝して乾杯すると、一行は荷物をまとめて出航した。

数日後、この航路で最も危険な場所である岬〔ペニャス湾北端の岬〕に到達した。海は、非常に強い複数の海流と、波頭の泡立つ巨大な波とで沸騰したように沸き返っていた。その波を、キャンベルは白波中の白波と呼んでいた。チープは転覆を避けるために帆を下ろすよう指示し、みなは全力で櫂を漕ぎ始めた。

チープはみなを叱咤した。数時間後、岬の突端に三つ並んだ断崖の最初の断崖に並んだが、すぐに波と海流によって後方に押し戻された。近くの入り江に待避しようとしたが疲れ切っていてそこまで到達できず、全員が船の上で各自の櫂の上に横になって眠ってしまった。日が昇ると入り江に入って体力の回復を図り、やがてチープの命令でふたたび岬に挑戦することとなった。国王と祖国のために櫂を漕がなければならない。妻のため、息子や娘のため、母や父のために漕がなければならないのだ。今度は二つ目の断崖までたどり着いたが押し戻され、またもや湾内に後退させられた。

翌朝、きわめて厳しい状況だったので、あえて岬を周ろうと言い出す者はいないとチープは判断した。そこで、上陸して食料を調達することにした。体力をつける必要があった。一人がアザラシを見つけ、マスケット銃を構えて撃った。その肉を焚き火で焼き、脂肪の塊をちぎって咀嚼した。無駄な部位は何一つなかった。バイロンはその皮で靴を作り、凍傷になりかけた足を包んだ。

二艘の船は少し沖合に停泊させてあった。チープはそれぞれに二人ずつ指名し、夜間見張らせた。バイロンはバージ艇の見張りを担当した。ともあれ、バイロンも仲間たちも栄養補給したことで元気を取り戻し、おそらく翌日はついに岬を周ることができるだろうという期待を胸に眠ってしまった。

何かがバージ艇にぶつかった。「私は……船の尋常ではない動きと、私たちの周りの至る所で砕け波が轟く音がしたので目を覚ました。と同時に、悲鳴が聞こえた[7]」とバイロンは記している。ウェイジャー島の亡霊がふたたび現れたかのようだった。悲鳴は、数メートル先に停泊していたヨール船からだった。バイロンが振り向くと、二人を乗せたヨール船が転覆していた。そして沈んでいった。見張りの一人は波に乗って浜に漂着したが、もう一人は溺死した。

バイロンは、自分の乗った船も今にもひっくり返るのではないかと思った。錨を上げ、仲間とともに船首を波に向けてバージ艇を漕ぎ、船縁に波をかぶらないようにしながら嵐が収まるのを待った。「翌日、私たちは一日中大海原にいた。私たちの運命がどうなるかはわからなかった[8]」とバイロンは記している。

バージ艇の二人は上陸すると、チープたち生存者の一団に合流した。一行の人数は今や一八人になっていたが、ヨール船がなければ全員を運ぶスペースはない。無理をすればバージ艇にあと三人〔原文ママ〕乗ることはできるが、四人はそのまま残るしかない。それはすなわち、四人とも死ぬということだ。

選ばれたのは四人の海兵隊員だった。兵士である四人には航海の技術がなかったからだ。「海兵隊員は船の上では何の役にも立たないと判断された[9]」とキャンベルは明かし、「これは心痛むことだったが、私たちはそうするしかなかった[10]」とし、四人の姓を記録している。スミス、ホッブズ、ハートフォード、クロスレットである。

チープは四人に武器とフライパン一つを渡した。「彼らが気の毒で、私たちは心が押しつぶされた」とキャンベルは記している。バージ艇が出航すると、四人の海兵隊員は浜に並んで万歳三唱し、「国王に神のご加護を」と叫んだ。

ウェイジャー島を脱出してから六週間後、チープたちは三回目の岬越えに挑む。いつにも増して荒れる波の音がうるさかったが、チープが身振りで指示を出し、一つ、また一つと断崖を越えていった。残るは最後の断崖だけだ。だが、漕ぎ手たちは疲労困憊してへたり込んだ。「どんな船にも周れっこないのだと今やはっきりわかり、みな櫂の上に覆い被さっていると、船のすぐ傍まで砕け波が迫ってきた[11]」とバイロンは記している。「みな自分たちの人生と惨めな状態をその場で終わらせたいのだと私は思った」しばらくの間、誰一人身じろぎもせず口を開きもしなかった。耳をつんざかんばかりの波音が轟き、船は今にも砕け波に乗り上げそうになっていた。「とうとうチープ艦長が、今ここで死ぬかしっかりと櫂を漕ぐかのどちらかだと告げた」

男たちは櫂を手に取り、岩を避けてボートの向きを変えるために力を振り絞った。ただし、「今や私たちは、自分たちは死ぬものと諦め[12]」、「岬を周るさらなる試みのことなど、まるで考えられなかった[13]」とバイロンは記している。

多くの者が、失敗したのはウェイジャー島で殺された例の仲間を埋葬しなかったせいだと考えた。せめてもの償いに、入り江に戻ってくると海兵隊員たちを見つけようとした。どうにかして四人もバージ艇に乗せようと決めていたのだ。キャンベルが記しているように、「船が沈めば、この惨めな人生から解放され、みなで一緒に死ねるはずだと考えた[14]」のである。

ところが、浜にマスケット銃が一挺転がっていただけで、四人は跡形もなく消えていた。死んだことは疑いの余地がないが、それにしても遺体はどこにあるのだろう。バイロンたちは四人を追悼する方法を思案した。「その入り江を海兵隊員の入り江（マリン・ベイ）と名づけた[15]」とバイロンは記している。

その一方で、チープは最後にもう一度岬を周る挑戦をしたいと考えていた。あと一息まで迫ったのだ。岬を周りきれれば、自分の計画はうまくいくはずだとチープは思っていた。しかし、他の者は、何かに取り憑かれたようなチープの執念にもはや付き合いきれず、長い間逃げようとしてきた場所に戻ることを決める。ウェイジャー島である。「私たちはもう祖国に帰還する望みを失っていた[16]」とキャンベルは記している。そして、「いわば家」になっていたウェイジャー島で最期の日々を過ごすほうがいいと思っていた。

チープはしぶしぶ同意した。島に戻るのにそれから二週間近くかかった。舞い戻った時には、その悲惨な旅は二カ月に及んでいた。旅の間に、食料はすべて食べ尽くしていた。バイロンが足を包んでいた腐臭のするアザラシの皮まで食べてしまった。籤（くじ）を引いて「残りの者を生き延びさせるために一人を殺そう」[17]とささやき交わしているのがバイロンの耳に入った。今回は、以前、何人かが死者の体を食べた時とはわけが違う。仲間を殺して食べるということだ。このおぞましい行為について、後に詩人のバイロン卿は次のような詩にしている。

恐ろしい沈黙の中で、籤が作られ、印が付けられ、混ぜ合わされ、手渡され、
そして分配されると、
野蛮な飢えまでもが鎮まった。
この冒瀆を要求した、プロメテウスの禿鷹のごとき飢えまでもが。[18]

結局、彼らにそこまでの行為はできなかった。代わりによろめく脚でミザリー山に登り、仲間の朽ち果てた遺体を捜し出した。自分たちはその男の亡霊に祟られていると思っていたのだ。みなで穴を掘り、その亡骸を埋葬した。それから前哨基地に戻り、身を寄せ合って静まりかえった海に耳を澄ませた。

第20章　我らの救いの日

スピードウェル号に乗ったバルクリーと五八人の男たちは本来の航路に戻り、マゼラン海峡を大西洋に向かってゆっくりと流されていた。スピードウェル号は傷だらけで浸水していたため上手回し(タッキング)ができず、バルクリーは航路を保つのに悪戦苦闘していた。「それを知ればどんなに思慮深い者でも落胆しようというものだが、この船は風上に向かって航行できない」[1]そして、この船が「海の上を航行し続けていることには感動を覚える」ともバルクリーは記している。

バルクリーは航海長も務めていたのだが、この海域の詳細な海図がなかったため、ナーボローの記述から地形についての手がかりを集めて目の前の地形と照らし合わせなければならなかった。夜間は、憔悴し目眩を起こしながらも星を見上げて船の緯度を割り出した。日中は、推測航法で船の経度を算出した。そうやって割り出した座標と、パズルのもう一つのピースであるナーボローの記した記述とを比較したのだ。バルクリーの日誌には、次のような記述がよく出てくる。「八時、二つの岩棚が見えた。陸地の突端から二リーグ〔約一〇キロ〕の所を航行中で、岩棚によって陸地がまるで古城のようになっている」[2]

バルクリーたち一行は、時に帆走し、時に漕いで海峡を進み、灰色がかった木々に覆われた山々や青い氷河の横を通り過ぎていく間も、万年雪をかぶったアンデス山脈はつねに彼方にそびえていた。その海岸線について、後にチャールズ・ダーウィンは「新米船員が一週間、難破や身の危険や死の夢を見続ける」[3]ことになると記している。ある断崖の横を漕ぎ進んでいた時、白い羽根飾りのついた帽子をかぶった先住民の男二人が腹ばいになり、自分たちを見下ろしているのに気づいたが、やがて姿が見えなくなった。一行は、大陸の本土最南端に位置するフロワード岬を通過した。そこで海峡は二本の腕のように分岐し、一方の腕は海峡内から太平洋へ、もう一方は大西洋へと伸びている。

この分岐点で、海峡は北東方向へと鋭角に折れ曲がっている。太平洋から二〇マイル〔約三〇キロ〕以上この海峡をたどってきたバルクリー一行は、ファミン港〔飢餓の港の意。現アンブレ港〕に到達した。ここもまた、帝国の傲慢さが発揮された舞台である。一五八四年、この海峡の往来を支配しようとしたスペインは、この地に植民地を作ろうと、フランシスコ会の司祭や女、子どもを含む約三〇〇人の入植者を送り込む。ところが、凍てつく寒さの冬の間に食料が不足し始めた。その約三年後に別の探検隊がこの地を訪れると、入植者の大半が「家の中で野垂れ死にして」[4]おり、村全体が「死者の臭いと空気に染まっていた」とある隊員はつづっている。

一七四一年一二月七日、バルクリー一行は廃墟と化したファミン港を通過した。ウェイジャー島を出てから二カ月近くが経っていた。食料と新鮮な水を補給しなければ、遠からず命を落とすことになる。

二日後、一行は木立に覆われた海岸沿いの傾斜地にグアナコの群れがいるのを見つけた。ラマの仲間の野生種であるこの動物を「英国の鹿と同じくらいの大きさで、長い首をもち、頭部と口と耳は羊に似ている」[5]と、バルクリーは捕食者の視点から描写している。この動物は非常に「細長い脚をもち、鹿のように偶蹄で、ふさふさした短い尾をもち、赤みがかった色をしている」とも記している。また、この動物はきわめて「敏捷で、きわめて目ざとく、非常に臆病なので、仕留めるのは難しい」としながらも、銃を携えた数人を上陸させるためにスピードウェル号を海岸に近づけた。しかし、アンデス山脈から吹き下ろす風に阻まれ、そこを離れるしかなかった。群れは素早く逃げていった。一行は海流に乗って進み続けた。

ナーボローの描写にあるように、海峡は幅が狭くなってきた。自分たちが第一隘路の名で知られる箇所に差しかかったことをバルクリーは悟った。幅はいちばん広い所で二〇マイル〔約三〇キロ〕あるが、この先は二マイル〔約三キロ〕の狭さになる。その最狭箇所の舵取りには、危険が付きまとっていた。干潮時と満潮時で潮位が四〇フィート〔約一二メートル〕も変化する上、向かい風と秒速八ノット〔時速一四・八キロ〕の海流に阻まれることがしばしばだった。距離にして九マイル〔約一五キロ〕にわたって続く流れの急なこの隘路に漕ぎ出したのは夜のことで、みな必死に暗闇に目を凝らした。浅瀬を避け、絶えず風下へと流されていく船を巧みに操り、闇に覆われた岸の間を何時間も縫うように進み、夜が白んだ頃にようやく隘路から抜け出した。

一二月一一日、漕ぎ進むうちに、遠くに雄大な白い断崖が幾つかあるのにバルクリーは気づいた。バルクリーは、その場所に気づき衝撃に身を震わせた。そこは、アンソン率いる小艦隊の一員としてホーン岬に向かっていた一年近く前に通過した「一万一千の聖母の岬」だった。バルクリーの一行は海峡の東の端に到達し、大西洋へと押し出されようとしていた。応急装備の船で三五〇マイル〔約五六〇キロ〕を走破したのみならず、バルクリーの見事な航海術のおかげで、海峡での最初の出遅れを加えてもわずか三一日で通過したのだ。フェルディナンド・マゼラン率いる艦隊より一週間も早かった。

とはいえ、ブラジル〔この当時、ポルトガル領〕の入植地リオ・グランデの港は、そこからさらに一六〇〇マイル〔約二六〇〇キロ〕以上も北だった。しかも、そこに到達するには、スペインの支配下にある海岸線（現在のアルゼンチンの一部）を北上しなければならない。つまり、捕虜になる危険もあった。加えて、生の小麦粉がわずかに残っているのを別にすれば、一行には食料がなかった。

スペイン人に見つかる危険を冒しても上陸して狩りをするしかないと判断し、アザラシのいる小島があったとナーボローが報告している入り江を目指すことにした。一二月一六日、一行はデザイア港〔欲望の港の意。現在のデセアド港〕と呼ばれる入り江に入った。バルクリーの記述によると、海岸には「塔のような尖った岩が、まるで目印のために置かれた芸術作品のようにそびえて[6]」いた。スペイン人が居住している気配はなかったので、バルクリーは船を入り江の奥へと進めた。やがて小島が見えてきた。その島は、ナーボローの時代から微動だにしていないかのように、アザラシが数え切れないほど寝そべっていた。岸の近くに停泊できたので、バルクリーたち一行は泳げない者も含め、首まで水に浸かりながら銃を持って島に渡った。上陸するやいなや、夢中になってアザラシ狩りを始めた。そして、その肉を焚き火であぶり、分け前に食らいついた。「仲間たちは貪るように食べた[7]」とバルクリーは記している。

ところがほどなく、多くの者が体調に異変をきたして倒れ始める。おそらく、今で言うリフィーディング症候群によるものだろう。これは、飢餓状態にある者が急激に大量の食料を摂取した後にショック状態に陥るもので、死に至ることもある（後の科学者がこれに気づく契機は、第二次世界大戦後に強制収容所から解放された捕虜たちにこの症状が起こったためである）。主計長のトマス・ハーヴィーと少なくとも他に一人が、命を救ってくれると思ったものを食べた直後に命を落としている。

生き残った者たちは、ふたたび海岸線を北上した。だがほどなく、アザラシの肉の蓄えも底をつき始める。バルクリーの制止も虚しく、多くの者が最後の分け前を巡って小競り合いをした。やがて、食料は完全に尽きてしまう。「肉も水もないままここから先に進むことは、確実に死を意味する」[8]とバルクリーは記している。

ふたたび、狩猟隊を上陸させることにした。だが、今度は海が荒れていたため、岸から離れた場所に停泊するしかなかった。砕け波の中を泳いで岸に向かわなければならない。大半の者は泳ぎができなかったし、疲労困憊していて身動き一つできなかった。やはり泳ぎのできないバルクリーは、船の舵を取る必要があった。けれども、掌帆長のキング、船匠長のカミンズ、そしてもう一人は、勇気ゆえか絶望ゆえかはたまたその両方からか海に飛び込んだ。それを見て奮起した自由黒人の乗組員ジョン・ダックや、士官候補生のアイザック・モリスたち一一人が続いた。だが、うち一人の海兵隊員は体力が続かず、手脚をばたつかせ始めた。モリスが手を差し伸べようとしたが、その海兵隊員は浜から二〇フィート〔約六メートル〕も離れていない所で溺れてしまった。

その他の者たちは転がるようにして砂浜にたどり着くと、バルクリーは船の縁から空の樽を四つ海に投げ込んだ。樽は打ち寄せる波によって浜に運ばれていった。真水を詰めるための樽だ。四つの樽それぞれに、バルクリーは数挺ずつ銃を括り付けておいた。浜の者たちは樽や銃を手にすると猟に出発した。すると、ARの文字の焼き印が入った一頭の馬が見つかった。スペイン軍が近くにいるに違いない。男たちは不安を募らせたものの、その馬と数頭のアザラシを撃ち殺し、解体して肉を焼いた。

カミンズとキング、そして他に四人の男たちは、食料と新鮮な水を手に入れ、泳いで船に戻った。ところが、スコールによってスピードウェル号は沖に流され、ダックやモリスたち八人が陸に取り残された。「海岸に仲間がいるのがまだ見えているのに、彼らを乗せることはできない[9]」とバルクリーは記している。

その夜、船は波にもまれて舵柄の一部が折れたため、操縦がこれまで以上に難しくなった。バルクリーはベインズやカミンズたちと、どうすべきか話し合った。そしてそこでの決定をあらためて書簡にまとめて署名した。スピードウェル号の場所と日時を「南緯三七度二五分、ロンドン子午線から西経六五度〇〇分の南米海岸沖にて、本年一月一四日付け[10]」と記し、舵柄が折れたことで「この船は刻一刻と沈没しかけており」、そのため「誰が考えても、航海を続けなければ死ぬしかない」と認めた。その上で、銃と弾薬、そして自分たちの決断を記したその書簡を樽に入れ、海に投げ入れ波に乗せて浜へと運ばせた。バルクリーたちは、樽がダックやモリス、その他の六人に届くのを見守った。八人は手紙を読むと膝から浜にくずおれ、スピードウェル号が去っていくのを見送った。

神は、ここで自分たちがしたことをご覧になっているのだろうか。バルクリーは今もまだ『キリスト者の規範』に慰めを求めていたが、本は次のように戒めていた。「汝にやましいところがなければ、死を恐れることはない。死から逃れるより、罪を避けるほうが得策である[11]」そうは言っても、生きたいと思うことは罪なのだろうか。

舵が壊れたせいで、船はまるで迷路をたどるかのようにふらふらと迷走した。数日で食料は尽き、水もほとんどなくなった。身動きする者もほとんどいなかった。「健康な者は一五人もいない（這うのもやっとの者を健康と呼べるのならだが）。私は今この船で最も頑強な男の一人だと見なされているが、それでも一〇分と立っていられない。……最も健康状態のよい我々は、他の者を元気づけるためにできることすべてを実行している」[12]とバルクリーは記している。

ベインズ海尉は自身も不調を抱えながら、「日々死んでいく哀れな仲間たちが幽霊のような面持ちで助けてくれと私を見るのだが、私の力ではどうすることもできない」[13]と記している。一月二三日、幼い息子を献身的に守ってきた航海長のトマス・クラークが死に、翌日にはその息子も死んだ。二日後、この航海の最年長者でハリケーンも壊血病も難破も耐え抜いてきた司厨長のトマス・マクリーンが息を引き取った。八二歳だった。

バルクリーは、事ここに至ってもまだ日誌をつづっている。もし先々のことを考えて書き続けるのなら、自分の日誌はいずれどうにかして陸に戻ると信じていなければ書けなかっただろう。だが、バルクリーの意識はぼんやりしつつあった。一度、空から蝶が雪のように降ってくるのが見えた気がした。

一七四二年一月二八日、船は風で岸の方へと押しやられた。すると、奇妙な形をしたものがバルクリーの目に入った。それも幻覚だろうか。もう一度目をやった。その形は木造の構造物、家屋であるのは間違いない。大きな川のほとりに建っている家だ。ブラジルの南の国境に位置するリオ・グランデ港に違いない。バルクリーが乗組員に声をかけると、まだ意識のある者はロープをつかみ残っている帆を操作しようとした。一行は三カ月半をかけ、約三〇〇〇マイル〔四八〇〇キロ〕を航海し、安全なブラジルにたどり着いたのだ。

スピードウェル号が入り江に流されてくると、町の人々が集まってきた。傷だらけで水が染み出した船体と日に焼けてちぎれた帆を、呆然と見つめた。ついで、かろうじて人間とおぼしき者たちが甲板のあちこちにいるのに加え、船倉で互いに折り重なっているのが見えた。みな半裸で骨が浮き出ており、まるで灼熱の炎の中から現れたかのように日焼けで皮膚が剝けていた。ライオンのたてがみのような塩まみれの長い毛が、顎から背中にかけて垂れていた。「我々ほど困難と悲惨を経験した人間はいないだろう」[14]とバルクリーは日誌に記している。

多くの者は動くこともできなかったが、バルクリーはよろめきながら立ち上がった。自分たちは八カ月前にチリ沖で沈没したHMSウェイジャー号の乗組員の生き残りだと説明すると、住民たちはさらに面食らった。「今生きている三〇という数の人間がこれほど小さな船に乗り込めたことに、彼らは驚いていた」[15]とバルクリーは記している。「しかし、我々とともに最初に乗り込んだ人数をこの船が収容できたことは、彼らにとって衝撃であり想像を絶することだった」

町の総督がやって来て一行の悲惨な体験の数々を聞くと十字を切り、一行の到着は奇跡だと口にした。そして、わが国が提供すべきものはすべて提供すると約束する。病人たちは病院に搬送されたが、船匠助手のウィリアム・オーラムは、スピードウェル号建造を手伝い、この苦難の旅を乗り切ったにもかかわらず、ほどなく息を引き取った。ウェイジャー島を出る時に八一人いた仲間は、二九人にまで減った。

バルクリーにとっては、自分たちが一人でも生き残っている事実こそが神が存在する証であり、それでもこの真理を疑う者は何者であれ「激怒した神に怒りの報いを受けるに値する」[16]と心から思っていた。バルクリーは日誌に、自分たちがブラジルに到着したことは、「我らが〔神から〕救済された日として〔認識されるべきであり〕、そのように記憶に留めなければならない」[17]と記している。

バルクリーたち数人が一軒の暖かく快適な家を提供され、そこで体を休めていると、焼きたてのパンと焼いた牛肉を載せた皿が運ばれてきた。「我々はもてなしがひどくありがたかった[18]」とバルクリーは記している。

掌砲長を指揮官に史上最長級の漂流航海を成し遂げた船乗りの一団に敬意を表そうと、ブラジル各地から人々が訪ねてくるようになった。スピードウェル号は陸に引き揚げられ、巡礼の対象となった。バルクリーの言葉を借りれば、「驚くべきこと[19]」に「人々が絶え間なく見にやって来る」のだった。

ジェンキンズの耳戦争が長引いていることを知ると、リオデジャネイロにいる英国海軍士官にバルクリーは書簡を送り、自分たち一行が到着したことを知らせた。加えて、もう一つ伝えたことがあった。チープ艦長が「本人の希望により、その場に留まった[20]」ことだ。

パート5

裁き

第21章　文字による反乱

ある晩、ジョン・バルクリーは仲間の一人とともにそこ、ブラジルの地の町外れに散歩に出かけ、手に入れたばかりの解放感を満喫した。滞在先の家に戻ると、数カ所ある扉が破られているのに気づいた。おそるおそる中に入った。すると、バルクリーの寝室には何者かが物色したような痕跡があり、物が散乱していた。

物音が聞こえ、振り向くと、侵入していた男二人が飛びかかってきた。一人がバルクリーを殴り、バルクリーも殴り返した。激しい格闘の末、男二人は外の闇へと逃げていった。一方の男に、バルクリーは見覚えがあった。掌帆長ジョン・キングの言いなりであることで知られる漂流仲間の一人だった。ジョン・キングは、ウェイジャー島で反乱を起こした際、チープ艦長の顔面を殴った男だ。侵入者たちがバルクリーの部屋で何かを探していたのは明らかだった。だが、今や金目のものなどない掌砲長から何を奪おうというのだろう。

バルクリーは不安を覚え、ごく親しい仲間たちとともに同じ漁師町の別の宿舎に移った。「ここなら安全で安心だと思った」[1]とバルクリーは記している。

それから数日後の夜、男たちの一団がやって来て扉をたたいた。だが、バルクリーは「夜中に不心得だ[2]」と開けようとしなかった。それでも一団は扉をたたき続け、押し入るぞとすごんだ。バルクリーたちは急いで宿舎の中をあちこち探し回ったが、身を守れそうな物は何一つ見つからなかった。そこで、裏口からこっそり抜け出し、塀を乗り越えて脱出した。

一団の一人がわめいていたところによると、探しているのはバルクリーの日誌だった。ウェイジャー島での出来事をその都度記録していたのはバルクリーただ一人だった。そのため、キングとその一派は、チープ艦長をお払い箱にした際に自分たちが取った行動がその日誌から明るみに出るのではないかと恐れていたらしい。キングたちは、やっと漂着したのにふたたび命の危険にさらされていると考えたのだ。ただし、今度は脅威をもたらすのは自然ではなく、仲間が海軍本部に報告するであろう物語だった。チープ一行の消息については、依然何も伝わっていなかった。だから、チープ一行が言い分を主張することはおそらくないだろう。だが、もしそうなったらどうなるのか。それに、チープ一行が二度と姿を見せることがないとしても、バルクリー一行の誰かが身を守るためにキングたちとは違う証言をするかもしれない。自分の身を守るために、仲間を売るかもしれないのだ。

被害妄想を募らせ、キングが「日誌を黙って我々に引き渡すか、我々の命を奪うかのどちらかだ[3]」と宣言したらしいとバルクリーは記している。ブラジルのある役人は、「幾多の苦難や困難を乗り越えてきた人々が、思いやりをもって協調し合えない[4]」とは腑に落ちないと語っている。ウェイジャー島で解き放たれた力は、パンドラの箱の中に入っていた憎悪の類いだった。ひとたび解き放たれると、封じ込めることはできないのだ。

ことに、一行の中でただ一人の将校級のベインズ海尉は、反乱の責任を問われることを恐れていた。

バルクリーが得た情報によると、ベインズは、チープ艦長の身に起こったことはすべてバルクリーとカミンズの責任だとブラジルの役人たちに耳打ちしているようだった。これに対し、バルクリーはいつものように羽根ペンを手に取り、短い書簡を認めた。ベインズに宛てたその書簡の中で、ベインズが卑劣な虚偽の主張を広めていることを非難し、英国に戻ったら、双方が「自分の行動について弁明し、その上で裁きが下される[5]」ことになると告げている。

一七四二年三月、ベインズは英国に向かう船に乗って逃亡する。他の者より先に英国に戻り、真っ先に自分の主張を世の中に訴えようとしたのだ。それから遅れること数カ月、バルクリーとカミンズはようやく別の船に乗り帰国の途に就く。途中でポルトガルに寄港すると、その港で、すでにベインズがおおっぴらにバルクリーたちを非難していると何人かの英国商人から聞かされた。「そこにいる同胞数人から、反逆罪で死刑に処される恐れがあるので国には帰るなと助言された[6]」とバルクリーは記している。

ウェイジャー島にいる時、ベインズは証拠として有効な日誌をつけていなかったのだから情報源として当てにならない、とバルクリーは商人たちに応じた。そして、まるで聖典であるかのように自分の分厚い日誌を取り出した。商人たちは日誌を読み、「何らかの反乱があったのだとしたら、我々を糾弾した人物こそが首謀者であるとわかってくれた[7]」とバルクリーは主張している。

バルクリーとカミンズは、故国に向けてあらためて出航した。バルクリーは相変わらず、何かに駆り立てられるかのように日誌に書き加え続けた。「我々は、自分たちの無実を確信しており、何としても祖国に帰ろうと心を決めていた[8]」とつづっている。

一七四三年一月一日、バルクリーたちの乗った船がポーツマス港に錨を下ろした。遠くに、それぞれ自分の家が見える。バルクリーは、妻と五人の子に二年以上会っていなかった。「我々は、すぐさま上陸して家族に会いに行くことしか考えていなかった」[9]とバルクリーは書いている。だが、二人は海軍に船から離れることを禁じられた。

ベインズはすでに海軍本部に書面を提出し、その中で、バルクリーとカミンズ率いる反乱分子たちがチープの権限を奪い、縛り上げ、ウェイジャー島に置き去りにしたと主張していた。そのため、海軍本部は軍報会議が開かれるまで二人を拘束して監視下に置くよう命じる。二人は今度は、自国で囚われの身になったのだ。

バルクリーは、ベインズの言い分は本人も認めているように記憶を呼び起こして語っているので「不完全な話」[10]であるとし、事あるごとに記録していた自分の日誌よりも証拠能力が低いと主張した。そして、海軍本部から陳述書の提出を求められると、バルクリーは自分の日誌もすべて提出することを決めた。バルクリー自身も記しているように、それは命がけで守り通した日誌だった。バルクリーは日誌を一人称でつづっていたが、共著者としてカミンズを加えた。それはおそらく、日誌に箔を付けるためであると同時に、親友カミンズが処罰を受けないようにするためだったのだろう。

日誌には、チープ艦長が精神に異常をきたしてカズンズの頭を撃って殺したという主張も含め、武装蜂起に至るまでの経緯がバルクリーたちの視点で語られていた。「海軍で厳しく遵守されている秩序と規律をもって物事が進まない場合、我々は通常の道から外れる必要があった。我々の場合は特異だった。船を失って以来、我々の最大の関心事は、自分たちの生命と自由を守ることだった」[11]とバルクリーは記している。つまり、「自然の摂理に従って」行動するしかなかったのだと。

日誌を提出する際、バルクリーは島で起草した文書類も裁判の補足証拠として添付した。ベインズ自身の署名がはっきり読み取れる文書である。海軍本部は、この提出資料を扱いかねたらしく、バルクリーたちの運命を左右するこの日誌とともにしばらく海軍本部に留め置かれていた。だが最終的に、「司令官各位にお読みいただくには冗長のきらいがあるので、経緯の要約を作成されたし[12]」という指示とともに、海軍本部は日誌を送り返してきた、とバルクリーは記している。バルクリーとカミンズはさっそく自分たちの主張を要約し、「チープ艦長の最後の命令は、貴海軍本部に正確な経緯を報告するようにとのことでしたので、我々はお労しいチープ艦長の要望にきちんと応えた次第です[13]」というメモを添えて提出した。

海軍本部の面々は、双方の主張する経緯に食い違いがあることに気づくと困惑した。そこで、ひとまずチープに正式に死亡宣告がなされるまでは取り調べを延期することにする。バルクリーとカミンズは、二週間の勾留の後に釈放された。「我々の家族は、長らく我々と引き離されていた[14]」海軍本部は「我々を、奇跡的に家族の元に戻ってきた息子であり、夫であり、父であると見なした」とバルクリーは記している。

とはいえ、裁判が決着するまで、バルクリーたち一行はある種の煉獄に置かれているようなものだった。今回の遠征の給与の支払いを拒否された上、新たに軍艦に乗り組むことも禁じられたのだ。「船を失い、そして飢えや数え切れないほどの困難と闘った後、生き残った我々は祖国に帰ってきた。だが、ここでも我々は依然として不遇で、職にあぶれ、手当もほとんどない[15]」とバルクリーは記している。

今や金に困っていたバルクリーは、プリマスからロンドンまで商船を輸送する仕事の申し出を受けた。海軍本部に手紙を送り、この仕事のために家を離れることを許可してほしいと嘆願した。この仕事を引き受けるのが自分の務めだと思うが、「私が裁判から逃げ出したと貴海軍本部に思われないように[16]」許可なく家を離れるつもりはない、とバルクリーは認めた。さらに、「チープ艦長に関する私の行動については、厳格な裁判を受けることを強く望んでいます。また、チープ艦長がご存命で対面する日まで生きていたいと望んでいますが、その間に、私がこの地上に取り残されて滅びずにすむことが切なる願いです」と。海軍本部は、バルクリーに許可を与えたが、バルクリーの窮状は変わらなかった。おまけに、自分たち生き残り組がいつ裁判に召喚されて死刑を宣告されるかわからないという不安に絶えず苛まれながら暮らしていた。島に漂着した頃、バルクリーは権力をもつ者たちが指導者面をするのをいらいらしながらただ見ることはしなかった。だが、祖国に戻ってから数カ月経った今、今度は別のある種の反乱を起こす決意を固める。文字の力による反乱である。日誌を出版する算段をし始めたのだ。バルクリーは、世論を醸成し、島でそうだったように、民衆を自分の味方につけるつもりだった。

おそらく、日誌を出版すると、それを身の程知らずだと見なす者も現れるだろう。上級士官が航海記を出版することは珍しくないが、一介の掌砲員が出すことはまずないからだ。自分たちが出版を決断したことに対して起こるであろう批判を先取りし、バルクリーは序文を書いた。とりわけ強調したのは、自分とカミンズが、その地位からしてこのような手のかかる記録を残すはずがないと見なされるのは不当であるということだった。「我々は、博物学者や偉大な学識者として身を立てているわけではありません[17]」とバルクリーは断っている。それでも「人並みの理解力をもつ者には、自分が見たこと、とりわけ自分自身が大きく関わったことを毎日紙に書き記す能力があります。我々は、誤解しようのないことや、実際に真実であると知っていることしか書いていません」。さらに、バルクリーやカミンズをはじめ乗組員の身に起こったことは軍の機密情報であり、それを暴露する権利はバルクリーとカミンズにはないという批判を受ける可能性についても排除しようと、次のように記している。「この日誌を出版することは、一部の名士に対する侮辱であるかのようなことを示唆されたこともあります。ですが、これほど広く世に知られているのですから、ウェイジャー号に関するどんな情報を世に出そうとも、当国におられる名士各位に対する侮辱に当たるとは思えません。我々がウェイジャー号で難破したことはすでに誰もが知っていることなのに、それを世間に明らかにすることが侮辱になるのでしょうか。……我々が巨万の富を手に入れることを期待して国を出たけれど、物乞い同然の惨めな状態で帰国したこともご存じないというのでしょうか[18]」さらに、「人は大きな苦難を乗り越えた時、その話を語るのはその人にとっての喜びです。ですから、我々がその喜びを得るに当たって、侮辱だと怒る理由が誰にあるのでしょうか。加えて、さまざまな死に直面してきた我々が、面識のない名士の方々を侮辱することになるからと及び腰になっていいものでしょうか」。

島での自分とカミンズの行動を擁護する際も、バルクリーはやはり共和主義者的な物言いをしている。「我々のような立場にある者にしては精力的かつ活動的すぎる[19]」と多くの者から非難された、と書いている。だが、バルクリーたちが行動したからこそ、一行は英国に戻ることができたのだ。日誌を読めば、自分とカミンズが処罰に値するかどうかは各自が判断できるとバルクリーは主張した。「艦長を拘束したことは、向こう見ずで前代未聞の行為であったと思いますし、艦長を連れ帰らなかったことは、それ以上にまずかったと思います。ですが、我々がやむにやまれず苦渋の選択をしたのだと、読者のみなさんにはおわかりいただけるでしょう[20]」

航海記の書き手たちが評判を得ようとして驚くべき話をでっち上げることが多いことをバルクリー

は認めている。しかし、自分とカミンズは「どこまでも真実に目を向けることで、そうしたねつ造を避けるべく注意を払いました[21]」と主張した。

バルクリーの日誌は、英文による著作物の中でも際立っている。文学作品とは言いがたいものの、従来の日誌に比べ、バルクリー自身が主体の事細かな逸話が多く盛り込まれている。また、語り口は、不屈の船乗りらしくみずみずしくて歯切れがいい。この時代はもって回った美文調が多かったのに対し、バルクリーの日誌はその人柄を反映した簡潔な文体で書かれており、多くの点できわめて現代的である。バルクリー自身、この日誌は「船乗りの平易な文体[22]」であると言い切っている。

バルクリーとカミンズが日誌を出版する準備を整えた頃には、一行の大半が帰国しており、難破したウェイジャー号と反乱とされる事件について知りたいという世間の声も大きくなっていた。日誌の出版代金として、二人はロンドンの出版社からかなりの額を受け取ったという。とはいえ、額は明らかにされていないものの、それで二人の懐の心許なさが解消されるほどではなかった。それでも、バルクリーたちのように切羽詰まった状況にある者にとっては、莫大な賞金と言えた。「我々のような境遇の人間にとって、金は大きな誘惑です[23]」とバルクリーも認めている。

バルクリーとカミンズが帰国してから半年後に出版されたこの日誌の書名は、『南洋航海記、一七四〇―一年』〔原題、*A Voyage to the South-Seas, in the Years 1740-1*　未邦訳〕とシンプルだ。だが、略標題は、読者を惹きつける次のような長いものだった。

南緯四七度、西経八一度四〇分に位置する荒涼たる島でHMSウェイジャー号を失ったことを記した誠実な物語／士官と乗組員の一連の行為と日々の行動、そして彼らがこの島で五カ月の長きにわたり耐えた苦難／広大なパタゴニア地方の南岸沖を航行し、自由を求めた果敢な試み／複数の小型艇に八〇人を乗せて出航／カッター船の喪失／マゼラン海峡の航行／彼らがしばしば直面した一切の食料が底を突くという信じがたい苦難の数々……の物語／（後略）。

この本は一冊三シリング六ペンスで売られ、『ロンドン・マガジン』誌でも連載された。海軍本部や貴族の中には、掌砲長と船匠長が自分たちの指揮官を二つの方法でおとしめたとして、強い憤りを露わにする者もいた。一つはチープを縛り上げたこと、そしてもう一つは活字にしてチープを非難したというのだ。海軍本部委員会の一人は、「一人のジェントルマンの人格を世間の目にさらすような真似をよくもしてくれたものだ」[24]とバルクリーに詰め寄った。ある海軍士官は、大衆向け週刊誌『ユニバーサル・スペクテイター』に、「同様に我々のほうもウェイジャー号の例の乗組員を非難し、艦長を擁護する用意はできている。……チープ艦長が帰国すれば、自分の頑固さに対して投げ掛けられた非難を解消でき、その非難を部下の不服従に集中させられるとも考えている」[25]。バルクリーは、日誌を出版するという反抗的な行為は、自分を死刑にしろという一部の者の声に拍車をかけただけだったと認めている。

しかし、その後ある歴史家が「どのページにも海の真実の響き」[26]があると称賛すると、増刷され、多くの大衆がバルクリーとその一行の味方についた。歴史家は、この本の「一歩も引かない対決姿勢」が「金モールをつけたジェントリから、不本意ながらの称賛」まで勝ち取ったと言えるだろうと述べている。

バルクリーは、海軍本部から文書による答弁、つまり反論が届くのではないかと不安だったが、何も起こらなかった。経緯を記した最初の手稿を世に問うただけではなく、それにより自らの未来を変えたような気がした。依然として海軍から追放される可能性はあったし、この先も貧しいままかもしれないが、それでもバルクリーたち一行には命があったし自由の身だった。

　しかしながら、バルクリーが航海から学んだように、猶予期間が続くことはめったにない。決まって、予期せぬ出来事によって打ち砕かれる。この時も、世の中を沸き立たせるような報道がなされるまでにそう時間はかからなかった。遠征隊を率いたジョージ・アンソン代将が、太平洋を横断する航路を切り開いているという知らせだった。

第22章　賞金

アンソンは中国南東部沖を航行するセンチュリオン号の後甲板に立ち、広大な海原を見つめていた。一七四三年四月のことで、ウェイジャー号を見失ってから二年の歳月が流れていた。ウェイジャー号の姿が見えなくなったことだけはわかっていたが、船に何が起こったかはまだ知らなかった。パール号とセヴァーン号については、士官たちが壊血病に冒され、嵐で船が損傷したため、ホーン岬を周りきらずに引き返したことを知っていた。なお、パール号の艦長は、この決断をしたせいで自らを「恥知らず以外の何ものでもない」[1]と見なすようになった。センチュリオン号付きの教師はじめ数人の者は、二隻の士官たちはアンソン代将を見棄てたと陰で不満を漏らすこともあった。だが、アンソン代将自身は決して士官たちを非難しなかった。[2]「盲いしホーンの憎悪」と呼ばれるホーン岬の航路を体験していたアンソンは、二隻の士官たちは全滅を避けるために退却したと疑っていないようだった。

アンソンの小艦隊のそれ以外の船、グロスター号、トライアル号、小型貨物船のアナ号の三隻は、奇跡的にホーン岬を周りきり、『ロビンソン・クルーソー』の物語で有名なファン・フェルナンデス諸島の合流地点でアンソンと再会したのだが、その三隻も今や姿がなかった。アナ号は、風や波にさらされ崩壊してしまった。そしてトライアル号は乗組員を失い、もはや航行を続けられなくなったため放棄した。そしてグロスター号も水漏れがひどくなり、唯一同行していたこの船もついにアンソンは海に葬るしかなくなった。

グロスター号の約四〇〇人の乗組員のうち、およそ四分の三がすでに死んでいた。残った者はセンチュリオン号に移された。その大半は病人だったので、木製の格子戸に乗せて引き揚げなければならなかった。グロスター号が敵の手に渡るのを防ぐため、アンソンはグロスター号の船体に火をつけさせた。木造の世界が燃え上がるのを見守るアンソンの姿は、海尉の一人フィリップ・ソーマレズに「私が海軍に入ってから見たことがないほど憂鬱な光景」[3]と言わせるほどだった。以前はトライアル号の主計長で、今はセンチュリオン号に乗り組んでいるローレンス・ミリチャンプは、グロスター号について「船は一晩中炎を上げており、この上なく荘厳にして痛ましい姿だった。艦載された大砲は装塡済みで、規則的に発砲し、……まるで弔砲のように轟いた」[4]と記している。翌朝、炎が火薬庫に到達すると、船体は爆発した。「こうして、英国海軍一の美女とも謳われたグロスター号は生涯を閉じた」

こうした数々の災難にもかかわらず、アンソンは少なくとも遠征隊の一部が残っているかぎりは航海を続け、唯一残った船で地球を周航する使命を果たそうと決心していた。なお、太平洋横断に乗り出す前、アンソン隊はスペインの弱体化を図るべく、ペルーの小さな植民地町を襲撃し、貿易船数隻を拿捕している。だが、その勝利に軍事的な重要性はほとんどなかった。その後アジアへと向かったのだが、その航海の間に一行はまたしても壊血病に見舞われる。その病に罹るとどうなるか（体が痛み、腫れ、歯が抜け落ち、正気でなくなること）はすでに知っていたし、またもや大勢が死んだので、今回は以前にも増して大きな痛手となった。ある士官は、遺体は「腐った羊のような[5]」臭いがしたと記しており、「一日に六人、八人、一〇人、一二人と船外に放り出した」と振り返っている。アンソンは隊員たちの死と任務の失敗に苦悩し、「祖国のために尽くそうとあらゆる疲弊と危険に耐えてきたのに、……民衆からの敬意を……失うことになるかと思うと……祖国への帰還がひどくつらい[6]」と告白している。アンソンの乗組員は、約二〇〇〇人から二二七人にまで減っており、その多くはまだ少年だった。センチュリオン号級の大型艦をきちんと航行させるのに必要な人員の三分の一しかいなかった。

乗組員たちはさまざまな苦痛に苛まれていたが、それでも指揮官に対して驚くほど忠実だった。時折不満を漏らすこともあったが、そんな時アンソンは、規則・規定集を声に出して読み、不服従は処罰を受けることになると言い聞かせた。ただし、アンソンは鞭打ち刑を科そうとはしなかった。「勇敢で人間味があり、平等の理念をもち思慮深く、指揮官の鑑(かがみ)だった[7]」とセンチュリオン号のある士官はアンソンを評している。さらに、「彼の気性はつねに変わることなく穏やかだったので、部下や士官はみな、驚きと喜びの目で彼を見ていた。だから、この上なく切迫した危険の中でも、彼を大きく失望させるような恥ずかしい真似はできなかった」。

ある時、アンソンはセンチュリオン号を太平洋の無人島に投錨させ、多くの乗組員とともに島に上陸した。すると、暴風が吹き荒れ、センチュリオン号の姿が見えなくなってしまう。アンソンたち一行は、ウェイジャー号の乗組員と同様に、荒涼とした島で過酷な暮らしを送ることになった。「私たちを襲った悲運と苦痛を表現することはとうてい不可能だ[8]」とミリチャンプは記している。「私たち一人一人の顔に、悲嘆や不満、恐怖や絶望が見て取れた」

数日が過ぎると、センチュリオン号は永遠に失われてしまったのではないかと考え、アンソンは、島に渡る時に乗ってきた小型輸送艇を長距離の航海に耐えられる大きさに拡張する計画を立てる。中国沿岸の最寄りの安全な港までは、一五〇〇マイル〔約二四〇〇キロ〕の距離がある。「この未開の島で一生を終えたくなければ[9]」とアンソンは語りかけた。「目の前の作業、つまり自分のためでもあり仲間のためでもある作業一つ一つに全力で取り組まなければならない」

アンソン自身も作業に加わり、ともに汗を流した。ある乗組員は、「乗組員の中でいちばん下っ端の船乗り[10]」と同じ立場でアンソンは作業をしたと振り返っている。ミリチャンプは、アンソンが他のすべての上級士官とともに誰よりも困難な作業を引き受けている姿に、みなが「もっと頑張ろうという気になり、いつしか士気が高揚し元気よく作業をしていた[11]」と記している。

行方がわからなくなってから三週間後、センチュリオン号はふたたび姿を現す。海に流された際に船体が損傷し、船に残っていた者たちはこれまでずっと元の場所に戻ろうと悪戦苦闘していたのだ。喜びの再会を遂げると、アンソンは世界一周の航海を続けることにした。

そして今、南シナ海を航行しているのだった[12]。アンソンは乗組員たちを甲板に呼び集め、演説するために艦長室の屋根によじ登った。一行は少し前に広東に寄港し、センチュリオン号の修理と物資の補給を行なったばかりだった。広東でアンソンは、ついに英国に戻ることにしたこと、つまり不運に翻弄され不毛に終わった旅に終止符を打ったことをすでに告げていた。それを受け、フィリピンのマニラ総督からスペイン国王には、「英国人は冒険に疲れており、何一つ成し遂げていません[13]」と報告が届けられた。

艦長室の屋根から甲板を見下ろし、アンソンはこう呼びかけた。「紳士諸君、そしてわが勇敢なる少年諸君、みな、前へ。みなを呼んだのは、我々がふたたび岸を離れた今……どこに向かっているかを伝えるためだ」[14]そこでアンソンは言葉を切り、大きな声で告げた。「英国ではない！」

手の内を見せないカードプレイヤーであるアンソンは、帰国の途につくという話は敵を欺く策略だったと明かした。アンソンは、スペインのガレオン船が歴史的にたどってきた航路のパターンと時期を研究し、中国の情報源からさらに情報も集めていた。そうした情報を基に、ガレオン船がもうすぐフィリピン沿岸を離れて沖合へと出てくるのではないかと考えていた。そして、それを阻止することを計画していた。多くの人命を失った今となっては、それは敵に打撃を与え、船に積み込んでいると言われる貴重な財宝を手に入れるチャンスだった。アンソンは、スペインのガレオン船は船体が分厚いので大砲で撃っても穴が開かないという恐ろしい噂を否定した。ただし、敵が手ごわいことは認めた。そして、乗組員たちを見渡し、諸君がはるかここまで耐え抜いたのは精神力のおかげであり、ホーン岬の暴風や太平洋の荒波を乗り切るのに役立ったその「諸君の中にある精神力」[15]があれば十分に勝てると断言した。なお、ある海軍史家は、後にアンソンのこの作戦を「自分の地位が絶体絶命の状況に直面した指揮官が取る自暴自棄の行為、すなわちすべてを失ったギャンブラーが繰り出す最後の一手である」[16]と評している。乗組員は、帽子を振り、鬨（とき）の声を三回上げ、結果が勝利であれ死であれアンソンと運命をともにすることを約束した。

アンソンは、センチュリオン号でそこから南東に約一〇〇〇マイル〔約一六〇〇キロ〕の位置にある、フィリピンで三番目の広さのサマール島に向かった。航海中も絶え間なく乗組員たちを訓練した。桁端（ヤーダム）から切断した頭部のような的をぶら下げてマスケット銃で撃たせたり、大砲を出し入れさせたり、敵船に乗り込む場合に備えて、船刀（カットラス）や剣の練習をさせたりした。そして、そうした訓練を一通り終えると、全員にもう一度繰り返すよう、しかも前回より短時間でこなすよう命じた。アンソンの指示は単純だった。備えよ、さもなくば滅びん、である。

五月二〇日、見張りがサマール島最北端のエスピリトゥ・サント岬を発見した。アンソンは直ちに、上檣帆（トゲルンスル）〔下から三番目のマスト〕を畳むよう命じた。遠くから発見されにくくするためだ。アンソンは、奇襲をかけるつもりだった。

数週間にわたり、照りつける太陽の下で一行はガレオン船が見つかることを期待して辺りを行ったり来たりした。ある士官は日誌に「期待に胸をふくらませ、それぞれの持ち場で部下の訓練に励んでいる」[17]と記している。ついで、「持ち場に就いたまま辺りに目配りしている」[18]とも記している。だが、蒸し暑さの中で一カ月も訓練と捜索を繰り返すうちに疲労が募り、乗組員たちは敵を見つけるという希望を失いかけていた。「全員がひどく憂鬱そうな表情に変わっていった」[19]とソーマレズ海尉は日誌に記している。

六月二〇日、この日は午前五時四〇分に夜が明けた。太陽が海の上に昇ってくると、南東方向のはるか先に何かが見えたと見張りが叫んだ。後甲板にいたアンソンは、単眼鏡を手に取り、水平線に目を凝らした。海面の縁が鋸の歯状になり、幾つか白い点が見える。上檣帆（トゲルンスル）だ。何マイルも彼方のその船にスペインの国旗はなかったが、焦点が合ってくると、ガレオン船であることは疑いようがなかった。しかも、その一隻だけだった。

アンソンは活動しやすいよう甲板を片付けるよう全員に命じ、追跡を開始した。「私たちの船はにわかに慌ただしくなった」[20]とミリチャンプは記している。「誰もが手ぐすね引いて待ち構えていた。

そして、誰もが自分がやらなきゃうまくいかないと考えていた。私からすれば、みながうれしさのあまり正気を失っているんじゃないかと思えた」

船室の仕切りを壊し、掌砲員のためにスペースを広げた。邪魔な家畜はすべて海に投げ捨てた。砲撃を受けて砕け散り、致命的な破片を降らせる危険のある不要な木材もすべて海に投げ捨てた。甲板には滑りにくくするための砂を撒いた。大砲を操作する者たちは、ラマー〔弾薬を奥に詰める棹〕、スポンジ〔砲腔の掃除用〕、プライミング・アイアン〔点火用の導火棹〕、ホーン〔火薬の入った動物の角〕、ワッド〔砲弾と火薬が動かないようにする詰め物〕、さらに万一の火事に備えて水桶を手渡された。火薬庫では、掌砲長とその助手がパウダー・モンキー〔弾薬運びの少年〕たちに火薬を配り、少年たちは戦闘が始まる前につまずいて爆発させたりしないように気をつけながら、はしごを昇ったり艦内を走り回ったりして火薬を届けた。ランタンの火も厨房の竈の火も消した。ジョージ・アレンは、航海を始めた時は二五歳の軍医助手だったが、人員が減ったためこの時は軍医長になっていた。最下甲板の奥にいたアレンは、怪我人が出ることが予想されるため、軍医助手(ロブロリー・ボーイ)たちとともに私物収納箱(シーチェスト)で手術台をあつらえ、骨切り鋸や包帯を並べ、床に帆布を敷いて自分たちが血で足を滑らせないようにした。

スペイン人は、そのガレオン船をコバドンガの聖母〔ヌエストラ・セニョーラ・デ・コバドンガ〕号と呼んでいた。コバドンガ号に乗っていた者たちは、追われていることに気づいていたに違いない。だが、逃げようとしなかった。勇気があったからかもしれないし、あるいは、センチュリオン号が戦闘できる状態ではないと見ていたのかもしれない。指揮していたのは、ジェロニモ・モンテロという一四年間ガレオン船に乗っている経験豊富な士官だった。貴重な財宝を満載した船を死守せよ、万が一の場合には、敵の手に落ちないように爆破せよと命じられていた。

モンテロは、コバドンガ号を旋回させ、大胆不敵にもセンチュリオン号に向かっていった。二隻はそのままでは衝突する針路を接近していった。アンソンは単眼鏡をのぞき込み、敵の戦力を見極めようとした。ガレオン船の砲甲板は長さ一二四フィート〔約三八メートル〕で、センチュリオン号より二〇フィート〔六メートル〕短い。また、センチュリオン号が六〇門の大砲を積載し、その多くが二四ポンド〔約一〇・八キログラム〕砲であるのに対し、ガレオン船には三二門の大砲しかなく、最大でも一二ポンド〔約五・五キログラム〕砲しかない。火力という点では、センチュリオン号のほうが明らかに優っていた。

しかし、モンテロ側には決定的に有利な点があった。センチュリオン号より三〇〇人も多い五三〇人を乗せていたのだ。おまけに、コバドンガ号の乗組員はおしなべて健康体である。アンソン側は強力な大砲はあるものの、その火力を活かすために人員を割いてしまうと船の航行がおろそかになる。アンソンは、センチュリオン号の大砲の半分、すなわち右舷側のみに人員を配置することにした。もう一方の側を攻撃してくるスペイン船はいないとわかっていたので、それが今取れる安全策だった。

それでもまだ、右舷の大砲をすべて稼働させるには人手が足りなかった。そこで、いつもなら一門につき最低八人の掌砲員を配置するところを二人にまで減らした。二人組はそれぞれ、砲腔に充塡したりスポンジを通したりといった失敗の許されない作業を担当する。それとは別に、一〇人前後からなる小隊数組が砲から砲へと駆け回り、大砲を前に押し出して点火する役目を担う。この方法なら途切れることなく砲火を浴びせることができるとアンソンは期待した。アンソンが下した戦術的な決断はもう一つあった。ガレオン船の舷縁（ガンネル）上部の横板が驚くほど低い位置にあり、甲板上の士官や乗組員の体がむき出しになっていることに気づいたのだ。アンソンは、精鋭射撃手を一〇人ほどマストの先上部に配置した。海上で高い位置にいれば、見晴らしが利くので敵を狙い撃ちしやすい。

双方の船はさらに距離を縮め、敵対するどちらの指揮官も鏡写しの行動を取った。アンソンの部下が甲板を片付けると、モンテロの乗組員も同じことをし、うなり声を上げる牛や悲鳴を上げる家畜を海に投げ捨てた。さらに、アンソンと同じく、モンテロも小火器〔マスケット銃〕を持った乗組員をマストの上に配置した。モンテロが城とライオンをあしらった深紅のスペイン王国の旗を掲げれば、アンソンはおなじみの三色の英国旗を掲げた。

両指揮官の指示で船腹の砲門が開き、黒い砲身がのぞいた。モンテロが一発撃つと、アンソンも一発発射した。どちらの一発も相手を威嚇するだけのものだった。大砲の精度を考えると、実際に交戦するにはまだ距離が離れすぎていた。

正午を少し回り、二隻の距離が三マイル〔約五キロ〕ほどになった頃、嵐が発生した。雨が銃弾さながらに打ちつけ、突風が吹き、海は靄でけぶった。戦場を支配しているのは神だった。アンソンたちは時折ガレオン船を見失ったものの、ガレオン船がそこにいて砲撃の準備を整えているのはわかっていた。舷側に忍び寄られるのを恐れ、みな海に目を凝らした。やがてわめき声が上がった。ガレオン船が見えたのだ。ガレオン船はちらっと姿を見せたが、ふたたび見えなくなった。姿を現す度に、ガレオン船との距離は近づいていた。二マイル、そして一マイル、そして半マイルと。敵が銃の射程距離に入るまでは交戦を避けようと、アンソンは撃ち方待てと命じた。一発も無駄にはできない。

追撃の興奮から一転、今度は静寂が訪れ不安をかき立てられた。乗組員のうち何人かはもうすぐ腕や脚を失うか、ことによればもっとひどい目に遭うだろう。海尉のソーマレズは、それが自分の使命であるなら、いつでも「喜んで死と向き合い[21]」たいと記している。その一方で、アンソン船の乗組員の中には恐怖のあまり胃けいれんを起こす者もいた。

雨がやむと、ガレオン船の黒い砲口がアンソンと乗組員の目にはっきりと見えた。ガレオン船まで一〇〇ヤード〔約九〇メートル〕も離れていない。風がないだので、アンソンは速度が出すぎない程度に帆の数を減らしたまま航行させた。さもないと、何枚も張った大きな帆は的にされ、砲弾が命中しようものなら、センチュリオン号は機能不全に陥ってしまう。

アンソンはガレオン船の航跡を横切らせ、風下側から素早くコバドンガ号の横に船を並べるよう指示した。そうすれば、モンテロが風下に逃げることは難しくなる。

あと五〇ヤード……、二五ヤード……。

アンソン船の乗組員たちは、船首にいる者から船尾にいる者まで無言でアンソンの合図を待った。午後一時、二隻は桁端(ヤーダム)が触れ合いそうなほど接近すると、アンソンはついに合図した。撃て！

マストの上にいる射撃手たちが撃ち始めた。マスケット銃はばしんばしんと音を立てて閃光を放ち、硝煙が射撃手たちの目に染みた。銃身の反動は大きく、船が揺れる度にマストも揺れるので、転落死するようなぶざまな真似をしないよう射撃手たちはマストにロープで体を固定していた。射撃手は一発撃つと新しい弾薬筒を手に取り、筒の上部を噛みちぎり、火皿に少量の黒色火薬を注ぎ込んだ。それから、その弾薬筒、残りの火薬、ビー玉大の鉛玉の入った筒を込め矢(ラムロッド)を使って銃身に押し込む。そして、ふたたび発射する。射撃手たちは、初めのうちガレオン船のマストの上にいる射撃手を狙っていた。対するガレオン船の射撃手は、センチュリオン号の士官や乗組員を一人ずつ狙い撃ちしていた。両船で空中戦を繰り広げ、弾丸が音を立てて宙を飛び交い、帆やロープを切り裂き、時には人間の体をちぎり取った。

アンソンもモンテロも大砲を放った。モンテロ船は左右両方の舷側から撃つことができた。一列に並んだ大砲を船の左右どちら側からでも同時に発射できたのだ。一方のアンソン船は立て続けに大砲を発射するという変則的な戦法に頼ることになった。一発発射するとその大砲を小隊が後ろに下げ、敵砲から身を守るために船腹の砲門を閉める。ついで、二人組の装塡手が砲腔を拭い、次の発射準備をする。その間に、小隊の者たちは装塡済みの別の大砲に走っていき、導火線を用意して狙いを定め、二トンもある大砲の反動で押しつぶされないように大急ぎで大砲から離れる。一発撃つ度に大砲はがたがたどかんと轟音を立て、砲尾がひずみ甲板が揺れた。みな、耐えがたい爆音で耳が痛くなり、顔は火薬で真っ黒になった。「火と煙以外は何も見えなかったし、大砲の轟音しか聞こえなかった。発射はひっきりなしだったので、轟音は一続きの音に聞こえた[22]」とミリチャンプは記している。

アンソンは剣を手にして後甲板から戦況を見守っていた。息が詰まりそうな硝煙越しに、ガレオン船の船尾にちらちらするものが見えた。網が燃えていたのだ。炎は広がり、後檣(ミズンマスト)の半分辺りにまでじりじりと忍び寄っている。モンテロ船の乗組員たちは、右へ左へと混乱しだした。だが、二隻は接近していたので、センチュリオン号も炎にのみ込まれる恐れがある。モンテロ船の乗組員が斧を使って燃えている網や木材を切り離すと、海へ落ちていった。

戦闘は続いており、辺りは耳をつんざかんばかりの轟音に包まれていたので、アンソンは手信号で指示を出した。ガレオン船の大砲から、釘や石や鉛玉といった弾子の詰まった悪意に満ちた散弾や鎖で鉄球をつないだ鎖弾がセンチュリオン号に降り注いでいた。その散弾について、「人の死と殺害を目的にきわめて巧妙に工夫された[23]」詰め合わせだったと艦付き教師のパスコー・トマスは語っている。

すでにセンチュリオン号の帆と横静策がちぎれかけ、数発の砲弾が船体に命中していた。喫水線より下に砲弾が命中する度に、船匠とその助手たちは急いで木製の栓で穴を塞いだ。そうしないと浸水し沈没してしまうのだ。九ポンド〔約四キログラム〕の鋳鉄の砲弾がアンソン直属の部下の一人、トマス・リッチモンドの頭を直撃し、頭部が体からはね飛ばされた。また別の乗組員は弾子が脚に当たり、動脈から血が噴き出したまま仲間にかつがれ、最下甲板に運ばれて手術台に寝かされた。砲弾の炸裂で船が振動していたが、軍医のアレンはナイフを手に取り、麻酔も使わずに男の脚を切断し始めた。ある海軍医は、このような状況での手術がいかに困難であるかをこう語っている。「負傷した一人の船乗りの手脚を切断しているまさにその時、同じ危機を潜り抜けた仲間たちがほとんど途切れることなく口を挟んできた。ある者は何とかしてやってくれと悲痛な叫び声を上げ、またある者は私の腕をひしとつかみ、楽にしてやってくれと懇願した。切り離した血管を結紮するために、針を通している時であってもそうだった」[24] アレンが手術をしている間、船は大砲を発射する度に反動で揺れ続けた。アレンは膝のすぐ上で脚を切り落とし傷口を煮えたぎったタールで焼灼したが、男は間もなく死んだ。

戦闘はますます激しくなった。アンソンは敵の船腹の砲門は幅が非常に狭く、そのため砲身の動きが制限されていることに気づいた。そこで、ガレオン船に対してほぼ直角になるように船を移動した。すると、敵から砲弾の直撃をあまり受けなくなった。コバドンガ号の砲弾は、センチュリオン号から大きく外れて海に落ち、損害を出すことなく水しぶきを上げた。敵船に比べるとセンチュリオン号の砲門は広かったので、アンソン船はハンドスパイク棒や先端が折れ曲がった鉄梃を使って大砲をガレオン船に正対させた。そして、最重量の砲弾である二四ポンド砲を敵艦に撃ち込むようアンソンは手で合図した。その合図と同時に、掌砲員数人がコバドンガ号の帆と艤装に鎖弾を撃ち込み、敵船を航行不能にした。ガレオン船は金属の雹が降る無慈悲な嵐の中で船体を震わせた。アンソン船のマストの上の射撃手たちは、ガレオン船のマストの上にいる射撃手たちを撃ち殺した。さらに、甲板上のスペイン人も次々に狙い撃ちしていった。

王と国のために戦えとモンテロは叱咤し、名誉なき人生は無意味だと叫んだ。マスケット銃の弾がモンテロの胸をかすめた。茫然としたものの後甲板に留まっていたが、やがて飛んできた破片が足に突き刺さった。そのため、下方へと連れて行かれ大勢の負傷者の一人となる。モンテロは指揮官の任を海兵隊の最上級曹長に託したが、曹長もほどなく太腿を撃たれてしまう。艦上で海兵隊トップのこの最上級曹長は乗組員たちを鼓舞しようとするが、脚を吹き飛ばされてしまった。教師のトマスは、スペイン人たちは「おびただしい数の者が目の前で次々に死んでいくのを目の当たりにし、……持ち場から逃げ出し始め、艙口や昇降口（スカットル）へと折り重なるように転がり込んだ[25]」と記している。

容赦ない砲撃が一時間と三〇分続いた後、マストが裂け帆はずたずたになり船体は穴だらけになって、ガレオン船はぴくりとも動かなくなった。伝説にあやかったこの船はまさしくいまわの際にあった。死体が散乱し硝煙が充満する甲板に、メインマストに向かってよろよろ歩く一人の男の姿が見えた。メインマストには、ずたずたになったスペイン王国の旗が掲げられている。アンソンは、乗組員に撃ち方待ての合図を出した。しばし世界は静まりかえり、アンソン船の者たちが疲労と安堵を覚えながら見守る中、その男は旗を降ろし始めた。降伏の合図である。

モンテロはまだ下にいて甲板で何が起こっているのか知らなかったため、急いで火薬庫を爆破してこの船を沈めるようにとある士官に命じた。だが、その士官はこう応じた。「もう手遅れです[26]」

アンソンは、ガレオン船を拿捕するために、ソーマレズ海尉をはじめとする一団を送り込んだ。コバドンガ号に乗り込むと、甲板に「死体や内臓、ばらばらになった手脚が散乱[27]」しているのを見てソーマレズはたじろいだ。アンソン直属の部下の一人は、戦争は「人間らしい思いやりの気質[28]」をもった者にはおぞましいものだと告白している。英国側が失ったのはわずか三人だったのに対し、スペイン側は七〇人近くが死に、八〇人以上が負傷した。アンソンは軍医を送り込み、モンテロを含む負傷者の手当てを手伝わせた。

ソーマレズたち一団は捕虜を確保し、名誉ある戦いをしたのだから厚遇すると約束した。ついで、ランタンを手にガレオン船の煙立ち込める船倉へと降りていった。袋や木箱など保存用の入れ物がうずたかく積まれていたが、戦闘のせいで乱雑になっていた。船腹に開いた穴からは、海水が染みこんでいた。

一団は袋を開けたが、チーズしか見つからなかった。それでも、一人がその脂肪分たっぷりの軟らかい塊に手を突っ込むと、何か硬い物があるのがわかった。財宝だ。一団の者は陶製の大きな壺を調べた。すると、砂金が詰まっていた。他の袋には、銀貨が数万、いや数十万枚詰まっていた。木箱には、手作業で作られた鉢や鐘、少なく見積もっても一トンの純銀など、さらに多くの銀が詰まっていた。財宝は、至る所から次々に見つかった。床板の下や私物収納箱の隠し底の下には、宝石や硬貨が押し込まれていた。スペインが植民地から略奪した物は、今や英国の物だった。英国海軍の一指揮官が押収した財宝としては、史上最高額の押収品であった。現在の価値にして八〇〇〇万ドル近くに相当する。アンソンとその一行は、世界の海を股にかける最高の財宝船を捕らえたのだ。

それから一年後の一七四四年六月一五日、財宝を自分たちの船に積み替え地球を一周すると、アンソン率いるセンチュリオン号の一行はついに英国へと帰還した。ジェンキンズの耳戦争〔一七三九年開戦〕が始まってからの英国の軍事攻撃はその大半が悲惨なまでの失敗に終わっており、紛争は膠着状態だった。[29] 今回のガレオン船の拿捕も、戦況を変えることはないと見られた。だがここに来てついに、勝利の知らせがもたらされる。ある新聞の見出しには、「グレートブリテンの勝利」[30]の文字が躍った。アンソン一行はロンドンに到着すると、歓喜にわく群集に迎えられた。厳重に警護された三二台の荷車に銀や金の入った袋を山積みにして、士官たち乗組員は行進した。乗組員一人一人に分け与えられた賞金は、およそ二〇年分の賃金に相当する約三〇〇ポンドにもなった。[31] その後間もなく海軍少将に昇進したアンソンは、約九万ポンド、現在の二〇〇〇万ドル相当の賞金を手にしている。

楽隊がフレンチホルンやトランペット、ケトルドラムを鳴り響かせる中を一行は、フラム橋を渡り、市内の通りを練り歩き、ピカデリー大通りとセントジェームズ通りを過ぎた。パルマル街〔国家的なパレードを行なう王宮に続く通り。ペルメルとも表記〕まで来ると、アンソンは皇太子と皇太子妃の傍らに立ち、熱狂する群集を見渡した。その光景は、ある目撃者が古代ローマの闘技にたとえるほどだった。歴史家のN・A・M・ロジャーは、「ガレオン船の財宝がロンドンの街を意気揚々と練り歩いたのだ。それは、打ちひしがれたこの国の人々に自尊心を取り戻させる出来事だった[32]」と指摘している。後に作られた海の物語歌謡(バラッド)には、「荷車が大金積んでやってくる／みなを先導するは勇将アンソン[33]」という歌詞が充てられている。[34]

その熱狂の最中にあると、物議を醸すウェイジャー号事件は人知れず忘れ去られるかに思えた。ところが、それから二年近くを経た一七四六年三月のある日、ドーバーの港に一隻の船が到着する。船には、銃剣のように眼光鋭く険しい顔つきをした痩せこけた男が乗っていた。長らく行方不明になっていたデイヴィッド・チープ艦長である。同乗者は、海兵隊中尉のトマス・ハミルトンと士官候補生のジョン・バイロンだった。

第23章　グラブ街の物書き

五年と半年。三人が英国を離れてから、それだけの長い歳月が流れていた。死んだものとされ、その死が悼まれていたのに、今になってひょっこり現れたのだ。まるでラザロ〔イエスが死から蘇らせた男〕が三人蘇ったかのようだった。

三人は事の詳細を語り始めた。岬越えに失敗してウェイジャー島に戻り、例の殺害された仲間を埋葬してから数日後のこと、二艘のカヌーに分乗したパタゴニアの先住民の一行数人がやって来た。その時は、チープ、バイロン、ハミルトンの三人に加え、他にも士官候補生のキャンベルや軍医のエリオットも含めて一〇人がいた。パタゴニア先住民の一人が近づいてきてスペイン語で話しかけた。スペイン語なら、エリオットが理解できる。男はマルティンだと名乗り、チョノと呼ばれる海洋民族の一員だと語った。以前やって来たカウェスカルの人々よりもずっと北方で暮らしているという。

スペインの入植地から最寄りの島、チロエ島に行ったことがあるとマルティンが言うので、チープたちはマルティンに、自分たちに唯一残された船であるバージ艇でチロエ島まで航海するのを手助けしてほしいと頼み込んだ。チロエ島に着いたら、その代償としてマルティンにバージ艇を渡すと提案した。

マルティンはそれに応じ、一七四二年三月六日、他のチョノの人々とともに、海岸線沿いに北に向けて漕ぎ出した。それからほどなく、一行の多くの者が海岸で食料を探している間に、チープ一行のうち六人がバージ艇に乗って姿をくらます。その六人の消息はそれっきりだった。「何が彼らをこれほど恥知らずな行為に駆り立てたのか、私にはわからない。あの悪党どもが卑劣だということをのぞけば」[1]とチープは報告書で回想している。だが、士官候補生のキャンベルは、脱走した者たちが一事に固執するチープ艦長から自由になりたいとささやき交わしているのを耳にしていた。

チョノの人々は案内を続け、チロエ島を目指して悲しみの入り江(ゴルフォ・デ・ペニャス)を渡っていった。バージ艇を失ったので、一行はチョノの人々のカヌー二艘に分乗して漕ぎ進み、時折停まっては上陸して食料を集めた。この航海の途中で仲間が死んだため、「みすぼらしい五人」[2]しか残っていないと五人の一人が記している。チープ、バイロン、キャンベル、ハミルトン、エリオットの五人である。

バイロンはかねがね、生き残る可能性が最も高いのはエリオットだろうと思っていた。ところが、かつては不屈の男だったエリオットがみるみる衰弱し、やがてだだっ広い荒涼とした海岸線で倒れてしまう。体はしぼんで骨と皮になり、声は消え入りそうだった。自分の持ち物の中でたった一つの貴重品である懐中時計を取り出し、それをキャンベルに差し出した。そうして彼は「無情なこの世から旅立った」[3]とキャンベルは記している。バイロンは、自分たちは「彼のために砂地に穴を掘」[4]らなければならなかったと嘆き、運命のいたずらに苦しんでいる様子だった。これほど多くの仲間が死んだのに、なぜ自分は生きねばならないのかと。

残った四人は、いつ漕ぎ、いつ休めばいいか、そしてどうやって避難場所やカサガイを見つけるかを指南してくれる案内人に従いペニャス湾を航行した。とはいえ、彼らが記した日誌は、彼らに人種差別的な考え方があったことを図らずも露呈している。バイロンはパタゴニア先住民をよく「野蛮人」と呼んでいるし、キャンベルは「彼らの行動に少しの落ち度もないとはどうしても思えない。彼らは自分たちを我々の主人だと見なしているので、私たちは気づくと、あらゆる面で彼らに従わなければならなくなっている」[5]と不満を記している。だが、四人の優越感は日々覆されていく。バイロンがベリーを摘んで食べようとすると、チョノの一人がバイロンの手からベリーをもぎ取り、毒があると教えた。「そんなわけで、この人たちは今や私の命の恩人になったと言っていいだろう」[6]とバイロンは記している。

七〇マイル〔約一一〇キロメートル〕ほど進むと、北西の方向に、前回は回りきれなかったこの湾のいちばん奥の岬が見えてきた。驚いたことに、チョノの人々はその方向には誘導しなかった。代わりにカヌーを陸に引き揚げ、船体を分解しだしたのだ。それぞれのカヌーを五つに分け、運びやすくした。チープをのぞく全員が一つずつカヌーの部品をかついだ。チープはもはや夢も希望もなく、肉体的にも精神的にも衰弱しつつあるようだった。割り当てられたわずかばかりの食料を食べずに溜め込み、独り言をつぶやいている有様で、いざ歩き始めても誰かの手を借りなければ進めないほどだった。

チープたち四人は、マルティンに付いて秘密の山道、手つかずの自然の中の八マイル〔約一三キロ〕ほどの連水陸路（ポーテッジ）を進んだおかげで、岬周辺の危険な海域を航行しないですんだ。一行は膝、時には腰までぬかるみに浸かりながら徒歩で進んだ。バージ艇が盗まれたことで楽になったことにバイロンは気づいた。あのバージ艇を引きずって陸路を進むなど論外だった。それでなくてもバイロンは疲労困憊していたため、二、三マイル進んだところで木の下に倒れ込んでしまう。「気の滅入ることばかりが頭に浮かんだ」[7]とバイロンは記している。これまでバイロンは、なんだかんだの末にあの世へ行きたいという誘惑に屈する人たちを目の当たりにしてきた。少なくとも、あの世に行けばもうこんな力仕事をする必要はなくなるだろう。だが、バイロンは、「そんなことばかり考えていても埒が明かない」と自らを叱咤して立ち上がった。

陸路の終着点まで来ると、チョノの人々はカヌーを組み立て直し、チリ沖の島々の間を縫うように延びている曲がりくねる水路に浮かべて漕ぎ出した。一行はそれから数週間かけて北上を続け、水路から水路へ、峡江から峡江へと漕ぎ進んだ。一七四二年六月のある日、ようやく一行のはるか向こうに島の突端がかすかに見えてきた。あれがチロエ島だとマルティンが告げた。

島に到達するにはまだ、遮る物のない太平洋に通じる海峡を渡らなければならない。だが、そこは非常に危険なため、スペイン人がさらに南方へと侵攻するのを妨げる天然の障壁になっていた。「そこにはきわめて恐ろしい高波の立つ海が横たわっており、実際、どんな無甲板船にとっても危険であり」[8]、ちっぽけなカヌーにとってその危険性は「千倍」にもなるとバイロンは記している。ハミルトンはチョノの一人とともに、数日間待ってから海峡越えに挑むことにした。だが、他の三人はマルティンとともに一艘のカヌーで漕ぎ出した。マルティンは毛布の切れ端を繋ぎ合わせて小さな帆を作り、それを推進力にした。雪が降りだし、カヌーは浸水し始めた。バイロンが必死に水をかい出す傍らで、チープは風に向かってぶつぶつとつぶやいていた。バイロンたちは夜を徹して漕ぎ進んだが、カヌーは波に翻弄された。それでも日が昇る頃、カヌーは海峡を渡りきり、チロエ島の南端に到達した。ウェイジャー島を出てから三カ月、難破してから一年近くが経過していた。バイロンが記しているように、バイロンたち一行は「とうてい人の姿には見えなかった」[9]。チープの状態はこの上なくひどかった。「彼の体は蟻塚にしか見えず、何千という虫が這い回っていた[10]」とバイロンは記している。「もはやその責め苦から逃れようともしなくなっていた。完全に自分を見失っていて、私たちの名前どころか自分の名前も、さらには自分が何者かも思い出せなかった。髭はまるで仙人のように長かった。……脚は風車の柱のように太かったが、体は骨と皮にしか見えなかった」

一行は大雪の中を数マイル歩いて先住民の村落にたどり着き、そこで食料と雨風をしのげる場所を提供してもらう。「彼ら〔先住民〕は、チープ艦長のために火の近くに羊のなめし革で寝床を作り、その上に寝かせてくれた。実のところ、この親切な助けがなかったら、彼は生き延びられなかっただろう[11]」とバイロンは記している。

バイロンとキャンベルはチープのやたらに強引な指揮ぶりにはほとほと嫌気が差していたのだが、それでもバルクリーたちに見棄てられなければチープの当初の計画は成功していたかもしれないという思いをぬぐい去ることはできなかった。チロエ沖で待ち伏せするスペイン艦隊はいなかったのだから、バルクリーたちもいれば港に忍び込み、無防備な貿易船を奪取できたかもしれない。そうしたら、キャンベルが言うように、「祖国に多大な貢献[12]」ができたのではないだろうか。もっとも、その考えは自分たちがなした選択を受け入れやすくするための夢物語なのかもしれないが。

ほどなくして、ハミルトンも合流した。三人の体力が回復し始め、チープも幾分回復しつつあったある晩のこと、四人は新鮮な肉と大麦から作った醸造酒で宴会を開いた。「私たちはみな浮かれた[13]」そして「自分たちはふたたび生者の世界にいるのだと実感した[14]」とキャンベルは記している。バイロンは、英国を出てから二回目の誕生日を迎え、一八歳になっていた。

数日後、四人は先の村を目指して出発した。歩いているとふいに、目の前にスペイン兵の一団が現れた。幾度となく暴風雪に耐え、壊血病にも、難破にも、置き去りにも、飢餓にも耐え抜いてきて、今度は捕虜になったのだ。

「私はこの時、降伏という不名誉な行為を余儀なくされた[15]」とチープは報告している。チープはその降伏を「人の身に降りかかる最大の不幸」と呼んだ。当初チープは、スペイン王に服従しますと記された文書を手渡され、そこに署名をすれば引き換えに食料を与えると言われると、憤慨して地面に投げ捨てこう言った。「イングランド王の士官たる者、飢えて死ぬことがあろうと物乞いを潔しとはせぬ[16]」

だが、チープが署名しようとしまいと大した問題ではなかった。他に選択肢はなかったのだ。チープたち一行は結局、船でチリ本土の都市バルパライソ〔太平洋に面した港町〕へと連れて行かれる。四人は、「死刑囚の穴倉[17]」と呼ばれる、暗くて互いの顔も見えない場所に放り込まれた。「むき出しの四方の壁以外に何もなかった[18]」とバイロンは記している。ただし、ノミの大群はいた。珍しい捕虜を一目見ようと地域の住人がやって来ると、看守は四人を穴倉から出して、サーカスの動物のように行進させた。「兵士たちはその見せ物のために全員から金を取ったので、小銭をかなり稼いでいた[19]」とバイロンは記している。

囚われてから七カ月後、四人はふたたび移送された。今度はサンティアゴだった。そこで、総督と面会した。総督は四人を捕虜であると同時にジェントルマンであると見なし、待遇を改善することにした。保釈を認め、英国人と連絡を取ろうとしないかぎり、収容所から出て暮らすことが認められた。

ある晩、四人はドン・ホセ・ピサロとの会食に招かれた。ピサロは、アンソンの小艦隊が英国を出てから数カ月にわたって追跡していたスペイン艦隊の提督である。会食の席で、ピサロの艦隊は先回りをしてホーン岬を周り英国艦隊を太平洋で迎え撃とうとしていたことが判明する。だが、ピサロの艦隊もたびたび暴風雪に見舞われ、ほぼ壊滅状態になったという。一隻の軍艦は五〇〇人の乗組員を乗せて姿を消した。もう一隻は七〇〇人を乗せて沈没した。天候のせいで遅れを取っていた三隻が残ったが食料が尽き、乗組員たちはネズミを捕まえ、一匹四ドルで売り合うまでになった。乗組員のほとんどはやがて餓死した。それでも、ピサロは反乱を鎮圧し、それを企てた三人を処刑した後、わずかに生き残った乗組員たちに引き返すよう命じたという。アンソンとピサロのどちらの艦隊がより壊滅的な損害を被ったのかについては、どちらとも言いがたかった。

もはや収監はされなかったものの、チープたち四人はチリを離れることができず、その命運は薄氷の上を渡っているも同然だった。「ここでは一日が一年のように思える」[20]とチープは嘆じている。捕虜の身になってから二年と半年後、ついに四人は帰国してよいと告げられる。ジェンキンズの耳戦争は正式には決着していなかったものの、英国とスペインは互いに大規模な戦闘に終止符を打ち、捕虜を交換することで合意に至ったのだ。チープは、「わが忠実なる二人の友にして受難者仲間」[21]と呼ぶバイロンとハミルトンとともに船に乗り込んだ。ところが、キャンベル一人を置き去りにする。長年の捕虜生活でキャンベルがスペイン人と親しくなったことから、チープがキャンベルが英国国教からカトリックに改宗し、忠誠を誓う相手を英国からスペインに替えたとして告発したのだ。それが本当なら、ウェイジャー号の乗組員であるキャンベルは、国家反逆罪をはじめとする、ありとあらゆる重大な軍規違反を犯したことになる。

チープとバイロン、ハミルトンは帰国の途につき、ウェイジャー島の脇を通り過ぎホーン岬を周った。まるで過去の苦難をなぞるかのような旅だった。だが、千古の神秘を秘めた海は今度は比較的穏やかだった。ドーバーに到着すると、バイロンはすぐに貸し馬に乗ってロンドンに向かった。今や二二歳となったバイロンは、貧民のような身なりをしており、小銭の持ち合わせがなかったので街道の通行料を払いもせずに料金所を通り過ぎた。「できるかぎり急いで馬を駆っていたので、私を制止しようと怒鳴る者たちを一顧だにせず、無賃で通行せざるをえなかった[22]」とバイロンは後に振り返っている。泥まみれの石畳の街道に馬の蹄の音を響かせながら、バイロンは野原や集落を通り過ぎ、都市郊外の住宅地域を駆け抜け、人口七〇万に迫らんとするヨーロッパ最大の都市ロンドンへと急いだ。デフォー〔『ロビンソン・クルーソー』の作家〕が「巨大で怪物のよう[23]」と呼んだ大都市ロンドンは、バイロンがいなくなってからの数年間でさらに発展していた。かつて家々や教会や店舗が並んでいた町は、今や煉瓦造りの新しい建物や長屋、商店などがひしめいていた。通りは、馬車や荷馬車、立派な身なりの人や貿易商や商店主でごった返していた。船乗りや奴隷や支配下の植民地の犠牲の上に築かれた島国帝国にとって、ロンドンは拍動する心臓部だった。

バイロンは、ロンドン中心部の瀟洒な地区にあるグレート・マールボロー通りにやって来た。向かったのは、ごく親しい友人たち数人が暮らしていた建物だった。だがその建物は板で塞がれていた。「何年も不在にしていて、その間一度も実家からの便りもなかったので、誰が死に誰が生きているのかも、次にどこに行けばいいのかもわからなかった[24]」とバイロンは記している。以前よく行っていたある服地屋に立ち寄り、兄弟のことを訊ねた。妹のイザベラがとある領主と結婚し、ソーホー・スクエアの近くに住んでいることを教えられた。牧歌的な庭を囲むように石造りの大きな貴族の屋敷が並んでいる界隈だ。バイロンはできるだけ足早に歩いて向かい、妹の家の扉を見つけてノックした。だが、異様な風体をしていたので玄関番に不審の目を向けられた。その男を説得し中に入れてもらうと、そこにイザベラが立っていた。細身の優雅な女性に成長していたイザベラは訪問者の姿に驚いたが、すぐにそれが他ならぬ死んだはずの兄だと気づいた。なお、イザベラは後に礼儀作法の本を執筆する人物である。「大いなる驚きと喜びをもって、妹は私を迎えてくれた[25]」とバイロンは記している。最後に別れた時に一六歳だった少年は、今や一人前の立派な船乗りになっていた。

デイヴィッド・チープもやはりロンドンへと向かった。じきに五〇歳になろうとしていたチープは長い捕虜生活の間、悲惨な出来事、つまりバルクリーたちの自分に対するむごい仕打ちをことごとく思い返していたようである。ところが、そのジョン・バルクリーは今度はこともあろうに出版した本の中で、自分を無能な人殺しの指揮官だと非難しているのだ。その告発は、チープの軍歴のみならず人生まで終わりにしかねないものだった。チープは海軍本部のある役人に手紙を書き、バルクリーとその仲間は嘘つきだと非難した。「きわめて人間味のないやり方で我々を見棄て、我々の役に立つかもしれないと考えたものを出発時にことごとく破壊していったのに、……そんな卑怯者たちに何が見込めるというのでしょう[26]」

チープは、自分の側の言い分を伝えようと躍起になった。それでも、バルクリーに対抗して本を出版するような真似はしなかった。代わりに、自分の証言を、そして怒りを、軍法会議というより決定的な場に取っておくことにした。軍法会議の裁判官役を務めるのは判士〔法律家ではなく海軍将校が務めたため、裁判官と区別するための呼称〕団で、その全員がチープのような指揮官だった。チープは自分の申し立てを詳細に記した宣誓供述書を作成しただけでなく、海軍本部の書記官長（セクレタリ）〔事務次官に相当〕

に宛てて書簡を送り、審問が終われば「私の行為は、難破の前も後も非難されるべきものではなかったと判明する……と自負しています[27]」と主張している。また、数少ない公の場での発言では、「裁判の日まで、あの卑劣な者たちについて言うことも、あの者たちに対して言いたいこともありません[28]」とチープは述べた。さらに、あの者たちは絞首刑になるしかないでしょうとも言い添えている。

大衆は依然として、この遠征の物語、つまり複数ある物語に興味をかき立てられていた。この時代、政府の検閲が緩和され、識字率が向上したこともあり、報道機関が飛躍的な成長を遂げていた[29]。大衆の新しい情報を知りたいというあくなき欲求に応えるため、これまでのように貴族の庇護を受けるのではなく売文によって生計を立てるプロの物書きも出現し、旧来の文壇から「グラブ街の三文文士」と揶揄されていた（グラブ街は、ロンドンの貧困地区の一角で、安宿や売春宿や目先の利益を追う新興の新聞社や出版社が並ぶ通りだった）。そんなわけで、格好のネタをかぎつけた貧乏物書きたちは、今度はいわゆるウェイジャー号事件に飛びついた。

カレドニアン・マーキュリー紙は、バルクリーと反乱を起こした乗組員たちがチープやハミルトンだけでなく、チープの側についた者全員に身体的な攻撃を加え、「手足を縛り[30]」、「より慈悲深い野蛮人どもの手」に委ねたと報じた。また別の記事は、ハミルトンの見解として、チープの言動は「しばしば不可解で、つねに尊大かつ高慢[31]」だったと伝えている。その一方で、ハミルトンから見て、今になって振り返ってみると、チープが「つねに聡明な洞察力の下に行動していた」のは明らかだったと報じる記事もあった。

大判の高級紙や定期刊行物が手に汗握る記事で埋め尽くされるようになると、書籍の出版社も競ってかつての遭難者たちの生々しい体験記を出版し始めた。チープが英国に戻ってからほどなく、別の船でキャンベルもチリから英国に帰国している。キャンベルは、『バルクリーとカミンズの南洋航海記の続篇』〔原題、*The Sequel to Bulkeley and Cummins's Voyage to the South-Seas*、未邦訳〕として、一〇〇ページを超える体験記を自らまとめて出版し、その中で、反逆罪の容疑は不当だとして自己弁護した。だがそれから間もなくキャンベルは国外に逃亡し、スペイン軍に加わった。

ジョン・バイロンはというと、バルクリーが「どう見ても反乱を先導したとしか考えられない」[32]のに、それを正当化しようとしていると考えていた。もっとも、バイロンは日誌を出版して自分の考えを世に問うたかもしれないが、上官の悪口を言ったり、バイロンの言う「利己主義」[33]に陥ることは潔しとしなかったようだ。その一方で、他にも続々と体験記が出版されていった。グラブ街のある物書きが出した小冊子『HMSウェイジャー号の不運な航海と惨事の感動的な物語』〔原題、*An Affecting Narrative of the Unfortunate Voyage and Catastrophe of His Majesty's Ship Wager*、未邦訳〕には、本書は「信頼できる複数の日誌をまとめたものであり、事件のすべてをその目で目撃したある人物からロンドンの商人に封書で送られてきた」ものであると書かれていた。しかしながら、研究者のフィリップ・エドワーズ〔原題、*The Story of the Voyage Sea-Narratives in Eighteenth-Century England*、仮題『航海の物語――一八世紀の英国の物語』（未邦訳、ケンブリッジ大学出版、一九九四年）の著者〕が指摘するように、この小冊子はバルクリーの日誌を曲解して焼き直したもので、場所によっては一字一句そのままで、どこを取ってもチープの見解を支持し、長きにわたって続く海軍という権威ある体制を擁護する文言がつづられていた。文字による闘いで、掌砲長バルクリーの日誌は本人に不利な武器に作り替えられてしまったのだ。

こうした出所の疑わしいものも含め、手記の数がきわめて多いため、ウェイジャー号事件に対する認識は読者によってまちまちだった。自分の日誌が物書きたちに盗用され続けており、日誌もやはりでっち上げかもしれないと疑惑の目で見られるようになってきたことに気づくと、バルクリーはいきり立った。

チープが英国に戻ってから数日後、海軍本部は召喚状を発行した。新聞に掲載されたこの召喚状は、ウェイジャー号の生き残った士官や下士官や一般乗組員の全員に、ポーツマスでの軍法会議に出頭するよう命じるものだった。わずか数週間後に始まる裁判では、内容が正反対であったり微妙に食い違ったり、さらにはでっち上げだったりする複数の物語の霧の中から何が本当に起こったのかを見極めた上で正義の鉄槌を下す必要があった。作家のジャネット・マルコム〔一九三四〜二〇一二〕はかつてこう語った。「法というのは、間に何も介在しない真実という理想の守り手であり、その真実というのは叙述についた装飾をはぎ取ったものである。……証拠という規則の摩耗に何よりも耐えうる物語が勝利するのである」[34]とはいえ、どの物語が勝つにせよ、裁判では、大英帝国の旗手であるはずの士官や乗組員たちが無秩序で野蛮な状態に堕したことが露呈するのは間違いなかった。その嘆かわしい光景が、アンソンのガレオン船拿捕という輝かしい物語に取って代わる恐れがあった。

第24章　事件要録

バルクリーは、軍法会議への召喚状が出されたことは新聞で読んでいたが、その後、海軍本部が自分の身柄の拘束令状を発行したことを弁護士から知らされた。この時、バルクリーはロンドンにいたので、自分を探している憲兵の居所を探した。居所を突き止めると、長艇でブラジルに漂着した一行の一人の身内のふりをして会いにいった。そして、チープ艦長が帰国した今、ブラジル組はどうなるのでしょうと訊ねた。

「絞首刑だ」[1]と憲兵は答えた。

「一体全体どうしてですか」バルクリーは食ってかかった。「溺れ死ななかったからでしょうか。それとも、ようやく帰国した人殺しがブラジル組を告発したからでしょうか」

「いいかね、彼らはチープ艦長を拘束するという罪を犯したからだよ。他の者がならなくても、掌砲長と船匠長は絞首刑だろうね」

バルクリーはそこでついに、自分が「ウェイジャー号の不運な掌砲長」であることを認めた。憲兵は肝をつぶしたものの、バルクリーを拘束するしかないと告げた。バルクリーは、ベインズ海尉や船匠長のカミンズ、掌帆長のキングたちウェイジャー号の指導的立場にあった他の数人が拘束されるまで勾留されることになった。その後、全員がポーツマスへ移送されることになった。その際、その憲兵は「掌砲長と船匠長が逃亡を図らないよう特に用心するように」と念を押した。船着場から小型輸送艇に乗せられ、港内に停泊していた九〇門艦のHMSプリンス・ジョージ号へと連れて行かれた。バルクリーたちはまたもや海で囚われの身となり、船内で隔離された。バルクリーは、家族からも友人からも手紙を受け取ることが許されていないと不満を漏らしている。

バイロンも、他の乗組員と同じように召喚された。チープは自発的に船に乗り込んだであろうが、おそらく剣は放棄せざるをえなかっただろう。この遠征以来、痛風と呼吸器の不調に悩まされていたが、かつての存在感たっぷりの威厳をかなり取り戻し、士官の着る優雅なチョッキをまとい、厳しい目つきをして口元を引き結んでいた。

この男たちが一堂に会するのは、島を出て以来初めてのことだった。バルクリーが言うように、各自が「自分の行動の説明」をした上で「正義の執行」に身を委ねることになる。一八世紀の英国海軍は軍規を厳格に適用したと広く言われているが、実際には柔軟で寛容であることが多かった。[2] 軍規には、当直中の居眠りをはじめさまざまな違反行為が死罪と定められていたが、大半の条文には重要な注意事項が記されていた。軍法会議でそうするほうが適切と判断されれば、もっと軽い刑ですむこともあった。また、艦長に対する暴行は重大な罪ではあったが、「反乱」行為は厳罰の適用に値すると見なされるよりも、もっと軽微な不服従に対する罰が科されることが多かった。

とはいえ、ウェイジャー号の全乗組員を相手取り海軍本部が起こしたこの裁判は、どう見ても乗組員側が不利だった。見逃せるような違反ではなく、最高位の指揮官から一般の乗組員に至る海軍の秩序を根底から覆したことに対する罪で告発されていたからだ。そのため一人一人が自分の行動を正当化する物語を紡ごうとしたが、軍法会議という法制度は、そうした物語から虚飾をそぎ落とし、感情の欠片も含まない素のままの紛れもない事実をあぶり出す仕組みになっていた。著書『ロード・ジム』でジョゼフ・コンラッドは、海軍の公式な審理について、「彼らは事実を求めた。事実である！彼らが要求したのは事実だった[3]」と記している。そして、かつての漂流者たちの証言はどれも、その核心にある種の疑う余地のない事実を包含していた。バルクリーとベインズたち一団が艦長を縛り上げたことや島に置き去りにしたこと、さらには、チープが一切の法的手続きも取らずに警告もせずに丸腰の男を射殺したことについては、どちらの側も反論しなかった。事実だったからだ。

バルクリーの一団は、きわめて重い軍規違反を犯したように見えた。第一九条に、「反乱集会は、いかなる口実であれ（禁止し）、死罪に処す[4]」とあった。第二〇条には、何人も「反逆的もしくは反抗的な行為、計画、言葉を隠匿してはならない」とある。第二一条は、上官と口論したり殴ったりすることを禁じている。第一七条は、逃亡したいかなる乗組員も「死刑に処す」としている。厳格な判士であれば、さらに処罰を加えることもあるだろう。敵国のスペイン船を追い、アンソンを助けに行くようにというチープの命令に背いた怯懦（きょうだ）の罪。小型輸送艇やその他の物資を奪った窃盗の罪。さらに、「神の名誉を軽んじる恥ずべき行為」の罪でも。さらにチープは、バルクリーの一団に対し、全面的な反乱を起こしたことだけでなく殺人未遂でも非難した。というのも、バルクリーの一団はチープとチープの支持者を島に置き去りにし、見棄てたからだ。

だが、チープ自身が何よりも重い罪、殺人罪に対峙することになるのは間違いなかった。殺人罪は、その罪を犯した者に寛大な措置を与える余地のない数少ない軍規の一つだった。第二八条には、「いかなる乗組員に対する殺害もしくは謀殺も死刑に処す」と明記されている。バイロンも安穏とはしていられなかった。バイロン自身、短期間とはいえ反乱に加わっており、当初はチープを島に置き去りにしてバルクリーの一団とともに島を出たからだ。その後引き返したが、それでお咎めなしとなるのだろうか。

被告となった者の多くが、身の潔白を証明するために供述調書を書いていたが、その内容は明らかな意図的省略だらけだった。チープは報告書で、カズンズの射殺を一度もはっきりとは認めていない。口論が「極端な事態」を招いたとだけ記している。一方、バルクリーは日誌に、島にチープを置き去りにしたことはチープの意向に忠実に従ったことであるかのように記している。

さらに悪いことに、遠征中に被告たちが記した法的文書の多くに罪の意識が表れていた。それらを記した者たちは軍規を熟知し、自分たちが何をしているかきちんと自覚していたため、違反行為がなされる度に、処罰をまぬかれようと出来事の経緯を記録に残していたのだ。

海軍の軍法会議には、被告が無罪か有罪かを裁くこと以上に重要な意図があった。軍全体の綱紀粛正である。ある専門家が言うように、この制度は「国家の威光と権力を知らしめるために考案され[5]」ており、重罪を犯した一部の者を見せしめにすることが目的だった。「その根底にある考え方は、単純な船乗りはそうした見せ物を目の当たりにすると、軍規違反を犯すといつの日かそうした強大な力、つまり生殺与奪の力が自分の身にも行使されるかもしれないと思って震え上がるだろうというものだった」

数十年後の一七八九年、バウンティ号の反乱として名高い事件が起こると、海軍本部ははるばる太平洋まで船を派遣して容疑者を取り押さえ、英国まで連れ帰り軍法会議にかける。[6]その結果、三人に死刑が宣告された。三人はポーツマスに停泊していた船の船首上甲板に連れて行かれる。すると、先が輪になった三本のロープが桁端（ヤーダム）から首の高さに吊されていた。その船の乗組員たちは甲板に立ち、厳粛な面持ちで見つめていた。死を意味する黄色い旗が掲げられると、港内の他の船も集まってきた。三人の仲間たちも見守るしかなかった。岸からは、子どもも含め大勢の者が見物していた。死刑囚たちは祈りを捧げた後、最期に何か言い残すことはないかと訊ねられた。すると、うち一人がこう言ったと目撃者が伝えている。[7]「船乗りの兄弟諸君、諸君の前にいるのは、反乱と脱走という重罪により恥ずべき死を遂げようとしているまだ若く元気な三人だ。我らを反面教師にして、決して指揮官を見棄てるな。たとえ指揮官につらい仕打ちを受けても、それは指揮官が自分のためにしているのではない、諸君が仕えるべき祖国のためなのだと心に留めておけ[8]」

反乱を起こした三人は、それぞれ頭に袋を被せられた。輪になったロープが首にかけられた。正午になる少し前、銃声とともに数人の乗組員がロープを引っ張り始め、三人は海上に高く吊り上げられた。ロープの輪がどんどん締めつけていく。三人は息苦しさにあがき手脚を痙攣させたが、やがて窒息死した。三人の遺体は二時間放置された。

ある日曜日のこと、ウェイジャー号の乗組員たちは、プリンス・ジョージ号で裁判が始まるのを待つ間、甲板での礼拝に参列した。牧師は、海に出る者はしばしば「人の姿の見分けがつかない」ほど深い厄介事の闇に落ちるものだと話した。そして、それを聞いて動揺する参列者たちに、「刑の執行停止や恩赦といった虚しい考えや期待[9]」を抱いてはならないと警告した。ウェイジャー号の生き残りたちには、自分が絞首刑に処されるかもしれない、バルクリーの言葉を借りれば「横暴な権力によって吊される[10]」と考えるだけの十分な理由があったのだ。[11]

第25章　軍法会議

一七四六年四月一五日、プリンス・ジョージ号のマストの一本にユニオンジャックが掲揚され、大砲が一発発射された。軍法会議が始まったのだ。後の一八〇六年に一四歳で英国海軍に入隊し艦長まで昇進した後に海洋冒険小説家になったフレデリック・マリアットは、こうした式典の壮観さは「艦長自身でさえ畏敬の念を抱く」[1]ほどだったとある作品で書いている。さらに、「船は細心の注意を払って整えられている。甲板は雪のように真っ白で、ハンモックは丁寧に畳まれ、ロープはぴんと張られ、帆桁（ヤード）はきちんと水平にそろい、大砲は砲身を突き出し、海兵隊員のある衛兵は中尉の指揮の下で、相手の階級にふさわしい敬意を表して軍法会議の参加者一人一人を迎える準備をしている。……広い船室が用意されており、緑の布で覆われた長テーブルがある。ペン、インク、紙、祈禱書、そして海軍条例が各席に置かれている」。

ウェイジャー号裁判に任命された一三人の判士は、正装で甲板に姿を見せた。全員が艦長や司令官といった高位の将校で、議長、すなわちいわゆる裁判長を務めるのはサー・ジェームズ・スチュアートである。ポーツマス港に停泊している全艦船の総司令官を務める七〇歳近い副提督だ。こうした判士たちは、バルクリーとその一行ではなく、どう見てもチープの仲間であるように思われた。しかし、判士たちは、同僚士官に対して厳罰を処すことで知られていた。一七五七年には、ジョン・ビング提督が戦闘で「最善を尽くさなかった」[2]として有罪を宣告され、死刑に処せられている。このことに触発されたヴォルテールは、小説『カンディード』の中で、英国人は「他の者を鼓舞するためには、時々提督を殺し」[3]たほうがよいと考えていると記している。

スチュアートは長テーブルの上座に座り、他の判士たちは年功序列でスチュアートの両脇に着席した。判士たちは、公平無私に正義を執行する義務を守ることを宣誓した。検察官も着座し、さらに裁判の進行を助けたり判士たちに法的な助言を与えたりする法務官も同席した。

ジョージ・アンソンはその場にいなかったが、順調に出世階段を駆け上がっており、一年前には、海軍本部内でも強い権力を握る、海軍の規律全般を統括する海軍本部委員会（ボード・オブ・アドミラルティ）の委員に任命されていた。アンソンは間違いなく、かつての部下たち、中でも目をかけていたチープの裁判の行方には深い関心を寄せていたはずだ。アンソンの人を見る目が確かなことは、その後の長い年月のうちに証明される。小艦隊の中でアンソンが昇進させてやった多くの者が、後に海軍でもトップクラスの輝かしい指揮官になっているのだ。たとえば、センチュリオン号のチャールズ・ソーンダーズ海尉〔後の海軍提督〕、オーガスタス・ケッペル海尉〔後の青色艦隊大将〕、セヴァーン号のリチャード・ハウ海尉〔後の海軍大将〕がそうだ。だがこの時は、アンソンがウェイジャー号の司令官に選任した人物が、殺人罪で有罪となる可能性にさらされていた。

これまでにチープはアンソンに手紙を送り、コバドンガ号に対する勝利を称え、閣下の昇進は「人類全体がしごく当然のことだと考えています」[4]と伝えていた。そして、「勝手ながら、私ほど閣下の繁栄を心の底から願っている者は他にはいないと保証します」と認め、ついで「私は閣下のご好意と庇護を懇願しなければならないのですが、なすべきことをしてきたのですからそうしていただけるものと自負しております。もちろん、なすべきことをしてこなかったのであれば、ご厚意も庇護も期待できませんが」と加えた。それに対しアンソンは、自分はかつての部下であったチープを引き続き支援するとチープの身内に伝えていた。

チープをはじめ被告たちが連れてこられ、判士たちと対峙した。当時の慣習として、弁護士を代理人に立てる者はいなかった。自分で自分を弁護しなければならなかった。それでも、判士や同僚から法的な助言を受けることはできた。重要なのは、被告も証人を喚問したり証人に反対尋問をしたりすることができたことだ。

審理に先立ち、被告は一人ずつ陳述するよう求められた。その陳述は、証拠として用いられることになる。バルクリーは、陳述を求められると、自分に対してどのような嫌疑がかけられているのかまだきちんと知らされていないと抗議した。自分の権利についてつねに意識していたバルクリーは、「いつも思うのですが、つまり少なくともわが国の法律に記されているところでは、その者が拘束される際には、その理由を告げられなければならないはずです」[5]。その上でバルクリーは、自分にはしかるべき弁護を準備する手立てがないと訴えた。すると、現時点では、難破の原因について供述するだけでよいと言われる。この審理は、国王陛下の船が失われる度に、その責任が士官や乗組員にあるかどうかを検証するためのものだという。

ようやく審理が始まり、チープが最初に呼ばれた。ウェイジャー号の難破という限定的な問題に関して、チープが要因として主張したのは一つだけだった。ベインズ海尉の職務怠慢である。中でも特に、船が岩に衝突する前日に船匠長のカミンズから陸地が見えたという報告があったことをベインズがチープに知らせなかったことを指摘した。判士はチープに「この海尉以外に、どのような程度であれ、ウェイジャー号難破に関与した嫌疑で告発すべき士官はいるかね[6]」と訊ねた。

「いいえ、いません。他の者は全員職務を果たしていたことを保証します[7]」とチープは応じた。

それ以外の嫌疑について、チープは一切追及されなかった。やがてバルクリーの番になった。バルクリーも、ウェイジャー号を失ったことについてしか訊かれなかった。判士は、船が座礁する前になぜ他の者と協力して錨を下ろさなかったのかと訊ねた。

「錨のケーブルがもつれていたからです」とバルクリーは答えた。

「艦長や士官の行動について、あるいは船と乗組員の身の安全を図るに当たりあらゆる点で艦長の取った措置に関して何か異論があるかね」

それに対する答えは、出版済みの日誌にバルクリーはすでに書いていた。日誌の中で、難破の原因はチープにあると容赦なく責め、チープは命令に盲従していたため航路を変えるよう進言されても頑なに拒否したとしていた。そうした気質上の欠点は、島で時折起こった内紛の間にさらに悪化し、騒動に拍車をかけ、チープ自身が殺人を犯すまでになり、そのせいでチープはその座を追われることになったとバルクリーは考えていた。だが今のバルクリーは、一三人の判士の前で供述しながらも、この法的手続きはどこか根本的に間違っていると考えている様子だった。バルクリーは、反乱罪に、それどころか一切の罪に問われていなかったのだ。それはまるで暗黙のうちに取り引きを持ちかけられているかのようだった。そこで、真実をすべて話すと宣誓したし黙秘するつもりもなかったが、幾つかのことについては伏せておいたほうがいいと判断した。「どの士官も罪に問うつもりはありません」とバルクリーは応じた。

ついで、審理は次の者に移った。反乱の首謀者の一人だと考えられていた船匠長カミンズは、こう訊ねられた。「船の保全を怠った廉で責任を問うべき艦長もしくは士官の誰かがいるかね」

「いません」とカミンズは答えた。以前、チープに面と向かって難破の責任があると責めたことも、バルクリーとの共著の中でチープを殺人者呼ばわりしたこともなかったかのように、何も触れなかった。

掌帆長のキングが呼ばれた。キングは、難破した者たちの中でも特に粗暴で、酒や士官の服を盗み、反乱の際にはチープに暴行を働いた人物だ。ところが、キングは一つの罪にも問われなかった。「艦長に対して、……船を損失したことについて、何か言いたいことがあるかね」と訊かれただけだった。「いいえ。艦長はとてもよくやってくれていました。艦長にも他の士官にも何も言いたいことはありません」と答えた。

ジョン・バイロンの番が回ってきた。だが、バイロンが目撃した数々の恐るべき出来事について、ジェントルマンであるはずの男たちにあのようなおぞましい行為ができることを思い知らされた数々の出来事については、一切何も訊かれなかった。船の航行に関する技術的な質問を幾つか投げかけられると、バイロンは解放された。

ベインズ海尉はただ一人、それがどんな廉であるにせよ告発された人物だった。ベインズは、陸地が見えたとチープに報告しなかったのは、それが水平線に浮かぶ雲の塊にすぎないと思ったからだと主張した。「そうでなければ、必ず艦長に報告したはずです」とベインズは応じた。

短い休廷を挟み、審理が再開された。全会一致の評決に達していた。議長に一枚の紙が手渡され、議長が読み上げた。「デイヴィッド・チープ艦長は、自らの職務を果たし、持てるあらゆる手段を用いて自らの指揮下にある陛下の艦船ウェイジャー号を守ろうと手を尽くした」ものと認めるという内容だった。他の士官や乗組員も全員が、この件に関しては無罪を言い渡された。例外はベインズだったが、ベインズも譴責（けんせき）を受けただけだった。

バルクリーは、この評決を大いに喜んだ。「名誉ある無罪判決[8]」を受け、「今日の審理において、私たちは全能の神の偉大で輝かしい力を目の当たりにした。神は私たちの大義を認め、私たちが罪深き人間に堕してしまうことから守ってくださった」と断じている。チープは争点が限定されることを事前に知らされていたに違いない。というのも、バルクリーやその一派の責任を問う発言をまったく口にしていないからだ。チープは念願の報復はできなかったが、チープ自身も処罰をまぬかれたのだった。チープにとって大切な、艦長の地位を剥奪されることもなかった。

それ以上の審理は行なわれなかった。チープが殺人罪に問われることも、バルクリーとその仲間が反乱罪や艦長の殺害未遂に問われることもなかった。脱走や上官への口答えの容疑で事情を聴取された者もいなかった。英国海軍当局は、どうやらどちらの側の言い分も明るみに出したくなかったと見える。そして、この審理結果を正当化するために、軍規に不明瞭な部分があるせいだと主張した。その理由は、海軍の規則では、船が難破すると乗組員は賃金を受け取れないと記されているため、島に漂着した者は海軍法の適用を受けないと考えることもできたからだ。しかし、この官僚的な考え方について、歴史家のグリンドゥル・ウィリアムズ〔一九三二〜二〇二二。ロンドン大学の歴史学教授〕は海軍規の付則を故意に無視しているとして、「責任逃れ条項[9]」と呼んだ。もし乗組員が難破船から物資を調達できたのであれば、彼らは海軍から引き続き賃金を支払われていたことになるというのだ。さらに時代が下ると、英国海軍少将でウェイジャー号事件についての権威であるC・H・レイマン〔原題、*The Wager Disaster*、仮題『ウェイジャー号の惨劇』（二〇一五年刊）の著者〕は、明らかに起こった反乱について審理しないという海軍本部の決定には、「自己正当化という後味の悪さ」[10]があると断じている。

この裁判の舞台裏で何があったかを確かめることはできないが、この事件をなかったことにしたい理由が海軍本部にあったことは確かだ。略奪や窃盗、鞭打ちや殺人など、この島で明らかに起こったことを洗い出して文書化することは、大英帝国が他民族の支配を正当化するための核となる主張を覆すことになるからだ。すなわち、大英帝国の軍事力、つまり文明は本質的に優れているという主張である。したがって、士官たちは野蛮人ではなくジェントルマンなのである。

しかも、適正な裁判が行なわれれば、ジェンキンズの耳戦争が災難であったといううれしくない記憶を呼び覚まされることになる。この国の人々の長く厳しい歴史に、準備も資金も不足したまま軍事遠征に艦隊を送り込んで失敗したという不名誉な章がまた一つ加えられたのだ。この軍法会議の五年前、ヴァーノン提督は計画どおりに、二〇〇隻近い艦船を率いて南米の都市カルタヘナに大規模な攻撃をしかけている。ところが、采配ミスや軍首脳間の対立、絶え間ない黄熱病の脅威に悩まされ、包囲戦で一万人以上の兵力を失う結果となった。そして六七日間にわたるカルタヘナの包囲に失敗した後、ヴァーノンは生き残った乗組員たちに我々は「死の苦しみに包囲された」[11]と宣言。ついで、屈辱的な撤退を命じていた。

アンソンの遠征作戦も、財宝を手に入れたことを大々的に喧伝（けんでん）したものの、作戦の大半は大失敗だった。出航時に約二〇〇〇人いた乗組員のうち、一三〇〇人以上が命を落としたのだ。長期に及ぶ航海であったにしても、驚くべき死亡率である。また、アンソンは四〇万ポンド相当の戦利品を手に入れて帰還したものの、この戦争には四三〇〇万ポンドの税金が投入されていた。英国のある新聞は、アンソンの勝利を祝うことに異を唱え、次のような詩を掲載した。

欺かれし英国の民よ。三倍の犠牲を払って手に入れた財宝を
なぜ誇らねばならぬのだ
その財宝は一人の手に集中しているのに
やせ衰えた国土をふたたび豊かにすることはできるのか
その財宝を手に入れるのに、どれだけの財宝が失われたかを考えよ
アルビオン〔イングランドの古称〕の息子たちに
どれほど大きな災難が降りかかり……いたずらに失われたかを考えよ
さすれば、その自惚れは哀悼に変わるだろう[12]

大人も子どもも英国の男たちが死に追いやられただけでなく、戦争そのものの発端に、少なくとも部分的な欺瞞があった[13]。商船長のロバート・ジェンキンズがスペイン人に襲われたのは事実だが、それは開戦より八年も前の一七三一年のことだったのだ。この事件は、それまでほとんど注目されていなかった。戦争をしたくてたまらない英国の政治家や財界人が蒸し返すまで忘れられていた。一七三八年、ジェンキンズが下院に召喚され証言を求められた際、壺の中の塩水に浸けた自分の耳を掲げ、

自分は国のために自らを犠牲にしたのだと熱弁を振るったことが広く報じられた。もっとも、ジェンキンズが証言するために呼ばれたのは確かだが、その際の記録は一切残っていないため、その時ジェンキンズは国外にいたのではないかと指摘する歴史家もいる。

英国には、開戦によって政治的、経済的利益を得たいという下心があったのだ。それまで英国商人は、広範囲に及ぶスペインが支配する中南米の港での交易を阻まれていたが、それを打開する卑劣な方法を探し出したのだ。一七一三年、英国の南海会社〔国の財政危機を救うため一七一一年に設立された勅許会社〕は、スペインからアシエントと呼ばれるものを受け取っていた。中南米のスペイン領植民地で年間五〇〇〇人近くのアフリカ人を奴隷として売る許可証である。この忌まわしい新協定のおかげで、英国商人は船を使い、砂糖や羊毛といった商品を密輸するようになった。スペイン側はその報復に取り締まりを強化し、禁制品を積んだ船を拿捕したため、英国商人とその協力者である英国の政治家たちは、英国の植民地を拡大して貿易を独占するために、民衆を戦争に駆り立てる口実を探し始めた。すると、その企みに大義名分を与えるものとして、この一件、つまり後にエドマンド・バーク〔一七二九年生まれの英国の政治思想家〕が「ジェンキンズの耳物語」[14]と命名する事件が見つかったのだ（後世の歴史家であるデイヴィッド・オルソガ〔一九七〇年生まれ。歴史をテーマにしたテレビ番組製作者でもある〕は、この戦争の発端となった不適切な側面はほぼ「主流の英国史から抹消されている」[15]と指摘している）。

ウェイジャー号事件の軍法会議が開かれた頃には、膠着状態に陥っていたジェンキンズの耳戦争はすでに別のより広範囲に及ぶ大国間の戦争へと発展していた。オーストリア継承戦争として知られるこの戦争は、ヨーロッパの全主要国を巻き込んだ覇権争いだった。それから数十年かけて、英国海軍は勝利を重ね、小さな島国を海洋覇権を握る一大帝国へと変貌させていく。その国家を詩人ジェームズ・トムソン〔一八世紀の英国の詩人〕は「深海の帝国[16]」と呼んでいる。一九〇〇年代初頭までに、英国は地球上の四億人以上の人口と四分の一の土地を支配する史上最大の帝国になった。だが、一七四六年当時は数多の大敗を喫した後だったので、英国政府は民衆からの支持を保持し続けることに汲々としていた。

反乱というのは、特に戦時においては既成の秩序を脅かしかねないため、公式に反乱と認められないことがままあるものだ。第一次世界大戦中には、西部戦線の各地の部隊に配置されていたフランス軍が戦闘を拒否するという史上最大規模の反乱が起こっている。ところが、フランス政府の公式発表はこの事件について「士気の混乱および是正[17]」としか説明していない。軍の記録は五〇年にわたって封印され、フランスで初めてその記録が開示されたのは一九六七年になってからのことだった。

ウェイジャー号事件に関する公式の審問は、永久に打ち切られた。チープの主張が詳述された宣誓供述書は、その後いつの間にか軍法会議のファイルの中から消えてしまった。そして、ウェイジャー号の反乱は、グリンドゥル・ウィリアムズの言葉を借りると「決して起こらなかった反乱[18]」となったのである。

第26章　成功版の反乱

ウェイジャー号を巡る論争の影に隠れているが、この時期、もう一つの反乱の物語が生まれている。やっとのことで、まさしく最後に帰還した生存者たちの目撃談である。驚くべきことに、軍法会議から三カ月後、バルクリー組の一員で長い間行方不明になっていた士官候補生アイザック・モリスを含む乗組員三人が船でポーツマス港に到着したのだ[1]。

モリスたちが食料を調達するためにスピードウェル号から海に飛び込み、泳いでパタゴニアに渡り、その後浜に取り残される羽目になってから四年の歳月が流れていた。スピードウェル号の上にいたバルクリーたちは、自分たちの側の事情を語った。荒波と壊れた舵のせいで岸に近づいて救出することができなかったのだと。バルクリー組の仲間たちがその場を離れる言い訳を記したメモと弾薬を入れた樽を陸の方へと流した後、スピードウェル号が離れていくのを見て、モリスたちはがっくりと膝をついた。後にモリスは、バルクリーたちが置き去りにしたのは「残虐この上ない行為[2]」だと表現している。その時、モリスの一団には他に七人がいた。モリスたち八人はすでに八カ月におよぶ難破生活を送っていた。それがその時、モリスが記しているように、「世界でも手つかずの荒涼とした地域に、疲れ切り体調が悪く食料にも事欠く状態[3]」で放り出されたのだ。

八人のうち四人は命を落としたが、モリスと他の三人は狩猟と採集で命をつないだ。数百マイル北のブエノスアイレスに向かおうとしたが、極度の疲労により断念した。手つかずの自然の中に迷い込んでから八カ月を経たある日、モリスは男たちが馬を駆ってやって来るのに気づく。「死が近づいてくるとしか考えられず、奮い起こせるかぎりの決然とした態度で臨もうと心の準備をした[4]」だが、攻撃されるどころか、パタゴニア先住民の一団は温かく四人を迎え入れてくれた。「彼らはきわめて思いやりに満ちた方法で私たちを扱ってくれた。私たちのために馬を一頭殺し、火を起こし、馬の一部を焼いてくれた」とモリスは振り返っている。「さらに、彼らは私たち一人一人に古毛布を一枚ずつ与え、むき出しの体を包んでくれた」

モリスたちは村から村へと連れて行かれ、たいてい一つの村に数カ月滞在した。そして、一七四四年五月、スピードウェル号に置き去りにされてから二年と半年後に、モリスたち三人は無事に首都ブエノスアイレスに到着する。そこでスペインの捕虜として拘束されることになった。三人は一年以上監禁された。そしてようやくスペインから帰国の許可が与えられる。三人はまず捕虜として、かつてアンソン艦隊を追跡したことのあるドン・ホセ・ピサロ率いる六六門の大砲を備える軍艦でスペインに送られた。この船には五〇〇人近い乗組員の他、一一人の先住民の男たちも乗っていた。その一人がオレリャーナという族長だった。彼らは奴隷として強制連行され、船で働かされていた。

奴隷にされた男たちの暮らしぶりについて、詳しい記録はほとんど残っていない。現存しているのは、ヨーロッパ人の目を通して書かれたものだ。その中でもきわめて詳細に記されているのがモリスたち一行の証言に基づく記録で、そこには、乗船していた先住民たちは長い間、植民地化に反対していたある部族の出身だとある。ピサロが帰還の船を出航させる約三カ月前に、スペイン兵に捕らえられたのだった。船上で先住民たちは「きわめて無礼で野蛮[5]」な扱いを受けていたと報告書には記されている。

ある日、オレリャーナは、マストに登るよう命じられる。それを拒否すると、一人の士官に殴られ、ついには血まみれになって意識がもうろうとした。報告書には、士官は部下とともにオレリャーナを繰り返し殴りつけたとある。「きわめてささいな口実にかこつけて、しかもたいていは自分たちの優位性を誇示するためだけに、この上なく残酷な[6]」仕打ちをしたのだ。

出航から三日目の晩、モリスは甲板の下にいた。すると、上の甲板で騒ぎが起こっているのが聞こえてきた。マストが倒れたのかと思い、モリスの仲間の一人が急いではしごを上り、様子を見にいった。その途端、誰かに後頭部を殴られ、モリスははしごから転げ落ち、床に叩きつけられた。ついで、その横に死体が落ちてきた。スペイン兵の死体だった。船内にわめき声が響いた。「反乱だ！　反乱だ！[7]」

モリスも甲板に出て行き、目にしたものに驚いた。オレリャーナと一〇人の仲間が後甲板で暴れ回っていたのだ。だが、数で大きく負けており、マスケット銃も拳銃も持っていなかった。あるのは、密かに集めたナイフ数本と、木と紐で作った二つか三つの投石器(パチンコ)だけだった。それでも、先住民たちは次から次に兵士相手に闘い、ついにはピサロと数人の士官が船室に身を隠し、ランタンを消して暗闇で息を潜める事態になった。スペイン人の中には、艦上の囲いで飼っている家畜の中に身を隠した者もいれば、ロープをよじ登ってマストの天辺に避難した者もいた。「この一一人のインディアンたちは、おそらくいまだかつてない覚悟をもってほとんど一瞬のうちに、六六門の大砲を搭載し五〇〇人近い乗組員を乗せた艦船の後甲板を占拠した」[8]とその報告書は記している。

この事件は、南北米大陸で何百と起こった奴隷や先住民の反乱、真の反乱の一つである。歴史家のジル・ルポール〔一九六六年生まれの米国の歴史家〕が指摘しているように、占領された人々は「何度も何度も何度も反乱を起こし」[9]、「いかなる権利によって、我々は支配されているのかという同じ問いを飽くことなく」投げかけるのである。

スペイン船の上で、オレリャーナたち一団は通路を塞ぎ、侵入に抵抗しながら司令室を占拠し続けた。だが、船を操作する術もなければ行き場もなかった。一時間以上が過ぎた頃、ピサロと部下の兵士たちが部隊の再編成を始めた。船室にいた数人がバケツを見つけ、それに長いロープを括り付け、舷窓から火薬庫に下ろし、掌砲長がバケツに武器弾薬を詰めた。士官たちは、バケツをそっと引き揚げた。完全武装すると、士官たちは司令室の扉をさっと開け、オレリャーナたちをちらりと見た。オレリャーナはむりやり着せられた西洋式の服を脱ぎ、仲間たちとともに裸同然で立ち、夜の空気を吸い込んでいた。士官たちは拳銃の銃身を突き出し発砲し始めた。にわかに暗闇に閃光が光った。一発がオレリャーナに命中した。オレリャーナはよろめいて倒れ、その血が甲板に流れた。「こうして暴動は鎮圧された」[10]と報告書は記している。「この偉大で大胆な族長とその勇敢で不運な同胞が手にした権力が九二時間続いた後で、後甲板の支配権を取り戻した」と。オレリャーナは殺された。そして、残った同胞たちは、また奴隷にされるよりはましだと船の手すりによじ登り、挑戦的な叫び声を上げて海に飛び込み死んでいった。

モリスは英国に戻った後に、四八ページの物語を出版し、増える一方のウェイジャー号事件に関連する著述に一点を加えている。書き手たちが、自分や仲間を帝国主義の代理人として描くことはめったになかった。身過ぎ世過ぎの闘いと野心をかなえることに余念がなかったのだ。野心というのは、昇進し、家族のために確実に金を手に入れ、そして最終的に生き延びることだ。とはいえ、帝国を存続せしめているのは、まさにそのような無思慮な加担である。むしろ、帝国の構造には無思慮の加担が必須なのだ。数千、数万という市井の人々が、罪人であろうとなかろうと、ほとんど疑問をもつことなく体制に仕え、さらには自らも犠牲にする必要があるのだ。

驚くべきことに、いかなる形であれ証言を記録する機会に一度も恵まれなかった者が一人いた。一冊の本も供述書も残っていない。一通の手紙さえも。それは、モリスの一団とともに上陸して置き去りにされた自由黒人の船乗り、ジョン・ダックである。

ダックは、何年にもわたって物資の欠乏と飢えに耐え、モリスと他の二人とともにブエノスアイレスの町外れまで徒歩でたどり着いている。しかし、そこでダックの不屈の精神は何の役にも立たず、自由黒人の船乗りなら誰もが恐れる苦しみを味わうことになった。拉致され、奴隷として売られたのだ。モリスには、友人のダックがどこに連れ去られたのか、鉱山なのか農場なのかわからなかった。そうした多くの人の物語が語られることはなかったように、ダックの消息は不明だった。モリスは、ダックが奴隷の境遇のまま「人生を終えるだろうと思う[11]」と記している。「彼が英国に戻る見込みはまったくない」大帝国は自ら語る物語によって権力を維持するものだが、それと同じくらい重要なのは、帝国が語らない物語なのである。帝国がそのページを破り取り、押し付ける邪悪な沈黙の部分である。

その一方で、英国ではすでに、アンソンの世界周航に関する物語の決定版を出版するための競争が繰り広げられていた。センチュリオン号付きの牧師リチャード・ウォルターは、自分が日誌を書いていたことを公表した。そこで、センチュリオン号の従軍教師パスコー・トマスは、ウォルターが「この航海を独占する」[12]ために、他の者が日誌を出版するのを思いとどまらせようとしていると訴えた。一七四五年、トマスはウォルターに先んじて、『ジョージ・アンソン代将率いるセンチュリオン号での南洋航海と地球一周航海の真実の偏りのない日誌』〔原題、*A True and Impartial Journal of a Voyage to the South-Seas, and Round the Globe, in His Majesty's Ship the Centurion, Under the Command of Commodore George Anson*、未邦訳〕を出版した。また別の日誌も出版された。これはグラブ街の物書きが推敲したと思われるが、アンソンの航海記を「間違いなく、この上なく重要な価値と意義がある」[13]と称えている。

軍法会議から二年後の一七四八年、ウォルター牧師はついに日誌『ジョージ・アンソンによる一七四〇年から一七四四年の世界周航』〔原題、*A Voyage Round the World in the Years 1740-1744 by George Anson*、未邦訳〕を出版した。四〇〇ページ近い大部のこの日誌は、さまざまな出来事についてどの航海記よりも詳細に長く記しており、センチュリオン号の海尉が遠征中に描いた美しいスケッチも添えられている。当時の旅行記の多くがそうであったように、この本にも堅苦しい散文と退屈な細部の描写という悪弊が見受けられる。だが、次から次に降りかかる災難に、アンソン一行が立ち向かう手に汗握るドラマが見事に描かれていた。ウェイジャー号事件に関する短い考察の中で、ウォルター牧師はチープに同情し、チープは乗組員を救うために「最大限の努力」[14]をしたのであり、カズンズを射殺したのもカズンズが暴力的な先導者集団の「首謀者」[15]だったからに他ならないと主張している。さらに、難破船の乗組員たちが一人も起訴されなかった理由についても、その理由を裏付けるかのように、「乗組員たちは、船を失ったことで士官たちの権威は失墜したと考えた[16]」のだと述べている。ウォルターの手記の中では、ウェイジャー号の沈没は結局のところ、センチュリオン号のガレオン船拿捕という使命を帯びた遠征で生じた障害の一つにすぎないと書かれている。そして、本は感動的な言葉で締めくくられている。「慎重さと勇敢さ、そして忍耐強さをひとまとめにしても数々の不運の打撃からまぬかれることはないけれど」、最後には「成功しないことはまずないのである[17]」と。

だが、この本には奇妙な点がある[18]。聖職者の手記にしては、神についての記述が著しく少ないのだ。また、語り手は一人称でガレオン船とセンチュリオン号の交戦を描写しているが、ウォルターはこの戦いには立ち会っていない。この交戦の直前に中国から英国に向けて出航していたからだ。後に、探偵顔負けの歴史家たちが調べてみると、この本はウォルターの単著ではないことが判明する。ベンジャミン・ロビンズというパンフレッティアで数学者の男〔一七〇七～一七五一。アイザック・ニュートンの論文に数学的に反論したことで知られる〕が大部分のゴーストライターを務めていたのだ[19]。

それどころか、この本の背後には、もう一人有力者が隠れていた。他ならぬアンソン提督その人である。アンソンは、「大の書き物嫌い[20]」であることを自認しており、ガレオン船を拿捕した後の報告書にも「発見して追撃した[21]」としか書かなかったほどである。それでも、ウォルターの日誌には手を入れさせた。資料を提供し、牧師に日誌を編集させ、ロビンズに一〇〇〇ポンド支払って命を吹き込ませ、すべてのページに確実にアンソンの視点が反映されるようにしたのである。

本の中で、この探検は「きわめて特異な性質の事業[22]」であったと大げさに記され、アンソンその人は一貫して「つねに最善の努力をし[23]」、「つねに平静を保つ[24]」司令官として、そして「その決断力と勇気」のみならず「寛大さと人間的な温かみという点で傑出した[25]」人物として描かれている。それだけでなく、この本は、英国の大帝国としての利益を強く意識していることをうかがわせる数少ない著述の一つでもある。最初のページで、「商業と栄光の両面」において、英国があらためて敵国に対して「明白な優位性」を示したと称賛しているのだ。このくだりは、アンソンが密かに自分の視点から書かせたものであり、アンソン自身の名声のみならず、大英帝国の名声をも高めようとする意図が見受けられる。さらには、この本の挿絵も、センチュリオン号とガレオン船との交戦場面を描いたもので、その後この戦闘を象徴する絵となるのだが、事実とは逆に二隻の船の大きさを変え、あたかもガレオン船のほうが大きく強敵であったかのように描かれている。

この本は次々に増刷され、世界各国で翻訳された。今風に言うならベストセラーとなったのだ。海軍本部のある役人は、「誰もが『ジョージ・アンソンによる一七四〇年から一七四四年の世界周航』のことを耳にしており、多くの者が読んでいた[26]」と述べている。ルソーもこの本に影響を受け、ある小説でアンソンについて「艦長にして兵士であり、航海士にして賢者である偉大な人物[27]」と評している。ジェームズ・クック艦長は、この本について四〇ページ以上にわたって注釈付き要約をまとめている。ジェームズ・クック艦長は、ウォルター牧師を「アンソン卿の航海についての独創性に満ちた書き手[28]」と評してこの本を一冊エンデヴァー号に積み、最初の世界一周航海に臨んでいる。ダーウィンもやはり、ビーグル号にこの本を携行している。この本は、批評家や歴史家たちからも、「第一級の冒険物語[29]」、「世界中の本の中でもこの上なく愉快な作品の一つ[30]」、「当代で最も人気のある旅行記[31]」などと称賛された。

人々が自分の利益にかなうように物語を紡ぐように、つまり物語を書き替え、消去し、脚色するように、国家というものも同じことをする。結局のところ、ウェイジャー号の災難は苦難続きのおぞましい物語であり、死と破壊の物語であったが、大英帝国が最後に紡ぎ出したのは自らの神話とも言うべき海の物語だったのである。

エピローグ

英国では、ウェイジャー号の生存者たちが、まるであの陰惨な事件などなかったかのように日常を取り戻していた。デイヴィッド・チープはアンソンの推薦で、四四門の大砲を搭載した船の艦長に任命された。そして、軍法会議から八カ月後の一七四六年のクリスマスの日に、もう一隻の英国艦とともにマデイラ諸島沖〔現ポルトガル領の北大西洋上の島々〕を航行中、三二門のスペイン艦を発見する。チープの艦ともう一隻で追跡を開始し、その間、かねてから自分がなりたいと思っていた司令官らしい態度で後甲板に陣取り、大砲を準備させ大声で部下に命令を下した。後にチープは海軍本部に、自分たちが「三〇分ほど」で敵艦に追いついたと明かし、それは自分にとって「名誉なこと」[1]であると報告している。さらに、敵艦から銀が詰まった箱を一〇〇箱以上発見したことも報告している。チープもついに、彼の言う「きわめて貴重な財宝船」を拿捕したのだ。そこからかなりの額の分け前を手にすると、チープは海軍を退役し、スコットランドに広大な土地を購入して妻を迎えた。だが、成功を手に入れた後も、ウェイジャー号の暗い過去が世間から完全に忘れ去られることはなかった。一七五二年に五九歳で世を去った時、死亡記事には、難破した後に一人の男を「射殺した」[2]と記されていた。

ジョン・バルクリーは、背負っている過去の重荷を捨てた移民が人生を立て直せる土地、アメリカへと脱出した。ペンシルベニアの植民地に移り住み、一七五七年に自分の航海日誌のアメリカ版を出版している。その中に、アイザック・モリスの出版した航海記の抜粋を収めているが、バルクリーが残酷にも自分たちを置き去りにしたと非難している部分はカットしている。アメリカでの出版後、バルクリーの消息は、現れた時と同じでふいに途絶えてしまう。バルクリーの最後の声が聞けるのは、本に新たに加えた献辞の中で、アメリカで「主の楽園」を見つけたいと述べているくだりだった。

ジョン・バイロンは海軍に留まり、結婚して六人の子をもうけ、二〇年以上勤務して副提督にまで出世している。一七六四年、遠征隊を率いて地球を一周するよう命じられた。その任務の一つは、ウェイジャー号の生存者がパタゴニアの沿岸部で生存している可能性がないか目を光らせることだった。バイロンは、船を失うことなく航海を終えたが、海上ではどこに行ってもひどい嵐に襲われた。そのため、悪天候のジャックと渾名(あだな)された。[3] 一八世紀のある海軍伝記作家は、バイロンは「博識で勇敢かつ優秀な士官だという評判を得ていたが、この上なく不運な男だった」[4]と記している。とはいえ、世の中から隔絶された木造の世界で、バイロンは欲しくてたまらないものを見つけたようである。仲間意識である。そのため、仲間から広く称賛された。ある士官は、バイロンが部下を大切に扱い優しく気遣っていると称賛している。

だが、海軍の伝統に縛られ、ウェイジャー号事件については苦悩に満ちた思い出を抱えたまま、バイロンはその後も口を閉ざし続けた。友人のカズンズが撃たれた後、自分の手を握ったことも、見つけた犬が殺されて食べられたことも、仲間の中に、やむにやまれず人肉を喰らった者がいたことも明かさなかった。ところが、軍法会議から二〇年後、そしてチープが世を去ってからかなりの年月を経た一七六八年、バイロンはついに自分の日誌をまとめて出版する。それが、『ジョン・バイロン卿の物語――パタゴニアの海岸で彼と仲間たちが数々の苦難にみまわれたことを含む一七四〇年から英国に到着する一七四六年までの記録』〔原題、*The Narrative of the Honourable John Byron . . . Containing an Account of the Great Distresses Suffered by Himself and His Companions on the Coast of Patagonia, from the Year 1740, Till Their Arrival in England, 1746*、未邦訳〕である。チープはもはやこの世にいないため、かつての艦長の危険きわまりない「軽率かつ性急」[5]な行動について、バイロンはかなり率直に記すことができた。チープの行動を頑なに擁護し続けていた海兵隊中尉ハミルトンは、故人である艦長についてバイロンが「大いに不当な」[6]書き方をしていると非難した。

それでもこの本は批評家から称賛された。ある者は、「素朴で興味深く、心揺さぶられ、ロマンがある」[7]と評した。ロングセラーにはならなかったものの、顔を見ることはかなわなかった孫息子を後に虜にした。詩人となった孫のジョージ・ゴードン・バイロンは、『ドン・ジュアン』の中で、主人公の「苦難は、私の祖父の『物語』に書かれたものに／匹敵するものだった[8]」とし、さらにこう記している。

私たちの祖父の過去の運命を彼のために覆す
祖父は海で休むことがなく、私は陸で休むことがない[9]

ジョージ・アンソン提督は、その後も海戦で勝利を収め続けた。オーストリア継承戦争では、フランス艦隊を丸ごと拿捕している。だが、きわめて強い影響力を発揮したのは、指揮官としてではなく行政官としてだった。二〇年にわたって海軍本部委員会の委員を務め、海軍の改革に尽力し、ジェンキンズの耳戦争中のさまざまな災難に由来する数多くの問題に取り組んだ。その改革により、職務が専門化され、海軍本部の下に常設の海兵隊が設けられ、傷病者が航海に送り出されることがなくなり、ウェイジャー島での混乱の一員となった指揮系統の曖昧さが解消された。アンソンは「英国海軍の父」として称えられた。そのアンソンにちなみ、サウスカロライナのアンソンボローをはじめとする、各地の通りや町にアンソンの名が付けられた。ジョン・バイロンも、次男にジョージ・アンソン・バイロンと名づけている。

しかし、数十年と経たないうちに、バイロンが慕う老提督アンソンの名声は衰え始め、その存在感が薄れ、代わってジェームズ・クックやホレーショ・ネルソンといった次世代の指揮官たちがそれぞれの神話とも言うべき海の物語を紡ぎ始める。センチュリオン号は、一七六九年に退役となり解体された後に、一六フィート〔約五メートル〕の大きさの木製の獅子の頭部はリッチモンド公爵に譲られた。公爵はそれを領地のとある宿屋の台座の上に据え付け、次のような銘板を掲げさせた。

旅人よ、しばし留まり、そして見よ
そなたよりも多くの旅をした者を
地球を一周し、あらゆる度数を通過して、
アンソンと我は海を耕したのだ[10]

後に、国王の要請により、獅子の頭部はロンドンのグリニッジ病院に移された。そして、アンソンの名を冠した船乗りのための病棟の前に据えられた。だが、その後一〇〇年以上の歳月の間に、この工芸品は存在意義が薄れ、やがて物置小屋に放り込まれ朽ちて崩壊してしまった。[11]

時折、海の物語の偉大な語り手が、ウェイジャー号の物語に惹かれることがあった。ハーマン・メルヴィルは、小説『ホワイト・ジャケット』で、漂流者たちの苦悩を描いた「すばらしく、かつ興味深い物語」[12]は、「耳元で鎧戸ががたがたと鳴り、煙突の煙が歩道へと吹き下ろし、雨粒が泡立っているような、嵐吹きすさぶ三月の夜に」読むのに適していると記している。一九五九年、パトリック・オブライアンは、ウェイジャー号事件に着想を得た小説『知られざる浜』〔原題、*The Unknown Shore*、未邦訳〕を出版している。まだ駆け出しだったオブライアンのあまり洗練されていない作品だが、その後のナポレオン戦争を舞台にした傑作シリーズの土台となっている。

しかしながら、ウェイジャー号事件は、このように時折思い出されることはあっても、今では人々にすっかり忘れ去られている。ゴルフォ・デ・ペニャス〔ペニャス湾〕の地図には、現代の船乗りのほとんどが困惑させられる名称が記されている。チープ一行が櫂で漕いで迂回しようとして失敗した湾の北端にある岬付近に四つの小島があり、スミス島、ハートフォード島、クロスレット島、ホッブズ島の名が付いている。小型輸送艇に乗るスペースがないため置き去りにされた四人の海兵隊員の名である。四人は「国王に神のご加護を」と叫び、その後永遠に姿を消してしまった。さらには、チープ運河にバイロン島という名もある。バイロンがバルクリーの一行から離れ、艦長の許に戻る運命的な選択をした場所である。

この沿岸の海からは、海の遊動民たちも姿を消した。一九世紀後半になる頃には、チョノの人々はヨーロッパ人と接触したことで一掃されてしまった。二〇世紀初頭に入ると、カウェスカルの人々はわずかに数十人残る程度になった。彼らは、ゴルフォ・デ・ペニャスの南約一〇〇マイル〔一六〇キロ〕にある集落に定住していた。

ウェイジャー島は今も荒涼とした場所である。[13] 今日でも、その人を寄せつけない景観が変わることなく、相変わらず容赦ない風と波に洗われている。木々は節くれ立ってねじ曲がり、折れ曲がり、その多くは落雷によって黒くなっている。地面は、雨やみぞれでぬかるんでいる。アンソン山の頂にも、他の山々の頂にもつねに霧が立ち込め、時折、島全体が煙にのみ込まれたかのように、霧が斜面を伝って水際の岩まで這い降りてくる。生き物は、波打ち際を飛ぶ首下の白いウミツバメなどの水鳥をのぞくとほとんど見当たらない。

漂着した男たちが野営基地を設けたミザリー山の近くでは、セロリが数本芽吹いていた。男たちの命をつないだであろうあちこちにいるカサガイを採ることもできる。少し内陸に入ると、氷に覆われた小川に一部が埋もれている木の板が数枚ある。[14] 数百年前にこの島に流れついた板だ。長さ五ヤード〔約四・五メートル〕ほどの板数枚には木釘を打ちつけた痕跡があるので、元は一八世紀の船の骨組みだったのだろう。国王陛下の船であるウェイジャー号の。それ以外には、かつてここで繰り広げられた熾烈な闘争、つまり破壊をもたらす帝国の夢の痕跡は何も残っていない。

謝　辞

本を書いていると、時として、船を操縦して波乱に満ちた長い航海に出ているような気がするものだ。だから、私が海に浮いていられるようにしてくれた数多くの方々に感謝している。著名な英国海軍史家であるブライアン・レイヴァリは、一八世紀の造船技術から操船術に至るまで辛抱強く手ほどきしてくれ、ありがたいことに出版前の私の原稿に目を通し、洞察力に富むコメントを寄せてくれた。海軍史の第一人者であるダニエル・A・ボーは、調査中、多大な貴重な意見を寄せ解説してくれた。さらに、デンバー・ブランスマンやダグラス・ピアーズをはじめとする多くの歴史家や専門家が私のしつこい電話に答えてくれた。ウェイジャー号事件に関して独自に研究を深めているC・H・レイマン海軍少将は、私の問い合わせに応じ、自身のコレクションから数点の図版を転載することを許可してくれた。

科学調査学会を主宰するジョン・ブラッシュフォード＝スネル大佐は、二〇〇六年に英国とチリの合同遠征隊を編成し、ウェイジャー号の沈没場所を発見した。彼は重要な情報を提供してくれ、この遠征隊のリーダーの一人、クリス・ホルトも自分の写真の転載を許可してくれた。

この学会の遠征の手配を手伝ったせっかちな隊員、ヨリマ・シパガウタ・ロドリゲスは、私自身のウェイジャー島への三週間の旅の手配の手助けをしてくれた。私たちはチロエ島を小型船で出発した。なおこの船には暖をとるために薪ストーブがあった。知識が豊富で熟練した船長のノエル・ヴィダル・ランデロスとエルナン・ビデラとソレダード・ナウエル・アラティアたち非常に有能な二人の乗組員は、この船を操船してくれた。彼らの卓越した手腕とロドリゲスの手助けのおかげで、私はウェイジャー島に到達でき、沈没したこの船の残骸の残る場所を見つけ、漂着者たちが経験したことをより深く理解することができた。

大英図書館、英国国立公文書館、スコットランド国立図書館、オレゴン歴史博物館、セント・アンドリュース大学図書館の特別コレクション、グリニッジの国立海洋博物館他の数多くの文書保管員にも謝意を表したい。本書を執筆できたのは彼らのおかげである。

本書執筆の過程で、特にはかりしれない役割を果たしてくれた方々もいる。レン・バーネットは、海軍の記録を精力的に探しだし写しを取ってくれた。セシリア・マッカイは、数多くの写真や図版を探し出してくれた。キャロル・マッキンヴェンは家系調査の非凡な才の持ち主だった。アーロン・トムリンソンは、私が撮影したウェイジャー島の写真を鮮明化してくれた。ステラ・ハーバートは、祖先のロバート・ベインズに関する情報を快く教えてくれた。そして、ジェイコブ・スターン、ジェラッド・W・アレクサンダー、マデリン・バヴァースタムはいずれも才能ある若手記者で、多くの書籍や記事を探し出すのを手伝ってくれた。

デイヴィッド・コルタヴァには、いくら感謝してもしきれない。非凡なジャーナリストである彼は徹底的に本書のファクトチェックをしてくれただけでなく、惜しみなく炯眼（けいがん）を発揮し助力をしてくれた。友人にして同僚ライターのバークハード・ビルジャー、ジョナサン・コーン、タッド・フレンド、イーロン・グリーン、デイヴィッド・グリーンバーグ、パトリック・ラーデン・キーフ、ラフィー・ハチャドゥリアン、スティーヴン・メトカーフ、ニック・パウムガルテンには、いつもながらにあれこれ頼みすぎた。

本書はどのページにも、編集者にして友人で二〇二二年に惜しまれて世を去ったジョン・ベネットの知恵が反映されている。一人前のライターになるために彼から与えられた教訓は、今後も決して忘れることがないだろう。彼の厖大な遺産のどこか片隅に本書を加えてもらえれば嬉しい限りである。

二〇〇三年にニューヨーカー誌のライターになってから、私はライターたちにとって尊敬の的である編集者ダニエル・ザレフスキーと仕事をする機会に恵まれてきた。彼の助言と友情がなければ、私は途方に暮れていたことだろう。彼が本書に魔法を振りかけると、文章に磨きがかけられ、無駄がそがれ、私の考えが鮮明になった。

時に騒然とするこの業界で、私を支え続けてくれたのは、著作権エージェンシーのロビンズ・オフィス社のキャシー・ロビンズとデイヴィッド・ハルパーン、そしてCAA社のマシュー・スナイダーである。彼らはこの数十年、私の傍らにいて、私を導き支えてくれた。さらに、言論人のエージェンシーであるリー・ビューロー社のナンシー・アーロンソンとニコール・クレット＝エンジェルの後ろ盾があったこともとても幸運だと思っている。

ダブルデイで長年にわたり私の発行者兼編集者を務めたビル・トーマスは、誰にもまして従うべき偉大な指揮官である。彼は本書も、私のすべての著作も実現可能にしてくれた。その類まれな知性と揺るぎなさで後押しし、私にふさわしい物語を見つけるだけでなく、それを伝える最善の方法を教えてくれた。彼とクノップ・ダブルデイ・グループの社長兼発行者のマヤ・マブジー、そして非凡な広報担当であるトッド・ドーティは作家にとって天恵であるし、ダブルデイのチーム全員も同様である。本書の表紙をデザインしたジョン・フォンタナ、本の内部をデザインしたマリア・カレラ、編集担当のパトリック・ディロン、編集局長のヴィミ・サントキおよびキャシー・ホーリガン、制作担当編集長のケヴィン・バーク、編集助手のカリ・ドーキンズ、地図を作成したジェフリー・L・ウォード、そして素晴らしいマーケティング部隊のクリスティン・ファスラー、ミレーナ・ブラウン、アン・ジャコネット、ジュディ・ジャコビーには特に感謝したい。

義理の両親のニーナ・ダーントンとジョン・ダーントン〔ニューヨーク・タイムズ紙元記者、作家〕は、今も変わらずとても愛情深い。二人は下書き原稿を一章ずつ読み、改善の仕方を示したり手直しするよう励ましたりしてくれた。優秀な歴史家である義父ジョンの兄ロバート・ダーントン〔ハーバード大学図書館元館長〕は、時間を割いて私の原稿を読み、すばらしい助言をしてくれた。私の妹のアリソンと弟のエドワードは、私にとって心の錨であった。同じように、母フィリス〔ペンギン・パトナム社初の女性CEO。二〇一一年にクノップ・ダブルデイ社を退職〕は、誰にも増して私の読書と執筆への情熱をかき立ててくれた。父のビクター〔腫瘍学者でベネットがんセンター元所長〕はもうこの世にはいないが、本書は父とともにヨットで海に出て経験したすばらしい冒険の数々からインスピレーションを得た。父はいつでも品格と思いやりのある船長だった。

最後に、私のすべてである三人、キーラ、ザッカリー、エラがいる。三人への感謝の気持ちは言葉では表しきれない。今回ばかりは頭が上がらないので、作家ではあるが沈黙のうちに幕を閉じるしかない。

訳者あとがき

本書『絶海──英国船ウェイジャー号の地獄』は、二〇二三年にダブルデイ社から刊行されたデイヴィッド・グランのノンフィクション、***The Wager: A Tale of Shipwreck, Mutiny, and Murder*** の翻訳である。

原書は、刊行された二〇二三年四月からこれまで四〇週以上連続でニューヨーク・タイムズのベストセラーリストにランクインしている。オバマ元大統領の二〇二三年読書リストに選ばれた他、CBSニュースの番組「60ミニッツ」が本書と著者グランの特集番組を制作放映。ウォール・ストリート・ジャーナル、GQ、エコノミスト、ボストン・グローブ、ニューヨーク・タイムズ、トロント・スター、ロサンゼルス・タイムズ、ニューヨーク・マガジン、タイム、グローブ・アンド・メール、エル、エアメール、ブックリスト、カーカス・レビュー、パブリッシャーズ・ウィークリー、朝日新聞GLOBE+等々、テレビ、新聞、雑誌、書評サイトなどでも取りあげられ話題となっている。

やはり圧巻の調査力

二〇一七年出版のデイヴィッド・グラン著『キラーズ・オブ・ザ・フラワームーン』（早川書房、単行本は『花殺し月の殺人』）では、図書館や博物館、公文書館の資料をひもとき、当事者の子孫に取材を重ねて一〇〇年ほど前の未解決事件の様相を明らかにしており、その見事な情報収集力とストーリーの構成力に驚かされた。

本書執筆のきっかけも、やはり古い資料だという。二八〇年ほど前の古びた航海日誌のデジタルコピー版を目にして、著者グランは内容のすさまじさに興味を引かれた。そこで、一次資料に当たるため、英国の国立公文書館を訪れる。一八世紀の英国軍艦の航海日誌や点呼簿を閲覧し、傷んだ紙がさらに損傷しないようペンを使ってそろそろとページを繰りながら読み進めていたところ、乗組員の名前のリストの脇に「ＤＤ」の文字が並んでいることに気づく。「死亡除隊」の意味だ。その人数のあまりの多さに驚き、このＤＤの羅列パターンの意味することを解き明かすことにする。

インドア派を自認するグランだが、執筆に当たっては現地取材することを志としており、二〇一九年、ニューヨークの自宅からチリ側のパタゴニア沖に位置するチロエ島に飛んでいる。五二フィート（約一六メートル）の船をチャーターし、そこから数時間、荒れる海をウェイジャー島に向かい、そこでウェイジャー号の残骸の実物も目にした。船上では船酔いが治まらず、気を紛らわすためにメルヴィルの『白鯨』をオーディオブックで聞いたそうだ。

二年をかけたこうした緻密な調査資料を元に、グランはストーリーがどこに行き着くかわからないまま書き始めた。そして五年の歳月をかけ、おぞましくも刺激的で生命力に溢れたサスペンスタッチの海の冒険譚が完成する。ノンフィクション作品でありながら、作品世界に没入できる読み物に仕上がっている。調査については、巻末の「参考文献について」もご参照いただきたい。

ストーリーについて

本書は、五つのパートで構成されている。パート1は出航から洋上で孤立するまで、パート2は無人島への漂着、パート3は無人島でのサバイバル生活、パート4で島からの脱出、パート5で帰国後の軍法会議を描いている。

日本では徳川吉宗が八代将軍を務めていた一七四〇年九月、英国軍艦ウェイジャー号は、財宝を積んだスペインのガレオン船の拿捕という密命を帯び、小艦隊の一隻としてポーツマス港を出航する。だが、約八カ月後の五月、パタゴニアのチリ側沖で嵐に遭遇し、他の船とはぐれ座礁。航海中、多くの者が発疹チフスや壊血病で命を落としたため、当初約二五〇人いた乗組員は一四五人に減っていた。

ストーリーは、主に三人の人物、つまり三人の残した航海日誌や報告書を中心に描かれている。第一の人物は、ウェイジャー号艦長のデイヴィッド・チープだ。チープは、漂着した島でも英国海軍の秩序を保とうとし、野営地を大英帝国の前哨基地と見なして船の上と同じ指揮系統と軍規を守るように指示する。しかし、厳しい寒さと飢えに苛まれると、生存者たちは無政府状態に陥り反目し合う。「万人の万人に対する闘争」状態に陥った、と著者は一七世紀の哲学者トマス・ホッブズを引き合いに出している。

そんな混乱状態でリーダーシップを発揮するのが、第二の人物である掌砲長のジョン・バルクリーだ。バルクリーは、下働きから出世した苦労人だが砲術のみならず航海術にもサバイバル技術にも長け、天性のリーダーシップを持ち合わせていた。生存者たちは次第に、艦長チープ派と掌砲長バルクリー派、どちらにも与しないはぐれ者集団の大きく三派に分かれていく。

第三の人物は、艦長チープ派と掌砲長バルクリー派の間に立たされる士官候補生のジョン・バイロンである。後の詩人バイロン卿の祖父となる人物だが、遠征参加時には一六歳で、そのみずみずしい感性で異国の動植物について細やかな観察記録を残している。島では、海軍の指揮系統を遵守するならチープ艦長派につくべきだが、バルクリー派についたほうが祖国に生きて帰れる可能性が高いのではないかと思い悩む。

彼らが漂着した島は、他の船に救助される希望がほぼ見込めない上、食料がほとんど手に入らない不毛の島だった。一度はパタゴニアの先住民、カウェスカルの人々に遭遇し、食料を提供されるが、一行の内紛状態に気づいたカウェスカルの人々に見棄てられてしまう。漂着者たちは強烈な飢えに苛まれ、中には幻覚を見る者や、死んだ仲間の肉を口にする者、仲間を殺害する者、貯蔵庫の食料を盗む者などが現れた。こうした人間性を試される場面の数々は、本書冒頭に引かれたゴールディングの『蠅の王』を彷彿とさせる。

出航から一年四カ月後の一七四二年一月、バルクリー派はウェイジャー号の装載艇を改造した小舟でブラジルの海岸に漂着する。同乗者は三〇人に減っていた。ポルトガル領だったブラジルの総督は、荒れる海を小舟で一〇〇日以上も航行してきたバルクリー一行の漂着は奇跡だとして手厚くもてなし、英国に帰国させた。

それから半年後、別の小舟がチリのチロエ島に漂着する。乗っていたのは、チープ艦長たち三人で、ブラジルに漂着したバルクリー派とは正反対の主張をする。バルクリーたちは英雄ではなく反乱分子だというのだ。

両者の非難の応酬は注目されるところとなり、同時代や後世の者にインスピレーションを与えている。哲学者のルソー、ヴォルテール、モンテスキュー、生物学者のチャールズ・ダーウィン、作家のハーマン・メルヴィル、パトリック・オブライアンらだ。

スペイン領で捕虜となり数年の拘束を経てチープたち三人が英国に帰還すると、軍法会議が開かれる。説得力のある供述ができなければ、反逆罪に問われ絞首刑になりかねない。世論を味方に付けようと、生存者たちはそれぞれ自分の言い分を喧伝したり自らの航海日誌を出版したりする。世間が固唾を飲んで成り行きを見守る中、軍法会議を開いた海軍本部の下した判断は意外なものだった。

帰国後に航海日誌を出版した生存者たちに大英帝国の思惑に加担しようという意図はなかっただろうが、自らの保身を図ることで無思慮に加担したと著者グランは断じている。帝国の思惑とは、未開の先住民の文明化という植民地主義を掲げ、他民族の支配を正当化したことである。

加えて、白人が南米大陸の先住民の人々に及ぼした影響についても指摘する。グアラニの人々が、白人入植者によって迫害されたり病気を持ち込まれたりして大幅に人口が減ったこと。マゼラン一行が出会った先住民を巨人族として描き、その地域を「前足」を意味するパタゴニアと呼ぶことで、先住民を人間以下の存在とし、自分たちの征服を正当化しようとしたこと。ダニエル・デフォーの『ロビンソン・クルーソー』は、英国が他民族を植民地支配することに対する賛歌であったこと、等々である。その一方で、カウェスカルの人々が厳しい寒さにうまく適応していたため、二〇世紀に入ってNASAが宇宙空間で生き延びるための参考にしようと宇宙飛行士にカウェスカルの人々の知恵を学ばせたことや、必要最低限の家財道具をカヌーに積んで家族とともに移動する海の遊動生活により、一カ所の資源を採り尽くさずにすんだと人類学者が指摘していること等、先住民はけっして未開などて、「著者覚書」で、巻頭の上で、その上で、ではなく持続可能な生きる知恵を持っていたことにも触れている。その上で、巻頭の「著者覚書」で、著者グランは歴史の審判は読者に委ねると述べている。

著者について

著者デイヴィッド・グランについては、本書の「謝辞」に家族のことが記されているが、作家としてのキャリアをスタートさせるまでの前半生も紹介しておこう。

グランは、医師の父と、後に大手出版社ペンギン・パットナム社初の女性CEOとなる母の下にマンハッタンで生まれている。少年時代をコネチカットで過ごし、一八歳でコネチカット大学に入学。ラテンアメリカを中心とする国際関係政治学を専攻した。大学在学中、コスタリカに留学し、その後、米国以外の地域での探検に対する助成金トーマス・J・ワトソン・フェローシップを獲得し、メキシコの一党独裁体制についてフィールドリサーチを行なう。この頃、メキシコの日刊紙ラ・ホルナダが発行する英語雑誌でフリーランスの記者となり、ジャーナリストとしてのキャリアをスタート。大学では、作家ブランシュ・マクラリー・ボイドの指導でノンフィクションのストーリーテリングの技術を磨いた。

大学卒業後、ワシントンDCのザ・ヒル紙に入社し、議会番の記者となる。だが、議会の権謀術数にうんざりし、ギャングや殺し屋、シャーロック・ホームズ研究者の変死といった実話に秘められた人間の本質に興味をもつようになる。そして二〇〇三年にニューヨーカー誌に入り、現在のように、スタッフライターと作家を兼務するようになった。

邦訳された著書は、本書を含め三作品ある。『ロスト・シティZ　探検史上、最大の謎を追え』は、インディ・ジョーンズのモデルとなった英国人探検家の足取りを追い、著者自らアマゾンの奥地を取材している。この作品を原作として、ジェームズ・グレイ監督、チャーリー・ハナム主演で映画『ロスト・シティZ　失われた黄金都市』が制作された。また、二〇一七年刊のアメリカ探偵作家クラブ賞（エドガー賞）受賞作『キラーズ・オブ・ザ・フラワームーン』は、刊行直後だけでなく、映画の撮影が本格化したことが報じられるようになった二〇二一年末から一二〇週以上連続でニューヨーク・タイムズのベストセラーリスト入りを果たしている。この作品を原作として、二〇二三年一〇月にはマーティン・スコセッシ監督、レオナルド・ディカプリオ、リリー・グラッドストーン、ロバート・デ・ニーロ他出演の映画『キラーズ・オブ・ザ・フラワームーン』が公開された。二〇六分という長尺であることに加え、北米先住民の血を引くリリー・グラッドストーンが第九六回アカデミー賞の主演女優賞にノミネートされる等、一〇部門でノミネートされたことで記憶に新しい。

なお、本書も映画化されることが決まっている。『キラーズ・オブ・ザ・フラワームーン』と同じく、監督のスコセッシと主演のディカプリオが再びタッグを組む予定だ。スコセッシ監督は再現性を重視することで有名だが、ウェイジャー島付近の荒れる海でロケを敢行するのだろうか。どこかに大がかりなセットを組むのだろうか。ディカプリオはどの役を演じるのだろうか。今から想像が膨らみ、完成が楽しみでならない。

最後にこの場を借り、訳出するにあたってお世話になった多くの方に感謝申し上げたい。本書を翻訳する機会と有益な助言をくださった早川書房編集部の編集者、加藤千絵さん、丁寧に原稿を校正・校閲してくださった永尾郁代さん、すてきな装丁をしてくださったデザイナーの坂野公一さん、さらには営業チームの皆様をはじめ、関係者の皆様に心より厚く御礼申し上げる。

二〇二四年三月

《主な参考文献・参考サイトなど》

阿部珠理編著『アメリカ先住民を知るための62章』明石書店、二〇一六年
川北稔『民衆の大英帝国』岩波書店、一九九〇年
ジョーゼフ・ラディヤード・キップリング／中村為治選訳『キップリング詩集』岩波文庫、一九八八年
ウィリアム・クーパー／林瑛二訳『ウィリアム・クーパー詩集 「課題」と短編詩』慶應義塾大学法学研究会、一九九二年
小島敦夫『海賊列伝 古代・中世ヨーロッパ海賊の光と影』誠文堂新光社、一九八五年
デイヴィッド・コーディングリ編／増田義郎、竹内和世訳『海賊大全』東洋書林、二〇〇〇年
フィリップ・ゴス／朝比奈一郎訳『海賊の世界史』リブロポート、一九九四年
ウィリアム・ゴールディング／黒原敏行訳『蠅の王』早川書房、二〇一七年

ジョゼフ・コンラッド／柴田元幸訳『ロード・ジム』河出書房新社、二〇二一年
ジョウゼフ・コンラッド／田中勝彦訳『シャドウ・ライン 秘密の共有者』八月舎、二〇〇五年
小林幸雄『イングランド海軍の歴史』原書房、二〇一六年
チャールズ・ジョンソン／朝比奈一郎訳『イギリス海賊史〔上・下〕』リブロポート、一九八三年
トバイアス・スモレット／伊藤弘之ほか共訳『ロデリック・ランダムの冒険』荒竹出版、一九九九年
デーヴァ・ソベル／藤井留美訳『経度への挑戦』翔泳社、一九九七年
チャールズ・ダーウィン／長谷川眞理子訳『人間の由来〔上・下〕』講談社、二〇一六年
竹田いさみ『海の地政学』中公新書、二〇一九年
巽孝之、鷲津浩子、下河辺美知子『文学する若きアメリカ ポウ、ホーソン、メルヴィル』南雲堂、一九八九年
巽孝之監修／大串尚代、佐藤光重、常山菜穂子編著『アメリカ文学と大統領 文学史と文化史』南雲堂、二〇二三年
ロバート・ダーントン／関根素子、二宮宏之訳『革命前夜の地下出版』岩波書店、一九九四年
アラン・テイラー／橋川健竜訳『先住民ｖｓ．帝国 興亡のアメリカ史』ミネルヴァ書房、二〇二〇年
ジェイムズ・ドッズ、ジェイムズ・ムーア／渡辺修治訳『英国の帆船軍艦』原書房、一九九五年
キース・トムスン／杉田七恵訳『海賊たちは黄金を目指す』東京創元社、二〇二三年
エリック・ジェイ・ドリン／吉野弘人訳『海賊の栄枯盛衰』パンローリング、二〇二〇年
中西輝政『大英帝国衰亡史』ＰＨＰ研究所、一九九七年

バイロン／笠原順路編『バイロン詩集 対訳』岩波文庫、二〇〇九年
バイロン／東中稜代訳『ドン・ジュアン〔上・下〕』音羽書房鶴見書店、二〇二一年
サミュエル・ピープス／臼田昭訳『サミュエル・ピープスの日記 第二巻（1661年）』国文社、一九八八年
サミュエル・ピープス／海保眞夫訳『サミュエル・ピープスの日記 第十巻（1669年）』国文社、二〇一二年
ナサニエル・フィルブリック／相原真理子訳『復讐する海――捕鯨船エセックス号の悲劇』集英社、二〇〇三年
ヴォルテール／堀茂樹訳『カンディード』晶文社、二〇一六年
ヴォルテール／斉藤悦則訳『カンディード』光文社、二〇一五年
リチャード・プラット／スティーブン・ビースティー画／宮坂宏美訳『帆船軍艦』あすなろ書房、二〇二一年
ジェイムズ・ボズウェル／中野好之訳『サミュエル・ジョンソン伝〔1・2・3〕』みすず書房、一九八一、一九八二、一九八三年
別枝達夫『海賊の系譜』誠文堂新光社、一九八〇年
増田義郎『略奪の海カリブ』岩波新書、一九八九年
J・マホフスキ／木村武雄訳『海賊の歴史』河出書房新社、一九七五年
ハーマン・メルヴィル／坂下昇訳「レッドバーン」、『メルヴィル全集第五巻』国書刊行会、一九八二年

ハーマン・メルヴィル／坂下昇訳「白いジャケツ」、『メルヴィル全集第六巻』国書刊行会、一九八二年
L・H・モーガン／古代社会研究会訳／上田篤監修『アメリカ先住民のすまい』岩波文庫、一九九〇年
桃井治郎『海賊の世界史』中公新書、二〇一七年
山田吉彦監修『新世界 海賊の作法』G・B、二〇二一年
ウッズ・ロジャーズ／平野敬一、小林真紀子訳『世界巡航記 17・18世紀大旅行記叢書【第Ⅱ期】第6巻』岩波書店、二〇〇四年
ハル・ロス／野本謙作訳『ホーン岬への航海』海文堂出版、一九八〇年
ロモラ&R・C・アンダーソン／杉浦昭典監修／松田常美訳『帆船6000年のあゆみ』成山堂書店、一九九九年

ドキュメンタリー映画『真珠のボタン』パトリシオ・グスマン監督、二〇一五年

https://www.cbsnews.com/news/david-grann-author-wager-60-minutes-transcript-2023-07-23/
https://www.conncoll.edu/news/cc-magazine/past-issues/2023-issues-/summer-2023/the-wager/
https://www.youtube.com/watch?v=J8-bqxUFEzA
https://www.youtube.com/watch?v=tIIKIKuQcTo
https://www.youtube.com/watch?v=z2SZxcvWJY8

参考文献について

数年前のある日、私はロンドンのキュー地区にある英国国立公文書館を訪ね、ある閲覧依頼をした。数時間後、箱を一つ受け取った。中には、埃をかぶり傷みかけた手書きの書物が一点入っていた。それ以上傷まないように気をつけながら、蛍光ペンでそろそろと表紙をめくった。各ページは縦罫で区切られ、「年月」、船の「針路」、「主な観測記録と出来事」といった見出しがついている。羽根ペンとインクで書かれた記述は今や不鮮明で、文字が非常に小さく曲がりくねっているため読み解くのが一苦労だった。

1741年4月6日の欄には、船がホーン岬を周ろうとした際のことを「帆と艤装のすべてが役に立たず、乗組員たちはひどく弱っている」とある士官が書き込んでいる。その数日後の欄には、その士官は、「代将と艦隊のすべての船を見失った」と記している。日を追うごとに、記述は暗くなっていく。船は崩壊しつつあり、乗組員たちは飲料水の不足に見舞われたのだ。4月21日の欄には、「ティモシー・ピカズ、乗組員、死去……トマス・スミス、傷病者、死去……ジョン・パターソン、傷病者、およびジョン・フィディーズ、乗組員、死去」とある。

この書物は、ジョージ・アンソン率いる遠征隊の生存者の手による数多くの痛ましい航海日誌の一つにすぎない。2世紀半が経過した今でも、パタゴニア沖の荒涼たる島でウェイジャー号が悲劇的な難破に直面した際の詳細な経緯をはじめ、当事者の目撃した事実は驚きに満ちている。日誌の他にも、書簡や個人の日誌、点呼簿、軍法会議の証言録、海軍本部への報告書など、さまざまな役所の記録もある。加えて、当時の新聞記事や海の歌(バラッド)、航海中に描かれたスケッチなども多数残っている。そしてもちろん、この遠征に参加した何人もが自ら出版した生々しい航海記もある。

読者のみなさんが今手にしている本書は、そうしたさまざまな資料から幅広く引用している。ウェイジャー島とその周辺の海については、私自身が現地に赴き3週間の旅をし、難破した者たちが味わった驚きと恐怖をその一端にせよ垣間見たことでより深みのある描写ができた。

18世紀の木造の世界の内側の生活を描くため、本書はすでに出版されている日誌とそれ以外の乗組員の未発表の日誌の両方を頼みとした。さらに、優れた歴史家の著作数点にも助けられた。グリン・ウィリアムズ著『世界の海を股にかける財宝船』〔原題、*The Prize of All the Oceans*、未邦訳〕は、彼が編集した一次記録集『アンソンの世界周航に関する資料』〔原題、*Documents Relating to Anson's Voyage Round the World*、未邦訳〕と並び、依然としてきわめて貴重な文献である。他にも画期的な文献とし

て、たとえば、ダニエル・ボー著『ウォルポール時代の英国海軍本部行政』〔原題、*British Naval Administration in the Age of Walpole*、未邦訳〕、強制徴募の歴史に焦点を当てたデンバー・ブランズマン著『必要悪』〔原題、*The Evil Necessity*、未邦訳〕、見事な調査研究書であるブライアン・レイヴァリ著『英国軍艦の武装と艤装、1600〜1815』〔原題、*The Arming and Fitting of English Ships of War, 1600-1815*、未邦訳〕と彼が編纂した一次資料集『船上の生活と秩序、1731〜1815』〔原題、*Shipboard Life and Organisation, 1731-1815*、未邦訳〕、不朽の著述であるN・A・M・ロジャー著『木造の世界』〔原題、*The Wooden World*、未邦訳〕などがある。また、C・H・レイマン海軍少将は、一次資料を編纂した『ウェイジャー号の惨劇』〔原題、*The Wager Disaster*、未邦訳〕にいくつか重要な資料を収録している。その他、さまざまな専門家への幅広い取材にも依拠している。

重要な参考文献は、参考文献一覧に明記してある。特に多用した書籍や論説は、注にも明記するようにした。引用符で括った文章はすべて、個人の日誌、航海日誌、日記、書簡などの資料から直接引用した箇所である。ただし、わかりやすくするため、18世紀には一般的であったが、sをfに似た書体で記したり大文字表記にばらつきがあるなどの古い綴りや句読点は現代風に直してある。引用箇所は、すべて注に記した。

記録文書および未発表文書の典拠〔略称と名称〕

BL 大英図書館
ADD MSS〔大英図書館の〕追加写本
ERALS イースト・ライディング・アーカイブズ・アンド・ローカル・スタディーズ図書館
HALS ハートフォードシャー・アーカイブズ・アンド・ローカル・スタディーズ図書館
JS イェール大学バイネッケ・レアブック&マニュスクリプト図書館収蔵ジェームズ・マーシャルおよびマリー゠ルイーズ・オズボーン・コレクションのジョゼフ・スペンス文書
LOC アメリカ議会図書館（ワシントンDC)
NMM 国立海洋博物館（ロンドン、グリニッジ）
　ADM B 海軍本部海軍委員会からの書簡
　ADM L 海軍本部収蔵、海軍士官たちの航海日誌
　HER ヘロン゠アレン・コレクション、海軍士官の書簡および版画による肖像画を含む
　HSR 写本文書
　JOD 日誌および日記
　LBK 海軍士官たちの書簡集
　PAR/162/1 艦隊提督（1781～1866）サー・ウィリアム・パーカーの個人コレクション
　POR ポーツマス工廠の書簡および報告書
NLS スコットランド国立図書館（エディンバラ）
NRS スコットランド国立公文書館（エディンバラ）
　CC8 遺言書
　JC26/135 裁判記録
　SIG1 土地記録
OHS オレゴン歴史協会（ポートランド）
TNA キュー国立公文書館（英国サリー州）
　ADM1 海軍本部公式通信録
　ADM1/5288 海軍本部軍法会議録
　ADM3 海軍本部委員会議事録

ADM6 海軍本部勤務記録、登録簿、帰還記録、証明書
ADM8 海軍本部名簿
ADM30 海軍委員会、海軍給与部
ADM33 海軍委員会、艦船給与簿
ADM36 海軍本部、点呼簿
ADM51 海軍本部、艦長航海日誌
ADM52 海軍本部、航海長航海日誌
ADM55 海軍本部、補給記録および遠征艦記録
ADM106 海軍委員会、書簡
HCA 高等軍事会議記録
PROB11 カンタベリー高等法院からの遺言書写し
SP 国務大臣の文書など、英公記録局収蔵記録

RLSA ロッチデール・ローカル・スタディーズ・アンド・アーカイブ（英国）
SL ニューサウスウェールズ州立図書館（オーストラリア）
USASC セント・アンドリューズ大学特別コレクション（スコットランド）
WSRO ウェスト・サセックス・レコード・オフィス（英国）

原　注

プロローグ

[1] ２艘の小舟の漂着に関する本文の記述は、主として生存者の日誌、通信文、出版物、私信を典拠としている。John Bulkeley and John Cummins, *A Voyage to the South Seas*, John Byron, *The Narrative of the Honourable John Byron*, Alexander Campbell, *The Sequel to Bulkeley and Cummins's "Voyage to the South Seas,"* C. H. Layman, *The Wager Disaster*, TNA-ADM1, and JS を参照。

[2] Bulkeley and Cummins, *A Voyage to the South Seas*, xxxi. 日誌の共著者としてウェイジャー号船匠長ジョン・カミンズの名が記されているが、実際に日誌を書いたのはバルクリーのほうである。

[3] Byron, *The Narrative of the Honourable John Byron*, p.170.

[4] Bulkeley and Cummins, *A Voyage to the South Seas*, p.xxiv.

[5] Campbell, *The Sequel to Bulkeley and Cummins's "Voyage to the South Seas"*, 扉。

[6] 同上、pp.vii-viii。

[7] Bulkeley and Cummins, *A Voyage to the South Seas*, p.72.

[8] 同上。

[9] 同上、p.xxiv。

第１章

[1] チープの経歴については、これまでほとんど明らかになっていないため、本書の人物像は主に未発表の文書から引用している。その中には、家族の書類、チープの私信、チープの日誌および公式報告書などがある。さらに、チープの友人や敵対者が記した日誌や記述からも引用した。JS、TNA、NMM、USASC、NLS、NRS の記録文書を参照。Bulkeley and Cummins, *A Voyage to the South Seas*, Byron, *The Narrative of the Honourable John Byron*, Campbell, *The Sequel to Bulkeley and Cummins's "Voyage to the South-Seas"*, Alexander Carlyle, *Anecdotes and Characters of the Times* を参照。

[2] Cheap という姓の従来の綴りはCheape である。この航海についての同時代の記述も現代の記述もCheape とつづるのが一般的であるが、本書では混乱を避ける

ためCheapの綴りを用いた。

[3] 本書のアンソンの人物像は、アンソン自身の航海日誌や海軍本部との通信文など、アンソンが残した未発表の文書記録に依拠している。さらに、アンソンの親族や船乗り仲間、同時代の人々が記した書簡や日記などの記述も手がかりにした。さらに、以下の数点の文献にも助けられた。Walter Vernon Anson, *The Life of Admiral Lord Anson: The Father of the British Nav, 1697-1762*, John Barrow, *The Life of Lord George Anson*, N. A. M. Rodger, *Oxford Dictionary of National Biography*, およびPeter Le Fevre and Richard Harding, eds., *Precursors of Nelson,* のアンソンについての記述、Andrew D. Lambert, *Admirals: The Naval Commanders Who Made Britain Great*, Brian Lavery, *Anson's Navy: Building a Fleet for Empire 1744 -1763*, Richard Walter, *A Voyage Round the World*, S. W. C. Pack, *Admiral Lord Anson: The Story of Anson's Voyage and Naval Events of His Day*, Glyn Williams, *The Prize of All the Oceans*. 最後に、アンソンに関する未発表の論文を読ませてくれたレイヴァリには謝意を表したい。

[4] アンソンには大勢の士官の出世を後押しできるような身内の伝手の類いはなかったが、身内にまったく有力者がいなかったわけではない。おばの結婚相手はマクルズフィールド伯爵だった。その後、海軍での功績により、初代ハードウィック伯爵フィリップ・ヨークをはじめとする有力な後援者も何人か現れた。

[5] ある艦長が同僚に送った書簡は、こうした庇護、すなわち「利権」が海軍で横行していた様を見事に表現している。「この機に私が旗艦将校に昇進できるように、貴兄の顔の広さを使って有力かつ高貴なご友人がたにどうか今すぐ働きかけていただきたいのです」とこの艦長は書き送っている。

[6] Barrow, *The Life of Lord George Anson*, p.241 より引用。

[7] Rodger, "George, Lord Anson," in *Precursors of Nelson*, eds., Le Fevre and Harding, p.198 より引用。

[8] 同上、p.181。

[9] 同上、p.198。

[10] Thomas Keppel, *The Life of Augustus, Viscount Keppel, Admiral of the White, and First Lord of the Admiralty in 1782-3*, vol. 1, p.172.

[11] James Boswell, *The Life of Samuel Johnson*, p.338 より引用。

[12] Andrew Massie の未発表の自伝を著者がラテン語から英語に翻訳した。NLS。

[13] Report from Cheap to Richard Lindsey, Feb. 26, 1744, JS.

[14] チープの上官だったある艦長は、カリブ海で海賊の一団に襲われたときの様子を書き残している。「敵は、槍や舶刀（カットラス）を手に猛然とやって来て、私と乗組員をきわめて野蛮なやり口で切りつけた」とその艦長は報告している。さらに、「この戦闘の最中に、２発のマスケット銃の弾が私の右太腿を貫通し、頭部を３カ所切られた」と書き加えている。

[15] Carlyle, *Anecdotes and Characters of the Times*, p.100.

[16] 同上、p.99。

[17] この戦争については、Craig S. Chapman, *Disaster on the Spanish Main*, Robert Gaudi, *The War of Jenkins' Ear: The Forgotten War for North and South America* を参照。

[18] 詩人のAlexander Pope はこの逸話を誇張し、「スペイン人どもはふざけたことをし」、「私たちの耳を切りとり国王に送りつけた」と書いた。

[19] Philip Stanhope Mahon, *History of England: From the Peace of Utrecht to the Peace of Versailles*, vol. 2, p.268 より引用。

[20] 指示書には、南米大陸南端とティエラ・デル・フエゴ諸島の間の危険な水路、マゼラン海峡を航行する選択肢も記されていた。しかし、アンソン代将はホーン岬を周ることにした。

[21] アンソン代将への 1740 年の指示。Glyndwr Williams ed., *Documents Relating to Anson's Voyage Round the World*, p.35 を参照。

[22] 簡略化のため、以下、この叙述をウォルター牧師の日誌として言及する。

[23] Walter, *A Voyage Round the World*, p.246。この引用箇所は版によって微妙に表現の違いがあるため、本書は標準的な表現を引用。

[24] 同上、p.37。

[25] "A Journal of My Proceedings," by Sir John Norris, 1739-40, printed in Williams, ed., *Documents Relating to Anson's Voyage Round the World*, p.12 より抜粋。

[26] Walter, *A Voyage Round the World*, pp.95-96.

[27] Luc Cuyvers, *Sea Power*, p.xiv より引用。

[28] Keppel, *The Life of Augustus, Viscount Keppel, Admiral of the White, and First Lord of the Admiralty in 1782-3*, vol. 1, p.155.

[29] この時期の海軍行政についての研究においてきわめて重要な文献は、Daniel Baugh, *British Naval Administration in the Age of Walpol* である。本書では、Baugh が編纂した一次資料集、*Naval Administration, 1715-1750* からも引用している。さらに、筆者のBaugh に対する広範に及ぶ取材からも引用した。

[30] 軍艦の建造および艤装については、Brian Lavery の貴重な著作の数々、とりわけ、*Building the Wooden Walls: The Design and Construction of the 74-Gun Ship Valiant, and The Arming and Fitting of English Ships of War, 1600-1815* を参照。レイヴァリは、本書の軍艦の構造などに関するファクトチェックにも、著者からの数え切れないほどの取材にも快く応じてくれた。

[31] 船体のカーブに適した自然に湾曲したオークなど、船体に必要な太いオークの木は成長するのに約 100 年かかる。船匠たちは、木材を求めて世界中を探し回った。マツのような柔軟性の高い木材から切り出す「大黒柱〔great sticks〕」であるマストの多くは、米大陸の植民地から輸入していた。1727 年、英海軍から業務を請け負っていたニューイングランドの業者は、この一冬で「少なくとも 3 万本のマツの木が伐採された」ので、このままでは 7 年後には「このマストの木は、

この地方一帯で千本も残っていないだろう」と報告している。これは、初期の森林破壊の一端である。

[32] 海軍が船底を定期的に木材ではなく銅で被覆するようになるのは、数十年後のことである。

[33] Samuel Pepys, *Pepys' Memoires of the Royal Navy, 1679-1688*, ed., J. R. Tanner, p.11.

[34] Julian Slight, *A Narrative of the Loss of the Royal George at Spithead*, p.79.

[35] Letter from Jacob Acworth to Secretary of the Admiralty Josiah Burchett, August 15, 1739, NMM-ADM B.

[36] Anson's logbook on the *Centurion*, NMM-ADM L.

[37] Anselm John Griffiths, *Observations on Some Points of Seamanship*, p.158.

[38] Letter from Cheap to the Admiralty, June 17, 1740, TNA-ADM 1/1439.

[39] "A Journal of My Proceedings," by John Norris, 1739-40, printed in Williams, ed., *Documents Relating to Anson's Voyage Round the World*, p.12 より抜粋。

[40] Sarah Kinkel, *Disciplining the Empire: Politics, Governance, and the Rise of the British Navy*, pp.98-99 より引用。

[41] Captain Dandy Kidd's logbook on the *Wager*, TNA-ADM 51/1082.

[42] テムズ川の航行については、G. J. Marcus の優れた著書 *Heart of Oak* を参照。

[43] センチュリオン号の士官候補生オーガスタス・ケッペルは、後に提督にまで出世する人物だが、行き交う船について「彼女〔あの船〕の臀はまだ肉付きがいいな」と語っている。

[44] この時期、異常事態に陥っていた海軍の人員配置および海軍行政については、Baugh, *British Naval Administration in the Age of Walpole*, および Baugh の編纂した資料集 *Naval Administration, 1715-1750* を参照。

[45] 当時、首相という呼称は使われていなかったが、今日はウォルポールが英国の初代首相であると歴史家の間で広く認識されている。

[46] Baugh, *British Naval Administration in the Age of Walpole*, p.186 より引用。

[47] Thomas Gibbons Hutchings, *The Medical Pilot, or, New System*, p.73.

[48] Report from Cheap to Lindsey, Feb. 26, 1744, JS.

[49] 発疹チフスの蔓延が英国海軍に及ぼした影響については、Baugh, *British Naval Administration in the Age of Walpole* を参照。さらに、James Lind, *An Essay on the Most Effectual Means of Preserving the Health of Seamen in the Royal Navy* も参照。

[50] 海軍医のJames Lind は、後に船上の衛生管理に革命をもたらす人物だが、感染した新兵一人が船中に感染を広める様子について「次々に伝染し艦隊全体が神学校」のようになったと記している。

[51] Baugh, *British Naval Administration in the Age of Walpole*, p.181 より引用。

[52] 同上、p.148。

[53] Admiralty Memorial to the King in Council, January 23, 1740, Baugh, ed., *Naval*

Administration, 1715-1750, p.118.

[54] Robert Hay, *Landsman Hay: The Memoirs of Robert Hay*, ed. Vincent McInerney, p.195.

[55] センチュリオン号のある士官は自分の日誌に「そのため、二等海尉と 27 人の乗組員は強制徴募するために出航した」と記している。

[56] Marcus, *Heart of Oak*, p.80 より引用。

[57] 強制徴募中に流血騒ぎになることもあった。強制徴募隊が船に乗り込もうとすると、抵抗して発砲したとある船長は報告している。その船長は「その時、カットラスを持って加勢しろと部下に命じた」と記している。部下のうち 5 人が命を落とした。

[58] Denver Brunsman, *The Evil Necessity: British Naval Impressment in the Eighteenth-Century Atlantic World*, p.184 より引用。

[59] William Robinson, *Jack Nastyface: Memoirs of an English Seaman*, pp.25-26.

[60] Pepys, *Everybody's Pepys: The Diary of Samuel Pepys*, ed. O. F. Morshead, p.345.

[61] 脱走者が捕まると、絞首刑にされる可能性、すなわち、ある艦長が海軍本部に嘆願した「死よりも恐ろしい罰」に直面することになる。しかし、脱走者が処刑されることはめったになかった。喉から手が出るほど乗組員を必要としていたため、海軍は乗組員を死刑にする余裕がなかったのである。また、少数の逮捕された者は、たいてい元の船に戻された。だが、アンソン艦隊の例としてある士官が報告しているところによると、一人の脱走者が「数人の仲間をそそのかして脱走させ、他の者が戻ろうとするのを全力で阻止した」ため、脱走他の違反行為で捕まえたこの者を環付きの鎖で拘束するという「本人にとって大きな罰」を科さなければならなかったという。

[62] Baugh, *British Naval Administration in the Age of Walpole*, p.184 より引用。

[63] この数字は、アンソン艦隊の 5 隻の軍艦および偵察用スループ船トライアル号の点呼簿の著者の分析を基にしている。

[64] Peter Kemp, *The British Sailor: A Social History of the Lower Deck*, p.186 より引用。

[65] Report from Cheap to Lindsey, Feb. 26, 1744, JS.

[66] Baugh, *British Naval Administration in the Age of Walpole*, p.165 より引用。

[67] 海兵隊員と傷病者についての本書の記述は、この遠征隊参加者の一次文献を参照した。また、Glyn Williams の優れた歴史書、*The Prize of All the Oceans* も参照した。Williams が明らかにした病院記録によると、傷病者の一人は以前に「右大腿部を負傷した」ことがあり、左脚と腹部は「爆弾により負傷」していた。また別の者は、「麻痺あり、きわめて病弱」と記されている。

[68] Williams, *The Prize of All the Oceans*, p.22 より引用。

[69] Michael Roper, *The Records of the War Office and Related Departments*, p.71 より引用。

[70] Walter, *A Voyage Round the World*, pp.7-8.
[71] 同上。
[72] 同上。
[73] Anon., *A Voyage to the South-Seas, and to Many Other Parts of the World, Performed from the Month of September in the Year 1740, to June 1744, by Commodore Anson*, p.12.
[74] この船の名称は、古くはTryal もしくはTryall とつづることが少なくなかったが、本書では現代の綴りのTrial を用いている。
[75] London *Daily Post*, September 5, 1740.
[76] Bulkeley and Cummins, *A Voyage to the South Seas*, p.1.

第2章

[1] バイロンに関する本書の記述は、主にバイロンの日誌、家族や友人と交わした書簡、長年にわたる海軍本部宛報告書、バイロンが乗り組んださまざまな船で書いた日誌、同僚の士官や船乗りが出版した一次資料、当時の新聞記事を参照した。さらに、Emily Brand, *The Fall of the House of Byron: Scandal and Seduction in Georgian England*, Fiona MacCarthy, *Byron: Life and Legend; and A. L. Rowse's The Byrons and Trevanions* など、バイロンと彼の一族についての歴史を記した複数の文献を参照した。
[2] Doris Leslie, *Royal William: The Story of a Democrat*, p.10.
[3] Bulkeley and Cummins, *A Voyage to the South Seas*, p.135.
[4] Washington Irving は、バイロン一族の領地を「半分が城で半分が修道院のこうした古風でロマンティックな建物群の現存する最も見事な例であり、イングランドの古い時代の記念碑として残っている」と評している。
[5] George Gordon Byron, *The Poetical Works of Lord Byron*, p.732.
[6] 同上、p.378。
[7] Pepys, *The Diary of Samuel Pepys*, eds., Robert Latham and William Matthews, vol. 2, p.114.
[8] N. A. M. Rodger, *The Wooden World: An Anatomy of the Georgian Navy*, p.115.
[9] Frederick Chamier, *The Life of a Sailor*, p.10.
[10] N. A. M. Rodger, *The Safeguard of the Sea*, p.408 より引用。
[11] John Bulloch, *Scottish Notes and Queries*, p.29.
[12] 海軍は女性の入隊を禁じていたが、中には男装して入隊しようとする者がいたり、時には士官が妻を帯同したりすることもあった。
[13] この時代の黒人船乗りについては、W. Jeffrey Bolster, *Black Jacks: African American Seamen in the Age of Sail*、および、Olaudah Equiano の編著 *The*

Interesting Narrative and Other Writings を参照。

[14] Henry Baynham, *From the Lower Deck*, p.116 より引用。

[15] Dudley Pope, *Life in Nelson's Navy*, p.62.

[16] ウェイジャー号の海尉ベインズは、書簡や陳述をごくわずかしか残していないため、ベインズの言動について知られていることはその大半がウェイジャー号の他の乗組員の証言による。ベインズの身内に関する情報は、かなりの量が存在する。その他は、Derek Hirst, "The Fracturing of the Cromwellian Alliance: Leeds and Adam Baynes," John Yonge Akerman, *Letters from Roundhead Officers Written from Scotland and Chiefly Addressed to Captain Adam Baynes, July MDCL-June MDCLX*, Henry Reece, *The Army in Cromwellian England, 1649-1660* を参照。さらに、著者はデレク・ハーストにベインズ一族について取材し、ベインズの子孫であるステラ・ハーバートにも話を聞いた。ハーバートはロバート・ベインズに関して収集した情報を快く提供してくれた。

[17] 乗組員の中には、後甲板の乗組員からなる第三のグループもあった。持ち場は後甲板だったが、命令する側ではなくされる側だった。後檣の帆を操作したり、磨き石（祈りを捧げるときのようにひざまずいて使う煉瓦に似た砥石）で甲板を磨いたりするような初歩的な作業を受け持った。

[18] Samuel Leech, *Thirty Years from Home, or, A Voice from the Main Deck*, p.40.

[19] 船上での生活についての本書の記述は、多数の出版物および未発表の文書を参照した。特に、画期的な歴史書であるRodger, *The Wooden World*, Adkins and Adkins, *Jack Tar*、見事な一次資料集であるLavery, *Shipboard Life and Organisation, 1731-1815*、アンソンの遠征に参加した乗組員たちを含む目撃証言や日誌、航海日誌を参照した。さらに、Lavery、Rodger、Baugh、Brunsman をはじめとするこの分野の専門家への取材にも助けられた。

[20] Rodger, *The Wooden World*, p.37 より引用。

[21] Edward Thompson, *Sailor's Letters*, vol. 1, pp.155-56.

[22]1702 年に出版された随筆で、士官が自分の部下を「永遠の娼婦の息子」や「永遠の雌犬の血族」と罵っており、加えて、その士官たちが「主イエス・キリストに誓って……言及するのにふさわしくない神を冒瀆する多くの表現を使って」いるとある作家が不満を述べている。

[23]19 世紀の奇跡的な発明である冷蔵庫がなければ、食品を保存する方法は乾燥させるか、塩漬けにするか、酢漬けにするかしかなかった。

[24] Byron, *The Narrative of the Honourable John Byron*, p.39.

[25] ある航海で一人の士官が「バイオリンを演奏し、数人の仲間が踊った」とバイロンは回想している。

[26] Charles Harding Firth, *Naval Songs and Ballads*, p.172.

[27] Robert E. Gallagher, ed., *Byron's Journal of His Circumnavigation, 1764-1766*, p.35.

[28] Thompson, *Sailor's Letters*, vol. 2, p.166.

[29] Bulkeley and Cummins, *A Voyage to the South Seas*, p.77.

[30] Herman Melville, *Redburn: His First Voyage: Being the Sailor-Boy Confession and Reminiscences of the Son-of-a-Gentleman, in the Merchant Service*, pp.132-33.

[31] メインマストに登る挑戦を何度も繰り返したのだが、「すぐさま登った」とバイロンは何事もなかったかのように記している。

[32] Walter, *A Voyage Round the World*, p.17.

[33] 同上、p.11。

[34] Letter from Captain Norris to Anson, Nov. 2, 1740, TNAADM 1/1439.

[35] N. A. M. Rodger, *Articles of War: The Statutes Which Governed Our Fighting Navies, 1661, 1749, and 1886*, p.24.

[36] John Nichols, *Literary Anecdotes of the Eighteenth Century*, p.782.

[37] Berkenhout, "A Volume of Letters from Dr. Berkenhout to His Son, at the University of Cambridge," p.116.

[38] Walter, *A Voyage Round the World*, p.18.

[39] "An Appendix to the Minutes Taken at a Court-Martial, Appointed to Enquire into the Conduct of Captain Richard Norris," p.24.

[40] Letter from Captain Norris to the Admiralty, Sept. 18, 1744, TNA-ADM 1/2217.

[41] Anon., *A Voyage to the South-Seas, and to Many Other Parts of the World, Performed from the Month of September in the Year 1740, to June 1744, by Commodore Anson ... by an Officer of the Squadron*, p.18.

[42] W. H. Long, ed., *Naval Yarns of Sea Fights and Wrecks, Pirates and Privateers from 1616-1831 as Told by Men of Wars' Men*, p.86.

[43] Andrew Stone to Anson, Aug. 7, 1740, printed in Williams, ed., *Documents Relating to Anson's Voyage Round the World*, p.53.

[44] Walter, *A Voyage Round the World*, p.19.

[45] 同上、p.20。

第3章

[1] Adkins and Adkins, *Jack Tar*, p.270より引用。

[2] 英国軍艦の人員の戦闘配備については、Adkins and Adkins, *Jack Tar,* Patrick O'Brian, *Men-of-War: Life in Nelson's Navy*, Tim Clayton, *Tars: The Men Who Made Britain Rule the Waves*, G. J. Marcus, *Heart of Oak*, Lavery, *Shipboard Life and Organisation*, Rodger, *The Wooden World*を参照。さらに、William DillonやSamuel Leechをはじめとする乗組員の一次資料証言を参照。

[3] 訓練中は、砲弾を節約するため空砲を発射することが多かった。

[4] Chamier, *The Life of a Sailor*, p.93.
[5] William Monson, *Sir William Monson's Naval Tracts: In Six Books*, p.342.
[6] Bulkeley and Cummins, *A Voyage to the South Seas*, p.xxi.
[7] 同上、p.45。
[8] Thomas à Kempis, *The Christian's Pattern, or, A Treatise of the Imitation of Jesus Christ*, p.19.
[9] 同上、p.20。
[10] Bulkeley and Cummins, *A Voyage to the South Seas*, p.xxi.
[11] William Mountaine, *The Practical Sea-Gunner's Companion, or, An Introduction to the Art of Gunnery*, p.ii.
[12] 同上。
[13] Bulkeley and Cummins, *A Voyage to the South Seas*, p.5.
[14] 同上、p.xxiii。
[15] Rodger, *The Wooden World*, p.20.
[16] Bulkeley and Cummins, *A Voyage to the South Seas*, p.136.
[17] 航海日誌と航海記を理解する上で、以下の優れた文献二点を特に参照した。Philip Edwards, *The Story of the Voyage: Sea-Narratives in Eighteenth-Century England*, Paul A. Gilje, *To Swear Like a Sailor: Maritime Culture in America, 1750-1850.*
[18] Daniel Defoe, *The Novels and Miscellaneous Works of Daniel Defoe*, p.194.
[19] Bulkeley and Cummins, *A Voyage to the South Seas*, 扉。
[20] Gilje, *To Swear Like a Sailor*, p.66.
[21] R. H. Dana, *The Seaman's Friend: A Treatise on Practical Seamanship*, p.200.
[22] この時代に航海記への関心が高まったことについては、Edwards, *The Story of the Voyage* を参照。
[23] Edwards, *The Story of the Voyage*, p.3 より引用。
[24] Lawrence Millechamp, *A Narrative of Commodore Anson's Voyage into the Great South Sea and Round the World*, NMM-JOD/36.
[25] 海軍の戦術については、Sam Willis の洞察に満ちた著書、*Fighting at Sea in the Eighteenth Century: The Art of Sailing Warfare* を参照。
[26] 歴史家のSam Willis によると、この陣形は「艦隊の聖杯陣形」と見なされていた。
[27] Willis, *Fighting at Sea in the Eighteenth Century*, p.137 より引用。
[28] Leech, *Thirty Years from Home*, p.83.
[29] 遠征隊が苦しめられた発疹チフスの流行については、Heaps, *Log of the Centurion*, Keppel, *The Life of Augustus, Viscount Keppel, Admiral of the White, and First Lord of the Admiralty in 1782-3*, vol. 1, Pascoe Thomas, *A True and Impartial Journal of a Voyage to the South-Seas*, Boyle Somerville, *Commodore Anson's Voyage*

into the South Seas and Around the World, Walter, *A Voyage Round the World*, Williams, *The Prize of All the Oceans* 他を参照。さらに、数々の苦難についての凄惨な様子が鮮明に記された、アンソン艦隊各船の数多くの航海日誌や点呼簿も参照した。

[30] Keppel, *The Life of Augustus, Viscount Keppel, Admiral of the White, and First Lord of the Admiralty in 1782-3*, vol. 1, p.24.

[31] Henry Ettrick, "The Description and Draught of a Machine for Reducing Fractures of the Thigh," *Philosophical Transactions 459*, XLI (1741), p.562.

[32] Pascoe Thomas, *A True and Impartial Journal of a Voyage to the South-Seas*, p.142.

[33] Millechamp, *A Narrative of Commodore Anson's Voyage into the Great South Sea and Round the World*, NMM-JOD/36.

[34] *The Spectator*, August 25 and September 1, 1744.

[35] Tobias Smollett, *The Works of Tobias Smollett: The Adventures of Roderick Random*, vol. 2, p.54.

[36] H. G. Thursfield, ed., *Five Naval Journals, 1789-1817*, p.35.

[37] 海葬については、Adkins and Adkins, *Jack Tar*, Baynham, *From the Lower Deck*, Joan Druett, *Rough Medicine: Surgeons at Sea in the Age of Sail*, Pope, *Life in Nelson's Navy*, Rex Hickox, *18th Century Royal Navy*, Thursfield, *Five Naval Journals, 1789-1817* 他を参照。

[38] Dana, *Two Years Before the Mast, and Twenty-Four Years After*, p.37.

[39] John Woodall, *De Peste, or the Plague*, 序文.

[40] Bulkeley and Cummins, *A Voyage to the South Seas*, p.2.

[41] 死者数は、パール号、センチュリオン号、セヴァーン号、グロスター号の点呼簿を基に集計した。ウェイジャー号の記録の多くは難破時に失われたため、発疹チフスによる正確な死者数は不明であるが、かなりの人数に上ると見られる。さらに、本書はスループ船のトライアル号、インダストリー号とアナ号の二隻の貨物船の死者数を加えていない。その結果、本書の死者数は控えめな数字になったが、それでも広く伝えられていた数字よりはるかに多かったことがわかる。

[42] Walter, *A Voyage Round the World*, p.42.

[43] Bulkeley and Cummins, *A Voyage to the South Seas*, p.4.

[44] 同上、p.3。

[45] Thomas, *A True and Impartial Journal of a Voyage to the South-Seas*, p.12.

[46] Keppel, *The Life of Augustus, Viscount Keppel, Admiral of the White, and First Lord of the Admiralty in 1782-3*, vol. 1, p.26 より引用。

[47] 同上。

[48] 乗組員たちが苦しめられたのは、発疹チフスだけではなかった。中には、黄熱病やマラリアに感染したと見られる者もいた。乗組員たちは蚊に毒があると訴え

たが、蚊が命を落とす恐れのある病気を媒介することは知らなかった。それどころか、発熱の原因は大気の状態にある、つまり艦付き教師のトマスが「気候の猛烈な暑さや悪い空気」と呼ぶものに原因があると多くの士官は考えていた。マラリアという名称はこの誤解を反映し、mala が悪い、aria が空気を意味するイタリア語を語源としている。

[49] Thomas, *A True and Impartial Journal of a Voyage to the South-Seas*, p.10.

[50] Millechamp, *A Narrative of Commodore Anson's Voyage into the Great South Sea and Round the World*, NMM-JOD/36.

[51] Bulkeley and Cummins, *A Voyage to the South Seas*, p.3.

[52] Lieutenant Salt's report to the Admiralty, July 8, 1741, TNA-ADM 1/2099.

[53] Somerville, *Commodore Anson's Voyage into the South Seas and Around the World*, p.28.

[54] Anon., *A Voyage to the South-Seas, and to Many Other Parts of the World, Performed from the Month of September in the Year 1740, to June 1744, by Commodore Anson … by an Officer of the Squadron*, p.19.

[55] Will and testament of Dandy Kidd, TNA-PROB 11.

[56] 暴君的な船長というのは、長年にわたり広く描かれてきたほど多くはなかった。やたらに横暴だという評判を立てられるとすぐに、その船長の船に乗り組む者はほとんどいなくなった。海軍本部もまた、人道的な理由からではなく、乗組員が不満を抱える船は役に立たないという現実的な理由から、そうした横暴な船長を一掃しようとした。ある乗組員に言わせると、よい待遇を受けている乗組員のほうが「気まぐれで情け容赦ない手荒な扱いを受けてやる気を失っている乗組員より」よく働くのが常だった。

[57] Kempis, *The Christian's Pattern*, p.41.

[58] Bulkeley and Cummins, *A Voyage to the South Seas*, p.4.

第4章

[1] Scott, *Recollections of a Naval Life*, p.41.

[2] Joseph Conrad, *Complete Short Stories*, p.688.

[3] これらの規則については、Rodger, *Articles of War: The Statutes Which Governed Our Fighting Navies*, 1661, 1749, 1886 を参照。

[4] ホーン岬周辺の自然描写については、船乗りの、特にアンソンの航海の同行者の一次資料である手記や航海日誌に依拠している。また、Adrian Flanagan, *The Cape Horners' Club: Tales of Triumph and Disaster at the World's Most Feared Cape*, Richard Hough, *The Blind Horn's Hate*, Robin Knox-Johnston, *Cape Horn: A Maritime History*, Dallas Murphy, *Rounding the Horn: Being a Story of Williwaws*

and Windjammers, Drake, Darwin, Murdered Missionaries and Naked Natives–a Deck's Eye View of Cape Horn, William F. Stark and Peter Stark, *The Last Time Around Cape Horn: The Historic 1949 Voyage of the Windjammer Pamir* をはじめとするさまざまな文献も参照した。

[5] フランシス・ドレーク率いる遠征隊はマゼラン海峡を通過したが、パタゴニアの西海岸側で嵐に巻き込まれ、ホーン岬付近まで流された。ドレークはホーン岬を周っていないものの航路を発見したことから、後にドレーク海峡と命名された。

[6] David Laing Purves, *The English Circumnavigators: The Most Remarkable Voyages Round the World*, p.59.

[7] Melville, *White-Jacket*, pp.151-53.

[8] Rudyard Kipling, *The Writings in Prose and Verse of Rudyard Kipling*, p.168.

[9] 航法と経度については、Dava Sobel の包括的な著作、*Longitude: The True Story of a Lone Genius Who Solved the Greatest Scientific Problem of His Time* を参照。他にも、優れた文献として、Lloyd A. Brown, *The Story of Maps*, William J. H. Andrewes, *The Quest for Longitude* の２点がある。

[10] Sobel, *Longitude*, 序文, p.xiii.

[11] マゼラン自身は、世界周航を成し遂げていない。1521 年、キリスト教に改宗させようとしたことに抵抗した現在のフィリピンの先住民との戦いで、マゼランは命を落とした。

[12] 同上、p.52。

[13] 同上、p.7。

[14] Lloyd A. Brown, *The Story of Maps*, p.232 より引用。

[15] Sobel, *Longitude*, p.14.

[16] Thomas, *A True and Impartial Journal of a Voyage to the South-Seas*, p.18.

[17] Millechamp, *A Narrative of Commodore Anson's Voyage into the Great South Sea and Round the World*, NMM-JOD/36.

[18] Samuel Bawlf, *The Secret Voyage of Sir Francis Drake, 1577-1580*, p.104.

[19] 同上、p.106。

[20] Journal of Saumarez, printed in Williams, ed., *Documents Relating to Anson's Voyage Round the World*, p.165.

[21] Millechamp, *A Narrative of Commodore Anson's Voyage into the Great South Sea and Round the World*, NMM-JOD/36.

[22] Gallagher, ed., *Byron's Journal of His Circumnavigation, 1764-1766*, p.62.

[23] 同上、p.59。

[24] Millechamp, *A Narrative of Commodore Anson's Voyage into the Great South Sea and Round the World*, NMM-JOD/36.

[25] 同上。

[26] Thomas, *A True and Impartial Journal of a Voyage to the South-Seas*, p.19.

[27] Antonio Pigafetta and R. A. Skelton, *Magellan's Voyage: A Narrative of the First Circumnavigation*, p.46.

[28] Orders from Anson to Captain Edward Legge on Jan. 18, 1741, TNA-ADM 1/2040.

[29] Journal of Saumarez, printed in Williams, ed., *Documents Relating to Anson's Voyage Round the World*, p.165.

[30] Walter, *A Voyage Round the World*, p.79.

[31] Melville, *White-Jacket*, p.183.

[32] Millechamp, *A Narrative of Commodore Anson's Voyage into the Great South Sea and Round the World*, NMM-JOD/36.

[33] Samuel Taylor Coleridge, *The Rime of the Ancient Mariner*, p.18.

[34] Millechamp, *A Narrative of Commodore Anson's Voyage into the Great South Sea and Round the World*, NMM-JOD/36.

[35] Walter, *A Voyage Round the World*, pp.80-81.

[36] Logbook of Captain Matthew Mitchell of the *Gloucester*, March 8, 1741, TNA-ADM 51/402.

[37] Walter, *A Voyage Round the World*, p.80.

[38] William F. Stark and Peter Stark, *The Last Time Around Cape Horn: The Historic 1949 Voyage of the Windjammer Pamir*, pp.176-77.

[39] John Kenlon, *Fourteen Years a Sailor*, p.216.

[40] Byron, *The Narrative of the Honourable John Byron*, p.4.

[41] Bulkeley and Cummins, *A Voyage to the South Seas*, p.73.

第5章

[1] *Los Angeles Times*, Jan. 5, 2007.

[2] Gallagher, ed., *Byron's Journal of His Circumnavigation, 1764-1766*, p.32.

[3] Walter, *A Voyage Round the World*, p.109.

[4] Thomas, *A True and Impartial Journal of a Voyage to the South-Seas*, p.142.

[5] Gallagher, ed., *Byron's Journal of His Circumnavigation, 1764-1766*, p.116.

[6] Walter, *A Voyage Round the World*, p.109.

[7] 同上、p.108。

[8] Lamb, *Scurvy*, p.56 より引用。

[9] 疫病が蔓延していた際、一部の病人が「知的障害、精神の錯乱、痙攣」の症状を示したとソーマレズ海尉は記している。

[10] Anon., *A Voyage to the South-Seas, and to Many Other Parts of the World, Performed from the Month of September in the Year 1740, to June 1744, by*

Commodore Anson … by an Officer of the Squadron, p.233.

[11] Kenneth J. Carpenter, *The History of Scurvy and Vitamin C*, p.17.

[12] 壊血病については、以下をはじめとする優れた文献を参照した。Kenneth J. Carpenter, *The History of Scurvy and Vitamin C*, David Harvie, *Limeys: The Conquest of Scurvy*, Stephen R. Bown, *Scurvy: How a Surgeon, a Mariner, and a Gentleman Solved the Greatest Medical Mystery of the Age of Sail*, Jonathan Lamb, *Scurvy: The Disease of Discovery*, 本書は船乗りに及ぼす精神的な影響について特に洞察に富んでいる。さらに、James Watt, "The Medical Bequest of Disaster at Sea: Commodore Anson's Circumnavigation, 1740-44," Eleanora C. Gordon, "Scurvy and Anson's Voyage Round the World, 1740-1744: An Analysis of the Royal Navy's Worst Outbreak" である。帆船時代に壊血病がどのように認識され、かつどのように誤解されていたかについては、以下をはじめとする当時の医学書も参照した。James Lind, *An Essay on the Most Effectual Means of Preserving the Health of Seamen in the Royal Navy*, Richard Mead, *The Medical Works of Richard Mead*, Thomas Trotter, *Medical and Chemical Essays*. アンソン艦隊がどのように壊血病に苦しめられたかについては、乗組員の日記や書簡、航海日誌を参照した。

[13] Letter from Anson to James Naish, December, 1742, printed in Williams, ed., *Documents Relating to Anson's Voyage Round the World*, p.152.

[14] Byron, *The Narrative of the Honourable John Byron*, pp.8-9.

[15] Anon., *A Voyage to the South-Seas, and to Many Other Parts of the World, Performed from the Month of September in the Year 1740, to June 1744, by Commodore Anson …by an Officer of the Squadron*, p.233.

[16] Richard Mead, *The Medical Works of Richard Mead*, p.441.

[17] Thomas, *A True and Impartial Journal of a Voyage to the South-Seas*, p.143.

[18] 壊血病は、腐りかけの食料が原因ではないかと考える者もいた。さらに、士官の一部には、病気が原因で無気力になるのではなく、無気力が病気を引き起こしたのだと、病気になったのは本人のせいだという非情な説を唱える者もいた。死の淵にある哀れな病人たちは、蹴られたり殴られたりした上、怠け者、愚図、仮病を使う犬と罵られた。

[19] Bulkeley and Cummins, *A Voyage to the South Seas*, p.6.

[20] A. Beckford Bevan and H. B. Wolryche-Whitmore, eds., *The Journals of Captain Frederick Hoffman, R.N., 1793-1814*, p.80.

[21] また別の根拠のない壊血病の治療法としては、おそらく見る者をさらに困惑させるものだった。海軍医向けの医学書で提唱されているように、患者を「牛、馬、ロバ、山羊、羊などの動物の血を十分に張った風呂桶に」浸からせることだった。

[22] Marjorie H. Nicolson, "Ward's 'Pill and Drop' and Men of Letters," *Journal of the History of Ideas* 29, no. 2 (1968), p.178.

[23] Thomas, *A True and Impartial Journal of a Voyage to the South-Seas*, p.143.
[24] Journal of Saumarez, printed in Williams, ed., *Documents Relating to Anson's Voyage Round the World*, p.166.
[25] Walter, *A Voyage Round the World*, p.110.
[26] Millechamp, *A Narrative of Commodore Anson's Voyage into the Great South Sea and Round the World*, NMM-JOD/36.
[27] Logbook of Captain Matthew Mitchell of the *Gloucester*, TNA-ADM 51/402.
[28] Captain Edward Legge to Secretary of the Admiralty, July 4, 1741, TNA-ADM 1/2040.
[29] John Philips, *An Authentic Journal of the Late Expedition Under the Command of Commodore Anson*, p.46.
[30] Captain Legge to Secretary of the Admiralty, July 4, 1741, TNA-ADM 1/2040.
[31] Keppel, *The Life of Augustus, Viscount Keppel, Admiral of the White, and First Lord of the Admiralty in 1782-3*, vol. 1, p.31.
[32] *Centurion*'s muster book, TNA-ADM 36/0556.
[33] George Gordon Byron, *The Complete Works of Lord Byron*, p.720.
[34] 同上、p.162。
[35] Walter, *A Voyage Round the World*, p.107.
[36] 同上、p.113。
[37] Woodes Rogers, *A Cruising Voyage Round the World*, p.128.
[38] 同上、p.126。
[39] 同上、p.131。
[40] セルカークとクルーソーの物語の名残は現代にも見られる。たとえば、2015年のサバイバル映画『オデッセイ』〔原題、*The Martian*、リドリー・スコット監督〕がそうである。
[41] Millechamp, *A Narrative of Commodore Anson's Voyage into the Great South Sea and Round the World*, NMM-JOD/36.
[42] Logbook of Captain Mitchell of the *Gloucester*, TNA-ADM 51/402.
[43] Millechamp, *A Narrative of Commodore Anson's Voyage into the Great South Sea and Round the World*, NMM-JOD/36.

第6章

[1] Byron, *The Narrative of the Honourable John Byron*, 9. さらに、ウォルター牧師もこの嵐を「紛れもないハリケーン」と記している。
[2] Bulkeley and Cummins, *A Voyage to the South Seas*, p.5.
[3] Captain Legge to secretary of the Admiralty, July 4, 1741, TNA-ADM 1/2040.

[4] 艦隊のある士官はこの状況について、「これほど猛烈な嵐が天から吹いてきたことはなかった」と述べている。

[5] Thomas, *A True and Impartial Journal of a Voyage to the South-Seas*, p.24.

[6] 同上、p.25。

[7] 艦付き教師のトマスも回復後の後遺症に悩まされている。「それ以来、肩に激痛が走るようになり、自分の服を引っ張ることも、手を背中に回すことも、1ポンドの重さの物を持ち上げることさえもできないことが頻繁に起こった」と日誌に記している。

[8] Bulkeley and Cummins, *A Voyage to the South Seas*, p.6.

[9] 同上。

[10] 遠征隊の隊員で海に落ちて溺死したのは、この一人だけではなかった。他にも、数多くの者が命を落としている。たとえば、「きびきびとした船乗りのマーティン・イナフはメイン・シュラウド〔大檣横静索〕を登っている最中に海に落下し行方不明になった。すごく捜し回ったが、残念でならない」とセンチュリオン号の士官候補生ケッペルは日誌に記している。

[11] Walter, *A Voyage Round the World*, p.85.

[12] Eva Hope, ed., *The Poetical Works of William Cowper*, p.254.

[13] Thomas, *A True and Impartial Journal of a Voyage to the South-Seas*, p.145.

[14] Cptain Murray's report to Admiralty, July 10, 1741, TNA-ADM 1/2099.

[15] Keppel, *The Life of Augustus, Viscount Keppel, Admiral of the White, and First Lord of the Admiralty in 1782-3*, vol. 1, p.32.

[16] Walter, *A Voyage Round the World*, p.114.

[17] Bulkeley and Cummins, *A Voyage to the South Seas*, p.6.

[18] Report from Cheap to Richard Lindsey, Feb. 26, 1744, JS.

[19] Captain Murray's report to Admiralty, July 10, 1741, TNA-ADM 1/2099.

[20] Bulkeley and Cummins, *A Voyage to the South Seas*, p.5.

[21] Thomas, *A True and Impartial Journal of a Voyage to the South-Seas*, p.24.

[22] Walter, *A Voyage Round the World*, p.106.

[23] Bulkeley and Cummins, *A Voyage to the South Seas*, p.7.

第7章

[1] Report from Cheap to Lindsey, Feb. 26, 1744, JS.

[2] cut and run も海事用語である。敵船から急いで逃げるために、錨鎖を「切って」風下に素早く「逃げる」よう船長が乗組員に命じたことに由来する。

[3] Campbell, *The Sequel to Bulkeley and Cummins's "Voyage to the South Seas,"* p.20.

[4] Report from Cheap to Lindsey, Feb. 26, 1744, JS.

[5] Byron, *The Narrative of the Honourable John Byron*, p.7.
[6] Bulkeley and Cummins, *A Voyage to the South Seas*, p.9.
[7] 同上、p.39。
[8] 以下の当該引用箇所は、同上、pp.9-10。
[9] 同上、p.8。
[10] 同上、p.10。
[11] 同上、p.11。
[12] 同上。
[13] 当時の船乗りは、下手回しすることを「wear」という用語を用いた。
[14] Report from Cheap to Lindsey, Feb. 26, 1744, JS.
[15] Byron, *The Narrative of the Honourable John Byron*, p.18.
[16] 同上、p.10。
[17] John Cummins's court-martial testimony, April 15, 1746, TNA-ADM 1/5288.
[18] Report from Cheap to Lindsey, Feb. 26, 1744, JS.
[19] Byron, *The Narrative of the Honourable John Byron*, p.12.
[20] 同上、p.13。
[21] George Gordon Byron, *The Complete Works of Lord Byron*, p.695.
[22] Byron, *The Narrative of the Honourable John Byron*, p.14.

第8章

[1] Rodger, *Articles of War*, p.17.
[2] Report from Cheap to Lindsey, Feb. 26, 1744, JS.
[3] Bulkeley and Cummins, *A Voyage to the South Seas*, p.13.
[4] Byron, *The Narrative of the Honourable John Byron*, p.17.
[5] 同上、p.14。
[6] これらの輸送艇の推定規模については、Layman, *The Wager Disaster* を参照。これらの輸送艇の建造および設計については、Lavery, *The Arming and Fitting of English Ships of War, 1600-1815* を参照。
[7] Campbell, *The Sequel to Bulkeley and Cummins's "Voyage to the South Seas,"* p.13.
[8] 同上。
[9] John Jones's court-martial testimony, April 15, 1746, TNA-ADM 1/5288.
[10] Byron, *The Narrative of the Honourable John Byron*, p.15.
[11] バルクリーは最初に切り離したのはバージ艇だったと記しているが、ヨール船が最初だったと記している者も複数いる。
[12] Bulkeley and Cummins, *A Voyage to the South Seas*, p.13.
[13] 同上、p.14。

[14] Byron, *The Narrative of the Honourable John Byron*, p.16.
[15] Campbell, *The Sequel to Bulkeley and Cummins's "Voyage to the South Seas,"* p.14.
[16] バルクリーと船匠長カミンズは、少し遅れて仲間に加わった。２人はウェイジャー号で物資を集めていたためである。
[17] Byron, *The Narrative of the Honourable John Byron*, pp.17-18.
[18] 同上、p.18。
[19] この島に関する記述は、漂着者の証言だけでなく、著者自身のこの島を船で訪れ広く探検したことに基づいている。
[20] Byron, *The Narrative of the Honourable John Byron*, p.18.
[21] Campbell, *The Sequel to Bulkeley and Cummins's "Voyage to the South Seas,"* p.14.
[22] 同上。
[23] 同上、p.15。
[24] Bulkeley and Cummins, *A Voyage to the South Seas*, p.14.

第９章

[1] Byron, *The Narrative of the Honourable John Byron*, p.19.
[2] 同上、pp.vi-vii。
[3] 同上、p.20。
[4] P. Parker King, *Narrative of the Surveying Voyages of His Majesty's Ships Adventure and Beagle*, vol. 1, p.179. キングが引用したのは、詩人のJames Thomson の詩の一節である。
[5] Byron, *The Narrative of the Honourable John Byron*, p.21.
[6] 同上、p.26。
[7] Bulkeley and Cummins, *A Voyage to the South Seas*, p.14.
[8] Byron, *The Narrative of the Honourable John Byron*, p.25.
[9] Bulkeley and Cummins, *A Voyage to the South Seas*, p.15.
[10] 同上、p.18。
[11] 同上、p.xxviii。
[12] 同上。
[13] 同上、p.21。
[14] 同上、p.xxiv。
[15] 同上、p.212。
[16] Byron, *The Narrative of the Honourable John Byron*, p.53.
[17] 同上、p.51。
[18] 同上。
[19] Anne Chapman, *European Encounters with the Yamana People of Cape Horn,*

Before and After Darwin, pp.104-5.
[20] Byron, *The Narrative of the Honourable John Byron*, p.52.
[21] 同上、p.53。
[22] Bulkeley and Cummins, *A Voyage to the South Seas*, p.15.
[23] Byron, *The Narrative of the Honourable John Byron*, p.vi.
[24] 同上、p.32。

第10章

[1] この実験については、Ancel Keys, Josef Brozek, Austin Henschel, and Henry Longstreet Taylor's study, *The Biology of Human Starvation*, David Baker and Natacha Keramidas's "The Psychology of Hunger," *American Psychological Association 44*, no. 9 (October 2013), p.66, Nathaniel Philbrick's *In the Heart of the Sea: The Tragedy of the Whaleship Essex*, and Todd Tucker's *The Great Starvation Experiment: Ancel Keys and the Men Who Starved for Science* を参照。
[2] Todd Tucker, *The Great Starvation Experiment: Ancel Keys and the Men Who Starved for Science*, p.139 より引用。
[3] 同上、p.102。
[4] Philbrick, *In the Heart of the Sea*, p.171 より引用。
[5] チャールズ・ダーウィンは後にパタゴニアを訪れた際、「自然という無生物の造形——岩や氷、雪や風、水——はすべて互いに競合しているが、人間——ここでは絶対主権に影響力を及ぼす存在——に抵抗して結びついている」ことに驚嘆している。
[6] Thomas Hobbes, *Leviathan, or, The Matter, Forme, & Power of a Common-wealth Ecclesiasticall and Civil*, p.91.
[7] Rodger, *Articles of War*, pp.16-17.
[8] Report from Cheap to Lindsey, Feb. 26, 1744, JS.
[9] Byron, *The Narrative of the Honourable John Byron*, p.27.
[10] Bulkeley and Cummins, *A Voyage to the South Seas*, p.19.
[11] 同上、p.17。
[12] Campbell, *The Sequel to Bulkeley and Cummins's "Voyage to the South Seas,"* p.21.
[13] 同上、p.29。
[14] Bulkeley and Cummins, *A Voyage to the South Seas*, p.18.
[15] 同上、p.16。
[16] Byron, *The Narrative of the Honourable John Byron*, p.27.
[17] Bulkeley and Cummins, *A Voyage to the South Seas*, p.58.
[18] Campbell, *The Sequel to Bulkeley and Cummins's "Voyage to the South Seas,"* p.19.

[19] 同上、p.21。
[20] Bulkeley and Cummins, *A Voyage to the South Seas*, p.55.
[21] Campbell, *The Sequel to Bulkeley and Cummins's "Voyage to the South Seas,"* p.31.
[22] 同上。
[23] Bulkeley and Cummins, *A Voyage to the South Seas*, p.47.
[24] Byron, *The Narrative of the Honourable John Byron*, p.48.
[25] チャールズ・ダーウィンは、この種の鳥が海を小走りに渡る様子を「いわゆるマガモが、犬に追いかけられて逃げる」様になぞらえている。
[26] Byron, *The Narrative of the Honourable John Byron*, p.51.
[27] Bulkeley and Cummins, *A Voyage to the South Seas*, p.30.
[28] 同上、p.174。
[29] 同上、p.14。
[30] Byron, *The Narrative of the Honourable John Byron*, p.99.
[31] 同上。
[32] Byron and Bulkeley の日誌からの引用。
[33] Byron, *The Narrative of the Honourable John Byron*, p.35.
[34] Bulkeley and Cummins, *A Voyage to the South Seas*, p.27.
[35] Byron, *The Narrative of the Honourable John Byron*, p.67.

第 11 章

[1] Bulkeley and Cummins, *A Voyage to the South Seas*, p.17.
[2] Byron, *The Narrative of the Honourable John Byron*, pp.33-34.
[3] 同上、p.137。
[4] 同上、p.33。
[5] カウェスカルの人々やその他の地域の先住民については、以下をはじめとする複数の文献から引用した。

Junius B. Bird's *Travels and Archaeology in South Chile*, Lucas E Bridges's *Uttermost Part of the Earth: Indians of Tierra del Fuego*, Arnoldo Canclini's *The Fuegian Indians: Their Life, Habits, and History*, Chapman's *European Encounters with the Yamana People of Cape Horn, Before and After Darwin*, John M. Cooper's *Analytical and Critical Bibliography of the Tribes of Tierra del Fuego and Adjacent Territory*, Joseph Emperaire's *Los Nomades del Mar;* Martin Gusinde's *The Lost Tribes of Tierra del Fuego: Selk'nam, Yamana, Kawesqar*, Diego Carabias Amor's essay "The Spanish Attempt Salvage," published in Layman's *The Wager Disaster;* Samuel Kirkland Lothrop's *The Indians of Tierra del Fuego*, Colin McEwan, Luis Alberto Borrero, and Alfredo Prieto's edited *Patagonia: Natural History, Prehistory,*

and Ethnography at the Uttermost End of the Earth, Omar Reyes's *The Settlement of the Chonos Archipelago, Western Patagonia, Chile*, and Julian H. Steward's *Handbook of South American Indians.* さらに、カウェスカルとヤーガンの人々については、マルティン・グシンデ人類学博物館とチリ・プレコロンブス博物館の展示と詳細な情報が役立った。

[6] 長年にわたり、外国人はこれらの人々を別の名称でも呼んでいた。しかし、子孫たちは自分たちの正式な名称はカウェスカルだと考えている。

[7] ヤーガンの人々はハゲワシは食用にしなかった。というのは、ハゲワシは人間の死体をついばんだ可能性があるからである。

[8] Chapman, *European Encounters with the Yamana People of Cape Horn, Before and After Darwin*, p.186.

[9] Instructions to Commodore Anson, 1740, printed in Williams, ed., *Documents Relating to Anson's Voyage Round the World*, p.41.

[10] Pigafetta and Skelton, *Magellan's Voyage*, p.48.

[11] 2008 年、チューリヒ大学人類学博物館の所蔵品から、誘拐されたこれら 5 人の遺骨が発見された。5 人の遺骨は最終的にチリに返還され、適切に――遺骨に油を塗り、保護用のアシカの皮と葦の籠に入れ、洞窟に――埋葬された。詳細は、"Remains of Indigenous Abductees Back Home After 130 Years," *Spiegel*, Jan. 13, 2010 を参照。

[12] Byron, *The Narrative of the Honourable John Byron*, p.33.

[13] カウェスカルの人々の特徴的な言語については、Jack Hitt's piece "Say No More," published in *The New York Times Magazine*, February 29, 2004 を参照。ヒットは、カウェスカルの人々が過去を表現するのに微妙に異なる表現を何通りも使い分けていることを次のように指摘している。「『鳥が飛んでいった』と言うとしよう。幾つもの時制表現を使い分けることで、最初の鳥の観察者（ただし、話者自身はその観察者のことを知っている）が見たのが数秒前なのか、数日前なのか、ずっと前なのかを表現することができるし、最終的には神話の時代の過去のことなのかも表現できる。カウェスカルの人々はこの〔神話の〕時制を使うことによって、その話が大昔のことなのでもはや起こったばかりのことを描写した真実ではなく、むしろ何度も繰り返されることで力をもった話から生じた真実であることを示唆しようとする」

[14] Byron, *The Narrative of the Honourable John Byron*, p.34.

[15] 同上、p.33。

[16] Campbell, *The Sequel to Bulkeley and Cummins's "Voyage to the South Seas,"* p.20.

[17] 同上、p.19。

[18] Bulkeley and Cummins, *A Voyage to the South Seas*, p.16.

[19] Campbell, *The Sequel to Bulkeley and Cummins's "Voyage to the South Seas,"* p.20.

[20] Byron, *The Narrative of the Honourable John Byron*, p.45.

[21] 同上、pp.125-26。
[22] カウェスカルの人々は、住居の屋根や壁を覆うためにアザラシの皮も使うことが多かった。
[23] Bulkeley and Cummins, *A Voyage to the South Seas*, p.27.
[24] Byron, *The Narrative of the Honourable John Byron*, p.133.
[25] 同上、p.134。
[26] Bulkeley and Cummins, *A Voyage to the South Seas*, p.28.
[27] Byron, *The Narrative of the Honourable John Byron*, p.133.
[28] 同上、p.100。
[29] Bulkeley and Cummins, *A Voyage to the South Seas*, p.58.
[30] Byron, *The Narrative of the Honourable John Byron*, p.45.
[31] 同上。

第12章

[1] Byron, *The Narrative of the Honourable John Byron*, p.36.
[2] Bulkeley and Cummins, *A Voyage to the South Seas*, p.29.
[3] 同上、p.54。
[4] 同上、p.56。
[5] 同上、p.30。
[6] 同上、p.46。
[7] 同上、p.55。
[8] Byron, *The Narrative of the Honourable John Byron*, p.47.
[9] George Gordon, Lord Byron, *The Complete Works of Lord Byron*, p.715.
[10] Campbell, *The Sequel to Bulkeley and Cummins's "Voyage to the South Seas,"* p.20.
[11] Byron, *The Narrative of the Honourable John Byron*, p.40.
[12] 同上、p.38。
[13] 同上、pp.102-3。
[14] Campbell, *The Sequel to Bulkeley and Cummins's "Voyage to the South Seas,"* p.20.
[15] 同上、p.17。
[16] 同上、p.20。
[17] Byron, *The Narrative of the Honourable John Byron*, p.36.
[18] Bulkeley and Cummins, A Voyage to the South Seas, p.57.
[19] Thomas à Kempis, *The Christian's Pattern, or, A Treatise of the Imitation of Jesus Christ*, p.20.
[20] Bulkeley and Cummins, *A Voyage to the South Seas*, p.44.
[21] 同上、p.47。

[22] 同上。
[23] 同上、p.20。
[24] Byron, *The Narrative of the Honourable John Byron*, p.28.
[25] 同上、p.53。
[26] 同上、p.56。
[27] Bulkeley and Cummins, *A Voyage to the South Seas*, p.44.
[28] 同上。
[29] 同上。
[30] 同上、p.60。
[31] 軍法会議の手続きについては、以下を参照。John D. Byrn, *Crime and Punishment in the Royal Navy;* Markus Eder, *Crime and Punishment in the Royal Navy of the Seven Years' War, 1755-1763*, David Hannay, *Naval Courts Martial*, John M'Arthur, *Principles and Practice of Naval and Military Courts Martial*, Rodger, *Articles of War;* and Rodger, *The Wooden World.*
[32] チープをはじめとする海軍士官たちが船乗りに対する軍法会議を進行するのに対し、ペンバートンをはじめとする海兵隊士官たちは海兵隊員の裁判の進行を取り仕切った。
[33] Bulkeley and Cummins, *A Voyage to the South Seas*, p.44.
[34] Henry Baynham, *From the Lower Deck*, p.63 より引用。
[35] Bulkeley and Cummins, *A Voyage to the South Seas*, p.44.
[36] Leech, *Thirty Years from Home*, p.116.
[37] H. G. Thursfield, ed., *Five Naval Journals, 1789-1817*, p.256.
[38] Report from Cheap to Lindsey, Feb. 26, 1744, JS.
[39] Byron, *The Narrative of the Honourable John Byron*, p.67.
[40] 同上、p.68。

第 13 章

[1] Byron, *The Narrative of the Honourable John Byron*, pp.36-37.
[2] Report from Cheap to Lindsey, Feb. 26, 1744, JS.
[3] Bulkeley and Cummins, *A Voyage to the South Seas*, p.20.
[4] Report from Cheap to Lindsey, Feb. 26, 1744, JS.
[5] Byron, *The Narrative of the Honourable John Byron*, p.41.
[6] Bulkeley and Cummins, *A Voyage to the South Seas*, p.19.
[7] 同上、p.18。
[8] 同上、p.19。
[9] Report from Cheap to Lindsey, Feb. 26, 1744, JS.

第 14 章

[1] Byron, *The Narrative of the Honourable John Byron*, p.40.
[2] 同上。
[3] Bulkeley and Cummins, *A Voyage to the South Seas*, p.22.
[4] Byron, *The Narrative of the Honourable John Byron*, p.42.
[5] Bulkeley and Cummins, *A Voyage to the South Seas*, p.21.
[6] 同上、p.22。
[7] Byron, *The Narrative of the Honourable John Byron*, p.41.
[8] 同上、p.42。
[9] John Woodall, *The Surgions Mate*, p.140.
[10] Bulkeley and Cummins, *A Voyage to the South Seas*, p.23.
[11] Woodall, *The Surgions Mate*, p.2.
[12] Bulkeley and Cummins, *A Voyage to the South Seas*, p.24.
[13] Woodall, *The Surgions Mate*, p.139.
[14] Bulkeley and Cummins, *A Voyage to the South Seas*, p.25.
[15] Byron, *The Narrative of the Honourable John Byron*, p.42.
[16] 同上、p.41。
[17] Bulkeley and Cummins, *A Voyage to the South Seas*, p.25.
[18] 同上。

第 15 章

[1] Bulkeley and Cummins, *A Voyage to the South Seas*, p.xxviii.
[2] 同上、p.52。
[3] 同上、p.20。
[4] Byron, *The Narrative of the Honourable John Byron*, pp.43-44.
[5] 船の建造については、海軍史の第一人者であり造船の権威であるブライアン・レイヴァリの深い専門知識に大いに助けられた。レイヴァリは、本書執筆中、辛抱強く著者を導いてくれた。
[6] Bulkeley and Cummins, *A Voyage to the South Seas*, p.46.
[7] 同上、p.66。
[8] Narborough, Tasman, Wood, and Martens, *An Account of Several Late Voyages and Discoveries to the South and North*, p.116.
[9] Bulkeley and Cummins, *A Voyage to the South Seas*, p.xxviii.

[10] Narborough, Tasman, Wood, and Martens, *An Account of Several Late Voyages and Discoveries to the South and North*, p.118.
[11] Bulkeley and Cummins, *A Voyage to the South Seas*, p.xxviii.
[12] Narborough, Tasman, Wood, and Martens, *An Account of Several Late Voyages and Discoveries to the South and North*, p.119.
[13] Bulkeley and Cummins, *A Voyage to the South Seas*, p.31.
[14] 同上、p.73。
[15] 同上、p.33。
[16] 以下の当該引用箇所は、同上、pp.36-40。
[17] 同上、p.48。
[18] Campbell, *The Sequel to Bulkeley and Cummins's "Voyage to the South Seas,"* p.17.
[19] Bulkeley and Cummins, *A Voyage to the South Seas*, p.45.

第16章

[1] Bulkeley and Cummins, *A Voyage to the South Seas*, p.48.
[2] 同上、p.60。
[3] Elihu Rose, "The Anatomy of Mutiny," *Armed Forces & Society*, p.561 より引用。
[4] David Farr, *Major-General Thomas Harrison: Millenarianism, Fifth Monarchism and the English Revolution, 1616-1660*, p.258.
[5] Bulkeley and Cummins, *A Voyage to the South Seas*, p.61.
[6] 同上、p.49。
[7] 同上。
[8] 同上、p.67。
[9] 以下の当該引用箇所は、同上、pp.51-52。
[10] 同上、p.56。
[11] Report from Cheap to Lindsey, Feb. 26, 1744.
[12] Bulkeley and Cummins, *A Voyage to the South Seas*, p.52.
[13] 同上。
[14] Byron, *The Narrative of the Honourable John Byron*, p.111.
[15] 同上、p.30。
[16] 造船の権威であるブライアン・レイヴァリによると、彼らはこの方法を採用するしかなかった。
[17] Campbell, *The Sequel to Bulkeley and Cummins's "Voyage to the South Seas,"* p.23.
[18] Bulkeley and Cummins, *A Voyage to the South Seas*, p.62.
[19] 以下の当該引用箇所は、同上、pp.63-64。
[20] Campbell, *The Sequel to Bulkeley and Cummins's "Voyage to the South Seas,"* p.26.

[21] Byron, *The Narrative of the Honourable John Byron*, pp.60-61.
[22] Bulkeley and Cummins, *A Voyage to the South Seas*, p.67.
[23] 同上、p.66。
[24] 同上、p.67。
[25] 同上、p.74。
[26] Report from Cheap to Lindsey, Feb. 26, 1744, JS.
[27] 同上。
[28] バルクリーは脱走者は８人だったと記しているが、チープ、バイロン、キャンベルをはじめとする他の者の記述によると、脱走者は７人だったと指摘している。
[29] Bulkeley and Cummins, *A Voyage to the South Seas*, pp.76-77.
[30] Report from Cheap to Lindsey, Feb. 26, 1744, JS.
[31] Bulkeley and Cummins, *A Voyage to the South Seas*, p.72.

第17章

[1] Byron, *The Narrative of the Honourable John Byron*, p.59.
[2] Bulkeley and Cummins, *A Voyage to the South Seas*, p.76.
[3] Campbell, *The Sequel to Bulkeley and Cummins's "Voyage to the South Seas,"* p.28.
[4] Bulkeley and Cummins, *A Voyage to the South Seas*, p.77.

第18章

[1] Bulkeley and Cummins, *A Voyage to the South Seas*, p.81.
[2] 同上、p.84。
[3] 同上。
[4] 同上、p.107。
[5] 同上、p.84。
[6] 同上、p.85。
[7] 同上、p.97。
[8] 同上、p.88。
[9] 同上、p.87。
[10] Narborough, Tasman, Wood, and Martens, *An Account of Several Late Voyages and Discoveries to the South and North*, p.78.
[11] Bulkeley and Cummins, *A Voyage to the South Seas*, p.89.
[12] Francis Drake and Francis Fletcher, *The World Encompassed by Sir Francis Drake, Being His Next Voyage to That to Nombre de Dois*, p.82.

[13] Bulkeley and Cummins, *A Voyage to the South Seas*, p.90.
[14] 同上。
[15] 同上、p.87。
[16] 同上、p.86。
[17] 同上。
[18] 同上、p.95。
[19] 同上、p.93。
[20] 同上、pp.94-95。
[21] 同上、p.96。

第19章

[1] Byron, *The Narrative of the Honourable John Byron*, p.65.
[2] Campbell, *The Sequel to Bulkeley and Cummins's "Voyage to the South Seas,"* p.31.
[3] Report from Cheap to Lindsey, Feb. 26, 1744, JS.
[4] Byron, *The Narrative of the Honourable John Byron*, pp.102-3.
[5] Campbell, *The Sequel to Bulkeley and Cummins's "Voyage to the South Seas,"* p.35.
[6] 同上、p.37。
[7] Byron, *The Narrative of the Honourable John Byron*, p.82.
[8] 同上、p.83。
[9] Campbell, *The Sequel to Bulkeley and Cummins's "Voyage to the South Seas,"* p.46.
[10] 同上、pp.45-46。
[11] Byron, *The Narrative of the Honourable John Byron*, p.88.
[12] 同上、p.90。
[13] 同上、p.89。
[14] Campbell, *The Sequel to Bulkeley and Cummins's "Voyage to the South Seas,"* p.48.
[15] Byron, *The Narrative of the Honourable John Byron*, p.89.
[16] Campbell, *The Sequel to Bulkeley and Cummins's "Voyage to the South Seas,"* p.47.
[17] Byron, *The Narrative of the Honourable John Byron*, p.103.
[18] George Gordon Byron, *The Complete Works of Lord Byron*, p.623.

第20章

[1] Bulkeley and Cummins, *A Voyage to the South Seas*, p.98.
[2] 同上、p.105。
[3] Darwin and Amigoni, *The Voyage of the Beagle*, p.230.

[4] Richard Hough, *The Blind Horn's Hate*, p.149 より引用。
[5] Bulkeley and Cummins, *A Voyage to the South Seas*, p.101.
[6] 同上、p.106。
[7] 同上。
[8] 同上、p.109。
[9] 同上。
[10] 同上、pp.112-13。
[11] Thomas à Kempis, *The Christian's Pattern, or, A Treatise of the Imitation of Jesus Christ*, p.33.
[12] Bulkeley and Cummins, *A Voyage to the South Seas*, p.108.
[13] Letter from Lieutenant Baynes to his brother, October 6, 1742, ERALS-DDGR/39/52.
[14] Bulkeley and Cummins, *A Voyage to the South Seas*, p.120.
[15] 同上。
[16] 同上、p.103。
[17] 同上、p.120。
[18] 同上、p.121。
[19] 同上、p.120。
[20] 同上、p.124。

第 21 章

[1] Bulkeley and Cummins, *A Voyage to the South Seas*, p.137.
[2] 同上、pp.137-38。
[3] 同上、p.138。
[4] 同上、p.136。
[5] 同上、p.127。
[6] 同上、p.xxix。
[7] 同上。
[8] 同上、p.xxix。
[9] 同上、p.151。
[10] 同上、p.72。
[11] 同上、p.152。
[12] 同上、p.153。
[13] 同上、p.158。
[14] 同上、pp.151-52。
[15] 同上、pp.xxiii-xxiv。

[16] 同上、p.161。
[17] 同上、p.xxix。
[18] 同上、p.xxx。
[19] 同上、p.xxix。
[20] 同上、p.xxviii。
[21] 同上、p.xxxi。
[22] 同上、p.xxiii。
[23] 同上、p.159。
[24] 同上、p.172。
[25] *The Universal Spectator*, August 25 and Sept. 1, 1744.
[26] Arthur D. Howden Smith's introduction to Bulkeley and Cummins, *A Voyage to the South Seas*, p.vi.

第22章

[1] Captain Murray's report to Admiralty, July 10, 1741, TNA-ADM 1/2099.
[2] セヴァーン号艦長のある兄弟は、アンソンが艦長の親族に寄り添い、「身を危険にさらすこともなく家から出ずにのんきに過ごしている乗組員たちの子どもが、乗組員たちの言動はどれもまったく理解できないと責める難癖」から艦長を守ってくれたことに感謝していた。
[3] Leo Heaps, *Log of the Centurion: Based on the Original Papers of Captain Philip Saumarez on Board HMS Centurion, Lord Anson's Flagship During His Circumnavigation, 1740-44*, p.175.
[4] Millechamp, *A Narrative of Commodore Anson's Voyage into the Great South Sea and Round the World*, NMM-JOD/36.
[5] *The Gentleman's Magazine*, June 1743.
[6] Letter from Anson to Lord Hardwicke, June 14, 1744, BL-ADD MSS.
[7] *The Universal Spectator*, Aug. 25 and Sept. 1, 1744.
[8] Millechamp, *A Narrative of Commodore Anson's Voyage into the Great South Sea and Round the World*, NMM-JOD/36.
[9] Somerville, *Commodore Anson's Voyage into the South Seas and Around the World*, pp.183-84.
[10] *The Universal Spectator*, Aug. 25 and Sept. 1, 1744.
[11] Millechamp, *A Narrative of Commodore Anson's Voyage into the Great South Sea and Round the World*, NMM-JOD/36.
[12] このガレオン船の追跡とそれに続く戦闘場面の本書の記述は、主に一次資料である数多くの記述とその場にいた人々の報告から引用している。詳細については、

以下を参照。Anson's letters and dispatches, Heaps's *Log of the Centurion*, Keppel's *The Life of Augustus, Viscount Keppel, Admiral of the White, and First Lord of the Admiralty in 1782-3*, vol. 1, Millechamp's *A Narrative of Commodore Anson's Voyage into the Great South Sea and Round the World*, Thomas's *A True and Impartial Journal of a Voyage to the South-Seas*, *Walter's A Voyage Round the World*, and Williams's *Documents Relating to Anson's Voyage Round the World*. 以下をはじめとする優れた歴史書にも助けられた。Somerville's *Commodore Anson's Voyage into the South Seas and Around the World* and Williams's *The Prize of All the Oceans*.

[13] Intelligence report sent to the governor of Manila, printed in Williams, ed., *Documents Relating to Anson's Voyage Round the World*, p.207.

[14] Somerville, *Commodore Anson's Voyage into the South Seas and Around the World*, p.217.

[15] 同上。

[16] Williams, *The Prize of All the Oceans*, p.161.

[17] Walter, *A Voyage Round the World*, p.400.

[18] 同上、p.401。

[19] Journal of Saumarez, printed in Williams, ed., *Documents Relating to Anson's Voyage Round the World*, p.197.

[20] Millechamp, *A Narrative of Commodore Anson's Voyage into the Great South Sea and Round the World*, NMM-JOD/36.

[21] Keppel, *The Life of Augustus, Viscount Keppel, Admiral of the White, and First Lord of the Admiralty in 1782-3*, vol. 1, p.115.

[22] Millechamp, *A Narrative of Commodore Anson's Voyage into the Great South Sea and Round the World*, NMM-JOD/36.

[23] Thomas, *A True and Impartial Journal of a Voyage to the South-Seas*, p.289.

[24] Brian Lavery, *Anson's Navy: Building a Fleet for Empire, 1744-1763*, p.102

[25] Thomas, *A True and Impartial Journal of a Voyage to the South-Seas*, pp.282-83.

[26] Juan de la Concepción, *Historia General de Philipinas*, excerpted in Williams, ed., *Documents Relating to Anson's Voyage Round the World*, p.218.

[27] Heaps, *Log of the Centurion*, p.224.

[28] *The Universal Spectator*, Aug. 25 and Sept. 1, 1744.

[29] この戦争が始まったばかりの 1739 年 11 月、エドワード・ヴァーノン提督率いる軍勢は現在のパナマに位置するスペインの植民都市ポルトベロを占領したが、この勝利の直後に惨敗が続いた。

[30] *Daily Advertiser*, July 5, 1744.

[31] アンソンをはじめとする艦長と乗組員に対して配分される拿捕賞金の推定額については、Williams, *The Prize of All the Oceans* を参照。

[32] Rodger, *The Command of the Ocean: A Naval History of Britain, 1649-1815*,

p.239.
[33] Firth, *Naval Songs and Ballads*, p.196.
[34] アンソンを称えるこの歌は、この時のガレオン船拿捕だけでなく、4年後の別の財宝船拿捕についても称えている。

第23章

[1] Report from Cheap to Lindsey, Feb. 26, 1744, JS.
[2] Campbell, *The Sequel to Bulkeley and Cummins's "Voyage to the South Seas,"* p.55.
[3] 同上、p.63。
[4] Byron, *The Narrative of the Honourable John Byron*, pp.150-51.
[5] Campbell, *The Sequel to Bulkeley and Cummins's "Voyage to the South Seas,"* p.58.
[6] Byron, *The Narrative of the Honourable John Byron*, p.167.
[7] 同上、p.158。
[8] 同上、p.172。
[9] 同上、p.169。
[10] 同上、pp.169-70。
[11] 同上、p.176。
[12] Campbell, *The Sequel to Bulkeley and Cummins's "Voyage to the South Seas,"* p.77.
[13] 同上、p.70。
[14] 同上、p.78。
[15] Report from Cheap to Richard Lindsey, Feb. 26, 1744, JS.
[16] Carlyle, *Anecdotes and Characters of the Times*, p.100.
[17] Byron, *The Narrative of the Honourable John Byron*, p.214.
[18] 同上。
[19] 同上。
[20] Report from Cheap to Lindsey, Feb. 26, 1744, JS.
[21] Layman, *The Wager Disaster*, p.218 より引用。
[22] Byron, *The Narrative of the Honourable John Byron*, p.262.
[23] Defoe, *A Tour Through the Whole Island of Great Britain*, p.135.
[24] Byron, *The Narrative of the Honourable John Byron*, p.263.
[25] 同上、p.264。
[26] Layman, *The Wager Disaster*, p.217 より引用。
[27] 同上、p.216。
[28] Bulkeley and Cummins, *A Voyage to the South Seas*, p.170.
[29] この時代の出版業界については、以下の文献を参照。Bob Clarke, *From Grub Street to Fleet Street: An Illustrated History of English Newspapers to 1899*, Robert

Darnton, *The Literary Underground of the Old Regime*, Pat Rogers, *The Poet and the Publisher: The Case of Alexander Pope, Esq., of Twickenham versus Edmund Curll, Bookseller in Grub Street*, and Howard William Troyer, *Ned Ward of Grub Street: A Study of Sub-Literary London in the Eighteenth Century*.

[30] *Caledonian Mercury*, February 6, 1744.

[31] Carlyle, *Anecdotes and Characters of the Times*, p.100.

[32] Byron, *The Narrative of the Honourable John Byron*, p.x.

[33] 同上、p.ix。

[34] Janet Malcolm, *The Crime of Sheila McGough*, p.3.

第24章

[1] 以下の当該引用箇所は、Bulkeley and Cummins, *A Voyage to the South Seas*, pp.169-70.

[2] 海軍の法規および軍法会議については、以下を参照。Byrn, *Crime and Punishment in the Royal Navy*, Markus Eder, *Crime and Punishment in the Royal Navy of the Seven Years' War, 1755-1763*, David Hannay, *Naval Courts Martial; John M'Arthur, Principles and Practice of Naval and Military Courts Martial*, Rodger, *Articles of War*, and Rodger, *The Wooden World*.

[3] Joseph Conrad, *Lord Jim*, p.18.

[4] 以下の規則に関する当該引用箇所は、Rodger, *Articles of War*, pp.13-19.

[5] Byron, *Crime and Punishment in the Royal Navy*, p.55.

[6] この反乱に関する文献は、広い図書館を埋め尽くすほど存在する。本書は特に、Caroline Alexander の優れた著述、*The Bounty: The True Story of the Mutiny on the Bounty* に助けられた。他にも、Edward Christian and William Bligh, *The Bounty Mutiny* を参照。

[7] 死刑囚たちが処刑の前に何と言ったかについては、さまざまな証言がある。

[8] Christian and Bligh, *The Bounty Mutiny*, p.128 より引用。

[9] Bulkeley and Cummins, *A Voyage to the South Seas*, p.170.

[10] Bulkeley and Cummins, *A Voyage to the South Seas*, p.171.

[11] 死刑を宣告された艦長をはじめとする士官クラスの者は、たいていの場合、絞首刑か銃殺かを選択できた。

第25章

[1] Frederick Marryat, *Frank Mildmay, or, The Naval Officer*, p.93.

[2] *The Trial of the Honourable Admiral John Byng, at a Court Martial, As Taken by Mr. Charles Fearne, Judge-Advocate of His Majesty's Fleet*, p.298.
[3] Voltaire, and David Wootton, *Candide and Related Texts*, p.59.
[4] Cheap to Anson, Dec. 12, 1745, printed in Layman, *The Wager Disaster*, pp.217-18.
[5] Bulkeley and Cummins, *A Voyage to the South Seas*, p.171.
[6] 以下の軍法会議での証言に関する当該引用箇所は、TNA-ADM 1/5288.
[7] 強調のために傍点を振った。
[8] Bulkeley and Cummins, *A Voyage to the South Seas*, pp.172-73.
[9] Williams, *The Prize of All the Oceans*, p.101.
[10] Layman少将への著者の取材より。
[11] Gaudi, *The War of Jenkins' Ear*, p.277 より引用。
[12] *London Daily Post*, July 6, 1744.
[13] この戦争の発端にある背景については、以下を参照。Chapman, *Disaster on the Spanish Main*, Gaudi, *The War of Jenkins'Ear*, and David Olusoga, *Black and British: A Forgotten History.*
[14] Justin McCarthy, *A History of the Four Georges and of William IV*, p.185 より引用。
[15] Olusoga, *Black and British*, p.25.
[16] P. J. Marshall, *The Oxford History of the British Empire: The Eighteenth Century*, p.5 より引用。
[17] Rose, "The Anatomy of Mutiny," *Armed Forces & Society*, p.565 より引用。
[18] Williams, *The Prize of All the Oceans*, p.101.

第26章

[1] 意外な展開として、この船にはモリスと他の２人の漂着者の中には予期せぬ人物が乗っていた。士官候補生のアレクサンダー・キャンベルである。キャンベルは、チープに置き去りにされた後に英国に帰還することになった。
[2] Morris, *A Narrative of the Dangers and Distresses Which Befel Isaac Morris, and Seven More of the Crew, Belonging to the Wager Store-Ship, Which Attended Commodore Anson, in His Voyage to the South Sea*, p.10.
[3] 同上。
[4] 同上、pp.27-28。
[5] 同上、p.42。
[6] 同上。
[7] Campbell, *The Sequel to Bulkeley and Cummins's "Voyage to the South Seas,"* p.103.
[8] Morris, *A Narrative of the Dangers and Distresses Which Befel Isaac Morris*, p.45.
[9] Jill Lepore, *These Truths: A History of the United States*, p.55.

[10] Morris, *A Narrative of the Dangers and Distresses Which Befel Isaac Morris*, p.47.

[11] 同上、p.37。

[12] Thomas, *A True and Impartial Journal of a Voyage to the South-Seas, and Round the Globe, in His Majesty's Ship the Centurion, Under the Command of Commodore George Anson*, p.10.

[13] Philips, *An Authentic Journal of the Late Expedition Under the Command of Commodore Anson*, p.ii. センチュリオン号にJohn Philipsという名の人物は乗船していなかったが、この記述は実際の士官の日誌に基づいていると思われる。

[14] Walter, *A Voyage Round the World*, p.155.

[15] 同上、p.158。

[16] 同上、p.156。

[17] 同上、p.444。

[18] この本の執筆者の謎については、Barrow's *The Life of Lord George Anson and Williams's The Prize of All the Oceans* を参照。

[19] アンソンの雇った伝記作家バローは、ウォルターが「冷徹かつ赤裸々な骨子を描いた」のに対し、ロビンズは「想像力の温かさによってそこに肉と筋肉をまとわせ、……血管に血を巡らせた」と結論づけている。

[20] Lavery, *Anson's Navy*, p.14 より引用。

[21] Letter from Anson to Duke of Newcastle, June 14, 1744, TNA-SP 42/88.

[22] Walter, *A Voyage Round the World*, p.2.

[23] 同上、p.218。

[24] 同上、p.342。

[25] 同上、p.174。

[26] Barrow, *The Life of Lord George Anson*, p.iii.

[27] Mahon, *History of England*, vol. 3, p.33 より引用。

[28] James Cook, *Captain Cook's Journal During His First Voyage Round the World Made in H.M. Bark Endeavour, 1768-1771*, p.48.

[29] Glyndwr Williams's introduction to his edited version of *A Voyage Round the World*, p.ix.

[30] Thomas Carlyle, *Complete Works of Thomas Carlyle*, vol. 3, p.491.

[31] Bernard Smith, *Imagining the Pacific: In the Wake of the Cook Voyages*, p.52.

エピローグ

[1] Letter from Cheap to Admiralty, January 13, 1747, printed in Layman, *The Wager Disaster*, pp.253-55.

[2] *Derby Mercury*, July 24, 1752.

[3] ジョン・バイロンについてのバラッドには、次のような歌詞がついている。Brave he may be, deny it who can, ／Yet Admiral John is a luckless man; ／And the midshipmen's mothers cry, "Out, alack! ／My lad has sailed with Foulweather Jack!"〔本人が否定しようとジョン提督は勇敢であろうが、運に恵まれない男だ。だから、士官候補生の母親たちは「ああ、行ってしまった！ わが息子は『悪天候のジャック』と出航してしまった！」と泣き叫ぶ〕

[4] John Charnock, *Biographia Navalis, or, Impartial Memoirs of the Lives and Characters of Officers of the Navy of Great Britain, from the Year 1660 to the Present Time*, p.439.

[5] Byron, *The Complete Works of Lord Byron*, p.41.

[6] Carlyle, *Anecdotes and Characters of the Times*, p.100.

[7] Emily Brand, *The Fall of the House of Byron*, p.112 より引用。

[8] Byron, *The Complete Works of Lord Byron*, p.720.

[9] Byron, *The Collected Poems of Lord Byron*, p.89.

[10] Barrow, *The Life of Lord George Anson*, p.419.

[11] 獅子の彫像は、アンソンの子孫が探し出した脚の部分をのぞき、頭部はまったく残っていない。

[12] Melville, *White-Jacket, or, The World in a Man-of-War*, pp.155-56.

[13] これは、著者がこの島を訪れた経験を基にしている。

[14] これらの船体の残骸は、著者がこの島を訪れたときに見た残骸の一部だが、2006年にチリ海軍の支援を受けて科学調査学会（SSE）によって初めて明らかにされた。調査結果については、"The Quest for HMS Wager Chile Expedition 2006," by the Scientific Exploration Society, and "The Findings of the Wager, 2006," by Major Chris Holt, a member of the expedition, which is printed in Layman's *The Wager Disaster* を参照。

主要参考文献

Adkins, Roy, and Lesley Adkins. *Jack Tar: Life in Nelson's Navy*. London: Abacus, 2009.

Akerman, John Yonge, ed. *Letters from Roundhead Officers Written from Scotland and Chiefly Addressed to Captain Adam Baynes, July MDCL–June MDCLX*. Edinburgh: W. H. Lizars, 1856.

Alexander, Caroline. *The Bounty: The True Story of the Mutiny on the Bounty*. New York: Penguin Books, 2004.

Andrewes, William J. H., ed. *The Quest for Longitude*. Cambridge, MA: Collection of Historical Scientific Instruments, Harvard University, 1996.

Anon. *An Affecting Narrative of the Unfortunate Voyage and Catastrophe of His Majesty's Ship Wager, One of Commodore Anson's Squadron in the South Sea Expedition. . .The Whole Compiled from Authentic Journals*. London: John Norwood, 1751.

Anon. *An Authentic Account of Commodore Anson's Expedition: Containing All That Was Remarkable, Curious and Entertaining, During That Long and Dangerous Voyage . . .Taken from a Private Journal*. London: M. Cooper, 1744.

Anon. *The History of Commodore Anson's Voyage Round the World . . . by a Midshipman on Board the Centurion*. London: M. Cooper, 1767.

Anon. *A Journal of a Voyage Round the World, in His Majesty's Ship the Dolphin, Commanded by the Honourable Commodore Byron . . . by a Midshipman on Board the Said Ship*. London: M. Cooper, 1767.

Anon. *Loss of the Wager Man of War, One of Commodore Anson's Squadron*. London: Thomas Tegg, 1809.

Anon. *A Voyage Round the World, in His Majesty's Ship the Dolphin, Commanded by the Honourable Commodore Byron . . . by an Officer on Board the Said Ship*. London: Newbery and Carnan, 1768.

Anon. *A Voyage to the South-Seas, and to Many Other Parts of the World, Performed from the Month of September in the Year 1740, to June 1744, by Commodore Anson . . . by an Officer of the Squadron*. London: Yeovil Mercury, 1744.

Anson, Walter Vernon. *The Life of Admiral Lord Anson: The Father of the British Navy, 1697–1762*. London: John Murray, 1912.

主要参考文献

An Appendix to the Minutes Taken at a Court-Martial, Appointed to Enquire into the Conduct of Captain Richard Norris. London: Printed for W. Webb, 1745.

Atkins, John. *The Navy-Surgeon, or, A Practical System of Surgery*. London: Printed for Caesar Ward and Richard Chandler, 1734.

Barrow, John. *The Life of Lord George Anson*. London: John Murray, 1839.

Baugh, Daniel A. *British Naval Administration in the Age of Walpole*. Princeton: Princeton University Press, 1965.

———, ed. *Naval Administration, 1715–1750*. Great Britain: Navy Records Society, 1977.

Bawlf, Samuel. *The Secret Voyage of Sir Francis Drake, 1577–1580*. New York: Walker, 2003.

Baynham, Henry. *From the Lower Deck: The Royal Navy, 1780–1840*. Barre, MA: Barre Publishers, 1970.

Berkenhout, John. "A Volume of Letters from Dr. Berkenhout to His Son, at the University of Cambridge." *The European Magazine and London Review* 19 (February 1791).

Bevan, A. Beckford, and H. B. Wolryche-Whitmore, eds. *The Journals of Captain Frederick Hoffman*, R.N., 1793–1814. London: John Murray, 1901.

Bird, Junius B. *Travels and Archaeology in South Chile*. Iowa City: University of Iowa Press, 1988.

Blackmore, Richard. *A Treatise of Consumptions and Other Distempers Belonging to the Breast and Lungs*. London: Printed for John Pemberton, 1724.

Bolster, W. Jeffrey. *Black Jacks: African American Seamen in the Age of Sail*. Cambridge, MA: Harvard University Press, 1997.

Boswell, James. *The Life of Samuel Johnson*. Vol. 1. London: John Murray, 1831.（『サミュエル・ジョンソン伝〔1・2・3〕』J・ボズウェル著、中野好之訳、みすず書房、1981、1982、1983年）

Bown, Stephen R. *Scurvy: How a Surgeon, a Mariner, and a Gentleman Solved the Greatest Medical Mystery of the Age of Sail*. New York: Thomas Dunne Books, 2004.

Brand, Emily. *The Fall of the House of Byron: Scandal and Seduction in Georgian England*. London: John Murray, 2020.

Bridges, E. Lucas. *Uttermost Part of the Earth: Indians of Tierra del Fuego*. New York: Dover Publications, 1988.

Brockliss, Laurence, John Cardwell, and Michael Moss. *Nelson's Surgeon: William Beatty, Naval Medicine, and the Battle of Trafalgar*. Oxford and New York: Oxford University Press, 2005.

Broussain, Juan Pedro, ed. *Cuatro relatos para un naufragio: La fragata Wager en el golfo de Penas en 1741*. Santiago, Chile: Septiembre Ediciones, 2012.

Brown, Kevin. *Poxed and Scurvied: The Story of Sickness and Health at Sea*. Barnsley: Seaforth, 2011.

Brown, Lloyd A. *The Story of Maps*. New York: Dover Publications, 1979.

Brunsman, Denver. *The Evil Necessity: British Naval Impressment in the Eighteenth-Century Atlantic World*. Charlottesville: University of Virginia Press, 2013.

Bulkeley, John, and John Cummins. *A Voyage to the South Seas*. 3rd ed. With introduction by Arthur D. Howden Smith. New York: Robert M. McBride & Company, 1927.

Bulloch, John. *Scottish Notes and Queries*. Vol. 1. 3 vols. Aberdeen: A. Brown & Co., 1900.

Burney, Fanny. *The Early Journals and Letters of Fanny Burney*. Edited by Betty Rizzo. Vol. 4. Oxford: Clarendon Press, 2003.

Byrn, John D. *Crime and Punishment in the Royal Navy: Discipline on the Leeward Islands Station, 1784–1812*. Aldershot: Scolar Press, 1989.

Byron, John. *The Narrative of the Honourable John Byron: Containing an Account of the Great Distresses Suffered by Himself and His Companions on the Coast of Patagonia, from the Year 1740, Till Their Arrival in England, 1746*. London: S. Baker and G. Leigh, 1769.

———. *Byron's Narrative of the Loss of the Wager: Containing an Account of the Great Distresses Suffered by Himself and His Companions on the Coast of Patagonia, from the Year 1740, Till Their Arrival in England, 1746*. London: Henry Leggatt & Co., 1832.

Byron, George Gordon. *The Collected Poems of Lord Byron*. Hertfordshire: Wordsworth, 1995.

———. *The Complete Works of Lord Byron*. Paris: Baudry's European Library, 1837.

———. *The Poetical Works of Lord Byron*. London: John Murray, 1846.

Camões, Luís Vaz de, and Landeg White. *The Lusíads*. Oxford World's Classics. Oxford and New York: Oxford University Press, 2008.

Campbell, Alexander. *The Sequel to Bulkeley and Cummins's "Voyage to the South-Seas."* London: W. Owen, 1747.

Campbell, John. *Lives of the British Admirals: Containing an Accurate Naval History from the Earliest Periods*. Vol. 4. London: C. J. Barrington, Strand, and J. Harris, 1817.

Canclini, Arnoldo. *The Fuegian Indians: Their Life, Habits, and History*. Buenos Aires: Editorial Dunken, 2007.

Canny, Nicholas P., ed. *The Oxford History of the British Empire: The Origins of Empire: British Overseas Enterprise to the Close of the Seventeenth Century*. Vol. 1. Oxford: Oxford University Press, 2001.

Carlyle, Alexander. *Anecdotes and Characters of the Times*. London: Oxford University Press, 1973.

Carlyle, Thomas. *Complete Works of Thomas Carlyle*. Vol. 3. New York: P. F. Collier & Son, 1901.

Carpenter, Kenneth J. *The History of Scurvy and Vitamin C*. Cambridge and New York: Cambridge University Press, 1986.

Chamier, Frederick. *The Life of a Sailor*. Edited by Vincent McInerney. London: Richard Bentley, 1850.

Chapman, Anne. *European Encounters with the Yamana People of Cape Horn, Before and After Darwin*. Cambridge: Cambridge University Press, 2013.

Chapman, Craig S. *Disaster on the Spanish Main: The Tragic British-American Expedition to the West Indies During the War of Jenkins' Ear*. Lincoln: Potomac Books, University of Nebraska Press, 2021.

Charnock, John. *Biographia Navalis, or, Impartial Memoirs of the Lives and Characters of Officers of the Navy of Great Britain, from the Year 1660 to the Present Time*. Vol. 5. Cambridge: Cambridge University Press, 2011.

Chiles, Webb. *Storm Passage: Alone Around Cape Horn*. New York: Times Books, 1977.

Christian, Edward, and William Bligh. *The Bounty Mutiny*. New York: Penguin Books, 2001.

Clark, William Mark. *Clark's Battles of England and Tales of the Wars*. Vol. 2. London: William Mark Clark, 1847.

Clarke, Bob. *From Grub Street to Fleet Street: An Illustrated History of English Newspapers to 1899*. Brighton: Revel Barker, 2010.

Clayton, Tim. *Tars: The Men Who Made Britain Rule the Waves*. London: Hodder Paperbacks, 2008.

Clinton, George. *Memoirs of the Life and Writings of Lord Byron*. London: James Robins and Co., 1828.

Cockburn, John. *The Unfortunate Englishmen*. Dundee: Chalmers, Ray, & Co., 1804.

Cockburn, William. *Sea Diseases, or, A Treatise of Their Nature, Causes, and Cure*. 3rd ed. London: Printed for G. Strahan, 1736.

Codrington, Edward. *Memoir of the Life of Admiral Sir Edward Codrington*. London: Longmans, Green, and Co., 1875.

Cole, Gareth. "Royal Navy Gunners in the French Revolutionary and Napoleonic Wars." *The Mariner's Mirror* 95, no. 3 (August 2009).

Coleridge, Samuel Taylor. *The Rime of the Ancient Mariner*. New York: D. Appleton & Co., 1857.

Conboy, Martin, and John Steel, eds. *The Routledge Companion to British Media*

History. London and New York: Routledge, 2015.
Conrad, Joseph. *Lord Jim*. Ware, Hertfordshire: Wordsworth Editions, 1993.（『ロード・ジム』ジョゼフ・コンラッド著、柴田元幸訳、河出書房新社、2021年、他）
———. *Complete Short Stories*. New York: Barnes & Noble, 2007.
Cook, James. *Captain Cook's Journal During His First Voyage Round the World Made in H.M. Bark Endeavour, 1768–1771*. London: Elliot Stock, 1893.
Cooper, John M. *Analytical and Critical Bibliography of the Tribes of Tierra del Fuego and Adjacent Territory*. Washington, DC: Government Printing Office, 1917.
Cuyvers, Luc. *Sea Power: A Global Journey*. Annopolis: Naval Institute Press, 1993.
Dana, R. H. *The Seaman's Friend: A Treatise on Practical Seamanship*. Boston: Thomas Groom & Co., 1879.
———. *Two Years Before the Mast, and Twenty-Four Years After*. London: Sampson Low, Son, & Marston, 1869.
Darnton, Robert. *The Literary Underground of the Old Regime*. Cambridge, MA, and London: Harvard University Press, 1982.（『革命前夜の地下出版』ロバート・ダーントン著、関根素子、二宮宏之訳、岩波書店、1994年）
Darwin, Charles. *A Naturalist's Voyage*. London: John Murray, 1889.
———. *The Descent of Man*. Vol. 1. New York: D. Appleton and Company, 1871.（『人間の由来〔上・下〕』チャールズ・ダーウィン著、長谷川眞理子訳、講談社、2016年）
———, and David Amigoni. *The Voyage of the Beagle: Journal of Researches into the Natural History and Geology of the Countries Visited during the Voyage of HMS Beagle Round the World, Under the Command of Captain Fitz Roy, RN*. Wordsworth Classics of World Literature. Ware: Wordsworth Editions, 1997.
Davies, Surekha. *Renaissance Ethnography and the Invention of the Human: New Worlds, Maps and Monsters*. Cambridge: Cambridge University Press, 2016.
Defoe, Daniel. *The Earlier Life and Works of Daniel Defoe*. Edited by Henry Morley. Edinburgh and London: Ballantine Press, 1889.
———. *The Novels and Miscellaneous Works of Daniel Defoe*. London: George Bell & Sons, 1890.
———. *Robinson Crusoe*. Penguin Classics. London: Penguin, 2001.
———. *A Tour Through the Whole Island of Great Britain*. New Haven: Yale University Press, 1991.
Dennis, John. *An Essay on the Navy, or, England's Advantage and Safety, Prov'd Dependant on a Formidable and Well-Disciplined Navy, and the Encrease and Encouragement of Seamen*. London: Printed for the author, 1702.
Dickinson, H. W. *Educating the Royal Navy: Eighteenth- and Nineteenth-Century Education for Officers*. Naval Policy and History. London and New York: Routledge,

2007.

Dobson, Mary J. *Contours of Death and Disease in Early Modern England*. Cambridge: Cambridge University Press, 2002.

———. *The Story of Medicine: From Bloodletting to Biotechnology*. New York: Quercus, 2013.

Drake, Francis, and Francis Fletcher. *The World Encompassed by Sir Francis Drake, Being His Next Voyage to That to Nombre de Dois. Collated with an Unpublished Manuscript of Francis Fletcher, Chaplain to the Expedition*. London: The Hakluyt Society, 1854.

Druett, Joan. *Rough Medicine: Surgeons at Sea in the Age of Sail*. New York: Routledge, 2000.

Eder, Markus. *Crime and Punishment in the Royal Navy of the Seven Years' War, 1755–1763*. Hampshire, England, and Burlington, VT: Ashgate, 2004.

Edwards, Philip. *The Story of the Voyage: Sea-Narratives in Eighteenth-Century England*. Cambridge: Cambridge University Press, 1994.

Emperaire, Joseph, and Luis Oyarzún. *Los nomades del mar*. Biblioteca del bicentenario 17. Santiago de Chile: LOM Ediciones, 2002.

Ennis, Daniel James. *Enter the Press-Gang: Naval Impressment in Eighteenth-Century British Literature*. Newark: University of Delaware Press, 2002.

Equiano, Olaudah, and Vincent Carretta. *The Interesting Narrative and Other Writings*. New York: Penguin Books, 2003.

Ettrick, Henry. "The Description and Draught of a Machine for Reducing Fractures of the Thigh." *Philosophical Transactions 459*, XLI (1741).

Farr, David. *Major-General Thomas Harrison: Millenarianism, Fifth Monarchism and the English Revolution, 1616–1660*. London and New York: Routledge, 2016.

Firth, Charles Harding, ed. *Naval Songs and Ballads*. London: Printed for Navy Records Society, 1908.

Fish, Shirley. *HMS Centurion, 1733–1769: An Historic Biographical-Travelogue of One of Britain's Most Famous Warships and the Capture of the Nuestra Señora de Covadonga Treasure Galleon*. UK: AuthorHouse, 2015.

———. *The Manila-Acapulco Galleons: The Treasure Ships of the Pacific: With an Annotated List of the Transpacific Galleons, 1565–1815*. UK: AuthorHouse, 2011.

Flanagan, Adrian. *The Cape Horners' Club: Tales of Triumph and Disaster at the World's Most Feared Cape*. London: Bloomsbury Publishing, 2017.

Frézier, Amédée François. *A Voyage to the South-Sea and Along the Coasts of Chile and Peru, in the Years 1712, 1713, and 1714*. Cambridge: Cambridge University Press, 2014.

Friedenberg, Zachary. *Medicine Under Sail*. Annapolis: Naval Institute Press, 2002.

Frykman, Niklas Erik. "The Wooden World Turned Upside Down: Naval Mutinies in the Age of Atlantic Revolution." PhD diss., University of Pittsburgh, 2010.

Gallagher, Robert E., ed. *Byron's Journal of His Circumnavigation, 1764–1766.* London: Hakluyt Society, 1964.

Garbett, H. *Naval Gunnery: A Description and History of the Fighting Equipment of a Man-of-War.* London: George Bell and Sons, 1897.

Gardner, James Anthony. *Above and Under Hatches: The Recollections of James Anthony Gardner.* Edited by R. Vesey Hamilton and John Knox Laughton. London: Chatham, 2000.

Gaudi, Robert. *The War of Jenkins' Ear: The Forgotten War for North and South America.* New York: Pegasus Books, 2021.

Gilje, Paul A. *To Swear Like a Sailor: Maritime Culture in America, 1750–1850.* New York: Cambridge University Press, 2016.

Goodall, Daniel. *Salt Water Sketches; Being Incidents in the Life of Daniel Goodall, Seaman and Marine.* Inverness: Advertiser Office, 1860.

Gordon, Eleanora C. "Scurvy and Anson's Voyage Round the World, 1740–1744: An Analysis of the Royal Navy's Worst Outbreak." *The American Neptune* XLIV, no. 3 (Summer 1984).

Green, Mary Anne Everett, ed. *Calendar of State Papers, Domestic Series, 1655–6.* London: Longmans & Co, 1882.

Griffiths, Anselm John. *Observations on Some Points of Seamanship.* Cheltenham: J. J. Hadley, 1824.

Gusinde, Martin. *The Lost Tribes of Tierra del Fuego: Selk'nam, Yamana, Kawésqar.* New York: Thames & Hudson, 2015.

Hall, Basil. *The Midshipman.* London: Bell and Daldy, 1862.

Hannay, David. *Naval Courts Martial.* Cambridge: Cambridge University Press, 1914.

Harvie, David. *Limeys: The Conquest of Scurvy.* Stroud: Sutton, 2005.

Hay, Robert. *Landsman Hay: The Memoirs of Robert Hay.* Edited by Vincent McInerney. Barnsley, UK: Seaforth, 2010.

———. *Landsman Hay: The Memoirs of Robert Hay, 1789–1847.* Edited by M. D. Hay. London: Rupert Hart-Davis, 1953.

Haycock, David Boyd, and Sally Archer, eds. *Health and Medicine at Sea, 1700–1900.* Woodbridge, UK, and Rochester, NY: Boydell Press, 2009.

Hazlewood, Nick. *Savage: The Life and Times of Jemmy Button.* New York: St. Martin's Press, 2001.

Heaps, Leo. *Log of the Centurion: Based on the Original Papers of Captain Philip Saumarez on Board HMS Centurion, Lord Anson's Flagship During His Circumnavigation, 1740-44.* New York: Macmillan Publishing Co., 1971.

Hickox, Rex. *18th Century Royal Navy: Medical Terms, Expressions, and Trivia.* Bentonville, AR: Rex Publishing, 2005.

Hill, J. R., and Bryan Ranft, eds. *The Oxford Illustrated History of the Royal Navy.* Oxford: Oxford University Press, 1995.

Hirst, Derek. "The Fracturing of the Cromwellian Alliance: Leeds and Adam Baynes." *The English Historical Review*, 108 (1993).

Hoad, Margaret J. "Portsmouth—As Others Have Seen It." *The Portsmouth Papers*, no. 15 (March 1972).

Hobbes, Thomas. *Leviathan, or, The Matter, Forme, & Power of a Common-wealth Ecclesiasticall and Civil.* New York: Barnes & Noble Books, 2004.

Hope, Eva, ed. *The Poetical Works of William Cowper.* London: Walter Scott, 1885.

Hough, Richard. *The Blind Horn's Hate.* New York: W. W. Norton & Company, 1971.

Houston, R. A. "New Light on Anson's Voyage, 1740–4: A Mad Sailor on Land and Sea." *The Mariner's Mirror* 88, no. 3 (August 2002).

Hudson, Geoffrey L., ed. *British Military and Naval Medicine, 1600–1830.* Amsterdam: Rodopi, 2007.

Hutchings, Thomas Gibbons. *The Medical Pilot, or, New System.* New York: Smithson's Steam Printing Officers, 1855.

Hutchinson, J. *The Private Character of Admiral Anson, by a Lady.* London: Printed for J. Oldcastle, 1746.

Irving, Washington. *Tales of a Traveller.* New York: John B. Alden, 1886.

Jarrett, Dudley. *British Naval Dress.* London: J. M. Dent & Sons, 1960.

Jones, George. "Sketches of Naval Life." *The American Quarterly Review*, Vol. VI (December 1829).

Journal of the House of Lords. Vol. 27 (June 1746). London: His Majesty's Stationery Office.

Keevil, J. J. *Medicine and the Navy, 1200–1900.* Vol. 2. Edinburgh and London: E. & S. Livingstone, Ltd., 1958.

Kemp, Peter. *The British Sailor: A Social History of the Lower Deck.* London: Dent, 1970.

Kempis, Thomas à. *The Christian's Pattern, or, A Treatise of the Imitation of Jesus Christ.* Halifax: William Milner, 1844.

Kenlon, John. *Fourteen Years a Sailor.* New York: George H. Doran Company, 1923.

Kent, Rockwell. *Voyaging Southward from the Strait of Magellan.* New York: Halcyon House, 1924.

Keppel, Thomas. *The Life of Augustus, Viscount Keppel, Admiral of the White, and First Lord of the Admiralty in 1782–3.* 2 vols. London: Henry Colburn, 1842.

Keys, Ancel, Josef Brozek, Austin Henschel, and Henry Longstreet Taylor. *The*

Biology of Human Starvation. Vol. 1. Minneapolis: University of Minnesota Press, 1950.
King, Dean. *Every Man Will Do His Duty: An Anthology of Firsthand Accounts from the Age of Nelson, 1793–1815*. New York: Open Road Media, 2012.
King, P. Parker. *Narrative of the Surveying Voyages of His Majesty's Ships Adventure and Beagle*. Vol. 1. London: Henry Colburn, 1839.
Kinkel, Sarah. *Disciplining the Empire: Politics, Governance, and the Rise of the British Navy*. Harvard Historical Studies, vol. 189. Cambridge, MA, and London: Harvard University Press, 2018.
Kipling, Rudyard. *The Writings in Prose and Verse of Rudyard Kipling*. New York: Charles Scribner's Sons, 1899.
Knox-Johnston, Robin. *Cape Horn: A Maritime History*. London: Hodder & Stoughton, 1995.
Lambert, Andrew D. Admirals: *The Naval Commanders Who Made Britain Great*. London: Faber and Faber, 2009.
Lanman, Jonathan T. *Glimpses of History from Old Maps: A Collector's View*. Tring, England: Map Collector Publications, 1989.
Lavery, Brian. *Anson's Navy: Building a Fleet for Empire, 1744–1763*. Barnsley: Seaforth Publishing, 2021.
———. *The Arming and Fitting of English Ships of War, 1600–1815*. Annapolis: Naval Institute Press, 1987.
———. *Building the Wooden Walls: The Design and Construction of the 74-Gun Ship Valiant*. London: Conway, 1991.
———. *Royal Tars: The Lower Deck of the Royal Navy, 857–1850*. Annapolis: Naval Institute Press, 2011.
———, ed. *Shipboard Life and Organisation, 1731–1815*. Publications of the Navy Records Society, vol. 138. Aldershot, England: 1998.
———. *Wooden Warship Construction: A History in Ship Models*. Barnsley: Seaforth Publishing, 2017.
Layman, C. H. *The Wager Disaster: Mayhem, Mutiny and Murder in the South Seas*. London: Uniform Press, 2015.
Leech, Samuel. *Thirty Years from Home, or, A Voice from the Main Deck*. Boston: Tappan, Whittemore & Mason, 1843.
Lepore, Jill. *These Truths: A History of the United States*. New York and London: W. W. Norton & Company, 2018.
Leslie, Doris. *Royal William: The Story of a Democrat*. London: Hutchinson & Co., 1940.
Lind, James. *An Essay on the Most Effectual Means of Preserving the Health of Seamen*

in the Royal Navy. London: D. Wilson, 1762.

———. *A Treatise on the Scurvy*. London: Printed for S. Crowder, 1772.

Linebaugh, Peter, and Marcus Rediker. *The Many-Headed Hydra: Sailors, Slaves, Commoners, and the Hidden History of the Revolutionary Atlantic*. Boston: Beacon Press, 2013.

Lipking, Lawrence. *Samuel Johnson: The Life of an Author*. Cambridge, MA: Harvard University Press, 1998.

Lloyd, Christopher, and Jack L. S. Coulter. *Medicine and the Navy, 1200–1900*. Vol. 4. Edinburgh and London: E. & S. Livingstone, 1961.

Long, W. H., ed. *Naval Yarns of Sea Fights and Wrecks, Pirates and Privateers from 1616–1831 as Told by Men of Wars' Men*. New York: Francis P. Harper, 1899.

Lothrop, Samuel Kirkland. *The Indians of Tierra del Fuego*. New York: Museum of the American Indian Heye Foundation, 1928.

MacCarthy, Fiona. *Byron: Life and Legend*. New York: Farrar, Straus and Giroux, 2002.

M'Arthur, *John. Principles and Practice of Naval and Military Courts Martial*. 2 vols. London: A. Strahan, 1813.

McCarthy, Justin. *A History of the Four Georges and of William* IV. Vol. 2. Leipzig: Bernhard Tauchnitz, 1890.

Magill, Frank N., ed. *Dictionary of World Biography*. Vol 4. Pasadena: Salem Press, 1998.

Mahon, Philip Stanhope. *History of England: From the Peace of Utrecht to the Peace of Versailles*. Vols. 2 and 3. London: John Murray, 1853.

Malcolm, Janet. *The Crime of Sheila McGough*. New York: Alfred A. Knopf, 1999.

Marcus, G. J. *Heart of Oak*. London: Oxford University Press, 1975.

Marryat, Frederick. *Frank Mildmay, or, The Naval Officer*. Classics of Nautical Fiction Series. Ithaca, NY: McBooks Press, 1998.

Marshall, P. J., ed. *The Oxford History of the British Empire: The Eighteenth Century*. Vol. 2. Oxford and New York: Oxford University Press, 1998.

Matcham, Mary *Eyre, ed. A Forgotten John Russell: Being Letters to a Man of Business, 1724–1751*. London: Edward Arnold, 1905.

McEwan, Colin, Luis Alberto Borrero, and Alfredo Prieto, eds. *Patagonia: Natural History, Prehistory, and Ethnography at the Uttermost End of the Earth*. Princeton Paperbacks. Princeton: Princeton University Press, 1997.

Mead, Richard. *The Medical Works of Richard Mead*. Dublin: Printed for Thomas Ewing, 1767.

Melby, Patrick. "Insatiable Shipyards: The Impact of the Royal Navy on the World's Forests, 1200–1850." Monmouth: Western Oregon University, 2012.

Melville, Herman. *Redburn: His First Voyage: Being the Sailor-Boy Confession and*

Reminiscences of the Son-of-a-Gentleman, in the Merchant Service. New York: Modern Library, 2002.（『レッドバーン〔メルヴィル全集第5巻〕』ハーマン・メルヴィル著、坂下昇訳、国書刊行会、1982年）

———. *White-Jacket: or, The World in a Man-of-War*. London: Richard Bentley, 1850.（『白いジャケツ〔メルヴィル全集第6巻〕』ハーマン・メルヴィル著、坂下昇訳、国書刊行会、1982年）

Miller, Amy. *Dressed to Kill: British Naval Uniform, Masculinity and Contemporary Fashions, 1748–1857*. London: National Maritime Museum, 2007.

Miyaoka, Osahito, Osamu Sakiyama, and Michael E. Krauss, eds. *The Vanishing Languages of the Pacific Rim*. Oxford Linguistics. Oxford and New York: Oxford University Press, 2007.

Monson, William. *Sir William Monson's Naval Tracts: In Six Books*. London: Printed for A. and J. Churchill, 1703.

Morris, Isaac. *A Narrative of the Dangers and Distresses Which Befel Isaac Morris, and Seven More of the Crew, Belonging to the Wager Store-Ship, Which Attended Commodore Anson, in His Voyage to the South Sea*. Dublin: G. and A. Ewing, 1752.

Mountaine, William. *The Practical Sea-Gunner's Companion, or, An Introduction to the Art of Gunnery*. London: Printed for W. and J. Mount, 1747.

Moyle, John. *Chirurgus Marinus, or, The Sea-Chirurgion*. London: Printed for E. Tracy and S. Burrowes, 1702.

———. *Chyrurgic Memoirs: Being an Account of Many Extraordinary Cures*. London: Printed for D. Browne, 1708.

Murphy, Dallas. *Rounding the Horn: Being a Story of Williwaws and Windjammers, Drake, Darwin, Murdered Missionaries and Naked Natives—a Deck's Eye View of Cape Horn*. New York: Basic Books, 2005.

Narborough, John, Abel Tasman, John Wood, and Friedrich Martens. *An Account of Several Late Voyages and Discoveries to the South and North*. Cambridge: Cambridge University Press, 2014.

Nelson, Horatio. *The Dispatches and Letters of Vice Admiral Lord Viscount Nelson*. Edited by Nicholas Harris Nicolas. Vol. 3. London: Henry Colburn, 1845.

Newby, Eric. *The Last Grain Race*. London: William Collins, 2014.

Nichols, John. *Literary Anecdotes of the Eighteenth Century*. Vol. 9. London: Nichols, Son, and Bentley, 1815.

Nicol, John. *The Life and Adventures of John Nicol, Mariner*. Edited by Tim F. Flannery. New York: Grove Press, 2000.

Nicolson, Marjorie H. "Ward's 'Pill and Drop' and Men of Letters." *Journal of the History of Ideas 29*, no. 2 (1968).

O'Brian, Patrick. *The Golden Ocean*. New York: W. W. Norton & Company, 1996.

———. *Men-of-War: Life in Nelson's Navy*. New York: W. W. Norton & Company, 1995.

———. *The Unknown Shore*. New York: W. W. Norton & Company, 1996.

Oliphant, Margaret. "Historical Sketches of the Reign of George II." *Blackwood's Edinburgh Magazine 104*, no. 8 (December 1868).

Olusoga, David. *Black and British: A Forgotten History*. London: Macmillan, 2017.

Osler, William, ed. *Modern Medicine: Its Theory and Practice*. Vol. 2. Philadelphia and New York: Lea Brothers & Co., 1907.

Pack, S. W. C. *Admiral Lord Anson: The Story of Anson's Voyage and Naval Events of His Day*. London: Cassell & Company, 1960.

———. *The Wager Mutiny*. London: Alvin Redman, 1964.

Padfield, Peter. *Guns at Sea*. New York: St. Martin's Press, 1974.

The Parliamentary History of England from the Earliest Period to the Year 1803. Vol. 10. London: T. C. Hansard, 1812.

Peach, Howard. *Curious Tales of Old East Yorkshire*. Wilmslow, England: Sigma Leisure, 2001.

Peñaloza, Fernanda, Claudio Canaparo, and Jason Wilson, eds. *Patagonia: Myths and Realities*. Oxford and New York: Peter Lang, 2010.

Penn, Geoffrey. *Snotty: The Story of the Midshipman*. London: Hollis & Carter, 1957.

Pepys, Samuel. *The Diary of Samuel Pepys: A New and Complete Transcription. Vol. 2: 1661*. Edited by Robert Latham and William Matthews. London: HarperCollins, 2000.（『サミュエル・ピープスの日記 第二巻（1661年）』サミュエル・ピープス著、臼田昭訳、国文社、1988年）

———. *The Diary of Samuel Pepys: A New and Complete Transcription*. Vol. 10: Companion. Edited by Robert Latham and William Matthews. Berkeley and Los Angeles: University of California Press, 1983.（『サミュエル・ピープスの日記 第十巻（1669年）』サミュエル・ピープス著、海保眞夫訳、国文社、2012年）

———. *Everybody's Pepys: The Diary of Samuel Pepys*. Edited by O. F. Morshead. New York: Harcourt, Brace & Company, 1926.

———. *Pepys' Memoires of the Royal Navy, 1679–1688*. Edited by J. R. Tanner. Oxford: Clarendon Press, 1906.

Philbrick, Nathaniel. *In the Heart of the Sea: The Tragedy of the Whaleship Essex*. New York: Penguin, 2001.（『復讐する海：捕鯨船エセックス号の悲劇』ナサニエル・フィルブリック著、相原真理子訳、集英社、2003年）

Philips, John. *An Authentic Journal of the Late Expedition Under the Command of Commodore Anson*. London: J. Robinson, 1744.

Pigafetta, Antonio, and R. A. Skelton. *Magellan's Voyage: A Narrative of the First Circumnavigation*. New York: Dover Publications, 1994.

Pope, Alexander. *The Works of Alexander Pope*. Vol. 4. London: Printed for J. Johnson,

J. Nichols and Son, and others, 1806.

Pope, Dudley. *Life in Nelson's Navy*. London: Unwin Hyman, 1987.

Porter, Roy. *Disease, Medicine, and Society in England, 1550–1860*. Cambridge: Cambridge University Press, 1995.

Purves, David Laing. *The English Circumnavigators: The Most Remarkable Voyages Round the World*. London: William P. Nimmo, 1874.

Rediker, Marcus. *Between the Devil and the Deep Blue Sea: Merchant Seamen, Pirates and the Anglo-American Maritime World, 1700–1750*. Cambridge: Cambridge University Press, 2010.

Reece, Henry. *The Army in Cromwellian England, 1649–1660*. London: Oxford University Press, 2013.

Regulations and Instructions Relating to His Majesty's Service at Sea. 2nd ed. London, 1734.

Reséndez, Andrés. *The Other Slavery: The Uncovered Story of Indian Enslavement in America*. Boston and New York: Mariner Books, Houghton Mifflin Harcourt, 2017.

Reyes, Omar. *The Settlement of the Chonos Archipelago, Western Patagonia, Chile*. Cham, Switzerland: Springer Nature Switzerland AG, 2020.

Richmond, H. W. *The Navy in the War of 1739–48*. 3 vols. Cambridge: Cambridge University Press, 1920

Robinson, William. *Jack Nastyface: Memoirs of an English Seaman*. Annapolis: Naval Institute Press, 2002.

Rodger, N. A. M. *Articles of War: The Statutes Which Governed Our Fighting Navies, 1661, 1749, and 1886*. Homewell, Havant, Hampshire: Kenneth Mason, 1982.

———. *The Command of the Ocean: A Naval History of Britain, 1649–1815*. New York: W. W. Norton, 2005.

———. "George, Lord Anson." *In Precursors of Nelson: British Admirals of the Eighteenth Century*, edited by Peter Le Fevre and Richard Harding. Mechanicsburg, PA: Stackpole Books, 2000.

———. *The Safeguard of the Sea: 660-1649*. New York: W. W. Norton, 1999.

———. *The Wooden World: An Anatomy of the Georgian Navy*. New York: W. W. Norton, 1996.

Rogers, Nicholas. *The Press Gang: Naval Impressment and Its Opponents in Georgian Britain*. London: Continuum, 2007.

Rogers, Pat. *The Poet and the Publisher: The Case of Alexander Pope, Esq., of Twickenham versus Edmund Curll, Bookseller in Grub Street*. London: Reaktion Books, 2021.

Rogers, Woodes. A Cruising Voyage Round the World. London: Printed for A. Bell, 1712.（抄訳、『世界巡航記〔17・18世紀大旅行記叢書；第Ⅱ期、第6巻〕』）ウ

ッズ・ロジャーズ著、平野敬一、小林真紀子訳、岩波書店、2004 年）

Roper, Michael. *The Records of the War Office and Related Departments, 1660–1964.* Public Record Office Handbooks, no. 29. Kew, UK: Public Record Office, 1998.

Rose, Elihu. "The Anatomy of Mutiny," *Armed Forces & Society* 8 (1982).

Roth, Hal. *Two Against Cape Horn*. New York: Norton, 1978.（『ホーン岬への航海』ハル・ロス著、野本謙作訳、海文堂出版、1980 年）

Rowse, A. L. *The Byrons and Trevanions*. Exeter: A. Wheaton & Co., 1979.

Scott, James. *Recollections of a Naval Life*. Vol. 1. London: Richard Bentley, 1834.

Shankland, Peter. *Byron of the Wager*. New York: Coward, McCann & Geoghegan, 1975.

Slight, Julian. *A Narrative of the Loss of the Royal George at Spithead, August, 1782.* Portsea: S. Horsey, 1843.

Smith, Bernard. *Imagining the Pacific: In the Wake of the Cook Voyages*. New Haven: Yale University Press, 1992.

Smollett, Tobias. *The History of England, from the Revolution to the Death of George the Second*. Vol. 2. London: W. Clowes and Sons, 1864.

———. *The Miscellaneous Works of Tobias Smollett*. Vol. 4. Edinburgh: Mundell, Doig, & Stevenson, 1806.

———. *The Works of Tobias Smollett: The Adventures of Roderick Random*. Vol. 2. New York: George D. Sproul, 1902.（『ロデリック・ランダムの冒険』トバイアス・スモレット著、伊藤弘之ほか訳、荒竹出版、1999 年）

Sobel, Dava. *Longitude the Story of a Lone Genius Who Solved the Greatest Scientific Problem of His Time*. New York: Walker, 2007.（『経度への挑戦：一秒にかけた四百年』デーヴァ・ソベル著、藤井留美訳、翔泳社、1997 年）

Somerville, Boyle. *Commodore Anson's Voyage into the South Seas and Around the World*. London and Toronto: William Heinemann, 1934.

Stark, William F., and Peter Stark. *The Last Time Around Cape Horn: The Historic 1949 Voyage of the Windjammer Pamir*. New York: Carroll & Graf, 2003.

Steward, Julian H., ed. *Handbook of South American Indians*. Vol. 1. Washington, DC: U.S. Government Printing Office, 1946.

Stitt, F. B. "Admiral Anson at the Admiralty, 1744–62." *Staffordshire Studies*, no. 4 (February 1991).

Styles, John. *The Dress of the People: Everyday Fashion in Eighteenth-Century England.* New Haven: Yale University Press, 2007.

Sullivan, F. B. "The Naval Schoolmaster During the Eighteenth Century and the Early Nineteenth Century." *The Mariner's Mirror* 62, no. 3 (August 1976).

Thomas, Pascoe. *A True and Impartial Journal of a Voyage to the South-Seas, and Round the Globe, in His Majesty's Ship the Centurion, Under the Command of*

Commodore George Anson. London: S. Birt, 1745.

Thompson, Edgar K. "George Anson in the Province of South Carolina." *The Mariner's Mirror*, no. 53 (August 1967).

Thompson, Edward. *Sailor's Letters: Written to His Select Friends in England, During His Voyages and Travels in Europe, Asia, Africa, and America*. Dublin: J. Potts, 1767.

Thursfield, H. G., ed. *Five Naval Journals, 1789–1817*. Vol. 91. London: Publications of Navy Records Society, 1951.

The Trial of the Honourable Admiral John Byng, at a Court Martial, as Taken by Mr. Charles Fearne, Judge-Advocate of His Majesty's Fleet. Dublin: Printed for J. Hoey, P. Wilson, et al., 1757.

Trotter, Thomas. *Medical and Chemical Essays*. London: Printed for J. S. Jordan, 1795.

Troyer, Howard William. *Ned Ward of Grub Street: A Study of Sub-Literary London in the Eighteenth Century*. New York: Barnes & Noble, 1967.

Tucker, Todd. *The Great Starvation Experiment: Ancel Keys and the Men Who Starved for Science*. Minneapolis: University of Minnesota Press, 2007.

Velho, Alvaro, and E. G. Ravenstein. *A Journal of the First Voyage of Vasco Da Gama, 1497–1499*. Cambridge: Cambridge University Press, 2010.

Vieira, Bianca Carvalho, André Augusto Rodrigues Salgado, and Leonardo José Cordeiro Santos, eds. *Landscapes and Landforms of Brazil*. New York, Berlin and Heidelberg: Springer, 2015.

Voltaire, and David Wootton. *Candide and Related Texts*. Indianapolis: Hackett, 2000.

Walker, N. W. Gregory. *With Commodore Anson*. London: A. & C. Black, 1934.

Walker, Violet W., and Margaret J. Howell. *The House of Byron: A History of the Family from the Norman Conquest, 1066–1988*. London: Quiller Press, 1988.

Walpole, Horace. *The Letters of Horace Walpole*. Vol. 3. Philadelphia: Lea and Blanchard, 1842.

Walter, Richard. *A Voyage Round the World*. London: F. C. & J. Rivington, 1821.

———, George Anson, and Benjamin Robins. *A Voyage Round the World, in the Years MDCCXL, I, II, III, IV*. Edited by Glyndwr Williams. London and New York: Oxford University Press, 1974.

Ward, Ned. *The Wooden World*. 5th ed. Edinburgh: James Reid Bookseller, 1751.

Watt, James. "The Medical Bequest of Disaster at Sea: Commodore Anson's Circumnavigation, 1740–44." *Journal of the Royal College of Physicians of London 32*, no. 6 (December 1998).

Williams, Glyndwr, ed. *Documents Relating to Anson's Voyage Round the World*. London: Navy Records Society, 1967.

———. *The Prize of All the Oceans: Commodore Anson's Daring Voyage and Triumphant Capture of the Spanish Treasure Galleon*. New York: Penguin Books,

2001.

Willis, Sam. *Fighting at Sea in the Eighteenth Century: The Art of Sailing Warfare.* Woodbridge, Suffolk, UK: Boydell Press, 2008.

Wines, E. C. *Two Years and a Half in the American Navy: Comprising a Journal of a Cruise to England, in the Mediterranean, and in the Levant, on Board of the U.S. Frigate Constellation, in the Years 1829, 1830, and 1831.* Vol. 2. London: Richard Bentley, 1833.

Woodall, John. De Peste, or the Plague. London: Printed by J.L. for Nicholas Bourn, 1653.

———. *The Surgions Mate*. London: Kingsmead Press, 1978.

Yorke, Philip C. *The Life and Correspondence of Philip Yorke, Earl of Hardwicke, Lord High Chancellor of Great Britain*. Vol. 3. Cambridge: Cambridge University Press, 1913.

Zerbe, Britt. *The Birth of the Royal Marines, 1664–1802*. Woodbridge, Suffolk, and Rochester, NY: Boydell Press, 2013.

図版クレジット

1 Portrait of John Byron by Joshua Reynolds, 1748. Newstead Abbey, Nottinghamshire.
Photo: Nottingham City Museums & Galleries / Bridgeman Images

2(top) *The Press Gang*. Painting by George Morland, 1790. Royal Holloway, University of London.
Photo: Bridgeman Images

2(bottom) Portrait of David Cheap by Allan Ramsay, c. 1748. Reproduced with kind permission of the Strathyrum Trust.
Photo: C. H. Layman

3 Painting of Deptford dockyard by John Cleveley, 1757. National Maritime Museum, Greenwich.
Photo: © National Maritime Museum, Greenwich, London

4(top) Gun deck.
Photo: © Nick Depree

4(bottom) Copperplate engraving from Dr. Robert James, A Medicinal Dictionary, pub. T. Osborne, London, 1743.
Photo: Wellcome Collection, London

5 *The Burial at Sea of a Marine Officer*. Painting by Eugène Isabey, 1836. The Montreal Museum of Fine Arts, purchase, Adrienne D'Amours Pineau and René Pineau Memorial Fund, the Museum Campaign 1988–1993 Fund, the Montreal Museum of Fine Arts'Volunteer Association Fund, and the Leacross Foundation Fund.
Photo: MMFA / Christine Guest

6(top) Logbook from the *Centurion*.
Photo: © National Maritime Museum, Greenwich, London

6–7(bottom, spread) Colored engraving by Piercy Brett, December 1740. Collection of Colin Paul.
Photo: © Michael Blyth

7(top) An albatross off Cape Horn.
Photo: Mike Hill / Getty Images

8 *The "Wager" in Extremis*. Painting by Charles Brooking, c. 1744. Collection of the

late Commander David Joel, reproduced with permission.
Photo: Dave Thompson, courtesy C. H. Layman

9 Wager Island.
Photo: David Grann

10(top) Colored engraving by an anonymous artist, from *The Loss of the Wager Man of War, one of Commodore Anson's Squadron . . . and the Embarrassments of the Crew, Separation, Mutinous Disposition, Narrow Escapes, Imprisonment and Other Distresses*, pub. T. Tegg, London, 1809.
Photo: © Michael Blyth

10(bottom) Engraved frontispiece by Samuel Wale after Charles Grinion, for John Byron's *The Narrative of the Honourable John Byron. Being an Account of the Shipwreck of The Wager; and the Subsequent Adventures of Her Crew*, pub. S. Baker, G. Leigh & T. Davies, London, 1768.
Photo: Wellcome Collection, London

11(top) Wager Island.
Photo: Chris Holt

11(center) Seaweed.
Photo: David Grann.

11(bottom) Celery.
Photo: David Grann

12(top) Photograph of a Kawésqar man by Martin Gusinde, 1923–1924.
Photo: © Martin Gusinde / Anthropos Institute / Atelier EXB

12(bottom) Photograph of a canoe by W. S. Barclay, c. 1904–7.
Photo: Royal Geographical Society / Alamy

13(top) A coastal Kawésqar camp. Photograph by Martin Gusinde, 1923–1924.
Photo: © Martin Gusinde / Anthropos Institute / Atelier EXB

13(bottom) Copperplate engraving from George Anson, *A Voyage to the South Seas, and to Many Other Parts of the World*, pub. R. Walker, London, 1745. British Library, London.Photo: © British Library Board. All Rights Reserved / Bridgeman Images

14(top) *The Capture of the Spanish Galleon "Nuestra Señora de Covadonga."* Painting by John Cleveley, 1756. Shugborough Hall, Staffordshire.
Photo: National Trust Photographic Library / Bridgeman Images

14(bottom) Portrait of George Anson attributed to Thomas Hudson, before 1748. National Maritime Museum, Greenwich.
Photo: © National Maritime Museum, Greenwich, London

14-15(bottom, spread) Map of the Strait of Magellan.
Photo: © British Library Board. All Rights Reserved / Bridgeman Images

15(top) A remnant of the Wager.

Photo: Chris Holt

15(top, right) Title page of John Narborough's *An Account of Several Late Voyages and Discoveries to the South and North*, pub. S. Smith and B. Walford, London, 1694.
Photo: Shapero Rare Books Ltd.

16(top) Painting by John Cleveley, 1760. National Maritime Museum, Greenwich.
Photo: © National Maritime Museum, Greenwich, London

16(bottom) Chilean coast.
Photo: Ivan Konar / Alamy

絶海（ぜつかい）
英国船ウェイジャー号の地獄

2024年4月20日　初版印刷
2024年4月25日　初版発行

*

著　者　デイヴィッド・グラン
訳　者　倉田真木（くらたまき）
発行者　早川　浩

*

印刷所　株式会社亨有堂印刷所
製本所　大口製本印刷株式会社

*

発行所　株式会社　早川書房
東京都千代田区神田多町2−2
電話　03-3252-3111
振替　00160-3-47799
https://www.hayakawa-online.co.jp
定価はカバーに表示してあります
ISBN978-4-15-210327-7　C0098
Printed and bound in Japan
乱丁・落丁本は小社制作部宛お送り下さい。
送料小社負担にてお取りかえいたします。

— 第１陣の脱出航路 —

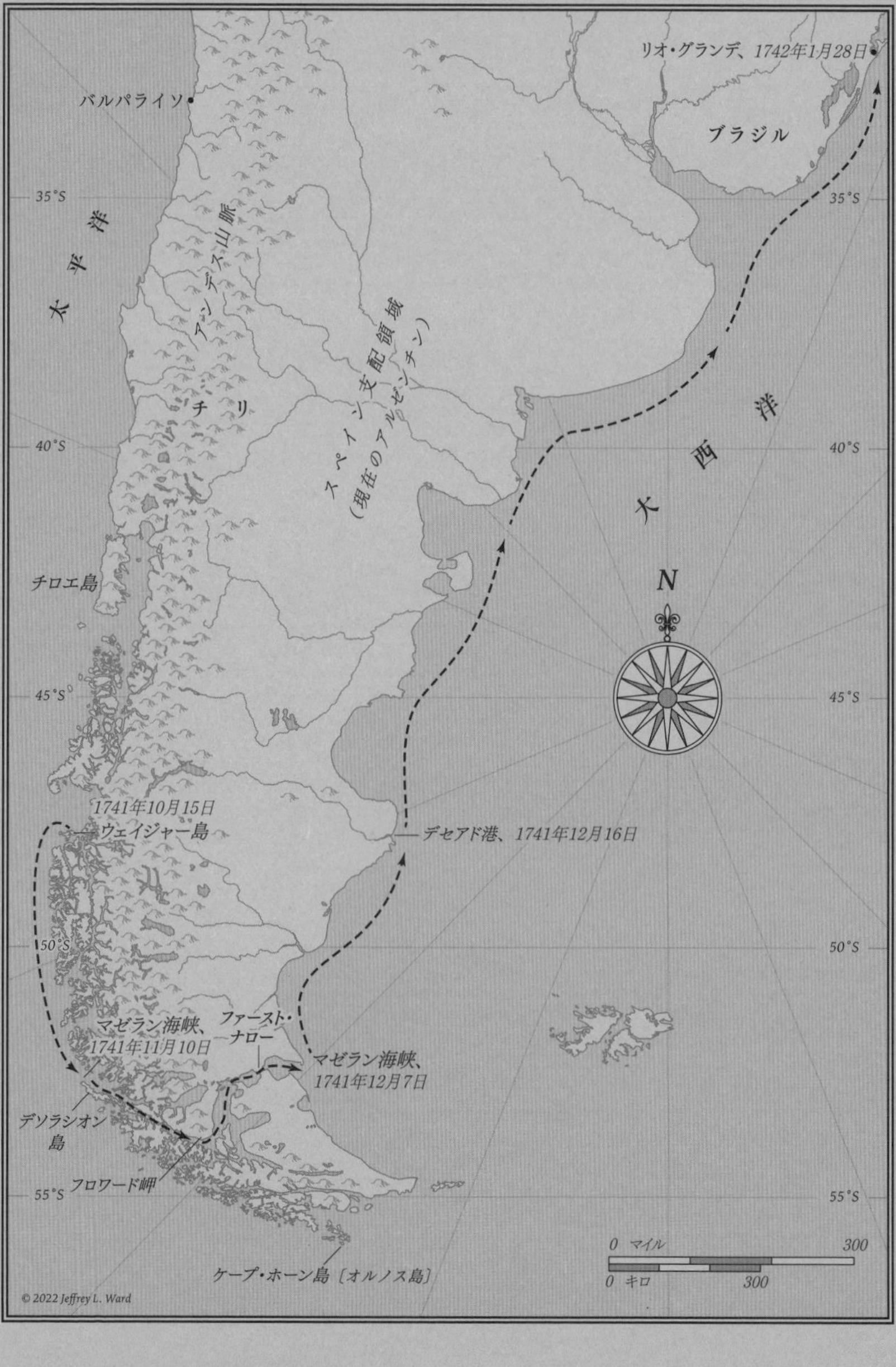

リオ・グランデ、1742年1月28日
ブラジル
バルパライソ
太平洋
アンデス山脈
チリ
スペイン支配領域
（現在のアルゼンチン）
大西洋
N
チロエ島
1741年10月15日
ウェイジャー島
デセアド港、1741年12月16日
マゼラン海峡、
1741年11月10日
ファースト・
ナロー
マゼラン海峡、
1741年12月7日
デソラシオン
島
フロワード岬
ケープ・ホーン島〔オルノス島〕
35°S
40°S
45°S
50°S
55°S
0 マイル 300
0 キロ 300
© 2022 Jeffrey L. Ward

— 第２陣の脱出航路 —

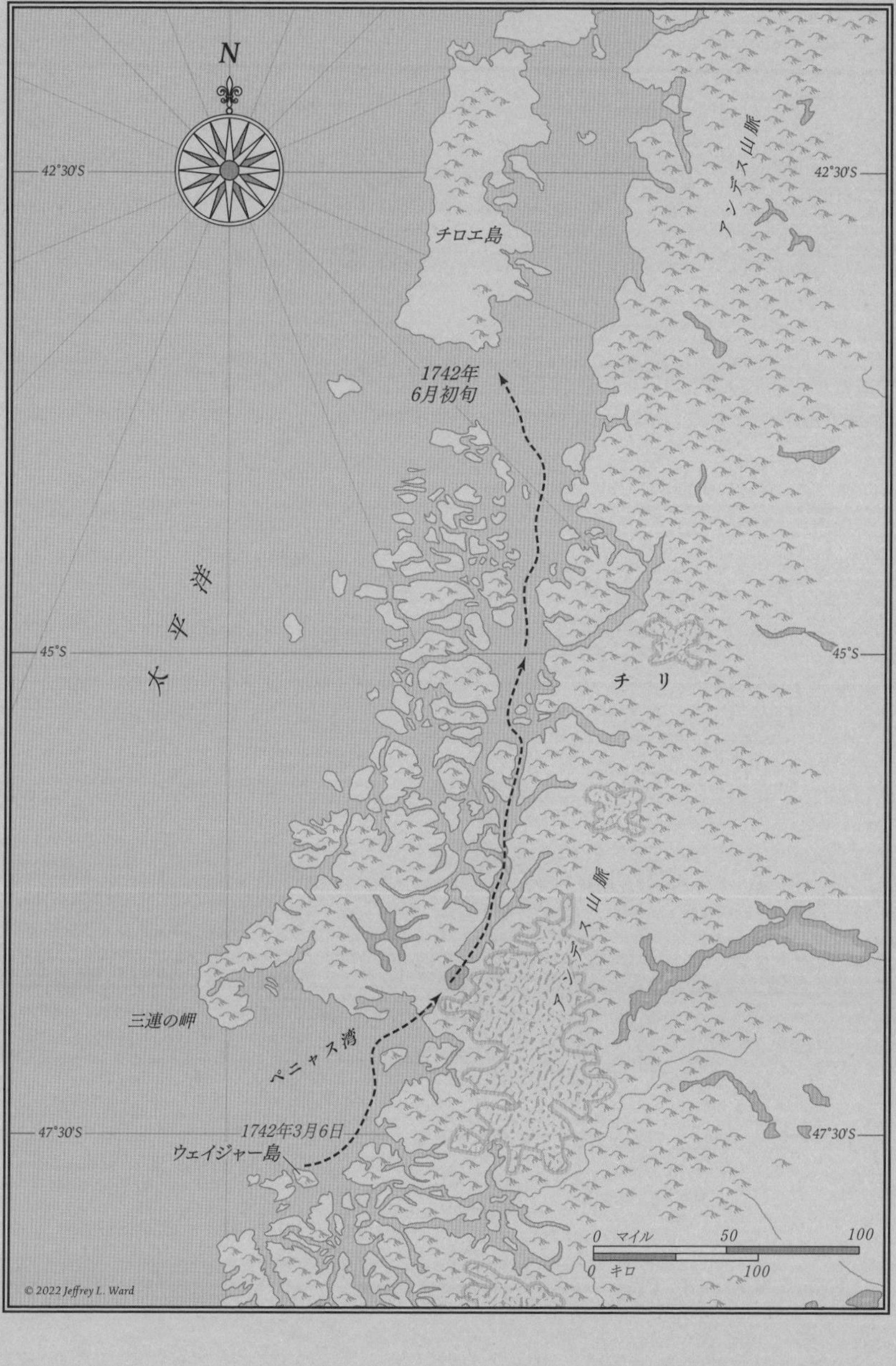
N
42°30′S
42°30′S
チロエ島
アンデス山脈
1742年
6月初旬
太平洋
45°S
45°S
チリ
アンデス山脈
三連の岬
ペニャス湾
47°30′S
1742年3月6日
ウェイジャー島
47°30′S
0 マイル 50 100
0 キロ 100
© 2022 Jeffrey L. Ward